I DELITTI DEL GHIACCIAIO

I DELITTI DEL GHIACCIAIO

Cristian Perfumo

**Questo romanzo è un'opera di fantasia.
Ogni evento e personaggio in esso contenuto
è frutto dell'immaginazione dell'autore.**

ISBN: 978-631-90025-5-3

Traduzione: Silvia Rogai

Redazione: Trini Segundo Yagüe - Thais Siciliano

Copertina di: Joanna Jarco

Titolo dell'opera originale: *Los crímenes del glaciar*

© Cristian Perfumo

www.cristianperfumo.com/it

*A chiunque sia lontano da casa
o un tempo lo sia stato.*

Madre roccia, padre cielo,
il tuo pianto riposa ai piedi dei ghiacciai
e ogni stella si posa sulla tua bianca cima
illuminando il sentiero dei silenzi.

Hugo Giménez Agüero

PROLOGO

Dei centottantotto turisti presenti sul catamarano, più della metà non ha mai visto un ghiacciaio prima d'ora. Ecco perché, dopo quaranta minuti di navigazione tra gli iceberg del lago, quando finalmente l'imbarcazione compie il giro della penisola, il ponte di prua è a dir poco gremito. Ci sono cinesi, tedeschi, francesi, brasiliani, spagnoli, argentini e chi più ne ha più ne metta. La maggior parte tiene il cellulare sollevato. Altri invece sono armati di macchine fotografiche da cui sporgono enormi obiettivi. Tentano invano di catturare in un'unica immagine le migliaia di chilometri quadrati di ghiaccio verso cui stanno navigando.

Il nostro turista, quello che ci interessa, è italiano. Anche lui si trova a prua, pur essendo uno dei pochi che non sta scattando foto.

I megafoni sui ponti e all'interno della barca amplificano la voce di una guida turistica che prima parla in spagnolo e poi ripete in inglese e francese. Il nostro turista italiano capisce lo spagnolo.

«Il Viedma è il maggior ghiacciaio di questo parco nazionale, nonché il secondo di tutto il Sudamerica. È grande cinque volte la città di Buenos Aires. Anche se potrebbe sembrarvi di essere vicini, ci troviamo ancora a tre chilometri di distanza dalla sua parete frontale.»

La descrizione della guida prosegue, ma i passeggeri non prestano attenzione. È impossibile concentrarsi su qualcosa che non sia quella sconfinata lingua di ghiaccio che si fa strada tra le montagne scure.

Tra il ghiacciaio e l'imbarcazione si trova un iceberg ancora più grosso di tutti quelli che hanno incrociato dall'inizio della traversata. Il capitano non sembra avere alcuna intenzione di schivarlo. A mano a mano che si avvicinano, i motori rallentano, fino a quando il catamarano si ritrova a galleggiare estremamente vicino al ghiaccio. Il nostro turista italiano valuta che con un minimo di impegno potrebbe riuscire a colpirlo lanciando un sasso.

«Quello che si dice degli iceberg è vero» risuona la voce nei megafoni. «Ciò che vediamo in superficie non è che il dieci per cento del totale.»

L'italiano immagina l'estensione di tutto quel ghiaccio invisibile ai suoi occhi. Già solo la parte che affiora ha le dimensioni di una cattedrale: in confronto il catamarano, pur avendo tre piani, quattro ponti e quasi duecento persone a bordo, sembra minuscolo.

Un uomo e una donna con salvagenti marroni e macchine fotografiche professionali si fanno largo tra la folla fino alle due punte di prua, dove si gode della migliore vista della massa di ghiaccio. Sono fotografi ufficiali del Parco nazionale Los Glaciares, si dedicano a immortalare i turisti con il ghiacciaio sullo sfondo per poi vendere gli scatti. Nei precedenti quaranta minuti di navigazione hanno messo in guardia i passeggeri spiegando loro che il ghiaccio riflette molto la luce, il che rende difficile ottenere buone foto con un semplice telefono. Nel caso in cui la persona in posa sia a fuoco, alle sue spalle si vedrà soltanto un grande bagliore bianco. Se invece a vedersi bene è il ghiaccio, la persona che si trova in primo piano non sarà altro che una sagoma nera.

Metà dei turisti sul ponte decide di mettersi in fila per i due fotografi, gli altri invece preferiscono continuare a provare con i loro telefoni. Solo pochissimi guardano il ghiaccio direttamente a occhio nudo e non attraverso uno schermo o un mirino. Il nostro turista italiano è uno di questi.

Il suo sguardo si sofferma sulle gocce che stillano dalle sporgenze, sul blu scuro delle cavità, sulle venature di sedimento nero che gli ricordano il marmo. Quando vuole ingrandire qualche dettaglio, si serve del binocolo che tiene appeso al collo. Quell'iceberg delle dimensioni di dieci cattedrali – di cui nove sommerse – è la cosa più bella che abbia mai visto. Il che la dice lunga, considerato che è cresciuto a ottocento metri dal Duomo di Firenze.

I motori riprendono velocità e l'imbarcazione riparte, allontanandosi lentamente dall'iceberg. Alcuni turisti lo seguono con lo sguardo come falene attratte dalla luce, spostandosi dal ponte di prua a quello di poppa per catturare le ultime immagini. Quando la massa di ghiaccio è ormai troppo lontana, molti tornano all'interno a riscaldarsi un po'. Qualcuno ordina un caffè al bar, altri si mettono a guardare le immagini appena scattate con i propri dispositivi. I due fotografi ufficiali collegano le macchine fotografiche alle stampanti collocate al centro della sala principale.

«L'iceberg che ci siamo appena lasciati alle spalle si è staccato dal fronte del ghiacciaio due giorni fa» spiega la guida. «Tra venti minuti raggiungeremo proprio il fronte, e magari se saremo fortunati potremo assistere a un altro distacco.»

Questo annuncio induce i più motivati a tornare sul ponte di prua per assicurarsi una posizione privilegiata. Il nostro turista italiano è uno di questi.

Poco dopo, finalmente il catamarano si ferma davanti al fronte del Viedma: una scogliera di ghiaccio alta cinquanta metri e larga due chilometri. Se i milioni di tonnellate di neve compatta che si spingono nel lago fossero un esercito, quella parete sarebbe la cavalleria. E se il nostro turista volesse provare a descrivere quanto si sente piccolo e sopraffatto al suo cospetto, non ci riuscirebbe. Nemmeno con l'aiuto di tutta la gestualità tipica del suo paese, che porta impressa nel DNA.

L'imbarcazione si trova ormai a meno di duecento metri dalla parete bianca e blu. La gente, assiepata sui ponti, rimane in silenzio. L'italiano è restio a fotografare ciò che ha davanti agli occhi: le immagini non gli renderebbero giustizia, né sarebbero in grado di immortalare lo scricchiolio del ghiaccio proveniente dall'interno, talmente intenso da sembrare un colpo di cannone.

Stanno galleggiando immobili sulla superficie da un po' quando il nostro turista sente un suono nuovo, diverso da tutti gli altri. È forte e secco, come una palla da biliardo che ne colpisce un'altra. Con la coda dell'occhio percepisce un movimento sulla parete congelata. È un pezzo di ghiaccio che cade dall'alto fino a scontrarsi con un altro pezzo per poi cadere in acqua. Rispetto al fronte del Viedma si direbbe un pezzetto minuscolo. In realtà è grande come un'automobile.

È la guida a prendere la parola: «Non distogliete lo sguardo, perché spesso a un piccolo distacco segue...».

Viene interrotta da un rombo assordante. Davanti ai loro occhi sta crollando una colonna delle dimensioni di un palazzo di dodici piani. È così grossa che sembra cadere al rallentatore. Un *ohhh* collettivo riecheggia sul ponte mentre il lago inghiotte il ghiaccio. L'italiano sente salire l'adrenalina come se fosse sulle montagne russe. Si porta le mani alla testa. Non riesce a credere di avere il privilegio di assistere a una simile bellezza.

Pochi secondi dopo, il pezzo di ghiaccio caduto riemerge sotto forma di due grandi iceberg, insieme a un centinaio di altri più piccoli. Un'onda attraversa la scogliera ghiacciata con uno sciabordio che pare non esaurirsi mai.

Il nostro turista italiano torna a guardare la parete, nella speranza di assistere a una nuova frattura. Poi nota la zona lasciata allo scoperto dal distacco. Nel ghiaccio c'è una linea verticale di un colore a metà tra il rosso e il marrone scuro, che contrasta con la gamma di blu.

L'italiano si porta il binocolo agli occhi. La linea ha la forma di una stella cadente rivolta verso l'alto: comincia a percorrerla partendo dal basso, dove il ghiaccio si incontra con l'acqua. Lì la traccia ocra è tenue. A mano a mano che sale, però, si intensifica. Nella parte alta è quasi nera, come se un chiodo gigantesco conficcato nel ghiaccio avesse gocciolato ruggine per anni.

Non è facile riuscire a mettere a fuoco con il binocolo stando a bordo di quel catamarano che vibra e si muove, quindi gli ci vogliono alcuni secondi per ottenere un'immagine nitida e altri secondi ancora per capire cosa sta guardando.

«Sangue» sussurra in italiano.

Agita le mani per attirare l'attenzione di chi gli sta intorno e poi indica il ghiaccio. Ripete la stessa parola, questa volta a voce più alta. Alcuni turisti si discostano come se avesse la peste. Qualcuno gli chiede quale sia il problema, ma lui non riesce a fare altro che continuare a indicare e a ripetere quella parola in tono sempre più alto.

La sua voce profonda rimbomba per tutto il ponte del catamarano. Uno dei due fotografi gli si avvicina chiedendogli di calmarsi.

«La macchia marrone. È sangue» riesce finalmente a dire, questa volta in spagnolo.

Il fotografo aggrotta le sopracciglia e punta l'obiettivo sul ghiaccio. Dieci secondi dopo si dirige verso l'interno dell'imbarcazione facendosi strada fra i turisti.

L'italiano ignora le domande degli altri passeggeri e trova il coraggio di guardare di nuovo attraverso le lenti del binocolo. Nel punto scuro da cui parte la linea c'è un corpo in posizione fetale. Indossa un cappotto nero e un berretto grigio. Gli sembra un abbigliamento da turista, ma non ne è sicuro. Quello su cui invece non ha dubbi è che è morto. Lo capisce dal sangue scuro e vecchio, che dev'essere uscito da quel corpo ormai molto tempo fa, e dal fatto che sopra di lui ci sono dieci metri di ghiaccio solido.

Sembra una zanzara intrappolata in un pezzo di ambra azzurra.

PARTE I
EL CHALTÉN

CAPITOLO 1

Mi sentivo sporco. Era sera e camminavo lungo le Ramblas di Barcellona, la mia città. A ogni passo una prostituta mi sorrideva, un tipo mi offriva cocaina senza guardarmi negli occhi oppure dovevo farmi da parte per evitare di essere travolto da un gruppo di inglesi ubriachi. Il tutto sempre tenendo le mani in tasca per scoraggiare i borseggiatori.

Di sera le Ramblas sono i nove cerchi dell'inferno. Ma non era per questo che mi sentivo sporco, bensì perché davanti a me, a una ventina di metri, c'era Anna, mia moglie. Be', a dire il vero non eravamo sposati, però convivevamo da due anni. Comunque ciò che conta è che mi tradiva da due mesi e quel giorno mi trovavo lì proprio per averne conferma. Era questo a farmi venire la nausea.

Non avrei mai creduto che saremmo caduti così in basso. Lei che mi ingannava e io che la pedinavo come un delinquente.

Mi aveva detto che quella sera sarebbe uscita con la sua amica Rosario, ma io sapevo che non era vero. Anna non era mai stata una che usciva spesso con le amiche. E se a ciò si aggiungeva che non aveva più voglia di fare sesso – quantomeno con me – e che da ormai due mesi aveva rimpiazzato la sua doccia mattutina con una appena prima di andare a dormire…

Ero l'opposto del cieco che non vuol vedere. Per quanto non volessi, vedevo benissimo.

Anna svoltò per entrare nel Barrio Gótico lungo calle de Ferran e proseguì fino a plaza de Sant Jaume. Da lì risalì calle del Bisbe in direzione della cattedrale. Mentre passava sotto il famoso ponte che collega la Generalitat con la Case dels Canonges, mi venne da chiedermi se si ricordasse cosa era successo in quel preciso punto quasi tre anni prima.

Io me lo ricordavo eccome. Stavamo camminando lungo quella stessa strada nelle prime ore del mattino e mi ero fermato proprio sotto il ponte con la scusa di indicare nell'arcata il teschio trafitto da un pugnale di cui nessuno conosce l'origine. Lei aveva finto di essere interessata a quel mistero ed era rimasta per un po' con lo sguardo rivolto verso l'alto. Quando i nostri occhi erano tornati a incontrarsi, ci eravamo dati il primo bacio.

Se anche Anna stava pensando a quel ricordo, di certo non lo dava a vedere, visto che passò sotto il ponte come se niente fosse. Appena prima di raggiungere la piazza della cattedrale svoltò a sinistra in uno stretto vicolo che conduceva a plaza de Sant Felip Neri, uno dei suoi posti preferiti in tutta la città.

Io preferisco altri angoli più lontani dal centro e dal turismo, ma riconosco che quella piazza ha un grande fascino. Un fascino decadente, con la sua antica fontana ottagonale al centro e la facciata della chiesa piena di buchi. Secondo una leggenda metropolitana è perché lì davanti eseguivano le fucilazioni durante la guerra civile. La realtà è che si tratta di segni di mitraglia provocati da vari bombardamenti. E dodici anni prima di quei colpi Gaudí si stava recando proprio in quella chiesa quando fu travolto e ucciso da un tram. Quando cresci in una delle città più turistiche del mondo, finisci per forza per imparare aneddoti del genere.

Dall'altra parte della piazza c'era un bar dalle luci soffuse con alcuni tavolini all'aperto, in perfetto stile romantico, con candele accese e persino un violinista che suonava in un angolo. Anna si fermò proprio lì, e vedendo che era tutto occupato si diresse all'interno.

Non mi era più possibile seguirla: il locale era troppo piccolo. Lo sapevo perché molto tempo prima, quando avevamo cominciato a frequentarci, ci aveva portato anche me. Decisi di aspettare sotto l'arco in pietra della facciata della Casa del Gremio de Zapateros.

So che è brutto dare la colpa di un'infedeltà a una persona esterna alla coppia, eppure ho sempre pensato che la responsabile fosse Rosario. Se Anna non avesse incontrato al corso di zumba quella donna prematuramente vedova che si era trasferita dall'Argentina a Barcellona dopo aver perso il marito perfetto, io non avrei mai avuto due corna alte come le torri della Sagrada Familia.

Mi spiego meglio. La mia compagna ha sempre avuto un debole per i più indifesi. È una grande fan della discriminazione positiva: pur trattando bene chiunque, dà il meglio di sé con chi appartiene a una minoranza. Una volta ho contato il numero di "grazie" che ha rivolto al commesso cinese di un bazar e a quello spagnolo di un negozio di ferramenta. Cina 4, Spagna 1.

Dopo che Rosario – immigrata e vedova – le aveva raccontato la propria storia, Anna l'aveva presa sotto la sua ala come una mamma anatra che protegge il suo anatroccolo più vulnerabile. L'aveva portata a casa nostra diverse volte e le aveva presentato i nostri amici. Una settimana prima del 31 dicembre mi aveva chiesto se poteva invitarla a festeggiare il Capodanno con noi. Quando io avevo accettato, aveva fatto un saltello di gioia e mi aveva comunicato che sarebbe venuto anche suo fratello Xavi. Chissà, magari lui e Rosario avrebbero fatto amicizia.

E in effetti avevano fatto amicizia eccome: alle due di notte erano spariti in una delle camere con una scusa piuttosto banale. Più tardi Rosario aveva annunciato che se ne sarebbe andata perché era stanca e Xavi aveva spiegato che ne avrebbe approfittato per fare due passi in compagnia fino alla metropolitana. Quando aveva chiuso la porta di casa dopo averli salutati, Anna sfoggiava un sorriso a trentadue denti.

Purtroppo però la storia tra Xavi e Rosario non era mai decollata. Stando a quanto mi aveva detto Anna, lei non voleva avvicinarsi troppo a un'altra persona.

Evidentemente il suo modo di elaborare il lutto consisteva nel fare nottata nei locali e in discoteca, come se avessimo ancora vent'anni.

Era da tempo che cose del genere non facevano più per me, ma non mi passava nemmeno per la testa di dire a mia moglie di rinunciarvi, soprattutto se lo scopo era tirare su di morale qualcuno che stava attraversando un periodo difficile. Però il fatto che io fossi noioso non giustificava certo che Anna passasse dall'uscire la sera all'andare a letto con un altro.

Pensando a tutto questo aspettai per un'ora e mezza all'ingresso della piazza. La tensione mi impediva di avvertire il freddo degli ultimi strascichi di un inverno che non voleva saperne di cedere il passo, malgrado fossimo ormai a marzo inoltrato. Ancora non sapevo come avrei reagito quando fossero usciti. Valutai le opzioni. Quella che più mi attirava era piantarmi in silenzio davanti ad Anna per vedere che faccia avrebbe fatto.

Il violinista aveva smesso di suonare da un po' quando finalmente la vidi uscire. E quando dietro di lei comparve Rosario, mi sentii il peggior uomo del mondo. La mia compagna non mi aveva mentito. Per la prima volta da settimane presi in considerazione l'eventualità che non mi stesse ingannando. Probabilmente tutta quella situazione era solo frutto delle mie insicurezze. E io ero un paranoico del cazzo.

Mi appiattii contro il muro: se mi avesse visto, sarei morto di vergogna. Un trentacinquenne che si comportava come un bambino. Ciò che più desideravo in quel momento era scappare via.

Quella piazza ha due uscite. Mi affacciai per vedere se stessero venendo verso quella vicino a me o se andassero nell'altra direzione. Erano ferme al centro, accanto alla fontana, e si stavano salutando. Senz'altro avrebbero preso strade diverse.

Rosario disse qualcosa ad Anna, lei rise e le diede un bacio.

Proprio come era successo a Gaudí, anch'io fui

investito da un tram. O almeno la sensazione fu quella, quando vidi che quel bacio era sulla bocca. Lungo. Con la lingua.

Un bacio che mi lasciò più cicatrici di quelle presenti sulla facciata della chiesa.

CAPITOLO 2

Lo studio notarile Hernández-Burrull si trovava in plaza de Ibiza, nel quartiere di Horta. Per chi non conoscesse Barcellona, è parecchio fuorimano rispetto al mio appartamento in Sants. Prima di entrare mi tolsi gli occhiali da sole e buttai in un cestino la gomma da masticare alla menta. I postumi della sbornia mi facevano sentire come se la mia testa fosse abitata da una ventina di scimmie che saltavano di ramo in ramo gridando e mostrando i denti.

Due sere prima, dopo aver scoperto di Anna e Rosario, non avevo avuto la forza di affrontarla. Ero corso via dalla piazza lungo i vicoli del Barrio Gótico fino a quando, ormai senza fiato, ero entrato in un bar e avevo ordinato una birra. E poi un'altra e così via, finché il cameriere mi aveva detto che dovevo andarmene perché stavano per chiudere. Saranno state quattro o cinque birre in tutto, abbastanza da lasciarmi bello sbronzo. Sono più un tipo da frullati proteici e sport all'aria aperta che da alcol e locali.

Quella sbornia colossale mi aveva dato il coraggio di cui avevo bisogno: quando avevo preso la metropolitana, ero fermamente deciso a parlare con Anna. Poi però mi ero tirato indietro appena in tempo – oppure avevo avuto un momento di lucidità – e avevo proseguito per altre due fermate. Avevo trascorso la notte a casa dei miei genitori, che erano fuori città.

L'indomani chiamai il cliente a cui stavo tinteggiando l'appartamento per avvisarlo che quel giorno non sarei andato. Passai la mattinata a dormire e il pomeriggio a guardare la televisione. Verso le quattro accesi il telefono. C'erano ventidue chiamate perse da parte di Anna. La ventitreesima arrivò nel giro di cinque minuti. Seguì un'accesa discussione, durante la quale dissi alcune cose di cui in meno di ventiquattr'ore mi sarei pentito almeno un centinaio di volte.

Dopo un po' uscii alla ricerca di un bar. Quando avevo ormai perso il conto delle birre – almeno tre – ricevetti una telefonata da una donna che diceva di lavorare per uno studio notarile e che mi parlò di un'eredità e di un testamento. La mandai a quel paese e riattaccai, però lei richiamò e continuò a insistere che era molto importante che mi presentassi da loro. Non ricordo molto di quella conversazione, comunque per fortuna mi inviò un messaggio con i dettagli dell'appuntamento.

E così il giorno dopo eccomi lì, con una sbronza doppia e senza la mia gomma da masticare alla menta, negli eleganti uffici dello studio notarile Hernández-Burrull.

«Mi chiamo Julián Cucurell Guelbenzu» dissi a una giovane receptionist che annuì come se mi stesse aspettando e che poi indicò alcune poltrone di pelle attorno a un tavolino senza niente sopra.

«Si accomodi, signor Cucurell. Il notaio sarà da lei tra poco.»

Evidentemente nel mondo dei notai cinquanta minuti sono considerati pochi. Invece nel mondo di noi comuni mortali che per vivere ristrutturiamo case equivalgono a quaranta euro non guadagnati.

Quando finalmente la segretaria mi fece entrare, ero ormai abbastanza incazzato. Per di più, l'aria all'interno dell'ufficio era calda e puzzava di acqua di Colonia. Davvero l'ideale per chi ha i postumi di una sbornia.

Al mio ingresso mi accolse una scrivania in legno lucido grossa come lo stadio Camp Nou. Era completamente sgombra, a eccezione di un computer portatile, una cartellina in cartoncino e un vaso in metallo senza alcun fiore dentro. Dietro, sullo sfondo, c'era un ometto magro con zigomi pronunciati e occhiaie marcate;

più che un notaio sembrava un becchino. Si presentò come Joan Hernández.

«Buongiorno, signor Cucurell. La prego, si sieda. Innanzitutto le porgo le mie condoglianze. Mi dispiace molto per suo zio.»

Stavo quasi per dirgli che non c'era bisogno che si dispiacesse così tanto, visto che prima di ricevere la telefonata della sua segretaria non sapevo nemmeno che mio padre avesse un fratello. Poi però preferii non farlo: quell'uomo aveva tutta l'aria di essere un avvoltoio, e immaginai che fosse sempre meglio affrontare un avvoltoio impietosito che uno spietato.

«Scusi se non l'ho chiamata prima, ma in casi del genere dobbiamo attendere che la polizia confermi che si è trattato di un incidente e non di un omicidio. È spiacevole, lo so, però è la legge.»

Annuii senza dire niente. Hernández aprì la cartellina e inforcò gli occhiali che teneva appesi al collo.

«Fernando Cucurell Zaplana è morto quattro mesi fa, investito da un'auto a duecento metri da casa. Questo è il certificato di morte. Nel 1992 il signor Cucurell ha firmato un testamento in questo studio notarile nominandola suo unico erede.»

Feci due calcoli. Nel 1992 io avevo sette anni. Quindi quel presunto zio sapeva della mia esistenza, mentre io non sapevo della sua.

«Il signor Cucurell era titolare di un conto corrente presso il Banco Sabadell che ammonta a ottomilacentodue euro e sette centesimi. Le fornirò un documento per richiedere il passaggio di proprietà del conto in modo che diventi suo. Ci vorranno almeno un paio di settimane. Firmi qui, per favore. È un'autorizzazione all'addebito del mio onorario e dell'imposta di successione su quello stesso conto.»

Quando vidi l'importo, mi fu ben chiaro come mai nel mondo non esistono notai poveri.

«Inoltre suo zio le ha lasciato in eredità un terreno in Patagonia.»

«Intende la Patagonia-Patagonia?»

«Sì. Mezzo ettaro in un piccolo paese del Sud dell'Argentina che si chiama El Chaltén» disse. Poi proseguì leggendo da uno dei suoi fogli: «Situato all'isolato 7, lotto 2, su calle San Martín, tra calle Huemul e calle Los Cóndores».

«Suppongo che anche per poter procedere alla vendita la sua parcella sarà elevata.»

Il notaio si lasciò sfuggire una risatina timida, come quelle della gente di classe quando reagisce a una barzelletta sconcia.

«Purtroppo temo di non poterla aiutare in questo, signor Cucurell. Per vendere quel terreno dovrà recarsi sul posto. A proposito, già che c'è potrebbe soddisfare le ultime volontà di suo zio. Dal punto di vista legale non è tenuto a farlo, però sarebbe un bel gesto.»

Il notaio indicò il vaso di metallo sulla scrivania, poi si aggiustò gli occhiali e lesse a voce alta: «*Chiedo a Julián di disperdere le mie ceneri nella Laguna de los Tres, uno dei luoghi più belli della Terra*».

Mi pareva infatti che quel vaso non si addicesse all'arredamento dell'ufficio...

«Queste sono le ceneri di Fernando Cucurell» mi spiegò, spingendole verso di me con un gesto solenne. Notai che sotto l'urna c'erano dei tovaglioli di carta ripiegati per non graffiare la scrivania.

L'acciaio lucido mi restituì la mia immagine distorta. Lì dentro c'era tutto ciò che rimaneva di un fratello di mio padre di cui avevo sempre ignorato l'esistenza.

«È sicuro che non ci sia modo di vendere quel terreno senza andare in Patagonia di persona?»

«Be', se conoscesse uno studio legale di fiducia in Argentina potrebbe firmare una procura, omologarla con l'apostilla dell'Aja e fare in modo che siano loro a venderlo, trasferendole poi il denaro.»

«Non conosco nessuno in Argentina. Tantomeno un avvocato.»

Il notaio mi rivolse un debole sorriso, che

praticamente equivaleva ad alzare le spalle, lavarsene le mani e chiedermi di non fargli perdere altro tempo.

«Non vorrei che il viaggio arrivasse a costarmi più di quanto potrei riuscire a ricavare dalla vendita del terreno. Ha idea di quanto potrebbe valere, grosso modo?»

Anna mi aveva detto che Rosario veniva da un paesino dell'Argentina e che i soldi che aveva guadagnato vendendo un terreno lì le erano bastati a malapena per il biglietto aereo e per i primi due mesi di affitto a Barcellona.

«Come può immaginare, non sono molto informato sul mercato immobiliare della Patagonia. Tuttavia, se dovessi fare una stima, direi tra i trecentomila e i cinquecentomila euro.»

«Cazzo! Sul serio?»

«Non ha mai sentito parlare di El Chaltén, vero?»

«No.»

«Faccia qualche ricerca.»

CAPITOLO 3

Passai il pomeriggio a dipingere di verde pastello la sala da pranzo di un appartamento nel quartiere di Sarriá: un ricco dal pessimo gusto può fare parecchi danni.

Al termine del lavoro mi venne voglia di attaccarmi di nuovo alla bottiglia, ma come ben sa qualunque figlio di un alcolista, per quanto recuperato, ubriacarsi per tre giorni di fila è una pessima idea.

Provai più volte a chiamare i miei genitori, che erano in crociera tra i fiordi norvegesi. Mi risposero con un messaggio dicendo che quel pomeriggio navigavano in una zona dove non c'era campo e il wi-fi della nave era molto lento. Ci mettemmo d'accordo per sentirci alle nove, dopo il loro attracco a Bergen.

Mi rimaneva un'unica opzione: tornare nel mio appartamento e affrontare con Anna una delle conversazioni più dolorose di tutta la mia vita.

Arrivai verso le sette, con l'urna funeraria sotto il braccio. Sul tavolo della sala da pranzo trovai un biglietto: *Credo che sia meglio lasciar passare un po' di tempo prima di parlare. Vado a casa dei miei.*

Per affrontare la tristezza la gente ricorre a varie droghe. La mia è la dopamina. Se ti alleni soffri meno. Sessanta trazioni e cento flessioni sono sempre una mano santa. Perciò decisi di raccogliere le forze, cambiarmi e uscire di casa alla ricerca dell'unica cosa che poteva farmi sentire un po' meglio.

Andai nell'area fitness del parco del mio quartiere e feci gli esercizi con movimenti vigorosi. Tutte le altre persone che si stavano allenando alle sbarre – per lo più adolescenti inclini a condividere il loro reggaeton preferito grazie a potenti altoparlanti connessi agli smartphone – mi guardavano a metà tra lo stupito e il preoccupato. È difficile che io passi inosservato: sono calvo, alto quasi un metro e ottanta e peso ottantotto chili, prevalentemente di massa muscolare.

Le endorfine rilasciate dall'attività fisica mi fecero sentire un po' meglio. Ma ovviamente quando tornai a casa e lessi di nuovo il biglietto di Anna evaporarono all'istante.

Dopo essermi fatto una doccia mi preparai un litro di frullato proteico con frutta e mandorle. Non avevo la minima voglia di cucinare e mancava meno di mezz'ora all'appuntamento telefonico con i miei genitori.

Accesi il portatile sul tavolo della sala da pranzo, spostando di lato il biglietto di Anna e l'urna con le ceneri. Stando a Wikipedia, El Chaltén era una cittadina di duemila abitanti fondata nel 1985, il mio anno di nascita. Era stata creata dallo Stato argentino per porre fine a una disputa con il Cile sulla sovranità del luogo: «Questo posto è mio, e affinché sia chiaro ci costruisco sopra un paese». Belli cazzuti! Le foto che accompagnavano l'articolo non erano niente di speciale. Casette basse su un terreno brullo e montagne innevate sullo sfondo. Passai a Google Maps e attivai la vista satellitare. A est del paese c'era un terreno marrone. A ovest un'enorme distesa bianca.

Gli appena venti o trenta isolati di El Chaltén erano rannicchiati alla confluenza di due fiumi. Mi colpì molto il fatto che in ognuno di quei venti o trenta isolati la mappa segnalasse vari posti dove poter mangiare e dormire. Quel paesino sembrava avere più bar, ristoranti e alberghi per metro quadro di Barcellona.

Ero a metà del frullato quando scoprii che El Chaltén era stata fondata nel bel mezzo di un parco nazionale e che quindi le possibilità di ampliamento erano minime. Il riferimento del notaio all'elevato valore del terreno cominciava ad acquisire senso.

Cercai tra le mie carte l'indirizzo del terreno che mi aveva lasciato quel presunto zio. Era in una certa calle San Martín, senza numero, tra calle Huemul e calle Los

Cóndores. Si trovava nello stesso isolato di quella che sembrava essere la strada principale. Sulla metà sinistra c'era uno degli edifici più grandi del paese. Google non forniva alcuna indicazione, perciò pensai che dovesse essere una scuola o una casa privata esageratamente grande. Comunque i miei occhi si spostarono rapidamente sull'altro mezzo ettaro. Vuoto. Brullo. Preservato nel tempo. Un'isola disabitata in un mare di icone di bar e ristoranti.

Bevvi ciò che rimaneva del frullato fissando quel rettangolo vuoto dall'altra parte del mondo.

Quanto costava un biglietto per l'Argentina? Lo scoprii molto presto. Senza cibo né bagagli veniva ottocento euro andata e ritorno, sebbene uno sgargiante banner rosso pubblicizzasse una mega offerta a quattrocento euro se lo avessi comprato entro sei ore. Il saldo del mio conto corrente era di millecinquecento euro, da cui a breve ne sarebbero stati tolti trecento per i contributi previdenziali. Sarebbe stato meglio aspettare di aver incassato i circa ottomila euro – al netto di tasse e spese – di cui mi aveva parlato il notaio.

Squillò il telefono, annunciandomi una videochiamata. Quando risposi, sullo schermo comparvero l'orecchio di mia madre e il doppio mento di mio padre.

«Allontanate un po' il cellulare, non vi vedo.»

«Adesso?»

«Meglio.» Se non altro riuscivo a vedere un occhio di ciascuno. «Come va in Norvegia? Congelati?»

«Per niente! Sono giornate meravigliose. Qualche pomeriggio ha piovuto, ma giusto una pioggerellina» rispose mia madre con il suo accento dei Paesi Baschi.

«E il cibo sulla nave?»

«Non male» disse mio padre.

Mia madre scosse il capo.

«Questa gente mangia patate tutto il giorno!» protestò. «Comunque se volevamo mangiare bene restavamo a casa.»

Sentendo quella frase chiunque avrebbe potuto

pensare che mia madre fosse una grande cuoca. Ma si sarebbe sbagliato di grosso. Quella povera donna ha la fobia dei coltelli. Letteralmente. Si chiama "aicmofobia" e lei l'ha sempre ritenuta la diretta responsabile della sua incompetenza culinaria. A casa abbiamo sempre mangiato bene, è vero, ma solo grazie a quello che preparava mio padre.

«Abbiamo conosciuto una coppia di Siviglia molto simpatica, vivono a Barcellona pure loro» aggiunse mia madre. «E ieri sera abbiamo cenato con il capitano. Non puoi immaginare la sua eleganza. È un omone grande e grosso con molto *savoir-faire*. E anche estremamente gentile, per di più.»

«Come fai a dire che era gentile? Non capiva assolutamente niente» chiosò mio padre indignato. «Non spiccica una parola di spagnolo.»

«Perché tu invece il norvegese lo parli alla perfezione, vero?» ribattei io.

Mio padre, pixellato e con un movimento di tre fotogrammi al secondo, sorrise mettendo in mostra i suoi denti tanto perfetti quanto falsi. Quelli originali li aveva persi in un incidente stradale nel tragitto tra Barcellona e Bilbao prima che io nascessi.

Anche mia madre sorrideva. Sembravano felici. Era il loro primo viaggio insieme dopo tanto tempo. Dalla luna di miele alle Canarie non avevano avuto grandi opportunità per viaggiare, per mancanza non tanto di soldi quanto di tempo, che è ciò che più scarseggia per un'architetta di successo come mia madre.

Mio padre invece di tempo a disposizione ne aveva parecchio. Dopo essersi dedicato all'edilizia per tutta la vita era andato in pensione a sessant'anni a causa di un problema cardiaco. Ormai il suo unico legame con quel settore consisteva nello stazionare davanti ai cantieri e mordersi la lingua per evitare di dare istruzioni agli operai.

Erano rare le occasioni in cui mio padre riusciva a far capire a sua moglie che è rischioso rimandare sempre tutto al futuro. Quando però ci riusciva finivano per fare un viaggio, come era accaduto con quella crociera nel Nord Europa.

Insomma, mi dispiaceva molto dover affrontare la questione dello zio morto.

«Senti, papà, una domanda: tu hai un fratello?»

Lui si irrigidì a tal punto che se non fosse stato per il movimento di mia madre avrei pensato che si fosse bloccata la connessione.

«E questo adesso che c'entra?»

«Scusami se te lo chiedo adesso.»

«Sì, ho un fratello. Però non ci sentiamo da tanti anni.»

«Dobbiamo parlarne proprio ora, per telefono?» protestò mia madre. «Non potevi aspettare che tornassimo, Julián?»

«In realtà no, mamma. Perché mi hanno chiamato da uno studio notarile per dirmi che Fernando Cucurell è morto quattro mesi fa e che io sono il suo unico erede.»

Mio padre si portò una mano alla testa, calva quanto la mia, e fissò lo sguardo in un punto al di sopra del telefono. Ipotizzai che stesse guardando fuori dalla finestra della cabina.

«Sta' tranquillo, tesoro» gli disse mia madre.

Rimanemmo tutti e tre in silenzio per qualche secondo. Mio padre immobile. Mia madre che gli accarezzava la schiena. Io che non sapevo cosa dire.

«Dove è morto Fernando?» domandò mio padre.

«A Barcellona.»

Quel dettaglio sembrò ferirlo ancora di più.

«Come è morto?»

«È stato investito da un'auto. Da quanto tempo non ci parlavi, papà?»

«Da prima che tu nascessi.»

«Però lui sapeva della mia esistenza. Ha firmato il testamento a mio nome nel 1992, quando avevo sette anni.»

«Glielo avevo detto io» intervenne mia madre.

Mio padre la guardò esterrefatto.

«Poco tempo dopo la tua nascita l'ho incontrato per strada. Ti stavo facendo fare una passeggiata con la carrozzina. L'ho informato che era diventato zio.»

Mio padre continuava a rimanere in silenzio.

«Non parlammo molto. Lui era insieme a una donna e io a un'amica. Gli lasciai il nostro numero di telefono, ma non ha mai chiamato.»

«Nemmeno sapevo che vivesse a Barcellona» disse mio padre sforzandosi di evitare che gli si incrinasse la voce.

«Pensavi che fosse in Patagonia?»

«In Patagonia? Di cosa stai parlando, Julián?»

«La parte più cospicua dell'eredità è un terreno in un paesino chiamato El Chaltén, nel Sud dell'Argentina. L'atto di proprietà è del 1988.»

I miei genitori si guardarono come se avessi appena annunciato di aver adottato un cane verde.

«Perché non mi hai mai parlato di tuo fratello, papà?» gli chiesi con il tono più cordiale che riuscii a emettere.

«Ti sembra il momento di fare una domanda del genere a tuo padre?»

«Un momento vale l'altro. Se in trentacinque anni non avete mai trovato l'occasione per parlarmi di lui, perché non farlo ora?»

Mio padre si asciugò le lacrime che gli stavano salendo agli occhi.

«Ne parleremo al nostro ritorno a Barcellona, Julián. Grazie per averci avvisati. Hai fatto bene.»

Prima che potessi dire altro, vidi il primo piano del suo indice che chiudeva la chiamata.

CAPITOLO 4

Non ebbi modo di riparlare con i miei genitori. Non di persona, intendo. Sebbene le mie finanze non fossero adeguate a una spedizione dall'altra parte del mondo, mi lasciai sedurre dallo sgargiante banner rosso. A conquistarmi non fu tanto l'offerta, quanto l'idea di allontanarmi da Barcellona. Quel rettangolo di terra nel Sud del pianeta mi offriva la scusa perfetta per prendere le distanze da Anna ed evitare di dover spiegare ai miei genitori quello che era successo tra noi. Quando il mio aereo decollò dall'aeroporto di El Prat in direzione di Ezeiza, mancava ancora un giorno al loro rientro dalla Norvegia.

Un risvolto positivo del fatto di aver rotto con Anna era che non avrei più dovuto affannarmi a trovare stratagemmi per farla andare a genio ai miei. In tre anni non l'avevano mai davvero accettata. Dietro i modi cordiali con cui la trattavano si celava un autentico distacco. Addirittura una volta mia madre sembrò dimenticare la sua indole femminista e progressista – da bambino ero l'unico della mia classe a cui i genitori regalavano indiscriminatamente giocattoli sia "da maschio" che "da femmina" – arrivando a dirmi che era una legge della vita il fatto che agli occhi di una madre nessuna donna andasse mai abbastanza bene per il figlio. E mio padre aveva sempre fatto quello che diceva sua moglie.

Passarono quasi tre giorni tra il momento in cui uscii di casa e il mio arrivo a El Chaltén. Dopo due voli in aereo, l'ultimo tratto di viaggio fu via terra e durò quasi tre ore. L'autobus partì al completo da El Calafate e non fece fermate intermedie fino alla stazione di El Chaltén. I passeggeri erano per lo più turisti, argentini e stranieri. Alcuni spagnoli, come me. Sul sedile accanto al mio c'era un italiano che per fortuna parlava poco.

Mi sentii una creatura strana: non ero né un turista né uno del posto. L'unico individuo a bordo che aveva le ceneri di un morto nello zaino.

Mentre aspettavo il mio turno per riprendere la valigia accanto a una delle grosse ruote del pullman, studiai la mappa che mi avevano inviato via mail i responsabili di El Relincho, la sistemazione più economica che avevo trovato tra quelle disponibili. Proprio come il terreno di mio zio, anche il mio alloggio si trovava in calle San Martín. Mentre con il dito tracciavo il percorso che avrei seguito non appena mi avessero consegnato il bagaglio, sentii alle mie spalle una conversazione tra due ragazze spagnole.

«Non si vede nulla» disse una.

«Che sfiga...» rispose l'altra. «Speriamo di riuscirci domani.»

Mi voltai facendo finta di niente. Due turiste della mia età stavano indicando in direzione di una casa molto grande sul fianco di una collina che, stando a quanto avevo visto sulla mappa, segnava il confine del paese.

«Magari domani avrete fortuna, ragazzi» intervenne una signora argentina, anche lei appena scesa dal pullman. Si rivolgeva alle due turiste e a me come se fossimo insieme. «C'è gente che resta una settimana intera e non riesce a vederlo lo stesso.»

«Non me lo dica, signora: mi sento male solo al pensiero» rispose una delle ragazze.

«Non preoccuparti, tesoro. Tra l'altro sembra che il tempo stia migliorando. Non puoi immaginare quanto ha piovuto nelle ultime settimane.»

«Scusatemi» mi intromisi io. «Di cosa state parlando?»

«Del Fitz Roy» disse una delle due turiste indicando di nuovo in direzione della montagna. Notai che il suo dito non puntava verso la grande casa, bensì più in alto.

«Quando ci sono le nuvole non si vede» spiegò la signora. «Sembra che dietro quella casa ci sia soltanto il cielo. Invece nelle giornate limpide è spettacolare.»

Nelle foto che avevo visto il monte Fitz Roy mi era parso meraviglioso, ma devo ammettere che in quel pomeriggio nuvoloso non riuscivo proprio a comprendere l'entusiasmo di quella donna e della coppia di ragazze spagnole.

Presi lo zaino, feci un cenno di saluto e mi incamminai lungo la strada principale. Il marciapiede alla mia destra straripava di alberghi, ristoranti, agenzie turistiche e birrerie che pubblicizzavano *happy hour* tra le cinque e le otto di sera. Di fronte c'era una piazza con giochi per bambini costruiti con grossi tronchi e alcuni edifici che avevano tutta l'aria di essere istituzionali: scuola, municipio e via dicendo.

Stando alla mappa che avevo in mano, due isolati più avanti avrei visto per la prima volta il terreno per il quale avevo attraversato mezzo mondo. Malgrado il cappotto pesante cominciai a tremare. C'è chi per il nervosismo suda o si morde le unghie. A me invece fa venire freddo.

Proseguii in silenzio, con lo sguardo fisso davanti a me. Quando raggiunsi l'angolo tra calle San Martín e calle Los Cóndores, mi imbattei nel grande edificio che secondo quanto avevo visto su Internet condivideva l'isolato con il terreno di mio zio. Benché un'insegna sgangherata annunciasse "Hotel", le imposte di legno erano chiuse e la vernice era scrostata. Quel posto doveva essere chiuso al pubblico da anni.

Un uomo mi salutò agitando la mano dalla veranda esterna. Avrà avuto una cinquantina d'anni, ma nel suo sguardo c'era qualcosa di infantile. Ricambiai il saluto e affrettai il passo.

Mentre mi lasciavo alle spalle quella struttura abbandonata, mi si aprì davanti agli occhi un prato meraviglioso. La staccionata rustica fatta di tronchi che lo circondava era in buono stato. Immaginai che in tutti quegli anni fosse stato il Comune a occuparsi della sua manutenzione, affinché non pregiudicasse l'immagine del paese.

Quando mi ritrovai davanti agli occhi l'intero terreno che avevo ereditato, mi si strinse lo stomaco come se qualcuno mi avesse dato un pugno. Non era vuoto, come sembrava nell'immagine di Google. Negli ultimi anni qualcuno ci aveva costruito quattro bungalow e due tettoie di legno. Vicino allo steccato c'era un cartello che recitava: "Centro Aurora – Escursioni a cavallo. Si affittano bungalow a giornata".

Non ebbi il coraggio di entrare. Era tardi e mi sentivo esausto. L'indomani, a mente fredda, avrei deciso cosa fare.

Due isolati più avanti raggiunsi finalmente El Relincho, che non era poi così diverso dal terreno che avevo appena visto; il *mio* terreno, a quanto pareva. Attraversai un prato seguendo piccoli cartelli di legno che conducevano fino alla reception, una costruzione moderna in lamiera e cemento. L'interno era come quello di qualsiasi ostello per viaggiatori zaino in spalla in qualunque parte del mondo: musica, grandi tavoli, cucine condivise, turisti in ciabatte che mangiavano pasta con tonno in scatola alle sette di sera oppure con gli occhi incollati al telefono per approfittare del wi-fi.

Ad accogliermi fu un ragazzo che avrà avuto non più di venticinque anni. Si presentò come Macario. Che strani nomi si danno ai bambini in Argentina. Mi fece consegnare il passaporto e si immerse nel check-in con un computer portatile.

«Julián Cucurell» disse guardando lo schermo. «Eccoti. Hai prenotato per quindici giorni, giusto?»

«Sì.»

«Ottimo, così avrai tempo di fare tutte le escursioni. In genere chi viene da noi non si ferma per più di una settimana.»

Sorrisi.

«Conviene non avere fretta quando si viene qui»

continuò. «In una giornata nuvolosa come oggi alcune escursioni perdono molto. Se ne hai la possibilità, ti consiglio di aspettare il sole per farle.»

Fece una scansione del mio documento, quindi gli pagai il cinquanta per cento della prenotazione che era rimasto da saldare.

«Vieni, ti mostro il tuo bungalow.»

Seguii Macario attraverso il prato fino a una piccola costruzione in legno con due camere da letto, un bagno e una cucina-sala da pranzo con caminetto.

«Ah, una cosa: a volte il segnale del wi-fi qui non arriva bene» mi spiegò. «Dipende dai giorni. Se non riesci a connetterti basta che ti avvicini un po' alla reception e vedrai che funziona. E se hai bisogno di qualcos'altro mi trovi lì.»

«Sei di qui?»

Macario sorrise.

«Quasi nessuno è di qui. La mia famiglia è arrivata quando avevo dieci anni.»

«Be', allora comunque sei qui da parecchio tempo. Senti, avrei una domanda. Arrivando dalla stazione degli autobus ho visto un cartello in cui si proponevano escursioni a cavallo. Mi pare che il posto si chiamasse "Centro Aurora". Che gente è quella che lo gestisce? Me lo consigli?»

Chi l'avrebbe mai detto: proprio io, che ho paura dei cavalli, mi ritrovavo fare domande del genere.

«Sì, le escursioni sono belle. E poi Rodolfo e Laura, la coppia che gestisce l'attività, sanno un sacco di cose. Ormai fanno sempre meno uscite perché lui è molto impegnato. Da due anni è il sindaco del paese. Tra questo e la gestione dei nuovi bungalow che sta costruendo sul terreno, non gli resta tempo per fare altro.»

Ottimo: l'occupante abusivo del mio terreno era nientemeno che il sindaco del posto.

CAPITOLO 5

Il giorno seguente fui svegliato da un rumore di metallo contro metallo. Quando mi affacciai alla finestra vidi Macario e una ragazza che piazzavano davanti al mio bungalow un pesante barbecue che riuscivano a malapena a sorreggere in due. Era un bidone metallico da duecento litri montato orizzontalmente su quattro gambe, con una canna fumaria su un lato.

Vedendomi attraverso il vetro, Macario mi salutò e indicò quell'aggeggio.

«Si chiama *chulengo*» disse. «L'abbiamo portato per te, nel caso uno di questi giorni ti venisse voglia di fare una grigliata.»

Alzai il pollice per ringraziarlo e andai in bagno a farmi una doccia. Mi ci mancava solo la grigliata.

Sotto il getto di acqua calda ripassai quelle che sarebbero state le mie prime mosse. Era sabato e per andare in municipio con l'atto di proprietà e il testamento avrei dovuto aspettare fino al lunedì, ma non me ne sarei certo rimasto con le mani in mano per tutto il fine settimana.

Uscii dal bungalow alle undici del mattino. Benché fosse una giornata nuvolosa quanto la precedente, lungo gli stretti marciapiedi camminavano turisti con zaini di tutte le dimensioni.

Inevitabilmente la passeggiata mi condusse fino al terreno di mio zio. Accanto al bungalow con il cartello della reception vidi una donna all'incirca della mia età che strigliava un cavallo grigio. Costeggiai la bassa staccionata fatta di tronchi ed entrai da una porta accanto al cartello di legno che recitava "Centro Aurora – Escursioni a cavallo".

«Buongiorno» salutai rivolgendomi alla donna, senza però avvicinarmi troppo all'animale.

«Buongiorno» ripose lei alzando lo sguardo per sfoderare uno di quei sorrisi che i venditori hanno sempre pronti. Aveva occhi marroni e capelli castani.

«Potrei farle qualche domanda sulle escursioni a cavallo? Mi piacerebbe sapere in cosa consistono, quali sono i prezzi e altre cose del genere.»

Dopo aver dato due pacche sul collo del cavallo, la donna mi offrì la mano in segno di saluto.

«Ma certo. Mi chiamo Laura. Si accomodi.»

Sentire quel nome mi lasciò di stucco. Stando a quanto aveva detto Macario, Laura doveva essere la moglie del sindaco. Però i miei pregiudizi mi facevano pensare che fosse troppo giovane per essere sposata con un politico.

Entrammo nella reception e Laura mi consegnò un opuscolo in bianco e nero con prezzi e descrizioni delle diverse opzioni. Le feci varie domande su quella più costosa, alle quali rispose con pazienza e disponibilità. A un certo punto mi disse che l'Aurora era il centro di escursioni a cavallo più antico di El Chaltén.

«Vive qui da molto?» le domandai.

«No, giusto un paio d'anni. Però Rodolfo, il proprietario dell'azienda, è uno dei primi abitanti. È arrivato all'inizio degli anni Novanta.»

«Ma mi risulta che il paese sia stato fondato nel 1985.»

«Che meraviglia! Un turista informato!»

«Non esageriamo. Ho solo letto qualcosa.»

Laura si guardò intorno a destra e a sinistra e mi parlò in tono complice: «A El Chaltén tutti amano dire di essere tra i primi abitanti. I più esagerati sono quelli che lo affermano pur essendo arrivati dopo il 2000. Comunque penso che la famiglia di Rodolfo si meriti davvero questo titolo. All'epoca qui non c'era ancora niente. Ma proprio niente di niente».

«Ne è valsa la pena. Immagino che oggi come oggi

un terreno come questo valga una fortuna.»

«Una fortuna e mezzo. Ma chi mai vorrebbe vendere? A quale scopo? Quello dei terreni è un problema non da poco, dato che il paese si trova all'interno di un parco nazionale e quindi non ha alcuna possibilità di ampliamento. C'è chi vive qui da otto, dieci anni e non riesce a trovare nemmeno un piccolo appezzamento per costruirsi una casa. Alcuni hanno addirittura iniziato a edificare su terreni che non sono di loro proprietà.»

«Insomma, gli occupanti abusivi sono riusciti ad arrivare fino a qui.»

La donna annuì senza capire l'antifona.

«Proponiamo anche delle escursioni sul Viedma. Ha mai camminato su un ghiacciaio?»

«No. È pericoloso?»

«Non se ci si va con una guida esperta. Rodolfo ci accompagna la gente da decenni. È un'esperienza indimenticabile. Se ha modo, non se ne vada da El Chaltén senza averlo fatto. È un po' costoso, ma una cosa del genere non ha prezzo.»

«Mi ispira» dissi, tanto per dire qualcosa.

«Ha bisogno di altro?»

«No, grazie. Be', a dire il vero stavo pensando a quello che mi ha detto poco fa riguardo ai terreni. È molto singolare. Questo è il terreno che la famiglia di Rodolfo ha ricevuto quando si è trasferita qui?»

«Perché me lo chiede?»

«Perché ho sentito dire che appartiene a un certo Fernando Cucurell.»

La donna alzò lo sguardo dalla pila di opuscoli. Sul suo volto non c'era più alcuna traccia di cordialità.

«Lei non è un turista.»

«Mi chiamo Julián Cucurell. Fernando Cucurell era mio zio. È morto da poco e io sono il suo unico erede.»

«E allora perché non sputa il rospo e mi dice cosa vuole? Perché mi fa perdere tempo chiedendomi informazioni sulle escursioni? Non ha visto che stavo lavorando?»

«Mi scusi, non volevo darle fastidio.»

«Mi dà parecchio fastidio quando qualcuno mi mente.»

Appoggiò con vigore le mani sul bancone e uscì dalla reception. La seguii finché non fummo di nuovo davanti al cavallo.

«Mi scusi, davvero.»

«Mi ascolti bene: se ha qualcosa da dire a Rodolfo, torni in un altro momento e parli con lui» disse prima di rimettersi a strigliare l'animale.

«Ho fatto una cazzata, mi dispiace» insistei.

Laura sospirò, quindi si voltò verso di me. Agitò in aria la mano che impugnava la spazzola, come se stesse cancellando una traccia di gesso da una lavagna, e con un sorriso forzato mi disse: «La perdono. Ora, se non le dispiace, devo rimettermi al lavoro».

E con la mano libera indicò l'uscita.

CAPITOLO 6

Verso le sette di sera bussarono alla porta del mio bungalow. Era un sessantenne avvenente, dai capelli bianchi e folti come i modelli delle pubblicità di apparecchi acustici o dentiere. O nel suo caso anche di occhiali, visto che ne portava un paio dalla montatura sottile e abbastanza moderna. Mi ricordò il padre di Anna, uno di quegli uomini che pur avendo superato i sessanta possono ancora vantare spalle larghe e ventre piatto. Teneva in mano una busta da lettera.

«Sono Rodolfo Sosa» si presentò. «Il proprietario del Centro Aurora.»

«Prego, si accomodi» gli dissi, facendomi da parte per permettergli di entrare nel bungalow.

«Non c'è bisogno.»

«Ascolti. Suppongo che sia venuto qui per via della conversazione che ho avuto con sua moglie. Le ho già chiesto scusa di persona e ne approfitto per scusarmi anche con lei.»

Fece un passo verso di me. Malgrado tutte le trazioni e flessioni che avevo all'attivo, non ero pienamente sicuro di essere più forte di lui.

«Avanti, mi segua» mi esortò, mentre cominciava ad allontanarsi dal bungalow. «Su, non mordo mica.»

Esitai un istante, indeciso se dargli retta o meno. Alla fine giunsi alla conclusione che causando ulteriore attrito non avrei ottenuto niente, perciò allungai il passo fino a raggiungerlo.

«*Quella* Laura non è mia moglie» disse, non appena gli fui accanto. «Anche mia moglie si chiama Laura, ma la ragazza con cui ha parlato è una guida che lavora con noi.

Ci aiuta con i cavalli e le escursioni.»

«Ah.»

«Ha un carattere molto particolare» aggiunse.

«Capisco. Comunque mi sono comportato male con lei.»

Rodolfo Sosa si fermò di colpo e inclinò la testa per guardarmi da sopra gli occhiali.

«È vero, si è comportato male. Qui ci piacciono le persone schiette, che vanno dritte al sodo e dicono la verità.»

Non sapevo cosa rispondere. Lui riprese a camminare e continuò finché non arrivammo all'angolo con il Centro Aurora.

«E così lei sostiene che questo terreno sia suo» mi disse indicando i bungalow.

«Ho il testamento in cui vengo nominato erede. Nell'atto di proprietà c'è scritto chiaro e tondo: mezzo ettaro in calle San Martín, tra calle Huemul e calle Los Cóndores. Isolato 7, lotto 2.»

Sosa scosse il capo ridacchiando.

«Allora siamo vicini. Il mio è il lotto 1. Il 2 invece è quello.»

Guardai nella direzione verso cui puntava il suo dito indice.

«L'albergo abbandonato?»

«La proprietà di Fernando Cucurell è quella.»

«Ma nell'atto di proprietà si dice che è un terreno incolto.»

«Probabilmente non è stato aggiornato.»

Mi sentivo morire di vergogna. Quando avevo visto l'immagine satellitare, avevo dato per scontato che il mezzo ettaro di mio zio fosse quello dove non c'era costruito niente.

«Sta cadendo a pezzi, ma è un bellissimo edificio» aggiunse Sosa.

Annuii mentre osservavo l'albergo con attenzione. Aveva un piano solo. Il legno delle imposte era diventato grigio a causa dell'incuria e alcune delle grosse pietre con cui erano costruite le pareti esterne erano cadute, lasciando il cemento costellato di buchi che mi ricordarono la facciata della chiesa di Sant Felip Neri. Se non si fosse trovato in condizioni così disastrose, quel posto non sarebbe stato poi molto diverso dalle seconde case in montagna che mia madre disegnava per i ricchi.

«Se lei è davvero il successore di Cucurell, allora ha ereditato quell'albergo, non il mio terreno.»

«Ho il testamento, se vuole glielo mostro.»

Rodolfo Sosa alzò le mani in segno di pace.

«Le credo. I documenti li mostrerà poi a chi di dovere.»

«Devo chiederle scusa. Dall'atto di proprietà e dalle fotografie che ho trovato su Internet pensavo si trattasse del suo terreno. Non volevo insinuare... Merda, che brutto modo di cominciare, non è vero?»

Lui mi appoggiò una delle sue manone sulla spalla.

«Tutti possono sbagliare, non c'è problema. E poi in questo posto gli atti di proprietà ci mettevano un sacco a essere consegnati e non sempre corrispondevano a ciò che effettivamente c'era sul terreno. La maggior parte della gente ha rogato l'atto senza poi però provvedere ad aggiornarlo.»

«Sa dirmi in che anno è stato costruito l'albergo?»

«Mmh... Senz'altro prima degli anni Novanta.»

«Sembra abbandonato da molto tempo.»

«Moltissimo. Almeno venticinque anni.»

Indicai la veranda di legno che riparava la massiccia porta d'ingresso chiusa.

«Ieri lì c'era seduto un tipo» dissi.

«Danilo. Un ragazzo speciale del posto.»

«No, era un uomo più grande di me. Avrà avuto una cinquantina d'anni.»

«È Danilo. Quando lo conoscerà capirà.»

Sosa mi sorrise, un po' a disagio, e si frugò nelle tasche finché non trovò un mazzo di chiavi. Mentre lo faceva sembrò rendersi conto di avere ancora in mano la busta da lettera.

«Ah, questa dev'essere per lei. Era sotto la porta del suo bungalow. L'ho raccolta prima di bussare perché non volasse via.»

«Grazie» gli dissi.

Sulla busta non c'era scritto niente, né davanti né dietro. La misi in tasca per non aprirla davanti a lui.

«Immagino che abbia molte domande.»

«Parecchie, sì. A partire da quando è stato costruito l'albergo fino al motivo per cui è stato chiuso.»

A quel punto mi fece cenno di seguirlo e costeggiò il suo terreno in direzione dell'albergo. Quando arrivò alla porta, tuttavia, si limitò a darle un'occhiata. Quindi ci allontanammo, attraversando la strada.

«Dove stiamo andando?»

«Venga con me.»

Camminammo lungo il paese finché davanti alla farmacia una donna intercettò Sosa per chiedergli informazioni sull'estensione della rete di gas naturale. Allora il politico mi fece un cenno e io mi distanziai di qualche passo per lasciarli parlare.

Ne approfittai per aprire la busta. All'interno c'era un foglio di carta con un messaggio scritto in carattere Comic Sans: *Vendi l'albergo e vai a goderti i soldi da un'altra parte. A El Chaltén non sei il benvenuto.*

CAPITOLO 7

Quando Sosa riuscì a sbarazzarsi di quella donna e ci rimettemmo in cammino, ebbi la sensazione che qualcuno mi stesse seguendo. Molto probabilmente, mi dissi, si trattava di una suggestione dovuta alla lettura del biglietto anonimo. Ciononostante non riuscii a evitare di voltarmi più di una volta per guardarmi alle spalle. I pochi turisti e la gente del posto che vidi non sembravano assolutamente fare caso a me.

«Qualcosa non va?» mi chiese Sosa la terza volta che mi girai.

«No, no. Niente.»

Arrivammo a un piccolo edificio, con un tetto molto spiovente su cui spiccavano alcune finestre simili ad abbaini. Sembrava una casa uscita da una fiaba. Nel cortile sventolavano due bandiere, una dell'Argentina e l'altra blu, rossa e bianca, che grazie alle mie ricerche su Wikipedia riconobbi come la bandiera del posto. Un cartello sulla porta d'ingresso annunciava: "Municipio di El Chaltén".

Sosa guardò prima a destra e poi a sinistra, come chi si accinga a rubare un'auto. Quindi aprì la porta con una delle chiavi del mazzo.

«Venga, presto. Se mi vedono entrare verranno a chiedermi qualcosa» disse mentre chiudeva a chiave dall'interno. «Non immagina quanto sia difficile fare il sindaco in una piccola cittadina. Vengono a casa mia a qualunque ora, per qualunque cosa. Quello che sto facendo per lei, aprire il municipio di sabato, è un'eccezione. Non ci si abitui.»

Quel tipo era davvero incredibile. Ci eravamo appena conosciuti e già gli dovevo un favore che nemmeno gli avevo chiesto.

«Grazie» risposi.

Oltrepassammo il bancone della reception e percorremmo un corridoio con uffici su entrambi i lati.

«Questo è il mio ufficio» disse Sosa, indicando una porta chiusa con una targa dorata con su scritto "SINDACO". «Ma quello che voglio mostrarle si trova da un'altra parte.»

Proseguimmo fino alla fine del corridoio e salimmo una scala di legno che conduceva a una specie di mansarda con tre scrivanie strapiene di fogli e grandi schedari addossati alle pareti.

«Questo è l'ufficio del catasto. È qui che lavoravo prima di diventare sindaco.»

Andò diretto verso uno schedario, aprì uno dei cassetti e prese a scorrere le cartelline in cartoncino con il dito mentre borbottava tutta una serie di cognomi.

«Contreras... Cortés... Cucurell! Trovato!» disse estraendone una.

La aprì e dispiegò sopra una scrivania una planimetria dell'albergo. Finalmente aver frequentato i primi due anni della Facoltà di Architettura e avere una madre architetta mi servivano a qualcosa.

«Ecco qua. Così potrà conoscere meglio l'Hotel Montgrí.»

«L'Hotel Montgrí?»

«Sì, è così che si chiama.»

Sorrisi. Il Montgrí era una piccola montagna vicino a dove erano cresciuti i miei genitori, e probabilmente anche mio zio. Mi sembrava assurdo sentir pronunciare quel nome dall'altra parte del mondo.

La planimetria era disegnata a mano. La pianta dell'albergo era rettangolare e allungata. Da uno dei lati corti si entrava in una reception collegata a una sala da pranzo. Da lì si aprivano due porte, una dava su una grande cucina e l'altra su un corridoio centrale che conduceva a otto camere, quattro per lato.

All'estremità opposta del terreno c'era una casa di

un centinaio di metri quadri, che in confronto all'albergo sembrava minuscola. Probabilmente, mi dissi, Fernando Cucurell aveva abitato lì. Lo immaginavo solo, visto che se avesse avuto una famiglia l'erede non sarei certo stato io.

«Voleva sapere la data di costruzione? Ecco un indizio. Il progetto è stato presentato da un certo Remigio Uceta, architetto, nel 1987» disse Sosa indicando una firma su un foglio allegato alla planimetria. «Non può essere stato costruito prima di allora. Per sapere quando è stato aperto al pubblico bisognerebbe controllare nell'archivio degli edifici, ma non è mai stato un mio ambito di competenza. Temo che dovrà tornare lunedì.»

«Non c'è problema. Nel frattempo potrebbe mettermi in contatto con qualcuno che conosceva mio zio in quel periodo?»

«A quanto ne so, nel 1987 c'erano dodici case in tutto. Nei libri si dice che El Chaltén fu fondata nel 1985, ed è vero, ma non ha mai realmente "preso il via", per così dire, fino alla metà degli anni Novanta. Quando sono arrivato io, nel 1992, c'erano ventidue case e cinquantadue abitanti. Io e mia moglie eravamo il cinquantatreesimo e la cinquantaquattresima. All'epoca gran parte della popolazione era costituita da militari che venivano qui per un certo periodo e poi se ne andavano. Non dimentichi che il motivo della fondazione di questo paese fu quello di piantare una bandiera per risolvere un conflitto con il Cile.»

«Sì, ho letto qualcosa in proposito.»

«Molti di quei poliziotti e gendarmi tornarono a casa non appena ne ebbero l'occasione. Siamo stati pochissimi a trasferirci in pianta stabile. Giusto per darle un'idea, consideri che nostro figlio è stato il primo bambino a nascere a El Chaltén, a otto anni dalla sua fondazione.»

«È mai riuscito a vedere l'albergo aperto?»

«No. Quando siamo arrivati noi era già chiuso. Non da molto però, direi, visto che la costruzione era abbastanza nuova.»

«E le viene in mente qualcuno che potrebbe averlo

visto in attività?»

«Ci sto pensando. A dire il vero non è semplice. Tra quelli che si sono trasferiti e quelli che sono morti, di quel periodo ne sono rimasti ben pochi. Del resto quelli che sono arrivati quando avevano quarant'anni adesso ne hanno più di settanta, e a quell'età la gente tende ad andare a vivere più vicino a un ospedale. Da qui alla prima sala operatoria ci sono duecentoventi chilometri.»

«Capisco.»

«Comunque non si preoccupi: qualcuno mi verrà in mente. Però faccia attenzione, questo è un paese piccolo e dopo tanti anni la gente potrebbe confondere la realtà con le dicerie. Soprattutto se c'è di mezzo un albergo abbandonato da così tanto tempo.»

«A quali dicerie si riferisce?»

«Scemenze. C'è gente che parla solo per dare fiato alla bocca.»

«Mi interessano.»

Sosa si strinse nelle spalle, come a dire che era un problema mio.

«Fino a buona parte degli anni Novanta qui c'era soltanto turismo estivo. L'inverno era troppo rigido e le vie di comunicazione estremamente precarie. Perciò la gente che lavorava nel settore chiudeva a fine marzo per andarsene fino a ottobre. Gira voce che il tizio che ha fatto costruire l'albergo, cioè suo zio, lo chiuse dopo aver lavorato la prima stagione e poi salutò tutti dicendo che sarebbe tornato l'anno successivo. Poi però non tornò mai. C'è persino chi sostiene che si sia impiccato lì dentro.»

«Non è possibile, perché Fernando Cucurell è morto quattro mesi fa. Ho le sue ceneri nel bungalow.»

«Gliel'ho detto, sono solo dicerie.»

«Mi piacerebbe entrare nell'albergo.»

«Ha le chiavi?»

«Fino a non molto tempo fa pensavo che fosse un terreno.»

«È vero» rispose Sosa ridendo. «Allora deve chiamare un fabbro. In paese non ce ne sono, però ne conosco uno molto bravo a El Calafate. Vuole che lo contatti?»

Feci due conti: una persona che doveva farsi due ore di macchina solo per aprirmi una porta mi sarebbe costata cara.

«Lo aprirò da solo» risposi. «Sia la porta che le imposte sono di legno. Con un grimaldello cedono di sicuro.»

«Sì, ma sarebbe un vero peccato. Le ha viste bene? Serramenti del genere non si trovano più.»

«Ho appena scoperto di aver ereditato un albergo. Sfondare la porta non è un grosso problema.»

Sosa fece un sorriso teso che non mi piacque affatto. Prima di parlare si aggiustò gli occhiali sul ponte del naso e si passò una mano sul mento.

«Mi stia a sentire, Julián. Qui viviamo di turismo. L'albergo si trova sulla strada principale, dove c'è il fulcro dell'attività commerciale e dove passa più gente. Non appena la vedranno con un grimaldello in mano che cerca di entrare, qualcuno chiamerà la polizia. Qualsiasi cosa possa somigliare a una rapina non gioca a nostro favore, mi spiego? Ecco perché le chiedo di accontentarsi della planimetria per qualche giorno, finché non potrà entrare nell'albergo come una persona civile. Quel posto è stato sbarrato per decenni, può aspettare ancora un po'.»

«In tutti questi anni non è mai entrato nessuno?»

«No.»

«E l'uomo in veranda?»

«Nemmeno. In un certo senso stavamo aspettando lei.»

«Che cosa intende?»

«Come le ho spiegato, per noi la tranquillità è fondamentale. È quello che ci dà da mangiare e che fa di questo posto una meta turistica a livello internazionale. Ogni anno puntualmente qualcuno paga le tasse di proprietà e l'autorizzazione all'esercizio dell'albergo. Dal momento che si tratta di una proprietà privata, se vogliono lasciarlo chiuso il Comune non può farci niente.»

«Chi paga quelle tasse?»

«Questo dovremmo chiederlo a Margarita, che si occupa della sezione delle entrate. Saprà anche dirle la data della licenza dell'albergo. Torni lunedì e gliela presento.»

Annuii. Sosa fece una fotocopia della planimetria e me la diede.

«Non voglio essere scortese, Julián, ma adesso devo proprio andare. Inoltre immagino che lei abbia molte informazioni da metabolizzare. Qualunque cosa le serva, sa dove trovarmi: se non sono qui, sono a casa.»

«La ringrazio, però non voglio essere l'ennesima persona che bussa alla sua porta per chiederle un favore.»

«Il suo caso è diverso. Non mi disturba affatto, anzi.»

Mi chiesi cosa lo spingesse a essere così gentile con me.

«Se ti stai chiedendo come mai ti aiuto» disse lui passando al tu, come se mi avesse appena letto nel pensiero, «lo faccio perché amo questo paese. Se quell'albergo riprendesse vita, El Chaltén sarebbe ancora più bella. E più El Chaltén è bella, meglio viviamo tutti.»

CAPITOLO 8

Alle otto e mezzo del mattino, quando bussarono alla porta del bungalow, ero già sveglio da due ore. D'altronde tra gli ultimi strascichi del jet lag e le sorprese del giorno precedente c'era da stupirsi che non avessi passato la notte completamente in bianco.

Mi alzai dal letto, mi infilai un paio di pantaloni e andai ad aprire senza nemmeno chiedere chi era. Mi ritrovai di nuovo davanti la robusta figura di Rodolfo Sosa.

«Ti ho svegliato?»

«Per niente. Ero a letto ma con gli occhi spalancati.»

«Meglio così. Ho buone notizie» disse entrando nel bungalow. «Domani viene un fabbro di El Calafate a fare dei lavori alla stazione di servizio, perciò possiamo approfittarne per fargli aprire l'albergo. Naturalmente finché non sarà confermato che è di tua proprietà non potrai prenderne possesso, ma non c'è niente di male a entrare a dare un'occhiata, no?»

«Grazie.»

Sosa schioccò la lingua, come se la mia riconoscenza gli desse fastidio.

«Che piani hai per la giornata?»

«Non saprei... Fare una passeggiata, immagino.»

«Questa è la capitale nazionale del trekking. Hai mai camminato su un ghiacciaio?»

«Non ne ho mai avuto il piacere.»

«Allora oggi è il tuo giorno fortunato. Avrei dovuto accompagnare un gruppo a fare un'escursione sul Viedma, ma hanno disdetto all'ultimo minuto. Ti piacerebbe venire con me? È un'esperienza indimenticabile.»

Grosso modo erano le stesse parole che mi aveva

detto Laura, la sua dipendente.

«D'accordo.»

«Ottimo. Copriti bene e andiamo.»

«Adesso?»

«Sì, adesso. Ci conviene non perdere tempo, visto che pur essendo nuvoloso è una bella giornata. Qui il tempo cambia in un attimo. Vado a casa a preparare dei panini, ti aspetto lì. Fai presto.»

Non sapevo se diffidare dell'estrema cordialità di Sosa o ammettere mio malgrado di aver trovato l'unico politico al mondo che mi andava a genio.

Venti minuti dopo arrivai a casa sua. Nel cortile c'era Laura, la sua dipendente, che stava sellando una cavalla bianca. Mi salutò da lontano sollevando il mento. Rodolfo Sosa uscì dall'edificio più grande, che immaginai essere casa sua, con due borse di tela appese alle spalle. Quando mi vide indicò un pick-up grande come una portaerei. Poi gettò una borsa sul sedile posteriore e mise l'altra, lunga e sottile, tra i due sedili davanti.

«È un fucile?»

«Sì, un Winchester 1892. Casomai capitasse la fortuna di imbatterci in qualche guanaco. Mangi la carne?»

«Sì.»

«Allora non puoi assolutamente andartene dalla Patagonia senza aver provato il guanaco» mi disse. Poi mise in moto.

Percorse a bassa velocità i cinquecento metri che separavano casa sua dall'uscita del paese, salutando di quando in quando dal finestrino come un presidente neoeletto. I turisti gli sorridevano timidamente e la gente del posto gli rispondeva con gesti cordiali o in alcuni casi con sguardi poco amichevoli.

Dopo aver attraversato il ponte sul fiume Fitz Roy ci addentrammo nella campagna incolta, lasciandoci alle spalle sia il paese che le montagne nascoste dalle nuvole. Ben presto vidi comparire sulla destra il grande specchio d'acqua che aveva costeggiato in direzione opposta l'autobus con cui ero arrivato da El Calafate due giorni prima.

«Questo è il lago Viedma, uno dei più grandi di tutto il Sudamerica. Ottanta chilometri di lunghezza e una ventina di larghezza.»

«Una bazzecola, insomma.»

«Qui è tutto grande, nel bene e nel male. Il paesaggio, le distanze, ogni cosa. Alcuni turisti mi dicono che in Patagonia si sentono minuscoli.»

Qualche minuto dopo lasciammo l'asfalto per imboccare un sentiero sterrato, di quelli che lì si chiamano *ripio*, che portava verso l'acqua. Io incrociai le dita augurandomi di non incontrare un guanaco che desse a Sosa l'opportunità di estrarre il fucile.

La vista era magnifica. Feci diverse foto con il telefono e mi sentii un coglione rendendomi conto che il mio primo pensiero istintivo era stato di mandarle ad Anna.

In un angolo dello schermo il telefono indicava che non c'era segnale. Ero fuori dal mondo, in mezzo al nulla, insieme a un tipo sospettosamente simpatico e armato. Cosa poteva mai andare storto?

Dopo una curva vidi sulla riva un gommone attraccato a un piccolo molo. Avrà avuto una capienza di venti persone circa.

«Viene qualcun altro?»

«No, siamo solo noi due. Quindi dobbiamo stare attenti, perché se ci succede qualcosa siamo fritti. O meglio, congelati.»

«Ora sono più tranquillo.»

«Non preoccuparti, ragazzino. Lo faccio da anni.»

Parcheggiò davanti al gommone e nascose il fucile sotto i sedili.

«Qui non succede mai nulla, ma preferisco comunque non lasciare un'arma in bella vista.»

Caricò l'altra borsa di tela sul gommone e mi fece cenno di salire. Poi accese il motore e mollò gli ormeggi. Ci allontanammo lentamente dalla costa, schivando iceberg sempre più grandi.

«Dobbiamo stare molto attenti a non sbattere contro un pezzo di ghiaccio» mi spiegò, indicandone uno più grosso del nostro gommone. «Se è riuscito a colare a picco il Titanic, figuriamoci noi.»

Mi sentii grato, a nome dell'umanità intera, per il fatto che quell'uomo si fosse dato alla politica e non alla psicologia.

C'era poco vento e la superficie del lago era calma. Mi sporsi da un lato per sfiorare l'acqua.

«È gelida» dissi.

«La temperatura non sale mai oltre i tre gradi. E il responsabile è lui» disse Sosa indicando davanti a sé.

Avevamo appena aggirato una penisola e ora la prua del gommone era rivolta verso un'enorme massa di ghiaccio che spuntava oltre le nuvole e si estendeva per chilometri nella nostra direzione, terminando in una parete irregolare e affilata in cui potevo scorgere decine di sfumature di blu.

«È impressionante.»

«Hai mai sentito parlare del ghiacciaio Viedma?»

«No. Solo del Perito Moreno.»

«Il Perito è sempre al centro della scena. È stupendo, non lo nego, ma a renderlo tanto famoso è fatto che sia un ghiacciaio particolarmente democratico. Chiunque può raggiungerlo in auto e starsene lì tutto il giorno a guardarlo da una panchina di legno sorseggiando mate. Questo qui invece è come un cavallo selvatico. Solo pochi riescono a vederlo, e pochissimi a salirci sopra.»

Costeggiammo la parete del ghiacciaio fino al pendio di roccia scura sull'altra sponda del lago, poi attraccammo a un molo di legno ancora più rustico di quello da cui eravamo salpati. Sosa scese per primo e mi fece cenno di seguirlo.

Dopo aver camminato in silenzio per più di cento metri, si fermò e indicò ai suoi piedi.

«In questo punto comincia il ghiaccio.»

Se non me lo avesse detto, avrei pensato che ci trovassimo ancora sulla roccia. A differenza della parete frontale, dove il ghiaccio moriva con imponenza tra blu profondi e scogliere aguzze, sulle fiancate laterali il ghiaccio imitava il rilievo della roccia e assomigliava a un vetro grigio, sporco, come se qualcuno avesse gettato della terra dentro l'acqua prima di congelarla.

«Roccia polverizzata» mi spiegò Sosa. «Il ghiacciaio spinge talmente forte da frantumarla, perciò il ghiaccio si macchia.»

Si mise a sedere sopra un masso e prese dalla borsa di tela due paia di ramponi. Si infilò i suoi mentre mi spiegava come imitarlo. Quando feci i primi passi, provai la stessa sensazione di quel breve e funesto periodo della mia adolescenza dark in cui avevo ceduto alla moda degli anfibi con la zeppa.

A mano a mano che avanzavamo, il ghiaccio sotto i nostri piedi diventava sempre più pulito, più bianco e meno liscio. Io camminavo tendendo ogni muscolo presente tra collo e alluce, come se mi trovassi sopra un budino, mentre Sosa procedeva a passi sicuri come se fosse comodamente in pantofole a casa propria.

Dopo cinquecento metri di salita, quando ormai avevo il fiatone, una crepa larga un paio di metri ci costrinse a fermarci.

«Sei stanco?»

«Per niente» mentii.

«Benissimo, perché da adesso in poi dobbiamo procedere con grande attenzione. Il ghiaccio sembra immobile, ma in realtà si sta spostando costantemente. Basta un solo passo falso e in un attimo sotto di noi potrebbe aprirsi una crepa come questa. O magari chiudersi, però con noi dentro.»

«Ora capisco come mai i turisti preferiscono il Perito Moreno.»

«Fai quello che ti dico e vedrai che andrà tutto bene» rispose Sosa ridendo. «Regola numero uno: non avvicinarti troppo a una parete più alta di te. Nessuno sopravvive a un distacco di ghiaccio.»

Annuii in silenzio.

«Come ti sei fatto serio! Non devi preoccuparti così. Guarda in che posto ti ho portato...» continuò indicando il paesaggio blu e bianco davanti a noi. «Non è meraviglioso? Vivo qui da quasi trent'anni e non smette mai di sorprendermi.»

«Non stento a crederlo. È stupendo.»

Rimanemmo in silenzio a osservare quel panorama di guglie bianche alte come campanili che si perdevano tra le nuvole. Il ghiaccio sembrava immobile, eppure continuava a emettere scricchiolii rompendosi da qualche parte fuori dalla nostra visuale. Alcuni riecheggiavano come tuoni, altri invece ci arrivavano da lontano e si potevano udire a malapena tra il rumore del vento e il costante mormorio dell'acqua.

«C'è un fiume?» domandai.

«Centinaia di fiumi.»

Sosa indicò la crepa che ci aveva costretti a fermarci, sul cui fondo blu elettrico scorreva un piccolo corso d'acqua limpidissimo. Poi prese a camminare parallelamente al canale facendomi cenno di seguirlo.

Dopo aver fatto il giro di un blocco di ghiaccio più alto di una casa, scoprii che l'acqua sfociava in una pozza circolare grande quanto la mia sala da pranzo. Sbirciandovi dentro notai che più diventava profonda e più si faceva scura, e che sembrava non avere fine.

«Stai attento» mi disse Sosa. «Ti consiglio di non avvicinarti troppo, perché se cadi lì dentro non potrai raccontarlo a nessuno.»

Feci qualche passo indietro, quindi ci appoggiammo a una protuberanza tondeggiante e trasparente che sembrava una di quelle sculture che si trovano negli alberghi fatti completamente di ghiaccio. Sosa aprì lo zaino e ne estrasse un martello.

«Credo che sia giunto il momento» mi disse.

«Il momento di cosa?» chiesi io.

Lui sorrise senza rispondermi e diede varie martellate al ghiaccio, a mezzo metro di distanza da dove tenevo appoggiata la mano protetta dal guanto. Un pezzo grosso come un cocomero stava quasi per schiacciarmi un piede, ma per fortuna mi scansai in tempo. Quella mossa però mi fece perdere l'equilibrio: mentre cercavo di fare un altro passo indietro per stabilizzarmi, notai che sotto i miei ramponi c'era soltanto il vuoto.

Scivolai sul ghiaccio duro come granito, tentando invano di aggrapparmi a qualcosa per frenare la caduta.

CAPITOLO 9

Quando la mia caduta si arrestò, avevo il cuore a mille.
«Tutto bene?» chiese la voce di Sosa sopra di me.
Dalla parete blu che si stagliava contro il cielo grigio spuntava la testa del sindaco di El Chaltén con un sorriso da orecchio a orecchio. Guardai giù. I miei piedi erano sommersi per metà dentro il corso d'acqua. Ero caduto nella crepa che sfociava nella pozza senza fondo. Ancora qualche altro metro e stando a quello che mi aveva detto Sosa non avrei potuto raccontarlo a nessuno.
«Che è successo? Ti sei spaventato?»
Senza rispondergli afferrai la mano che mi tendeva e mi arrampicai lungo la parete piantando i ramponi nel ghiaccio.
«Scusami, non pensavo che fossi così fifone.»
«Non sono fifone. Ho perso l'equilibrio. Dove eravamo rimasti?»
Sosa ripose il martello nello zaino e tirò fuori due bicchieri in acciaio inossidabile. Mise un frammento di ghiacciaio dentro ciascun bicchiere e distribuì equamente il contenuto di una fiaschetta.
«Quello che stavo per dirti prima che tu "perdessi l'equilibrio"» cominciò a spiegarmi «è che non si può camminare su un ghiacciaio senza questo rituale. Ti piace il whisky?»
«Sì» risposi io. In realtà detestavo il whisky, ma non potevo certo chiedergli di sostituirlo con un mojito.
Sosa alzò il bicchiere.
«Al tuo soggiorno a El Chaltén, che vada nel migliore dei modi.»

«A questo posto meraviglioso.»

Bevemmo in silenzio. L'alcol mi scese lungo la gola con la delicatezza di una grattugia. Se non altro avrebbe un po' placato i battiti del mio cuore, ancora imbizzarrito per via della caduta.

Dopo un paio di sorsi Sosa si schiarì la voce, visibilmente a disagio.

«Ascolta, preferisco che tu lo sappia da me piuttosto che scoprirlo appena inizi a fare qualche ricerca. Con il Comune stavamo avviando le pratiche per rilevare l'albergo. È abbandonato da così tanto tempo... è un vero peccato. E poi deturpa il paese e noi viviamo di turismo. Senza contare che El Chaltén, trovandosi all'interno di un parco nazionale, non ha alcuna possibilità di ampliamento. Quell'albergo sarebbe ottimo come ostello o centro culturale.»

Mi guardò dritto negli occhi e mi mise di nuovo una mano sulla spalla.

«Ma ormai è acqua passata. Adesso sei arrivato tu e se davvero sei chi dici di essere significa che quel posto ti appartiene. Non ti metteremo i bastoni tra le ruote.»

Annuii. E non sapendo bene cosa rispondere bevvi un altro bel sorso di whisky.

«L'importante è che tu sistemi tutti i documenti e chiuda la successione.»

«E che scopra come mai mio zio ha abbandonato l'Hotel Montgrí. Deve pur esserci qualcuno che si ricorda dell'uomo che ha costruito il primo albergo del paese.»

Nel sentire quelle mie parole Sosa schioccò le dita varie volte e agitò l'indice puntato verso l'alto, come se gli fosse appena venuta un'idea.

«Che stupido che sono!»

«Che succede?»

«Succede che l'Hotel Montgrí non era il primo albergo di El Chaltén. Be', sì, è stato il primo albergo vero, ma prima ancora che esistesse il paese l'amministrazione dei parchi nazionali possedeva una locanda dove oggi c'è il centro informazioni.»

Mi tornò in mente l'edificio in pietra a due piani davanti al quale eravamo passati uscendo dal paese.

«Non capisco. Cosa c'entra con mio zio?»

«Alla locanda ci lavorava Juanmi Alonso. Molto probabilmente quando la struttura era al completo mandavano gli ospiti all'Hotel Montgrí, e viceversa. Deve per forza aver conosciuto tuo zio. Lavora ancora per i parchi nazionali e abita a due isolati dal tuo bungalow.»

Mi morsi la lingua per impedirmi di chiedere a Sosa perché non me lo avesse detto subito.

«Andrò a farci due chiacchiere.»

«Sì, dovresti farlo, però in questi giorni si trova fuori città. L'altro ieri l'ho incontrato al supermercato e mi ha detto che stava facendo la spesa perché doveva andare ad aggiustare il ponte sul río Blanco, che si è rotto per via delle piogge delle ultime due settimane. Vista la sua anzianità potrebbe essere già diventato il direttore del parco, ma è uno di quei tipi a cui piace stare in mezzo ai boschi.»

«Sai quando torna?»

«Non ne ho idea. Conoscendolo rimarrà lì finché non avranno finito la riparazione. Per i turisti che non hanno il coraggio di attraversare il fiume saltando di pietra in pietra, quel ponte è l'unico modo per raggiungere la Laguna de los Tres, una delle passeggiate più gettonate di tutto il parco. A proposito: non puoi andare via di qui senza averla fatta.»

Sorrisi.

«Direi di no, dato che l'ultimo desiderio di mio zio era che le sue ceneri venissero disperse proprio lì.»

«Mica scemo... È un posto spettacolare.»

«Dista molto da qui?»

«Una decina di chilometri. In quattro ore ci sei.»

«Quattro ore?»

«Quattro, cinque... Dipende dalla velocità con cui cammini. È un'escursione difficile ma davvero splendida.»

«Ottimo. Allora magari domani ci vado e ne approfitto per parlare con quel tipo, Juanmi Alonso.»

«Domani? Assolutamente no!»

«Perché?»

«Perché sarà nuvoloso tutto il giorno. E andare alla Laguna de los Tres quando è nuvoloso è come andare in un museo con gli occhi bendati. Tuo zio merita di esserci portato in una giornata di sole.»

Annuii in silenzio, e intanto mi chiesi se mi stesse dando quel consiglio in buona fede o se invece stesse tentando di dirigere i miei passi come un cane che abbaia dietro un gregge di pecore.

«Che ne farai dell'albergo?» mi domandò versando altro whisky nei bicchieri. «Suppongo che lo metterai in vendita.»

«Non lo so ancora.»

«Che alternative hai? Mica vorrai trasferirti all'altro capo del mondo rispetto a casa tua...»

«A dire il vero non mi dispiacerebbe starmene lontano da Barcellona per un po'. E poi lavoro nel campo dell'edilizia, perciò potrei occuparmi di persona della ristrutturazione dell'albergo.»

«Non vorrei tarparti le ali, ma sei al corrente che d'inverno in questo posto non si può fare praticamente niente dal punto di vista edilizio? Scordati di usare il cemento, perché si congela e si spacca. E anche procurarsi l'attrezzatura è complicato: abbiamo un negozio di ferramenta con gli articoli di base, ma se vuoi fare un lavoro serio devi farti arrivare i materiali da El Calafate o Río Gallegos. Addirittura c'è chi li prende direttamente a Buenos Aires. E se nevica parecchio possono chiudere le strade. Senza contare che... qui da noi quando fa freddo fa *molto* freddo.»

«Ho capito. Magari potrei restare per l'inverno a fare i lavori che è possibile fare e poi continuare con il resto in primavera.»

«Stammi a sentire, Julián. Sai quanto può valere quell'albergo?»

«Mi hanno parlato di circa trecentomila euro.»

Sosa scoppiò a ridere.

«Chi te lo ha detto?»
«Il notaio a Barcellona.»
«Quel tipo non ha la minima idea di ciò che dice.»
«Vale di meno?»
«Di più.»

Mi drizzai appena un po', stando attento a non scivolare di nuovo.

«Ha senso. In effetti nell'atto non si parla dell'albergo, perciò immagino che il notaio si riferisse soltanto al prezzo del terreno.»

«Anche se fosse terra brulla, varrebbe comunque molto di più.»

«Quanto?»
«Quanto vuoi tu.»
«In che senso?»

«Per quel terreno puoi stabilire il prezzo che preferisci. A El Chaltén non esiste un altro mezzo ettaro in vendita, né probabilmente esisterà mai. Perciò se chiedi un milione di euro troverai qualcuno che te lo darà. E se ne chiedi due... Magari ci metterai un po' di più, ma troverai senz'altro qualcuno pieno di soldi disposto a pagare quella cifra.»

In altre circostanze non avrei avuto dubbi sul fatto che quell'uomo mi stesse prendendo in giro, ma parlava con una tale naturalezza che mi sembrò impossibile che stesse fingendo.

Stando a quello che mi diceva, ero improvvisamente diventato milionario.

CAPITOLO 10

Il pick-up di Sosa sobbalzava lungo il sentiero dissestato per tornare sull'asfalto. Non potevo che dare ragione sia a lui che alla sua dipendente: camminare su un ghiacciaio è un'esperienza indimenticabile.

Pensai che probabilmente al posto mio la maggior parte dei turisti avrebbe passato quel viaggio di ritorno commentando ciò che aveva appena visto o riguardando le foto dell'escursione. Io invece riuscivo solo a pensare a quello che mi aveva detto Sosa mezz'ora prima.

Un milione? Due? Che cosa ci si faceva con così tanti soldi tutti insieme? Era come vincere più lotterie contemporaneamente.

«Hai perso la lingua?» mi chiese Sosa.

«No... Stavo pensando.»

«Sono un sacco di soldi, non è vero?»

«Tantissimi.»

«Vuoi un consiglio? Fatti aiutare bene. Quello che hai per le mani vale molto, però qui lo sanno tutti che vieni da fuori e che vuoi vendere in fretta per tornartene a casa. Proveranno a farti abbassare parecchio il prezzo.»

«Credi che ci sarebbe molta gente interessata all'acquisto?»

«Di gente interessata, fin troppa. Quello che manca è gente che possa permettersi il valore effettivo di quel posto. Però ci sono parecchi *gringos* che hanno messo gli occhi sul nostro paese. *Gringos* con moltissima grana. Dovresti trovare uno di loro.»

Passai il resto del viaggio ad ascoltare storie di persone che erano arrivate a El Chaltén negli anni Novanta e che vent'anni dopo avevano venduto i propri terreni per una somma abbastanza cospicua da potersi comprare quattro o cinque proprietà a Buenos Aires.

Salutai Sosa all'ingresso di El Relincho. Entrai nel mio bungalow pronto a fare razzia di qualunque cosa ci fosse in frigorifero, ma quando vidi sul tavolo il biglietto con la minaccia mi passò subito la fame. Non che l'escursione mi avesse fatto dimenticare quel messaggio, però almeno ero riuscito a pensare anche ad altro.

Trascorsi quasi un'ora seduto al tavolo con il biglietto davanti. Da un lato chi lo aveva scritto doveva essere parecchio infastidito dalla mia presenza a El Chaltén. Dall'altro invece non sembrava avere alcun problema con il fatto che ereditassi l'albergo, purché lo vendessi e togliessi il disturbo.

Pur sentendomi esausto non potevo passare il resto della giornata in quel bungalow a farmi esplodere la testa a furia di pensare, così decisi di andare a fare un giro e prendere un po' d'aria.

Seduto nella veranda dell'Hotel Montgrí c'era di nuovo l'uomo che mi aveva salutato il primo giorno, che quando alzai la mano ricambiò il gesto in maniera cordiale. Non appena misi piede sul terreno dell'albergo, però, lasciò la sedia come un automa e uscì dalla protezione della tettoia allo scopo di sbarrarmi la strada.

«Buonasera» gli dissi mentre mi veniva incontro veloce come un treno.

A metà tragitto si fermò, abbassò lo sguardo a terra e pestò un piede come per ammazzare un ragno. Poi riprese a camminare fino a meno di un metro da me e mi squadrò dall'alto in basso. Per quanto l'età avesse ormai cominciato a increspargli il viso e diradargli i capelli, nel suo sguardo c'era qualcosa di infantile.

«Buonasera» ripetei. «Danilo?»

L'uomo non fece caso alle mie parole e continuò a scrutarmi. Stavo per dirgli qualcos'altro quando notai che il suo volto si contorceva in un sorriso a cui mancava un incisivo. I suoi occhi si posarono sui miei con uno sguardo che trasmetteva pace.

«Finalmente sei tornato!» esclamò, abbrancandomi in un abbraccio. «Pensavo che non ti avrei rivisto mai più!»

Alla luce di quel gesto e del suo modo di parlare, cominciai a spiegarmi meglio la forza esagerata e l'espressione infantile di quell'uomo. E capii perché Sosa lo avesse definito "un ragazzo speciale del posto".

Inoltre il suo commento mi fece pensare per la prima volta che magari io e mio zio Fernando ci somigliavamo dal punto di vista fisico. Non sapevo se dirgli o meno che si stava sbagliando.

«Guarda come ti tengo bene il prato» proseguì lui indicando il manto d'erba che circondava sia l'albergo che la casa dall'altra parte del terreno.

«È vero, è bellissimo» commentai. «Lo tagli tu?»

«Sì» rispose con orgoglio, colpendosi il petto con un pugno senza staccare lo sguardo da terra. Fissava l'erba come se stesse cercando qualcosa.

«Grazie mille.»

Per tutta risposta Danilo emise un grugnito e pestò di nuovo il piede. Poi strusciò la suola come si fa per spegnere una sigaretta.

«Formiche» disse. «Sono molto pericolose.»

Mi accovacciai a guardare l'erba e riuscii a trovarne una: era nera, di medie dimensioni e con l'aria da formica.

«Mordono?» gli chiesi indicandola.

La sporca e logora pantofola di Danilo atterrò con forza a due centimetri dal mio dito.

«Peggio! Molto peggio.»

Mi rialzai in piedi e decisi di lasciar perdere.

«Come ti dicevo, grazie mille per esserti occupato del prato.»

Danilo schioccò la lingua e mi diede un altro abbraccio. Poi si staccò, lasciandomi una delle sue mani callose sulla nuca.

«Se il mio amico Fernando mi chiede di prendermi cura dell'albergo, io lo faccio» disse guadandomi negli occhi. Sembrava felicissimo di vedermi.

«Volevi molto bene a Fernando?»

«Gli *voglio* molto bene» mi corresse, dandomi una pacca sulla schiena. «Hai delle caramelle?»

«No, a dire il vero no» risposi palpandomi le tasche.

«Fernando mi dava le caramelle» disse lui visibilmente deluso.

«Io non sono Fernando, Danilo.»

«E... no. Perché Fernando mi dava le caramelle. Adesso non si possono più dare le caramelle, lo sai? L'altro giorno me ne sono comprate tantissime e volevo offrirle a un bambino in piazza. Però la sua mamma gli ha detto che non si parla con gli sconosciuti e lo ha portato via. Adesso il mondo è più brutto di prima.»

Aveva proprio ragione. Quando ero piccolo avevo anch'io il mio benintenzionato dispensatore di caramelle. Era un uomo in sedia a rotelle che avevamo soprannominato Don Chisciotte perché aveva i baffi lunghi e la barba a punta. Avrò avuto sette o otto anni e il mio migliore amico di scuola si chiamava Pau Roig, un bambino che all'epoca consideravo come un fratello e di cui in seguito non ho più avuto notizie né sentito la mancanza. Don Chisciotte parcheggiava la sua sedia a rotelle vicino all'inferriata del cortile della scuola e rimaneva a guardarci giocare per tutta la ricreazione. Poi, quando stava per suonare la campanella che ci invitava a tornare in classe, ci lanciava di nascosto una manciata di caramelle che io e Pau raccoglievamo come fossero un tesoro.

«Anche io avevo qualcuno che mi dava le caramelle» dissi. «Però oggi non si può più, c'è troppa gente cattiva.»

«Fernando era buonissimo. Mentre stavamo costruendo l'albergo mi dava un saaaaaacco di caramelle» disse Danilo facendo un ampio gesto con le mani.

«Hai aiutato Fernando a costruire questo albergo?» gli domandai.

Lui mi guardò con un misto di sorpresa e dolore, come si guarda un amico che ti ha appena inferto un colpo basso.

«Non ti ricordi?»

«È passato molto tempo» mi giustificai. «Rinfrescami la memoria. Tu cosa facevi? Trasportavi le pietre? Tagliavi la legna?»

«Scacciavo le formiche.»

«Ah, giusto!» esclamai schioccando le dita. «Scacciavi le formiche.»

«Le formiche si mangiano il legno.»

A quanto ne sapevo quelle erano le termiti, ma mi sembrò meglio non contraddirlo.

«Hai dato un'occhiata dentro per vedere se ci sono delle formiche?»

Quella mia domanda gli fece irrigidire i lineamenti.

«Non si può entrare.»

«Perché?»

«Fernando ha detto che non si può entrare. E io faccio la guardia.»

«Fai la guardia all'albergo perché non entri nessuno?»

Danilo annuì con orgoglio.

«Da quant'è che fai la guardia?»

«Uuuuuuuuh! Un sacco di tempo. Qui non c'era quasi niente» mi disse indicando gli edifici bassi ed eleganti che si trovavano dall'altra parte della strada, ciascuno con la propria insegna di hotel, pensione, *lodge*, *bed and breakfast* e qualunque altro sinonimo possibile per indicare un alloggio in cui poter dormire.

«Grazie davvero per aver fatto la guardia. Ora però è passato molto tempo, quindi io entro, d'accordo?»

«Non si può entrare!» insisté Danilo piazzandosi davanti a me.

Alzai una mano in segno di pace. Sarebbe stato meglio tornare quando lui non c'era.

«Va bene. Se non si può non si può. Come vuoi tu, Danilo.»

Lui annuì. Lo salutai tendendogli la mano, che strinse con la forza di una pressa idraulica.

Lungo il tragitto di ritorno alla sua postazione in veranda uccise un'altra formica.

CAPITOLO 11

L'indomani aspettai il fabbro per tre ore, finché Sosa mi mandò un messaggio in cui mi spiegava che gli si era rotta la macchina a metà strada e che in quel momento il carroattrezzi lo stava riportando a El Calafate. Mi diceva anche di non preoccuparmi, perché quelli della stazione di servizio ne avevano già trovato un altro che sarebbe venuto due giorni dopo. Camminavo avanti e indietro di fronte alla piccola veranda del mio bungalow con il telefono in mano, pensando a come rispondere a Sosa, in maniera più o meno diplomatica, che non avevo certo attraversato mezzo mondo per poi dover aspettare due giorni perché si presentasse qualcuno ad aprirmi una porta in cinque minuti con un paio di grimaldelli.

Mi fermai davanti al bidone metallico per il barbecue che mi aveva lasciato Macario. Sollevai il coperchio. All'interno, sopra una griglia ricoperta di grasso, trovai un sacchetto di carbonella ammezzato e una paletta di ferro per smuovere la brace.

Mi guardai intorno. I due bungalow accanto al mio erano chiusi. L'unica persona visibile nei paraggi era una giovane turista appoggiata alla parete esterna della reception, assorta nel suo telefono. Facendo finta di niente mi diressi verso la strada con la paletta in mano.

Nei duecento metri che separavano El Relincho dall'Hotel Montgrí incrociai giusto un paio di turisti. Alle due del pomeriggio la maggior parte dei villeggianti era impegnata in qualche escursione.

Immaginai che Danilo si fosse preso una pausa per andare a pranzo, dato che la sua sedia in veranda era vuota. Feci il giro del mezzo isolato occupato dal terreno stando attento a evitare che qualcuno potesse vedermi dalla proprietà di Sosa.

L'albergo aveva una pianta rettangolare. La parete corta che si trovava dalla parte opposta rispetto all'ingresso principale era nascosta da alcuni salici. Saltai la bassa staccionata rustica fatta di tronchi e mi misi a correre nel mio stesso appezzamento come se fossi stato un delinquente finché non raggiunsi il riparo degli alberi.

Nel solido muro posteriore in pietra e cemento c'era una porta robusta con accanto una finestrella. Stando alla planimetria, entrambe le aperture dovevano affacciare sul corridoio centrale che conduceva alle otto camere. Provai a forzare la porta con la paletta, ma era talmente incastrata nella cornice che non riuscii a trovare nemmeno una fessura per poter fare leva.

Dopo vari tentativi a vuoto mi concentrai sulla finestra. Era piccola e alta, quasi un lucernario. Non ebbi difficoltà a trovare un varco tra l'irregolare parete in pietra e l'imposta esterna di legno. Infilai il manico di metallo della paletta e tirai. Le cerniere di ferro si staccarono emettendo uno scricchiolio che mi fece venire i brividi. Con l'imposta esterna ormai aperta, ruppi il vetro e appoggiai la mia giacca sopra la cornice per evitare di tagliarmi. L'avevo visto fare spesso nei film.

Sono un uomo massiccio, pesante, e arrampicarmi non mi è mai piaciuto. Insomma, scalare quel muro e passare dalla finestra non fu una passeggiata. All'interno, come se fosse stato messo lì apposta per me, c'era un tavolino con una lampada pronto ad accorciarmi di mezzo metro la discesa. A testa in giù, con le mani appoggiate sul tavolino, strisciai fino a rimanere appeso per il collo dei piedi.

Non risultò elegante né silenzioso: non appena liberai un piede, il tavolino cedette facendomi cadere a terra con l'agilità di un sacco di patate.

Mi rialzai in mezzo a una nuvola di polvere e mi addentrai nel lungo corridoio in direzione della reception, lasciandomi alle spalle le porte chiuse delle varie stanze.

A mano a mano che procedevo, la scarsa luce proveniente dalla finestra rotta si faceva sempre più fioca. Le impronte lasciate dai miei passi nello spesso strato di polvere sul pavimento confermavano ciò che mi aveva detto Danilo: nessuno entrava in quel posto da molto tempo.

In fondo al corridoio varcai la porta che conduceva al grande ambiente che fungeva da sala da pranzo e reception. I sottilissimi fasci di luce che filtravano attraverso le assi secche delle imposte conferivano a quello scenario un'aria lugubre. Riuscii a distinguere il bancone della reception e alcune poltrone in pelle disposte intorno a un tavolino basso su cui c'erano una tazza e un cucchiaino. Se non fossero state ricoperte dello stesso velo di polvere che campeggiava ovunque, avrei detto che qualcuno vi si fosse seduto poco prima per sorseggiare un tè.

Il soffitto era bombato e chiazzato di aloni scuri. Il vetro di una delle grandi finestre era ridotto in frantumi. Non c'era alcuna differenza tra la patina sopra i frammenti affilati che si trovavano a terra e quella depositata sui mobili: quel vetro era stato rotto nello stesso periodo in cui l'albergo era stato abbandonato.

È impressionante la capacità di adattamento dell'essere umano quando c'è in ballo il denaro. Solo pochi giorni prima me ne stavo a Barcellona a ristrutturare appartamenti e ora invece eccomi lì a entrare in modalità *Mission: Impossible* e ad analizzare i resti di un vetro come negli episodi di *CSI* che guardavo da ragazzo.

Una porta a spinta su un lato della reception mi condusse nella cucina, che era completamente buia. Servendomi della torcia del telefono riuscii a scorgere superfici d'acciaio inossidabile, un forno industriale e un grosso frigorifero.

Tornai sui miei passi fino al corridoio che dava sulle camere da letto. C'erano quattro porte per lato: a destra i numeri dispari e a sinistra quelli pari.

Aprii la prima. La torcia mi rivelò un letto

matrimoniale coperto da una trapunta rosso scuro. Su un lato c'era un armadio vuoto. La stanza successiva era identica. E così pure quella dopo, anche se con il letto sfatto. A parte quel piccolo dettaglio, tutte le stanze erano buie, polverose e vuote allo stesso modo.

Nell'aprire la numero sette, quindi, avevo già un'idea di ciò che avrei trovato. E invece fui accolto da una scena alquanto differente.

Sdraiato sul letto c'era un uomo anziano che fissava il soffitto.

«Salve...» gli dissi.

Per tutta risposta lui emise un gemito, o forse una parola sussurrata che non riuscii a capire.

Illuminai il resto della stanza con la torcia. Eravamo soli.

«Salve» dissi ancora. Ma quella seconda volta non ricevetti alcuna risposta.

Senza varcare la soglia, scrutai il corpo dell'uomo con il fascio di luce. Era disteso sopra le lenzuola, con i vestiti addosso e le scarpe ai piedi. Le sue braccia erano due bastoncini sottili rivestiti di pelle grinzosa. Nonostante la distanza e la penombra, riuscivo a vederne gli zigomi sporgenti e gli occhi infossati.

Feci un passo verso di lui e udii nuovamente quel suono. Adesso sembrava una specie di fischio, come se respirasse a fatica.

Quando gli fui vicino ed ebbi modo di guardarlo in volto, notai che la sua pelle era secca e immobile. Dove avrebbero dovuto esserci gli occhi c'erano soltanto due orbite vuote.

Quello non era il viso di una persona molto anziana, ma di una persona morta ormai da anni.

Indietreggiai di qualche passo, finché la mia schiena non urtò qualcosa. La porta dell'armadio? Stavo per voltarmi a controllare, poi però sentii di nuovo quel gemito e mi misi a correre a gambe levate.

Tornai in fondo al corridoio, scavalcai il tavolino e uscii dalla finestra. Non me ne importava niente di lasciarla aperta, né mi importava che qualcuno potesse vedermi correre come un pazzo. L'unica cosa che volevo era andarmene subito da lì.

Mi voltai un'unica volta. Giusto un paio di secondi, ma furono sufficienti a scorgere una persona che mi osservava nascosta dietro un albero.

CAPITOLO 12

Passai più di due ore nel piccolo distaccamento di polizia situato all'ingresso del paese. Un agente che avrà avuto una decina d'anni meno di me raccolse la mia testimonianza mentre una sua collega si recava all'albergo per verificare che al suo interno ci fosse davvero un cadavere.

«Quindi è entrato nell'Hotel Montgrí senza autorizzazione.»

«Sono il proprietario.»

«È registrato a suo nome?»

«Non ancora, però sono l'erede.»

«Significa che è entrato in una proprietà privata che non le appartiene.»

«È così importante in questo momento? Lì dentro c'è un uomo morto.»

«Tutto è importante, signor Cucurell.»

Quando la poliziotta tornò dall'albergo, era molto pallida. Ci parlò con voce calma, alternando lo sguardo tra me e il suo collega.

«In effetti c'è un cadavere. Ha una macchia scura sopra i vestiti all'altezza del ventre. Sembra un omicidio risalente a molti anni fa.»

Io non ricordavo nessuna macchia, ma a dire il vero ero rimasto davanti a quel cadavere per un totale di tre nanosecondi.

«Signor Cucurell» proseguì la poliziotta, «stiamo per chiamare i nostri colleghi della Scientifica. Non metta più piede in quell'albergo finché non la autorizziamo noi.»

«Certo, non si preoccupi.»

Non ci avrei rimesso piede nemmeno se mi avessero

assicurato che nella camera numero otto, l'unica che non avevo controllato, mi aspettava Scarlett Johansson.

«Nel frattempo predisporremo un servizio di guardia all'ingresso, per evitare che si intrufoli qualche altro curioso.»

«Sono il proprietario dell'attività, non sono un curioso.»

«Firmi la testimonianza e poi può andare» disse l'altro agente porgendomi le pagine su cui aveva dattiloscritto le mie parole.

Lessi, firmai e mi alzai dalla sedia.

«Dove è diretto adesso?» chiese la poliziotta.

«A El Relincho. Alloggio lì.»

«La accompagno.»

«Non si disturbi, conosco la strada.»

«Non è un disturbo. Devo andare nella stessa direzione.»

Poi disse al collega di chiamare la squadra della Scientifica e uscimmo dal distaccamento. Camminavo con le mani in tasca mentre l'aria della sera mi rinfrescava il viso.

«La Scientifica dovrebbe arrivare più o meno tra cinque ore. Dieci al massimo» mi spiegò la poliziotta.

«Vengono da El Calafate?»

«Se hanno tutto il personale e gli strumenti necessari, sì. Altrimenti da Río Gallegos.»

«Río Gallegos non si trova a cinquecento chilometri da qui?»

«Esatto» mi rispose lei, come se invece di "cinquecento" avessi detto "cinque".

«Immagino che in un posto così tranquillo un evento del genere non capiti tutti i giorni.»

«Se venisse confermato che quell'uomo è stato ucciso, sarebbe il primo omicidio di El Chaltén.»

«Il primo in tutta la storia del paese?»

«Sì. In questo posto la questione più complicata che può capitare sono dei turisti ubriachi. E a dire il vero non sono nemmeno tanti, perché di solito le persone che vengono qui amano la vita sana, le escursioni in montagna, l'arrampicata... Questo genere di cose.»

Allora stavo per diventare famoso. Magari a breve avrebbero tolto il busto di bronzo dalla piazza principale per metterci una statua che raffigurava me.

Quando ci trovammo a passare davanti all'Hotel Montgrí, la poliziotta indicò la porta principale ormai spalancata.

«Bene, io mi fermo qua» mi disse. «Mi dispiace per i danni, l'ho dovuta aprire con un grimaldello.»

«Non si preoccupi.»

Passai il resto del pomeriggio disteso sul letto a pensare a quell'uomo morto. Per l'ennesima volta non riuscii a trovare su Internet neppure un accenno all'Hotel Montgrí o a Fernando Cucurell. Non ricordavo l'ultima volta in cui avevo provato la frustrante sensazione che Google non fosse in grado di fornirmi una risposta. Del resto però l'Hotel Montgrí aveva chiuso i battenti da trent'anni, ben prima che noi esseri umani cominciassimo a pubblicare e condividere qualsiasi momento più o meno significativo delle nostre vite.

Uscii di nuovo alle dieci meno un quarto di sera. I due minuscoli supermercati del paese – «Non affannarti a confrontare i prezzi, tanto il proprietario è lo stesso per entrambi» mi aveva spiegato Macario – chiudevano alle dieci in punto e io non avevo niente da mettere sotto i denti. Uno si trovava praticamente davanti al mio bungalow, però decisi di andare nell'altro, un po' più distante, in modo da avere una scusa per passare davanti all'albergo.

Dalla porta aperta non sorvegliata fuoriusciva un'intensa luce brillante. Parcheggiato in strada c'era un furgoncino bianco con la scritta "Polizia di Santa Cruz – Squadra Scientifica" su una fiancata. Il ronzio costante del generatore elettrico che illuminava l'interno dell'Hotel Montgrí squarciava il silenzio notturno.

Notai che dall'altra parte della strada qualcuno si stava avvicinando all'albergo a passo deciso. La riconobbi quando si fermò davanti alla porta d'ingresso e la luce proveniente dall'interno le illuminò il volto: era Laura, la dipendente di Rodolfo Sosa. Guardò prima a destra e poi a sinistra, quindi si chinò per superare il nastro di plastica che impediva l'accesso ed entrò.

Determinato a scoprire che cosa ci facesse lì, anche io oltrepassai il nastro di delimitazione e arrivai alla reception. Mi affacciai nel corridoio che conduceva alle camere. Era vuoto. Dalla porta della stanza numero sette usciva un forte fascio di luce. Pensai che la cosa migliore da fare fosse presentarmi in quella camera con una scusa qualsiasi, ma prima di poter muovere anche solo un passo sentii un uomo che stava alzando la voce e vidi due ombre proiettate nel corridoio. Stavano uscendo. Reagii d'istinto nascondendomi dietro il bancone della reception.

Sentii dei passi che si avvicinavano.

«Come te lo devo dire, Laura? Non puoi stare qui, lo sai benissimo. Cosa cazzo vuoi?» disse un uomo di cui non riconobbi la voce. Mi resi conto che doveva trovarsi a meno di cinque metri da me.

«Secondo te cosa voglio?» rispose la dipendente di Sosa.

«Questo non è un gioco, Laura. Sto lavorando.»

«Lo vedo. E a quanto pare...»

Le voci si allontanarono verso la porta d'ingresso. Non riuscii a sentire la parte successiva della conversazione, però ne colsi la conclusione, visto che Laura pronunciò le ultime frasi gridando: «Ma sei serio? Dopo tutto quello che ho fatto per te? Vaffanculo, Ricardo!».

Alcuni secondi dopo i passi di Ricardo tornarono a far scricchiolare il pavimento di legno. Prima che sparisse di nuovo nel corridoio, riuscii a leggere la scritta "POLIZIA SCIENTIFICA" sul retro del suo gilet.

Rimasi nascosto dietro il bancone per qualche altro minuto. Quando uscii dall'albergo, di Laura non c'era più traccia.

Camminai in fretta verso il supermercato, ma dopo

nemmeno cinquanta metri sentii che qualcuno dietro di me gridava il mio nome.

CAPITOLO 13

Quando mi voltai vidi Rodolfo Sosa venirmi incontro con un sorriso che mi apparve falso persino alla luce fioca dei lampioni.

«Julián, come stai?»

«Bene. Per quanto si possa stare bene dopo una cosa del genere» risposi indicando l'albergo.

Lui scosse il capo e mi fece un sorriso comprensivo.

«Te l'avevo detto di non entrare con la forza... O sbaglio?»

«Che cosa vorresti insinuare? Tu sapevi che là dentro c'era un cadavere?»

«No. Ma se avessi aspettato il fabbro e fossi entrato con me, avremmo potuto fare la denuncia insieme, parlare con i miei contatti a Río Gallegos e cercare di affrontare la cosa con più discrezione possibile. Insomma, di contenerla in qualche modo.»

«Contenerla?»

Senza rinunciare al suo sorriso, il sindaco emise uno sbuffo della stessa lunghezza della giornata che stavo vivendo. Poi indicò alle sue spalle con il pollice.

«Domani arriveranno giornalisti da tutta la provincia. E se siamo sfortunati la prossima settimana saremo sommersi dalla stampa nazionale. Credo di averti già detto che qui viviamo di turismo. E un turista assassinato in un albergo non gioca certo a nostro favore, anche se si trova lì da trent'anni.»

Certo, perché per me invece era una manna dal cielo.

«Come fai a sapere che era un turista?»

Sosa chiuse gli occhi e scosse di nuovo il capo.

«Non è rilevante.»

«Come sarebbe a dire che non è rilevante?»

«È un'informazione riservata. Ciò che conta è che qui a El Chaltén abbiamo delle regole. Sono la pace e la tranquillità a darci da mangiare. Non puoi distruggere tutto come un elefante che entra in una cristalleria.»

«Ti sbagli, io non c'entro niente con questa storia. In un modo o in un altro quell'albergo andava aperto e il cadavere prima o poi sarebbe saltato fuori.»

«Ti capisco» rispose lui, e fedele al suo gesto preferito mi mise una mano sulla spalla, che quella volta mi sembrò più pesante del solito. «Ma adesso cerca anche tu di capire me. Sono nervoso. Da anni nessuno metteva piede in quell'albergo e ora ci entri tu e trovi quella roba.»

«Sei sicuro che nessuno ci mettesse piede da anni?»

«Danilo se ne sarebbe accorto e mi avrebbe detto qualcosa. Mi racconta la storia di ogni formica che uccide.»

«Sorveglia l'albergo con una certa apprensione, non trovi?»

«Smettila subito, Julián. È impossibile che Danilo abbia qualcosa a che fare con questa storia. Gli unici esseri a cui è in grado di togliere la vita sono le formiche.»

«Non lo sto accusando. Vorrei soltanto capire perché ci tiene tanto a fare la guardia all'albergo.»

«Come ti ho già detto, io non vivevo a El Chaltén né quando l'albergo è stato costruito né mentre era in attività. Danilo sostiene che Fernando gli abbia chiesto di occuparsene. Stando a quando si dice in giro, tuo zio era molto affezionato a lui e viceversa.»

«Ha detto la stessa cosa anche a me.»

Sosa sbuffò, come se avesse difficoltà a trovare le parole.

«Danilo è diverso» disse infine. «Ha le capacità intellettive di un bambino di otto anni. In una comunità come la nostra una persona del genere la si aiuta.»

«Naturalmente.»

«Quello che intendo è che anche se l'albergo adesso è tuo, devi capire che negli ultimi trent'anni nessuno ha mai detto a Danilo che non poteva sedersi in veranda, tagliare il prato o uccidere le formiche. Ti ha anche ridipinto i tronchi della staccionata almeno un paio di volte. L'ultima volta gli ho procurato io stesso la vernice tramite il Comune.»

Ecco che mi rinfacciava un altro favore che non gli avevo chiesto.

«Ogni giorno passa ore e ore su quella veranda, Julián. L'Hotel Montgrí è tutta la sua vita e se non fosse stato per lui in questi anni qualcuno avrebbe senz'altro forzato una finestra per entrare a fare i propri comodi. Anche se non te ne rendi conto, Danilo ti ha fatto un favore.»

«Ho capito. Ma perché mi stai dicendo queste cose?»

«Perché non voglio che tu sospetti di lui.»

CAPITOLO 14

Ritrovare un cadavere ti lascia poco tempo per stare dietro alle scartoffie. La visita in Comune che avevo in programma per quel lunedì, per esempio, finii per farla il martedì mattina.

Il municipio aveva un aspetto ben diverso da quello del precedente sabato pomeriggio, quando Sosa lo aveva aperto di straforo solo per me. Tanto per cominciare nel parcheggio c'erano molte più automobili. Ma davvero la gente andava in giro in macchina in un paese così piccolo?

Alla reception un'impiegata smise di parlare con l'uomo di cui si stava occupando per rivolgersi a me: «Buongiorno. Come posso aiutarla?».

«Mi chiamo Julián Cucurell...»

«Ah, sì. È qui per parlare con Margarita?»

Ottimo: ormai anche la segretaria del municipio conosceva il nome del tipo spagnolo che aveva ereditato l'Hotel Montgrí con un morto in dotazione.

«Rodolfo mi aveva avvertita che probabilmente sarebbe venuto oggi» aggiunse aprendo una porta accanto alla sua scrivania. «Prego, mi segua.»

Il corridoio, che tre giorni prima si trovava immerso nell'oscurità e nel silenzio, era ora inondato da una luce ospedaliera e da voci provenienti dalle porte su entrambi i lati. Riuscii a captare due frammenti di conversazione sul calcio e uno sul cibo. A quanto pare lavorare sodo è una prerogativa di tutti i dipendenti pubblici e non conosce frontiere.

Passando davanti alla porta socchiusa del suo ufficio, vidi Sosa in compagnia di un altro uomo. La segretaria mi fece proseguire fino quasi in fondo al corridoio e mi indicò un ufficio dove fui accolto da una donna di mezza età con i capelli scuri e un sorriso perfetto.

«Margarita, ti presento Julián Cucurell» disse la segretaria.

«Benvenuto, Julián! La stavo aspettando.»

Parlava come se mi conoscesse. Le sorrisi e mi misi a sedere su una sedia all'altro lato della scrivania. La segretaria ci lasciò soli e chiuse la porta.

«Penso di sapere perché è qui, ma è meglio che me lo spieghi direttamente lei. Come posso aiutarla?»

«Be', vede... Sono il nuovo proprietario dell'Hotel Montgrí.»

«Questo ormai lo sappiamo tutti. È famoso qui a El Chaltén.»

«Mi fa piacere. Ho sempre desiderato sapere che cosa prova un vip quando cammina per strada.»

Contro ogni previsione, a quella mia battuta Margarita rise.

«Sono venuto qui perché Rodolfo Sosa mi ha detto che forse lei potrebbe darmi qualche informazione in più riguardo all'albergo.»

Margarita sorrise e appoggiò una mano su una delle decine di cartelline impilate sulla scrivania.

«Qui dentro c'è quello che sono riuscita a recuperare nell'archivio digitale, le ho stampato tutto. Di sicuro nell'archivio cartaceo ci sono più informazioni, ma per trovare qualcosa lì dentro ci vuole parecchio tempo.»

Nella cartellina c'erano giusto un paio di fogli.

«Ora le spiego. Questa relazione si chiama "scheda commerciale", è una specie di carta d'identità che contiene i dati di ogni attività del paese. Vede? "Hotel Montgrí. Proprietario: Fernando Cucurell. Indirizzo: San Martín (senza numero), tra calle Huemul e calle Los Cóndores. Data di avvio dell'attività: 1° settembre 1990. Data di cessazione dell'attività: informazione mancante".»

«Come sarebbe "informazione mancante"? L'albergo è abbandonato da anni.»

«È vero, però nel sistema c'è scritto così perché

nessuno ha comunicato la cessazione dell'attività, né è stata messa in atto una cessazione automatica per debiti fiscali. Quest'altro documento che le ho stampato è il riepilogo dei pagamenti delle tasse. Parte dal 2002 perché prima il Comune non aveva un archivio digitale. Come può vedere, ci sono tutte le imposte aggiornate. Ogni anno riceviamo puntualmente un bonifico.»

L'unghia color lilla di Margarita scorreva sul foglio lungo la colonna di destra, dove era indicato l'importo corrispondente a ogni anno fiscale. Quei numeri crescenti furono il mio primo incontro ravvicinato con la galoppante inflazione argentina che era sulla bocca di tutti. Ogni anno le tasse aumentavano tra il venti e il trenta per cento rispetto all'anno precedente.

«Chi effettua i pagamenti?»

Margarita indicò la parte superiore della pagina, dove lessi: "Fernando Cucurell. Casella postale 108. 9405. El Calafate, Santa Cruz. Argentina".

«Il sistema genera la fattura in automatico e noi la inviamo al titolare. In questo caso, non essendo stata selezionata l'opzione della fattura elettronica, viene inviata per posta ordinaria.»

«Mi faccia capire: ogni anno voi inviate la fattura a questa casella postale a nome di mio zio e qualcuno paga le tasse dell'albergo?»

«Esatto. L'ultimo pagamento, cioè quello di quest'anno, risale a due mesi fa.»

Due mesi. Mio zio era morto da quattro.

«Immagino che non possa dirmi da chi vengono effettuati i pagamenti...»

«Naturalmente no» rispose lei incrociando le braccia. «È un'informazione riservata.»

Prima di concludere la frase stava già sorridendo mentre mi faceva l'occhiolino. Quindi girò il secondo foglio per mostrarmi un post-it giallo su cui c'era scritto a mano un numero molto lungo.

«Grazie.»

«Per il momento questo è tutto ciò che posso fare

per lei. Se ha bisogno di altre informazioni, come le ho spiegato, dovremo cercare nell'archivio cartaceo. Ma tenga conto che è un labirinto di scatoloni da cui nessuno può uscire vivo.»

Ringraziai Margarita e lasciai il suo ufficio con la scarna cartellina sotto il braccio. Quando passai di nuovo davanti all'ufficio di Sosa vidi la porta aperta. L'uomo con cui si trovava prima se n'era andato. Il sindaco, concentrato sul suo telefono, non si accorse della mia presenza finché non arrivai a pochi centimetri dalla sua scrivania. Mi sembrò strano vederlo in camicia e cravatta.

«Julián! Vedo che ti sei alzato presto. Come stai?»

Nel suo sorriso non c'era alcuna traccia della conversazione leggermente tesa che avevamo avuto il giorno precedente.

«Sono ancora un po' scosso per quello che è successo ieri.»

«Non stento a crederlo. Come è andata con Margarita?» mi chiese indicando la mia cartellina.

«Bene. Mi ha dato delle informazioni molto utili.»

«Mi fa piacere. Siamo qui per aiutarti in ogni tua necessità.»

CAPITOLO 15

Dopo pranzo, sapendo che mi aspettava un pomeriggio libero, decisi di seguire il motto che mi aiutava a rimanere centrato.

«Se ti alleni soffri meno» dissi a voce alta.

Dietro consiglio di Macario salii sul Mirador de los Cóndores, una collina da cui si vedeva tutto il paese con la confluenza dei due fiumi ai suoi piedi. Non avevo mai fatto le flessioni davanti a un panorama così straordinario. Se non fosse stato nuvoloso, avrei visto anche il Fitz Roy.

Alle dieci di sera bussarono alla porta del mio bungalow. Aprii immaginando di trovare Macario, e invece era Laura, la dipendente di Sosa nonché la prima detrattrice che mi ero guadagnato a El Chaltén.

«Posso entrare?» mi chiese senza neppure salutarmi.

«Sto per andare a dormire.»

«Con il fuoco così alto non ti conviene. È pericoloso» disse indicando il caminetto. «E poi sono venuta a dirti una cosa importante.»

Mi mostrò senza aprirla la borsa di tela che portava appesa alla spalla, come se per me significasse qualcosa. E quel trucco in effetti funzionò, perché mi feci da parte per lasciarla entrare.

«Penso che dovremmo dimenticare la nostra conversazione dell'altro giorno» mi disse con lo stesso tono pragmatico con cui si recita una tabellina.

«Mi sembra un'ottima idea. Ripartire da lì non ci porterebbe a niente di buono» risposi tendendole la mano. «Mi chiamo Julián Cucurell.»

«Lo so. Io sono Laura Badía» rispose lei dandomi

una decisa stretta di mano. Quindi si tolse il cappotto, lo appese vicino alla porta e si accomodò su una sedia.

«Badía è un cognome catalano.»

«So anche questo. Sono venuta a chiederti un favore.»

«Negli ultimi tempi mi capita più di riceverli che di farli.»

Estrasse un anello dalla tasca dei pantaloni, poi lo appoggiò sul tavolo.

«Ecco. Guardalo bene. Lo riconosci?»

Era un anello d'argento provvisto di sigillo. A giudicare dal diametro doveva essere di un uomo. Raffigurava il muso di un lupo di profilo che mostrava i denti, e i dettagli erano di un'accuratezza impressionante. Nel punto in cui l'animale tirava indietro le labbra c'era una piega che lasciava emergere zanne perfettamente definite nonostante le dimensioni microscopiche.

«Mi dice qualcosa» risposi. «Ma non ho idea di dove potrei averlo visto.»

«Lo hai visto sul cadavere che hai ritrovato. Ne indossava uno identico.»

«No, non è possibile. Appena mi sono accorto che era morto sono scappato immediatamente. Non sono certo rimasto lì a guardargli le dita.»

«A volte al nostro subconscio basta una frazione di secondo per registrare qualcosa.»

Feci spallucce. Il subconscio mi era oscuro tanto quanto a mia madre era oscura la cucina.

«Domani ti riferiranno che il cadavere che hai scoperto nell'albergo si trovava lì da una trentina d'anni.»

«Una trentina d'anni? Non dovrebbe essersi decomposto?»

«Nel novantanove per cento dei casi sì, ma a basse temperature e in un ambiente secco i tessuti organici possono mummificarsi. Si disidratano a poco a poco evitando la proliferazione dei batteri che li decomporrebbero.»

Hai capito la dipendente di Sosa? Cavalli, subconscio

e mummie. Ma chi era? La sorella argentina di Indiana Jones?

«E poi ti riferiranno anche che, oltre alle lacerazioni a una mano e a un taglio all'inguine, il corpo presentava una ferita all'addome e un'altra nella regione lombare, che probabilmente sono quelle che hanno provocato la morte. A causa dell'avanzato stato di mummificazione non è ancora possibile sapere se quelle due ferite corrispondono all'entrata e all'uscita di un proiettile da arma da fuoco o a due singoli colpi inferti con un'arma da taglio.»

«Sei una poliziotta?»

Laura si accigliò.

«Non più. Ma lo sono stata per dodici anni.»

A quel punto la sua discussione con l'uomo della Scientifica dentro l'albergo cominciava ad acquisire senso.

«Fammi capire. Sei venuta fin qui per dirmi che cosa mi riferirà domani la polizia?»

«No. Sono venuta fin qui per chiederti un favore.»

«Che favore?»

«Quando la polizia finirà il suo lavoro, voglio entrare nell'Hotel Montgrí prima che tu tocchi qualcosa. Ho bisogno di vedere dove si trovava il corpo, devi mostrarmi in che posizione era quando l'hai scoperto e raccontarmi tutti i dettagli che ricordi.»

«Ho visto quel cadavere per meno di un minuto.»

«Nella memoria qualcosa resta sempre» mi rispose lei indicando l'anello.

«Vediamo...» dissi alzando le mani. «Perché prima non mi spieghi di preciso chi sei e cosa c'entri con quel morto, e poi io decido se aiutarti o meno?»

«È una storia lunga.»

«Ho tempo.»

Laura Badía estrasse dalla sua borsa di tela una pila di fogli tenuti insieme da una pinza di metallo dorata. Erano nuovi, freschi di stampa. Li rivolse verso di me, in modo che potessi leggere l'unica riga scritta sulla prima pagina: "I delitti del ghiacciaio".

PARTE II
I DELITTI DEL GHIACCIAIO

CAPITOLO 16

L'imbarcazione, un piccolo gommone Zodiac di cinque metri, galleggia sul lago ghiacciato. Accanto al catamarano, ormai privo di turisti, sembra un anatroccolo appena nato che nuota accanto alla madre.

La nostra sommozzatrice è insaccata in una muta stagna con sotto uno spesso strato di indumenti. Nella sua quasi trentennale carriera all'interno della Prefettura Navale Argentina, questa sarà la sua quinta immersione sotto il ghiaccio. Si infila l'apposito giubbotto e si carica la bombola sulla schiena. Collega il tubo alla tuta stagna. Respira un paio di volte dal regolatore per verificare che funzioni tutto a dovere.

Si scambia un'occhiata con il suo collega, un sommozzatore che pur essendo vent'anni più giovane di lei ha abbastanza esperienza da poter fare ciò che si accingono a fare. Entrambi annuiscono. Prima di buttarsi in acqua, osservano la superficie intorno allo Zodiac per assicurarsi che non ci siano pezzi di ghiaccio nei paraggi. Dopotutto si trovano a cinquanta metri da un iceberg grosso come un camion. Anzi, dieci camion, se si conta la parte sommersa.

La nostra sommozzatrice si tuffa all'indietro. Sente l'acqua sulle guance, l'unica parte del corpo che le è rimasta scoperta. È talmente fredda da farle male.

Affaccia la testa in superficie e vede il collega che galleggia a un paio di metri di distanza. Nuotano insieme verso l'iceberg avanzando lentamente, come se si stessero avvicinando a una belva che dorme.

Un pezzo di ghiaccio che si stacca da un ghiacciaio ha sempre una forma irregolare e bizzarra. A mano a mano che si scioglie, la forma cambia e il pezzo di ghiaccio ruota. Tremila tonnellate di ghiaccio che si spostano all'improvviso distruggono qualsiasi cosa incontrino sul loro cammino.

I due sommozzatori si immergono. La visibilità è scarsa, quattro metri al massimo, oltre i quali le punte stondate dell'iceberg si perdono in un blu scuro.

Scandagliano il ghiaccio palmo a palmo, illuminandolo con le torce. Due giorni prima, durante un'escursione di turisti su quella stessa imbarcazione che ora li sta attendendo vuota, nella parete del ghiacciaio Viedma è stato scoperto il corpo congelato di Dio solo sa chi. Dopo trentadue ore di sorveglianza continua da parte della Prefettura Navale Argentina, il pezzo di ghiaccio contenente il corpo è caduto in acqua. Dopo altre ventiquattro ore si trovava ormai abbastanza lontano dalla parete del ghiacciaio da permettere che un'immersione nei suoi paraggi non equivalesse a un suicidio annunciato.

È proprio quello il pezzo di ghiaccio che sta ispezionando la nostra sommozzatrice.

Avverte uno strattone alla manica. Il suo collega ha trovato una macchia rossastra che sembra intensificarsi verso il basso. Brutte notizie. Più dovranno scendere, maggiori saranno i rischi a cui saranno esposti.

A quindici metri di profondità scorgono il punto di partenza della macchia rossastra. Come hanno già visto nelle foto, incastonato nel ghiaccio c'è un corpo in posizione fetale con abiti da trekking. La nostra sommozzatrice non può fare a meno di sfiorargli il viso. È duro come tutto il resto dell'iceberg. Fa parte dell'iceberg.

Guarda il collega, che annuisce ed estrae dalla borsa appesa in vita uno scalpello e un martello. Fa lo stesso anche lei, poi si mettono all'opera. Il loro obiettivo è rimuovere il corpo dal pezzo di ghiaccio, come se fosse la parte beccata di una mela.

Nell'acqua il suono viaggia più rapidamente, perciò la nostra sommozzatrice sente ogni colpo del martello sullo scalpello come se provenisse dalla sua stessa testa.

Allo scoccare del ventunesimo minuto di immersione, il collega le fa un segnale strofinandosi le spalle con le braccia incrociate: ha freddo. Anche a lei manca poco per cominciare a tremare, perciò annuisce e fa il pollice alzato. È ora di risalire.

Inchioda la cima di un cavo nel ghiaccio e gonfia d'aria una boa legata all'estremità opposta. Il pallone rosso e allungato si alza verso la superficie. Servirà a permettere ai sommozzatori che daranno il cambio a loro due di arrivare direttamente al corpo, sempre che l'iceberg non lo strappi spostandosi troppo.

Quando salgono a bordo del catamarano, la squadra di supporto offre loro del caffè caldo. La nostra sommozzatrice preferirebbe avere a portata di mano una fiaschetta di cognac per berne una bella sorsata.

Un'ora dopo la coppia che aveva dato il cambio torna a galla: è di nuovo il turno della nostra sommozzatrice. Stando a quanto le dicono, è rimasto poco lavoro da fare.

Si rituffa in acqua insieme al collega. Scendono seguendo il cavo fino alla base dell'iceberg. Quando raggiungono il cadavere, nota che la squadra precedente ha fatto un ottimo lavoro. Hanno rimosso il ghiaccio in maniera tale da lasciare il corpo ancorato all'iceberg soltanto sul lato sinistro. Non ci vorrà molto a liberarlo.

A ogni colpo di scalpello la nostra sommozzatrice rabbrividisce di terrore. È impossibile conoscere il delicatissimo equilibrio che permette all'iceberg di galleggiare proprio in quella posizione e non in un'altra. Rimuoverne una parte è sempre un grande rischio.

Sette minuti dopo il corpo è completamente staccato e galleggia in superficie con un grosso pezzo di ghiaccio attaccato a un fianco, come una roccia che sfida la forza di gravità.

La paura peggiore della nostra sommozzatrice si concretizza: l'iceberg comincia a ruotare in cerca di un nuovo equilibrio. La sporgenza sotto la quale hanno lavorato li spinge ora in profondità, come un'enorme pala che sposta due minuscoli sassolini. È impossibile impedirlo. Il ghiaccio farà di loro ciò che vuole. Mentre vengono trascinati verso il basso, la nostra sommozzatrice prova un fortissimo dolore alle orecchie. Lo sbalzo di pressione è troppo brusco, ma i timpani perforati sono comunque l'ultimo dei suoi problemi. Il primo è che potrebbe morire.

Poi però la rotazione dell'iceberg si arresta all'improvviso, proprio come è cominciata. Il pezzo di ghiaccio ha trovato un nuovo equilibrio. La nostra sommozzatrice fa un cenno al collega per comunicargli che devono andarsene di lì il prima possibile, ma lui la prende per un braccio e le indica la cavità che hanno appena scalpellato. Qualche centimetro di ghiaccio più sotto si distingue un altro volto umano.

In quell'iceberg c'è più di un morto.

CAPITOLO 17

Diedi un'occhiata al dattiloscritto intitolato *I delitti del ghiacciaio*. Laura Badía stava scrivendo un libro. Un libro con fotografie terrificanti che di tanto in tanto spezzavano la monotonia delle parole. Andai all'ultima pagina.

«Mi ci vorrà un bel po' per leggere duecentonovantatré pagine. In genere sono una di quelle persone che preferiscono aspettare che esca il film.»

«Ti faccio un riassunto. Un anno e mezzo fa nel ghiacciaio Viedma sono stati ritrovati due cadaveri che indossavano questo stesso anello. Erano intrappolati nel ghiaccio, duri come pietra. Indovina a quando dovrebbe risalire grosso modo la loro morte, in base alle perizie.»

«A circa trent'anni fa?»

«A circa trent'anni fa.»

«Chi erano?»

«Non si sa. La polizia non è riuscita a identificarli. Sono ancora all'obitorio di Río Gallegos.»

«Fammi capire» dissi io appoggiando l'indice sui fogli stampati. «Pensi che il morto che ho trovato nell'albergo sia collegato ai due cadaveri congelati in quel ghiacciaio?»

«Esattamente.»

«Il tutto per via di un anello?»

«L'anello lo conferma, ma ci sono anche altri indizi. Guarda.» Laura sfogliò le pagine fino a trovare la fotografia di un tavolo con sopra dei pantaloni, delle magliette e delle scarpe. «Questi sono i vestiti che indossavano i cadaveri dentro il ghiaccio. È il tipico abbigliamento da turista degli anni Novanta, grandi marchi di aziende multinazionali. Il tuo morto ne indossava di simili.»

Il mio morto. La cosa non mi piaceva affatto.

«Ma chi sei? Una sceneggiatrice di *CSI*?»

«Ho lavorato per anni come criminalista nella polizia di Santa Cruz. Poi ho lasciato le forze dell'ordine e sono venuta a vivere qui.»

«Certo, e ora per hobby conduci indagini per conto tuo. Una cosa normalissima.»

Laura scosse il capo.

«Ho collaborato per un po' come consulente al caso dei cadaveri nel ghiacciaio. Non è mai stato risolto perché la polizia ha problemi più urgenti da affrontare rispetto a due morti che risalgono a trent'anni fa.»

«Mi era parso di capire che in un posto del genere la polizia non avesse molto da fare.»

«Ma nel resto della provincia sì. El Chaltén può sembrare la Svizzera, ed El Calafate pure, ma si tratta di eccezioni. Nelle altre località di Santa Cruz, dove non c'è un flusso costante di turisti che pagano in dollari sonanti, la situazione è parecchio diversa.»

«Ho capito. Perciò la polizia non ci ha dato troppo peso.»

«Giusto il peso necessario, niente di più. Per me invece è diventata una specie di ossessione. Sto scrivendo queste pagine da più di un anno, anche se a volte penso che con le poche informazioni che ho, un libro genererebbe più domande che risposte. O quantomeno finora è andata così. Ma dopo quello che hai scoperto cambia tutto, capisci?»

«Non molto.»

«Quelle persone sono scomparse trent'anni fa, intorno al 1990. Ti dice niente come data?»

«A dire il vero no.»

«Sosa dice che quando è arrivato lui, nel 1992, l'albergo era già chiuso.»

«Sì, è quello che ha detto anche a me.»

«Sei già stato in municipio a richiedere i documenti dell'albergo?»

«Sì.»

«Allora avrai visto che la planimetria è stata presentata nel 1987.»

Cazzo. Ne sapeva di cose quella tipa.

«Un albergo come quello non si mette in piedi dall'oggi al domani» aggiunse. «Supponiamo che per costruirlo ci sia voluto un anno. Significherebbe che al massimo è stato aperto dal 1988 al 1991.»

«L'avvio dell'attività risale al 1990» dissi io.

«Allora ancora meno: dal 1990 al 1991.»

Laura sollevò il mento, come per invitarmi a incastrare l'ultimo pezzo del puzzle.

«Quindi credi che mio zio fosse in qualche modo coinvolto in quegli omicidi?»

«Quantomeno doveva sapere qualcosa. Non ti ha mai detto niente riguardo all'albergo o a El Chaltén?»

Scossi la testa, poi presi l'anello dal tavolo e cominciai a giocherellarci. Me lo provai su più dita. L'indice era quello dove stava meglio.

«E questo come lo hai avuto?» le chiesi.

«Quando mi sono resa conto che l'interesse nei confronti del caso stava scemando e mi è venuta l'idea di scrivere un libro, me ne sono fatta fare una copia in alpacca. Gli originali sono d'argento.»

Laura riprese a sfogliare il suo dattiloscritto per cercare le fotografie degli anelli delle vittime. Erano identici a quello che avevo tra le mani, solo che l'argento di quelli veri era annerito dal tempo mentre quello di Laura brillava lucidissimo. In una delle foto vidi anche che all'interno degli anelli c'era un'incisione. Mi sfilai quello che avevo al dito: eccola lì.

«*Lupus occidere vivendo debet*» lessi ad alta voce.

«È latino. Significa "Il lupo deve uccidere per vivere".»

«Il lupo deve uccidere per vivere» ripetei.

«Che cosa è successo a tuo zio? Come è morto?»

«Non lo so. Non eravamo in contatto.»

«Ma qualcuno della tua famiglia deve pur averti

detto qualcosa.»

Non confermai né negai. Mi limitai a guardarla, e intanto giurai a me stesso che alla prima occasione in cui ci fossimo trovati a parlare avrei preteso che mio padre mi spiegasse chi era davvero Fernando Cucurell.

«Quindi non ci sono dubbi sul fatto che il cadavere dentro l'albergo sia collegato a quei due che sono morti congelati nel ghiacciaio?» domandai.

«Non sono morti congelati.»

«L'hai detto tu che erano duri come pietra.»

«Erano congelati, è vero, ma non sono morti per quello. Sono stati uccisi.»

CAPITOLO 18
Laura. Un anno e mezzo prima.

L'ultima volta che Laura Badía ha messo piede in un obitorio è stato l'anno scorso, durante l'autopsia di Julio Ortega. Poi è successo quello che è successo e non è più potuta tornare a lavorare nelle forze dell'ordine. Risolvere il caso ribattezzato dalla stampa "Il collezionista di frecce" le è costato il posto di lavoro.

Adesso sul tesserino che porta appeso al collo campeggia la dicitura "CONSULENTE ESTERNA". Non è più un'agente di polizia, ma continua comunque a essere una delle migliori criminaliste di tutta la Patagonia. Per questo l'hanno chiamata.

Il cadavere si trova ancora sul tavolo autoptico dell'obitorio di Río Gallegos, come quarantotto ore fa, quando è stato portato da El Chaltén. A prima vista il suo aspetto non è mutato, anche se Laura sa bene che ormai non è più duro come un pollo congelato. Quando i funzionari della Prefettura lo hanno adagiato sopra il tavolo in acciaio inossidabile, sembrava una statua di marmo.

«Cominciamo?» chiede la dottoressa Vargas, medico legale nonché unica altra persona presente nell'obitorio.

«Sì. Mi dia soltanto un secondo per mettermi i guanti.»

«Non ce n'è bisogno. È sufficiente che guardi.»

Laura annuisce. Quanto le manca lavorare con il dottor Luis Guerra... Dopo averlo aiutato in decine di autopsie, le fa uno strano effetto doversi limitare a guardare. Ma ora non è più un'agente di polizia, così come la dottoressa Vargas non è il dottor Guerra e Río Gallegos non è Puerto Deseado.

La dottoressa Vargas parla ad alta voce affinché le sue parole vengano registrate in modo nitido dal telefono che tiene nel taschino del camice: «La vittima è giunta in obitorio in stato di congelamento totale. Quarantotto ore dopo procedo all'autopsia. Il corpo è stato trovato dentro un iceberg che si è staccato dal ghiacciaio Viedma. Era vestito. Presenta una ferita all'addome».

La dottoressa Vargas spoglia il cadavere con estrema competenza, non sembra mai nemmeno lontanamente sul punto di aver bisogno di aiuto.

Laura nota il foro nel ventre. Ne ha visti troppi praticamente identici per scambiarlo per qualcos'altro: è una ferita da arma da fuoco.

«Ha la pelle d'oca sul busto e sugli arti» osserva.

«Esatto» risponde la dottoressa. «Probabilmente il proiettile non lo ha ucciso sul colpo e prima del decesso ha sviluppato un'ipotermia.»

La dottoressa Vargas continua il suo lavoro di routine ispezionando ogni centimetro del corpo.

«Devono avergli sparato sul ghiacciaio» commenta Laura. «Perché se lo avessero fatto in qualsiasi altro posto per poi portarlo fino a lì, il ghiaccio che circondava il corpo non sarebbe stato così sporco di sangue come appare nelle foto.»

La dottoressa Vargas la guarda da sopra gli occhiali come se stesse scrutando un alieno. Forse si sta rendendo conto che Laura non è lì per intralciare il suo lavoro.

Quando hanno finito con il primo cadavere, le chiede di aiutarla a spostarlo nella cella frigorifera. Quindi, dopo aver pulito il tavolo autoptico, prendono l'altro corpo. Questa volta la conclusione è diversa: morte per trauma cranico.

«Sono d'accordo con lei, signorina Badía» dice la dottoressa dopo aver ultimato la seconda autopsia.

«In merito a cosa?»

«Le vittime non sono state portate sul ghiacciaio dopo il decesso, ma sono state uccise lì. Presentano poche ferite oltre a quelle mortali. A mio avviso quei due uomini hanno camminato sulle loro gambe fino al luogo in cui sono stati ammazzati.»

CAPITOLO 19

Dopo aver preparato una tazza di camomilla per Laura, mi rimisi a sfogliare il suo dattiloscritto.

«Vediamo se ho capito» dissi. «In un ghiacciaio sono stati ritrovati i cadaveri di due uomini uccisi con un'arma da fuoco.»

«Solo uno aveva una ferita da arma da fuoco. L'altro aveva la testa rotta.»

«Può darsi che uno abbia ammazzato l'altro e poi si sia suicidato?»

«Non si può escludere, certo, ma mi sembra altamente improbabile. L'esame tossicologico condotto dopo l'autopsia ha rivelato in entrambe le vittime la presenza di diazepam, un sedativo molto comune sia a quei tempi che oggi. L'aspetto interessante è che in tutti e due i casi la sostanza non era presente soltanto nel sangue, ma anche all'interno dello stomaco, il che significa che l'avevano assunta poco prima di morire.»

«Allora magari qualcuno li ha portati lì drogati per poi ucciderli.»

Laura mi sorrise quasi con tenerezza.

«Hai già ampiamente considerato qualunque ipotesi io possa avanzare, dico bene?»

«Forse non proprio tutte, ma ho comunque un anno e mezzo di vantaggio rispetto a te. In genere le vittime degli omicidi plurimi muoiono tutte per la stessa causa. Se è per un colpo di arma da fuoco, muoiono tutte per un colpo di arma da fuoco. Se è per accoltellamento, muoiono tutte per accoltellamento. Quando studi molta casistica, ti rendi conto che è difficile trovare un duplice omicidio in cui una vittima è stata uccisa con un proiettile e l'altra con un colpo alla testa. Non è impossibile, certo, ma sarebbe un'anomalia statistica.»

«Si sa qualcosa del colpo di arma da fuoco?»

«Un proiettile calibro 44. Probabilmente partito da un Winchester.»

Quelle parole mi fecero accapponare la pelle.

«Sosa ha un Winchester» dissi.

Laura annuì.

«Sosa e metà dei cacciatori della Patagonia. Il Winchester 1892 è uno dei fucili più diffusi tra le famiglie che vivono da generazioni in questa zona. In passato per possedere un'arma non serviva alcun documento, perciò chiunque abitasse in campagna aveva almeno una carabina. Era indispensabile per cacciare i guanachi e allontanare i puma. Con il tempo la legge è diventata più rigida e armi del genere andavano dichiarate. Non tutti però l'hanno fatto. E così in Patagonia ci sono un sacco di fucili non registrati. Prima che tu me lo chieda, Sosa ha i documenti in regola.»

Annuii, reprimendo il desiderio di continuare a elaborare congetture. Proporre a Laura delle ipotesi in merito ai delitti del ghiacciaio era come dare suggerimenti a Messi su come tirare un calcio di rigore.

«È incredibile» dissi. «Quindi sono rimasti lì dentro per trent'anni, completamente congelati? Pensavo che nel ghiaccio si ritrovassero soltanto cavernicoli preistorici.»

Laura scosse il capo.

«Hai dello zucchero?»

Indicai la zuccheriera sopra il tavolo.

«Me ne serve parecchio di più.»

«Ti piace proprio dolce la camomilla, eh?» commentai, prendendo dal mobile della cucina una confezione da un chilo.

Laura mi chiese una tazza vuota e la riempì di zucchero fino all'orlo.

«Dopo l'Antartide e la Groenlandia, il Campo di ghiaccio della Patagonia è la terza massa ghiacciata più grande al mondo. Immagina che lo zucchero dentro la tazza sia ghiaccio. Non ha modo di uscire. Se ne sta lì, immobile, dalle ultime glaciazioni. Ma si dà il caso che tutti gli inverni nevichi.»

Laura versò un altro po' di zucchero nella tazza finché da un lato traboccò un sottile rivolo bianco.

«Questo è un ghiacciaio. Un fiume di ghiaccio che avanza costantemente a mano a mano che sulla montagna nevica.»

«Però mi hanno detto che il Viedma si sta ritirando.»

«Si tratta di una semplificazione. La realtà è che si spacca in maniera più rapida rispetto alla velocità di avanzamento, perciò negli anni il fronte del ghiacciaio arretra sempre più. Ma se infilassi una bandierina nel ghiaccio la vedresti ogni giorno un po' più avanti. Il ghiaccio di un ghiacciaio può soltanto avanzare o sciogliersi, non può ritirarsi. Il fronte del ghiacciaio che vedi oggi è neve caduta sulle montagne quando Colombo stava arrivando in America.»

«Com'è possibile allora che i corpi di due turisti di trent'anni fa siano stati ritrovati all'interno di un blocco di ghiaccio che di anni ne ha cinquecento?»

«No, no. Cinquecento anni li impiega la neve che cade sulla sorgente del ghiacciaio per percorrere i settanta chilometri di distanza fino al lago. Ma nessuno ha detto che quei corpi siano partiti da lì. Il ghiacciaio è come un imbuto, si restringe via via che avanza. Affinché la stessa quantità di ghiaccio possa passare attraverso uno spazio più piccolo, l'unico modo è che vada più veloce. In prossimità della parete frontale, il Viedma avanza a una velocità compresa tra uno e due metri al giorno.»

«Quindi trent'anni fa quei due turisti sono andati a fare un'escursione sul Viedma, sono stati ammazzati lì e i loro corpi sono rimasti dentro il ghiaccio finché l'anno scorso il ghiacciaio li ha sputati.»

«Questa quantomeno è la storia che ci racconta il ghiacciaio.»

«Che vuoi dire?»

«Che ignoriamo ciò che non sappiamo. Potrebbero

esserci altri tre morti nel Viedma. Anche l'arma, e persino l'assassino, potrebbero trovarsi lì. Così come potrebbero esserci altri indizi intrappolati nel ghiacciaio o che si sono staccati anni prima di quei cadaveri. Il ghiaccio avanza alla velocità che vuole e perde pezzi in continuazione, con o senza la presenza di un pubblico. È stato quasi un miracolo che ci fosse un'imbarcazione piena di turisti proprio lì davanti quando il distacco ha fatto comparire il primo corpo. Se fosse successo sei ore prima, o dopo, non lo avremmo mai saputo.»

La mia mente lavorava a più non posso. Aver ucciso tre persone sarebbe stata una ragione sufficiente per abbandonare per sempre un albergo appena costruito.

«Come mai non è stato possibile identificare quei cadaveri?» domandai.

«Perché abbiamo pochissimi dati certi a disposizione. Due uomini di circa trent'anni morti tra il 1987 e il 1992.»

«Non esiste un database per le persone scomparse?»

Laura annuì e bevve un sorso di camomilla.

«La polizia federale ne possiede uno, ma non ci sono corrispondenze. Se il nome di uno dei due si fosse trovato in quel database, lo avrebbero identificato. I corpi sono in ottimo stato di conservazione, perciò è stato possibile sottoporli a qualunque tipo di analisi: DNA, colore dei capelli, degli occhi, impronte dentali e digitali, cicatrici e così via.»

«Si possono prendere le impronte digitali a un cadavere morto da trent'anni?»

«Se è ben conservato come quelli del ghiacciaio, sì. Se è mummificato come il tuo, anche.»

«Non è mio.»

«Be', hai capito cosa intendo. Il processo di reidratazione è abbastanza semplice. Magari nel suo caso avremo fortuna e riusciranno a identificarlo. Invece per quanto riguarda gli altri due sembra che nessuno ne abbia denunciato la scomparsa.»

«È strano, non ti pare?»

«Molto. Se si trattasse di un'unica persona potrebbe non avere parenti. Però sono due e tra loro non c'è consanguineità. È praticamente impossibile che nessuna delle due famiglie abbia denunciato la scomparsa. Se erano argentini, dovrebbe esserci almeno una denuncia risalente a quel periodo presso la polizia federale. Se erano stranieri, il Ministero degli Esteri avrebbe dovuto ricevere la segnalazione tramite un'ambasciata.»

Rimasi in silenzio, mentre passavo al vaglio tutte quelle informazioni. Laura rimise lo zucchero della tazza all'interno della sua confezione.

«Il mio dattiloscritto arriva fino a questo punto della storia» aggiunse dopo un po'. «Pensavo che sarebbe stato il ghiaccio a fornirci un'eventuale nuova pista. Non avrei mai immaginato che lo avrebbe fatto uno spagnolo che ha ereditato l'albergo abbandonato accanto a dove lavoro.»

Si alzò in piedi e ripose la confezione di zucchero dentro il mobile della cucina. Poi tolse il cappotto dall'attaccapanni. Vidi il suo sguardo soffermarsi sul biglietto con la minaccia che avevo lasciato sopra uno scaffale.

Feci un paio di falcate nella sua direzione per prenderlo, ma lei mi precedette.

«E questo cos'è?» chiese mentre lo leggeva. «Quando lo hai ricevuto?»

«Tre giorni fa. Poche ore dopo aver parlato con te.»

«Cioè prima di ritrovare il cadavere.»

«Sì.»

«*Vendi l'albergo e vai a goderti i soldi da un'altra parte. A El Chaltén non sei il benvenuto*» lesse a voce alta. «Perché non me l'hai detto?»

«Ti conosco a malapena e devi ammettere che non siamo certo partiti con il piede giusto. Senza contare che l'unica persona che sapeva della mia esistenza e conosceva il motivo per cui mi trovo qui eri proprio tu.»

«A che ora l'hai ricevuto?»

«Verso le sei o le sette di sera, quando è venuto qui

Sosa. Me l'ha dato proprio lui. Mi ha detto di averlo trovato sotto la mia porta.»

Laura chiuse gli occhi e scrollò il capo.

«Quando hai ricevuto la minaccia già mezzo paese sapeva chi sei.»

«Come sarebbe?»

«Quella mattina, quando Sosa è tornato a casa, gli ho raccontato della tua visita. Era sabato, e come ogni sabato lui è andato a pranzo con i suoi amici. Saranno una decina in tutto. Puoi star certo che glielo abbia detto tra un boccone e l'altro.»

«Eri presente anche tu?»

Laura mi fece un sorrisetto.

«No, però conosco il mio capo. È una brava persona, ma la discrezione non è il suo forte. È impossibile che abbia tenuto la bocca chiusa. E in un paese così piccolo una novità di rilievo come l'arrivo del proprietario dell'unico albergo del posto, abbandonato da anni, viaggia alla velocità della luce. Alle sette di sera doveva già esserci un sacco di gente che sapeva chi eri.»

«Merda.»

«Chiunque abbia scritto questo biglietto è qualcuno che a trent'anni di distanza non vuole che la verità venga a galla.»

«O magari l'esatto contrario» dissi io.

«Cosa vorresti dire?»

«Non faccio che pensare a quella minaccia da ore. Non ti sembra un po' troppo innocente? È come se un giocatore di poker mostrasse una delle sue carte per depistare. Non sarà che mi hanno lasciato quel biglietto per incoraggiarmi a indagare?»

«Mi sembra un ragionamento un po' contorto.»

«Può darsi. In ogni caso non ho intenzione di fare o non fare qualcosa per colpa di un biglietto anonimo. Voglio scoprire chi era mio zio.»

A quelle parole Laura si accigliò.

«Cosa intendi?»

Esitai su quanto raccontarle. Non la conoscevo

affatto, ma il dattiloscritto che mi aveva portato era frutto di un lavoro di mesi, se non addirittura anni. Almeno riguardo a quello non mentiva: aveva indagato sui delitti del ghiacciaio.

«Intendo che non sapevo che mio padre avesse un fratello finché non hanno bussato alla mia porta per dirmi che Fernando era morto e io ero il suo unico erede.»

Naturalmente Laura non si accontentò di quella frase e mi fece molte altre domande. Le raccontai le poche cose che sapevo: dove, come e quando era morto Fernando Cucurell, le sue ultime volontà riguardo alle ceneri e il fatto che mio padre non avesse sue notizie da quarant'anni.

«Dovranno minacciarmi meglio se vogliono che me ne vada senza aver prima scoperto chi era mio zio, e soprattutto il motivo per cui ha abbandonato l'albergo trent'anni fa. Nel frattempo continuerò a fare domande. Se può esserti utile per il tuo libro, il tuo aiuto è benaccetto.»

Laura mi guardò per un istante con un'espressione mortificata, come se non sapesse se dirmi o meno ciò che le stava passando per la testa.

«Che c'è?» le chiesi.

«Sarò sincera, perché non sopporto le bugie.»

«Questa cosa mi è stata chiara fin dal nostro primo incontro.»

«Stammi a sentire, Julián: sono una persona molto tenace. A volte anche troppo. Se continuo a indagare su questa faccenda, potrei scoprire qualcosa che non ti piace.»

«Ti riferisci al fatto che potrebbe essere stato mio zio a uccidere quei tre turisti?»

«Sì.»

«Era mio zio, è vero, ma non faceva parte della mia famiglia. Come ti ho spiegato, lui e mio padre hanno smesso di parlarsi quando io non ero ancora nato. Cioè diversi anni prima di quegli omicidi. Se anche dovessimo scoprire che Fernando Cucurell era un mostro, non mi interessa.»

Senza distogliere lo sguardo dal biglietto con la minaccia, Laura si rimise a sedere.

«In Comune ti hanno detto altro sulla storia dell'albergo, a parte la data della licenza?»

Annuii e aprii sul tavolo la fotocopia della planimetria e il riepilogo dei pagamenti delle tasse.

«Margarita, l'impiegata del municipio, mi ha dato anche questo» dissi mostrandole il post-it attaccato sul retro di uno dei fogli. «Suppongo che sia il numero di un conto corrente bancario.»

Laura esaminò i numeri scritti a mano.

«Sì, è una Clave Bancaria Uniforme, cioè il codice che si utilizza qui in Argentina per identificare un conto corrente. Le prime tre cifre indicano la banca, le altre quattro la filiale.»

Prese il telefono e trascrisse il numero.

«Zero, otto, sei: Banco Santa Cruz. Nove, quattro, zero, cinque: filiale di El Calafate.»

«Il Comune invia le fatture presso una casella postale di El Calafate» le spiegai. «Devo scoprire a chi appartiene quel conto. Qui a El Chaltén c'è una filiale del Banco Santa Cruz?»

«È l'unica banca che abbiamo» rispose Laura ridendo. «Si trova all'ingresso del paese.»

«Andrò a chiedere domani stesso appena apre. Anche se temo che non potranno darmi un'informazione del genere.»

«L'orario di apertura è ventiquattr'ore su ventiquattro.»

«Una banca aperta ventiquattr'ore su ventiquattro?»

«Non è una banca. È uno sportello automatico. La vera banca si trova a El Calafate.»

«Mi stai dicendo che per parlare con qualcuno bisogna fare duecento chilometri?»

«Duecentoventi. E non solo nel caso della banca, ma anche per un ospedale, per un notaio... Quasi per tutto. Benvenuto a El Chaltén!» disse mentre si rialzava in piedi e apriva la porta.

«Dove stai andando?»
«Alla banca. Andiamo.»
«Adesso? Duecento chilometri?»
«Certo» rispose Laura divertita.
«Arriveremo a notte fonda... Non apriranno fino a domani mattina.»
«Seguimi e smettila di fare tutte queste domande.»
Attraversammo il paese. Quando arrivammo in fondo alla strada principale, dove il piccolo distaccamento di polizia presidiava l'unico accesso a El Chaltén e la strada diventava statale, Laura scoppiò a ridere.
«Che ti prende?»
«Credevi che stessimo andando a El Calafate?»
«Non è così? Allora che ci facciamo qua?»
Indicò una piccola struttura squadrata che sembrava un container navale dotato di finestre. L'insegna luminosa in alto recitava: "Banco Santa Cruz". Il logo naturalmente era il celebre Monte Fitz Roy, che non ero ancora riuscito a vedere.
Entrammo nella minuscola stanzetta, identica a tutte quelle che ospitavano qualunque sportello automatico di Barcellona, con l'unica differenza che l'ufficio di riferimento non si trovava dall'altra parte del muro bensì a più di due ore di distanza.
«Ogni lunedì, mercoledì e venerdì viene un impiegato di El Calafate a rifornirli di banconote» mi spiegò Laura avvicinandosi a uno dei due bancomat presenti.
Poi selezionò sullo schermo l'opzione "Transazioni senza carta" e a seguire "Versamento in contanti". La macchina le chiese di digitare la CBU. Dopo aver inserito i numeri scritti sopra il post-it, Laura lesse ad alta voce il messaggio che era comparso: «Verificare che i dati del conto corrente su cui si desidera effettuare il versamento siano corretti. Titolare: Studio González-Ackerman S.R.L. Conto corrente in pesos argentini».
Laura schiacciò il pulsante "Annulla" e poi si immerse nello schermo del suo telefono.

«Stando a quanto vedo, lo Studio González-Ackerman è uno studio legale di El Calafate.»

«Significa che in tutti questi anni sono stati loro a pagare le tasse dell'albergo?»

«A quanto pare.»

CAPITOLO 20

L'autobus che avevo preso a El Chaltén alle otto del mattino arrivò a El Calafate alle undici meno un quarto. Lo Studio González-Ackerman si trovava in centro, a un quarto d'ora a piedi dalla stazione degli autobus. Decisi di fare una passeggiata per ammazzare il tempo fino alle undici e mezzo, cioè l'orario del mio appuntamento.

Rispetto a El Chaltén, El Calafate aveva uno stile più cittadino. Nella via principale c'erano bar, un casinò, agenzie che proponevano escursioni su vari ghiacciai, banche, negozi di souvenir e ristoranti con finestre da cui si vedevano agnelli interi ad arrostire sul fuoco. Anche la tipologia di turisti era diversa: più vecchi e in carne rispetto a quelli di El Chaltén. Immaginai che dipendesse dalla differenza tra il dover camminare ore per vedere qualcosa e il poterci arrivare comodamente in auto. A quanto pareva Sosa aveva ragione: il Perito Moreno era un ghiacciaio particolarmente democratico.

All'orario concordato mi diressi verso lo Studio González-Ackerman. Era un'elegante casa rivestita di tronchi in una strada tranquilla, per lo più residenziale, a duecento metri dalla via principale.

«Buongiorno» mi salutò un uomo all'incirca della mia età seduto dietro una scrivania.

«Buongiorno. Ho un appuntamento per oggi alle undici e mezzo. Mi chiamo Julián Cucurell.»

«Prego, signor Cucurell, mi segua. La dottoressa Ackerman la sta aspettando.»

Il segretario mi condusse lungo un breve corridoio fino a una porta, alla quale bussò con tre colpetti per poi aprire senza aspettare una risposta.

«Dottoressa, c'è qui il signor Cucurell.»

L'avvocata si alzò e fece il giro della scrivania per venire a salutarmi. Poteva avere una cinquantina d'anni abbondante, aveva i capelli tinti di biondo e la pelle troppo abbronzata per una persona che viveva in un luogo famoso per le basse temperature. Era molto magra, aveva zigomi pronunciati e rughe attorno alla bocca. Emanava un aroma intenso, un misto di profumo costoso e sigarette.

«Grazie, Marcelo» disse al segretario. Poi mi strinse la mano. «Benvenuto in Patagonia, signor Cucurell. Prego, si accomodi.»

«La ringrazio.»

Presi posto su una sedia in pelle che valeva più di tutti i mobili della mia sala da pranzo messi insieme.

«Marcelo mi ha detto che lei è il nuovo proprietario dell'Hotel Montgrí di El Chaltén, giusto?»

«Esatto. L'ho ereditato di recente da Fernando Cucurell. Era mio zio.»

«Condoglianze per la sua perdita.»

«Grazie.»

«Come possiamo aiutarla?»

«Mi risulta che il vostro studio stia pagando le tasse dell'albergo da diversi anni.»

«Chi glielo ha detto?»

«Che importa?» ribattei appoggiando sul tavolo una copia del testamento.

L'avvocata si prese qualche secondo per sfogliarla.

«Ho bisogno di sapere da dove vi arriva il denaro che usate per pagare le tasse» dissi.

L'avvocata scosse il capo con un sorriso identico a quello che in genere io rivolgo ai promoter delle ONG per dire di no ancora prima che comincino a parlare.

«Mi dispiace, signor Cucurell. Purtroppo non posso proprio aiutarla.»

«In che senso?»

«Anche se questa fotocopia provvista di timbri che nel mio paese non sono validi è una fedele copia dell'originale in suo possesso, non sono tenuta a darle alcuna informazione.»

«Ma Fernando Cucurell era vostro cliente, no? Le tasse le pagate voi.»

«Lo sta dicendo lei. Io non confermo né smentisco.»

«Tutto questo è ridicolo. Mio zio è morto e io voglio solo sapere da dove arrivano quei soldi.»

L'avvocata si strinse nelle spalle. Avrei ottenuto più risposte dalle ceneri di mio zio che da lei.

«Perché non vuole aiutarmi?»

«Cosa le fa pensare che non voglia? Un conto è volere, un conto è potere. Non posso condividere informazioni riservate, signor Cucurell. A lei piacerebbe se il suo avvocato andasse in giro a divulgare i suoi dati personali?»

«Se fossi morto, non me ne importerebbe un bel niente.»

L'avvocata chiuse la bocca con un sorriso a denti stretti e capii che non l'avrebbe più riaperta. Mi alzai e uscii dall'ufficio reprimendo il desiderio di sbattere la porta.

CAPITOLO 21

Verso le sette di sera io e Laura bussammo alla porta dell'abitazione più grande all'interno del mezzo ettaro di terreno adiacente all'Hotel Montgrí. Ci aprì la porta Rodolfo Sosa, in camicia e con un mate in mano.

«Voi due insieme? Non può essere una buona notizia...» disse mentre ci faceva cenno di entrare.

La casa era rustica ed elegante insieme. La massiccia struttura a vista fatta di tronchi che sosteneva il tetto si abbinava alla perfezione alle pareti in mattoni. Mia madre avrebbe approvato.

«Posso offrirvi qualcosa? Mate? Caffè?»

«Visto che stai bevendo un mate, ti faccio compagnia» rispose Laura.

«Anche io» mi aggiunsi, senza confessare di non aver ancora mai assaggiato quella bevanda della quale gli argentini sembravano essere tanto devoti. Mi guardarono entrambi un po' sorpresi, ma non dissero niente.

Ci sedemmo al tavolo della cucina. Dalla finestra si poteva scorgere una bassa collina che si stagliava contro lo sfondo di un cielo di nuvole color porpora.

«Che bella vista per lavare i piatti» commentai tanto per rompere il ghiaccio.

«Non ci si stanca mai di un panorama del genere» rispose il sindaco mentre passava una tazza di mate a Laura. «Ogni giorno è diverso. E non puoi capire che meraviglia quando il cielo è privo di nuvole. Dietro quella collina c'è il Fitz Roy.»

Laura trangugiò l'infuso in una manciata di secondi e gli restituì la tazza prima di parlare.

«Ti starai immaginando il motivo della nostra visita,

Rodolfo» disse.

«Non c'è bisogno di essere un genio.»

«Finora non avevamo mai collegato la chiusura dell'Hotel Montgrí ai delitti del ghiacciaio. Ma dopo che è stato ritrovato un cadavere che indossava un anello identico a quelli degli altri due morti, l'associazione è stata inevitabile.»

«Fin qui ti seguo. Ma io che cosa c'entro?»

«Se potessimo avere accesso all'archivio del municipio, forse riusciremmo a trovare qualche indizio che ci spieghi come mai Fernando Cucurell ha tenuto aperto l'albergo per una sola stagione. E questo potrebbe aiutarci a fare progressi nelle indagini.»

Sosa scrollò il capo, come se non fosse la prima volta che ascoltava quella richiesta.

«Sai bene che quell'archivio è riservato, Laura. Contiene transazioni, debiti, copie di atti... Aprirlo è come mostrare la storia clinica di qualcuno, solo che in questo caso si tratta di un paese intero. Se a chiedermelo fosse la polizia, con un mandato, non avrei scelta. Ma per due civili non posso proprio farlo.»

Notai che la mascella di Laura si contraeva.

«Rodolfo, sai benissimo anche tu qual è il livello di interesse della polizia nei confronti di un altro cadavere risalente a trent'anni fa. Zero. Come nel caso dei due che lo hanno preceduto.»

Sosa aprì la bocca come se stesse per risponderle, poi però guardò me e si bloccò. Sorseggiò un po' di mate prima di decidersi a parlare.

«Sai perché ti ho assunta?»

«Perché sono una persona responsabile, imparo in fretta e lavoro bene.»

«Tutto questo è innegabile, ma l'ho scoperto dopo. Ti ho assunta principalmente perché ti distraessi un po' e lasciassi perdere la storia dei delitti del ghiacciaio.»

«Dici sul serio? Non puoi nascondere sotto un tappeto tutto quello che non ti piace, Rodolfo. È fondamentale scoprire la verità che si nasconde dietro a un omicidio.»

«Sei sicura? Anche se sono passati trent'anni? Che cosa ci guadagniamo?»

«La conoscenza.»

«La conoscenza non è sempre un bene, Laura. A volte porta grane.»

«Sembra la propaganda di una dittatura militare.»

«Sai bene a cosa mi riferisco.»

«Sì, certo. Ti riferisci al fatto che questo posto vive di turismo e che pace e tranquillità sono la moneta più forte che abbiamo. La conosco a memoria questa solfa.»

Nella sala da pranzo calò un silenzio imbarazzante. Sosa mi passò un mate. Lo avvicinai alla bocca e succhiai dalla cannuccia di metallo, la cosiddetta *bombilla*. Il liquido caldo mi ustionò labbra e lingua.

«La prima volta ci si brucia sempre. Ma non preoccuparti, ti abituerai presto.»

Oltre a essere bollente aveva anche un sapore terribile. Com'era possibile che una nazione intera stravedesse per quel vomitevole intruglio? Un altro grande mistero della singolarità argentina.

Grazie alle mie peripezie con il mate, il clima tra Sosa e Laura si era un po' disteso. Ne approfittai per raccontare loro della mia trasferta a El Calafate.

«Ieri ho fatto duecentoventi chilometri per andare a parlare con qualcuno dello studio legale che paga le tasse dell'albergo e non è servito a niente. La conversazione sarà durata sì e no cinque minuti. Una giornata completamente sprecata.»

«È il nostro pane quotidiano» commentò Laura.

«Benvenuto nella Patagonia profonda» aggiunse Sosa. «Capita spesso di fare lunghi viaggi a vuoto.»

«Proprio non capisco l'atteggiamento di quell'avvocata. Il suo studio paga le tasse dell'albergo da anni, eppure sembrava che non gliene importasse niente di riconoscermi come erede e si è rifiutata di darmi la minima notizia riguardo a mio zio.»

«Non è tenuta a farlo.»

«Però potrebbe, no? Se volesse.»

«Certo» intervenne Sosa. «Soprattutto ora che tuo zio è morto. A meno che...»

«A meno che... cosa?»

«In Spagna esiste l'usucapione?»

«Che diavolo è? Un farmaco?»

«Una legge. In Argentina la legge dell'usucapione prevede che se puoi dimostrare di aver pagato le tasse di un certo immobile per vent'anni allora hai il diritto di rivendicarne la proprietà.»

«Davvero? Però in questo caso il Comune invia le fatture a nome di mio zio, presso una casella postale anch'essa a nome di mio zio.»

«Sì, ma il conto da cui provengono i pagamenti appartiene allo studio legale.»

Fino a quel momento avevo pensato che ogni anno mio zio inviasse il denaro per le tasse agli avvocati di quello studio affinché provvedessero al bonifico, ora invece per la prima volta ipotizzavo che le pagassero di loro iniziativa.

«Ma come fanno ad avere accesso a una casella postale a nome di Fernando Cucurell?»

«Questo è il meno. Può darsi che in passato tuo zio abbia firmato una delega. Oppure gli ha lasciato un duplicato della chiave della casella postale» mi spiegò Laura.

Rimasi con il mate in mano mentre tentavo di metabolizzare tutte quelle informazioni.

«Gli stai insegnando a parlare?» mi domandò Sosa.

«Come hai detto?»

«Al mate. Ti ho chiesto se gli stai insegnando a parlare.»

Laura ridacchiò appoggiandomi una mano sul ginocchio.

«Significa che ci stai mettendo troppo a restituire la tazza.»

«Ah, scusami» dissi io porgendo il mio beverone al sindaco, che mentre lo prendeva scosse il capo.

«Devi finirlo tutto prima di restituirlo.»

«Questa bevanda è troppo complicata per me. La prossima volta prendo un caffè.»

Laura e Sosa scoppiarono a ridere all'unisono.

«Voi pensate che lo Studio González-Ackerman paghi le tasse dell'Hotel Montgrí per impossessarsene?»

«Be'... Come ti ho detto, quando mi sono trasferito qui nel 1992 l'albergo era chiuso. Il che significa che è abbandonato da almeno ventisette anni.»

«È vero, ma bisognerebbe capire quand'è che sono cominciati i pagamenti da quel conto corrente» precisò Laura.

«Stando a quanto mi ha spiegato Margarita, l'impiegata del municipio, almeno dal 2002, quando è stato istituito l'archivio digitale del Comune.»

«Diciassette anni» calcolò Laura.

«Come minimo» aggiunse Sosa.

CAPITOLO 22

Uscimmo da casa di Sosa verso le otto di sera. Prima che ce ne andassimo Laura lo convinse, visto che non voleva farci avere accesso all'archivio, a chiedere almeno a Margarita di controllare da quanto tempo lo Studio González-Ackerman pagasse le tasse dell'albergo.

Davanti a El Relincho, dove le nostre strade si dividevano, Laura non fece alcun gesto di saluto.

«Possiamo andare a casa mia?» mi chiese invece. «Voglio mostrarti una cosa.»

«Certo.»

Percorremmo una strada sterrata fino a un piccolo edificio in legno e cemento. L'interno della casa di Laura non era poi molto diverso da quello del mio bungalow. Gli unici segnali del fatto che non vi alloggiava una semplice turista erano dei fogli spiegati sul tavolo e una fotografia sopra uno scaffale. Si trattava di un'immagine in bianco e nero in cui una donna che le somigliava puntava una pistola verso l'obiettivo.

«Mia zia Susana» mi disse Laura avendo notato che la osservavo. «Anche lei lavorava nella polizia.»

«È una foto molto bella.»

«Senza dubbio.»

L'ombra di malinconia che comparve sul suo viso durò appena un istante. Poi si voltò dando le spalle allo scaffale e indicò uno dei fogli sul tavolo. Era una fotocopia a colori di un vecchio passaporto spagnolo, diverso dal mio. Una macchia scura e irregolare ne rendeva illeggibili alcune parti.

«Nella tasca del cadavere che si trovava dentro l'albergo c'era questo passaporto. A quanto pare si chiamava Juan e il suo primo cognome era Gómez. Il secondo invece è completamente coperto dalla macchia di sangue.»

«Girona» lessi indicando il luogo di nascita.

«Stando al sito del Ministero degli Interni spagnolo, l'unico Juan Gómez di cui sia stata denunciata la scomparsa è stato visto l'ultima volta nel 2015 a La Coruña e aveva sedici anni.»

«È impossibile che sia lui.»

«Esatto, perché il medico legale ha stimato che all'inizio degli anni Novanta avesse circa trent'anni, proprio come i due cadaveri nel ghiacciaio.»

Mi accomodai su una delle sedie di legno per metabolizzare quelle informazioni.

«Il nostro Juan Gómez era nato a Girona ed è stato ritrovato assassinato dentro l'Hotel Montgrí, il cui proprietario era originario della stessa provincia» riepilogai. «Mi sembra estremamente probabile che mio zio abbia avuto qualcosa a che fare con la sua morte, altrimenti sarebbe una coincidenza incredibile.»

«Te l'avevo detto che avremmo potuto scoprire qualcosa che non ti piace.»

Sospirai. Ero andato fino a El Chaltén pensando di aver vinto la lotteria e ora invece saltava fuori che il premio consisteva in tre morti collegati a una parte della mia famiglia che nemmeno conoscevo. Dovevo parlare di nuovo con mio padre.

«Perché non mi hai raccontato del passaporto mentre eravamo a casa di Sosa?»

«Sei stato minacciato da qualcuno e non abbiamo idea di chi sia.»

«Credi che sia opera sua?»

«No, però come già sai il mio capo non brilla certo per discrezione. Penso che d'ora in poi dovremo muoverci con la massima cautela.»

«Muover*ci*, al plurale? Hanno minacciato anche te?»

«Non direttamente, ma suppongo che il biglietto che hai ricevuto sia valido per chiunque voglia scoprire la verità su quanto è accaduto in questo paese trent'anni fa.»

«Non saprei. Continuo a essere in dubbio se la minaccia sia una cosa seria o un tentativo di manipolarci per incoraggiarci a indagare.»

«In entrambi i casi è meglio essere discreti.»

«In un posto del genere?» le chiesi. «Come facciamo a scoprire qualcosa senza dare nell'occhio?»

«Per il momento andando a disperdere le ceneri di Fernando alla Laguna de los Tres.»

«Non ti seguo.»

«Andare a esaudire l'ultimo desiderio di tuo zio è una scusa perfetta per poter parlare con Juanmi Alonso. Sosa ti ha detto che si trova in quella zona a riparare un ponte, giusto? Potremmo andarci domani stesso, visto che non lavoro.»

«Ci sarà il sole?»

«Non lo so, non ho guardato le previsioni. Passo da te alle otto in punto. Fai una bella colazione, ne avrai bisogno.»

CAPITOLO 23

L'indomani mattina alle sette fui svegliato da un vigile del fuoco che bussava alla porta del mio bungalow come se la volesse buttare giù. Ci mancava solo un incendio.

«Che succede?»

«Buongiorno. Sono venuto ad avvisarla che non potremo portare via il corpo fino a domani.»

Mi tornò in mente che Laura mi aveva detto che sarebbero stati i pompieri a occuparsi del trasferimento del cadavere all'obitorio di Río Gallegos.

«Perché?»

«La squadra della Scientifica di El Calafate vuole aspettare quella che arriverà da Río Gallegos.»

«D'accordo. Grazie per avermi avvisato. Dubito che quel morto abbia qualcosa in contrario ad aspettare un giorno in più.»

Il vigile del fuoco mi rispose con un sorriso imbarazzato e se ne andò.

In mutande com'ero, feci un passo avanti e guardai in alto. Era quel momento della giornata in cui da una parte comincia a spuntare la luce e dall'altra invece è ancora buio. Il cielo era limpido, nessuna traccia delle nuvole che lo avevano velato negli ultimi sette giorni.

Era incredibile che fossero successe tante cose in così poco tempo.

Mi vestii, mi preparai una tazza di caffè e mi diressi verso la reception perché quella mattina il segnale del wi-fi era debole. All'interno vidi un nugolo di turisti intenti a fare colazione, perciò decisi di mettermi a sedere fuori, appoggiato a una parete che a breve avrebbe ricevuto i primi raggi di sole.

Feci partire una videochiamata che mio padre accettò al terzo squillo.

«E la mamma?»

«È in cucina, sta preparando il pranzo.»

«La mamma che cucina? Spero che tu abbia il numero di Telepizza a portata di mano.»

«Che esagerato... Le dico di venire?»

«No, no. Non importa.»

Mio padre, che teneva lo sguardo leggermente di traverso in modo da guardare me sullo schermo anziché la fotocamera, batté le palpebre un paio di volte.

«Come vanno le cose in Patagonia?»

«Perché non mi hai mai detto di avere un fratello, papà?»

«Vedo che vai dritto al punto.»

«Se preferisci prima ti chiedo com'è andata la partita del Barça.»

Nonostante l'immagine a bassa risoluzione che si muoveva a scatti, notai che mio padre stava facendo un profondo sospiro.

«Va bene, parliamone. Se non ti ho mai detto niente di Fernando è perché ritenevo che non ci fosse niente da dire. Che senso aveva che tu sapessi di avere un parente con cui avevo interrotto i rapporti prima della tua nascita?»

«Non credi che ne avessi il diritto?»

«Quello che credo è di aver fatto la cosa migliore per te.»

«Come mai avete litigato?»

«È una vecchia storia che ormai non ha più alcuna importanza.»

«Raccontamela.»

Mio padre lanciò uno sguardo alle sue spalle, in direzione della cucina.

«Come sempre, figliolo: una donna.»

«Vi eravate innamorati della stessa donna?»

«Non chiedermi di raccontartelo, Julián.»

«La mamma? Avete litigato per la mamma?»

«Tua madre non c'entra niente, ma vorrei che rispettassi il silenzio del tuo vecchio. Per quanto mi riguarda, mio fratello è morto decenni fa e ormai la mia ferita si è richiusa e cicatrizzata. Non farmi rivangare quella parte della mia vita solo per curiosità, te lo chiedo per favore.»

«Proverò a spiegarmi meglio, papà. Sto scoprendo delle cose molto strane su tuo fratello. Per ogni risposta che ottengo spuntano altre tre domande. Tu sei l'unico filo che mi lega a quell'uomo di cui non so niente. Se proprio non vuoi, eviterò di chiederti come mai vi siete allontanati, però almeno parlami di lui. Raccontami com'era.»

Un altro profondo sospiro e un'altra occhiata in direzione della cucina.

«Fernando aveva tre anni più di me. Era anche più bello e più intelligente. Estremamente orgoglioso, gli costava moltissimo ammettere i suoi errori.»

«In quest'ultima caratteristica vi assomigliavate.»

Mio padre si strinse nelle spalle, come a dire: «Pensa pure quello che ti pare».

«Adorava l'avventura. Tutto l'ultimo anno alla Santa María de los Desamparados, la scuola che abbiamo frequentato da ragazzi, l'ha passato a organizzare escursioni con ogni tipo di pretesto: analizzare piante, studiare geologia e qualunque altra cosa gli venisse in mente. Tutto ciò che aveva a che fare con l'esplorazione lo affascinava. Si prefiggeva continuamente nuovi obiettivi: scalare una montagna, attraversare una determinata regione in bicicletta o viaggiare in paesi lontani.»

«O magari costruire un albergo dall'altra parte del mondo, per esempio.»

«Per esempio» disse mio padre ridacchiando.

«Sapevi che si era trasferito in Patagonia?»

«No. Come ti ho già detto avevamo smesso di parlarci prima che tu nascessi. Mi pare che l'ultima volta che ci siamo visti risalga al 1983.»

«Immagino che tu non sappia nemmeno dove abbia

preso i soldi per comprare mezzo ettaro di terreno in questo paese e costruirci un albergo. Né se sia venuto qui da solo oppure se fosse sposato.»

Mio padre si strinse di nuovo nelle spalle.

«Prima del vostro litigio era single?»

«Sì. L'ultima volta che l'ho visto era single.»

«Nel 1992 era a Barcellona a firmare il testamento con cui mi nominava suo unico erede. In quel periodo non vi siete visti?»

«No. Non ho mai più avuto sue notizie. E credevo che nemmeno lui ne avesse avute di mie, finché tua madre, in quella telefonata che abbiamo fatto mentre eravamo in crociera, non mi ha detto di averlo incontrato anni dopo a Barcellona.»

«Sai se aveva qualche amico o conoscente che si chiamava Juan Gómez ed era nato a Girona?»

«A dire il vero no, ma è comunque un nome troppo comune perché me ne possa ricordare. Come mai?»

Per un attimo valutai se dire a mio padre che Juan Gómez mi aveva fatto lo scherzetto di aspettarmi dentro l'albergo in veste di cadavere, ma poi, proprio come lui mi aveva tenuto nascosta l'esistenza di Fernando per proteggermi, pensai che anche se aveva litigato con suo fratello quella notizia lo avrebbe turbato troppo.

«Niente di importante. Qui in paese mi hanno detto che era un suo amico, ma sono passati parecchi anni ed è difficile distinguere la verità dalle dicerie.»

«Ah, le dicerie di paese... So bene di che parli, essendo cresciuto a Torroella.»

Sullo schermo comparve mezzo volto di mia madre.

«Ciao, tesoro, come stai? Come va con il freddo?»

«Tutto bene, mamma. Molto bene. Stavo parlando con papà di suo fratello.»

Mia madre fece un'espressione come a dire che non capiva.

«Ascolta, Julián» intervenne mio padre. «A prescindere da quello che ti dicono laggiù, devi sapere che tuo zio era una brava persona.»

«Tanto bravo non doveva essere, visto che non gli hai rivolto la parola per quarant'anni.»

«E questo che c'entra?»

«C'entra eccome. Sei una delle persone più buone che conosco, papà.»

«Julián» protestò mia madre.

«Non preoccuparti, Consuelo. Stammi a sentire, figliolo. Tuo zio non era certo un santo, ma sai benissimo che non lo sono neppure io. Ho attraversato momenti molto difficili. Proprio come è successo con voi, anche con Fernando in più di un'occasione non mi sono comportato bene.»

I "momenti molto difficili" a cui alludeva mio padre erano i suoi anni di alcolismo. Molti dei quali prima di conoscere mia madre. Più altri due in una ricaduta quando io ero bambino.

«Questa non è la storia di un fratello buono e uno cattivo, capito? È la storia di un rapporto che si è spezzato. Quando qualcuno abbatte un albero con un'ascia c'è un evidente responsabile, quando invece lo abbatte il vento non si può incolpare nessuno. Eppure il risultato è lo stesso.»

Con quelle parole mio padre considerò chiusa la conversazione. Io non provai nemmeno ad approfondire, perché sapevo che non avrei avuto successo. Senza contare che, sebbene in Spagna fosse solo mezzogiorno, mia madre annunciò che la tortilla era quasi pronta.

CAPITOLO 24

Pochi minuti dopo la fine della videochiamata con i miei genitori, Laura si presentò al mio bungalow.

«Pronto per l'avventura?» mi chiese.

«"Avventura" fa rima con "tortura"» risposi dopo aver mandato giù un pezzo di pane tostato con un sorso del secondo caffellatte della giornata. «Non sono un gran camminatore.»

«Ti piacerà. E poi oggi c'è un clima perfetto.»

«È vero, all'alba il cielo era completamente limpido» commentai affacciandomi con la tazza in mano. «Dov'è il famoso Fitz Roy?»

«Da questa parte del paese non si vede perché è coperto da quella collina» mi rispose Laura accennando alla stessa collina indicata dalle due turiste spagnole il giorno del mio arrivo. «Ma tra un'ora lo vedrai in tutto il suo splendore.»

Dieci minuti dopo ci stavamo allontanando lungo la strada principale in direzione opposta rispetto all'albergo e all'uscita del paese. Con l'arrivo del sole gli escursionisti sembravano essersi moltiplicati. Arrivati al termine della strada seguimmo i cartelli che indicavano il percorso per raggiungere la Laguna de los Tres, l'escursione di punta di El Chaltén.

«Non hai avuto molta fortuna con il meteo in questi giorni, eh?» disse Laura guardando dietro di sé come se stesse aspettando qualcuno.

«Né con il meteo né con altre cose.»

«Oooh, è vero… Poverino. È impossibile non compatirti. Non dev'essere facile diventare milionario da un giorno all'altro.»

Ci addentrammo nel bosco su un sentiero stretto e ripido. Laura guardò di nuovo dietro di sé.

«C'è qualcosa che non va?» le domandai.

«No, no. Niente» rispose lei riprendendo il cammino.

Stavamo procedendo da nemmeno dieci minuti quando sentii uno sparo. Senza fermarsi, Laura estrasse il telefono di tasca.

«È un messaggio di mia zia. Vive a Puerto Deseado e adora mandarmi foto delle sue piante.»

«La suoneria dei tuoi messaggi è uno sparo?»

«Sì» rispose lei come se fosse la cosa più normale del mondo.

Continuando a camminare Laura mandò un messaggio vocale a sua zia elogiando una delle sue felci e avvertendola che sarebbe rimasta senza segnale per tutto il giorno perché stava andando a fare un'escursione.

«Se mi scrive tra un quarto d'ora non vedrò il messaggio fino al nostro rientro. Nel giro di un chilometro non c'è più copertura.»

«Un'altra parola che fa rima con "tortura".»

Continuammo a procedere in salita. Di tanto in tanto ci facevamo da parte per lasciar passare qualche turista particolarmente motivato. Nella maggior parte dei casi ci salutavano con un sorriso, uno sbuffo e un accento straniero. Mentre camminavamo i miei polmoni mi pregavano di rimanere in silenzio. Laura invece non aveva quel problema.

«Ti piace l'alpinismo?»

«Certo che sì. Come si fa a non amare il fatto di camminare sulle rocce fino a farsi venire le vesciche?»

«Che esagerato! Oltretutto sembri piuttosto in forma.»

«Tra mezz'ora non la penserai più così.»

Dalla sua espressione capii che Laura aveva scambiato quelle mie parole per falsa modestia. Non era la prima volta che mi succedeva. Del resto tra il mio lavoro e gli allenamenti non potevo certo lamentarmi della parte superiore del mio corpo. Pur avendo trentacinque anni, con la luce giusta mi si vedevano ancora gli addominali. Le gambe invece sono sempre state il mio punto debole. Gli sport di resistenza non fanno per me: ho le proporzioni di un fenicottero e la capacità polmonare di un ministro del Vaticano.

Dopo un bel po' di cammino lungo una ripida salita arrivammo davanti a un piccolo cartello di legno: "Chilometro 1".

«Ce ne mancano nove» annunciò Laura.

Avviai una rapida ispezione del mio corpo. I mille metri in salita avevano già fatto sì che le piante dei piedi cominciassero a farmi male e i quadricipiti fossero gonfi, come le rare volte che provavo a fare gli squat. Lo zaino mi pesava come se al posto delle ceneri di un morto mi stessi portando sulle spalle un'intera città.

Due chilometri più avanti ero madido di sudore, con la lingua di fuori e una sete atroce. Laura invece era fresca come una rosa.

Quando ormai stavo cominciando a prendere in considerazione la possibilità di tornare indietro, arrivammo a un cartello che annunciava: "Belvedere Fitz Roy". Mi lasciò perplesso il fatto che si trovasse nel bel mezzo del bosco, dove le cime degli alberi permettevano a stento di indovinare il colore del cielo. Laura indicò un sentiero che deviava da quello principale, grazie al quale sbucammo in una specie di balcone naturale sul pendio della montagna.

Mi bastò un secondo per capire come mai le due turiste spagnole ci tenessero tanto a vederlo: il Fitz Roy era una massa grigia a forma di dente di squalo che si stagliava contro un cielo blu finalmente privo di nuvole.

«Non puoi dire che non è maestoso» mi disse Laura.

«Eccome se lo è.»

Mi misi a sedere su una pietra senza staccare gli occhi dalle pareti verticali della montagna. A metà strada tra la cima e la base c'era una linea orizzontale di neve. Più in basso, al piede, nasceva l'immenso bosco verde che stavamo attraversando da un'ora.

«Eccome se lo è» ripetei. «È impressionante.»

Fino a quel momento non sapevo che un paesaggio potesse farti venire un nodo alla gola. Avvertii una dolce e strana allegria, carica di pace. L'emozione più simile che avevo provato in passato risaliva a quando avevo visto Anna per la prima volta. Per quanto possa sembrare melenso, avevo avuto la sensazione che ci fossimo già conosciuti in una vita precedente e che ci stessimo rincontrando. Mi augurai che la mia storia con la montagna potesse finire meglio.

«Ti invidio» mi disse Laura. «La prima volta che si fa questa escursione è unica. E in una giornata come questa è un vero privilegio. Sarà la decima volta che ci vengo: anche se è sempre stupendo, nessuna è come la prima. E considera che ti manca ancora la parte migliore.»

«La parte in cui passerò una settimana a letto per riprendermi?»

«No, la parte in cui... È meglio se sto zitta. Non voglio rovinarti la sorpresa.»

Mangiammo dei panini con prosciutto e formaggio che Laura aveva comprato nel panificio di El Chaltén. Tra un boccone e l'altro esaudimmo le richieste dei turisti che ci consegnavano il loro telefono perché li fotografassimo con la montagna sullo sfondo. Alcuni si offrirono di ricambiare il favore. Le prime due volte accettammo e ci mettemmo in posa insieme in quello scenario mozzafiato.

Non mi fu semplice rialzarmi per riprendere il cammino. Dopo un'altra ora e mezza di camminata avvistai una tenda da campeggio fra i tronchi di alcuni alberi.

«È il campeggio Poincenot» annunciò Laura. «Gli operai dei parchi nazionali devono essersi sistemati lì, perché il ponte sul río Blanco è nei paraggi.»

A mano a mano che procedevamo, comparivano sempre più tende. Accanto ad alcune c'erano delle persone sedute su dei tronchi a mangiare frutta o scaldare acqua con un fornello a gas portatile. Nella maggior parte dei casi avevano l'aria di turisti stranieri.

Il campeggio Poincenot era molto diverso da qualunque altro campeggio avessi mai visto prima. In Spagna un campeggio ha come minimo un bar e una piscina. Alcuni offrono attività per bambini e sono addirittura dotati di discoteca. Quello invece non aveva nemmeno la reception e le piazzole delimitate. Le uniche infrastrutture consistevano in un'insegna che recitava "Benvenuti a Poincenot" e una piccola capanna di legno grande quanto un armadio con un cartello sulla porta dove c'era scritto "Toilette compostante".

Laura indicò tre tende marroni. Erano più grandi e più robuste di quelle dei turisti, e anche più sporche per via dell'uso.

«Buongiorno. C'è qualcuno?» chiese battendo le mani davanti alle cerniere frontali.

Silenzio.

«Devono essere a lavorare al ponte. Andiamo, dista solo un chilometro.»

Senza nemmeno contemplare la possibilità di sedersi ad aspettarli, Laura si mise in marcia. Quando uscimmo dal bosco fummo di nuovo accolti dal Fitz Roy. O meglio dalla sua metà superiore, visto che davanti c'era un'altra montagna che ne copriva la base.

«Guarda là. Vedi quelle persone che stanno salendo?»

«Dove?»

«Laggiù.»

«No, non le... Ah, sì, le vedo! Come sono piccole!»

Sembravano formiche colorate. Si stavano inerpicando lungo un sentiero che dalla nostra prospettiva sembrava un filo grigio sul pendio della montagna.

«Quella è la parte più difficile dell'escursione. L'ultimo chilometro di salita prima di arrivare alla Laguna de los Tres. La buona notizia è che il ponte si trova prima.»

Quella cattiva era che prima o poi avrei comunque dovuto affrontare quella salita per disperdere le ceneri che custodivo nello zaino.

Dopo aver attraversato una zona paludosa, il

sentiero scendeva attraverso un prato in direzione di un corso d'acqua.

«Quello è il río Blanco. Ecco il ponte, lo vedi?»

Ci misi un po' a individuarlo. Mi ero immaginato un grande ponte d'acciaio, non qualche asse di legno sbiadita che si mimetizzava con le pietre quasi bianche del letto del fiume. Senza contare che in genere i ponti vanno da una sponda all'altra, e invece quello era parallelo al fiume e riverso su un lato, con una delle ringhiere dentro l'acqua e l'altra rivolta verso il cielo.

«Deve aver piovuto moltissimo per ridurlo in quello stato» commentò Laura.

Avvicinandoci ci imbattemmo in quattro uomini con camicie e pantaloni color cachi che mangiavano sulla riva. Il fiume, di un grigio lattiginoso, pur non essendo largo più di tre metri scorreva impetuoso formando cascatelle di schiuma.

«Buongiorno, ragazzi. Come va?» disse Laura mentre scendeva lungo il sentiero.

Appena la riconobbero i quattro uomini alzarono una mano in segno di saluto. Quando li raggiungemmo, il più anziano, un uomo con i capelli diradati e il corpo squadrato, ci fece cenno di sederci sulle pietre. Doveva essere Juanmi Alonso. Gli altri erano troppo giovani.

«Volete un po' di mate?» ci chiese. Poi si allungò a prendere dell'acqua dal fiume con la sua tazza di metallo.

«No, grazie» risposi.

«Spagnolo?» mi domandò un altro.

«Sì.»

«Juanmi» disse Laura «lui è Julián Cucurell, nipote di Fernando Cucurell, il proprietario dell'Hotel Montgrí.»

Lui sgranò gli occhi.

«Sei il nipote di Fernando?»

Senza attendere la mia risposta si alzò in piedi e fece un paio di passi fino ad arrivare di fronte a me. Strinsi la sua mano ruvida e forte.

«Sono Juan Miguel Alonso. Ero molto amico di tuo zio. Come sta quel galiziano?»

Rimasi a fissarlo senza sapere cosa rispondere.

«Sì, sì, lo so che non siete galiziani. "Catalano, cazzo" mi diceva sempre. Come sta? È venuto insieme a te?»

«È morto quattro mesi fa.»

«Non ci posso credere. Poverino... Che gli è successo?»

«Un incidente.»

Juanmi non disse niente. Uno dei ragazzi giovani si alzò in piedi e si schiarì la voce.

«Noi andiamo avanti a sistemare le ringhiere, Juanmi. Tu resta pure qui a parlare con loro.»

«È una storia po' lunga» gli dissi non appena rimanemmo soli.

«Parecchio lunga» aggiunse Laura.

Juanmi alzò le sue folte sopracciglia grigie e annunciò ai colleghi che li avrebbe aspettati in campeggio con la cena pronta. Ottimo: un'altra camminata.

«Stavate andando alla Laguna de los Tres?» ci chiese indicando alle sue spalle mentre ci allontanavamo dal fiume.

«Sì. L'ultimo desiderio di mio zio era che le sue ceneri venissero disperse lì. Ora che ci penso non so nemmeno se sia permesso. Lei che ne dice?»

Juanmi, che poteva avere l'età di mio padre ma camminava con la forza di un toro, si fermò di colpo e si voltò verso di me.

«Sai cosa dico? Che non mi va proprio che tu mi dia del lei. Dammi del tu, figliolo, per la miseria!» mi gridò con voce aspra imitando malissimo l'accento spagnolo.

«Va bene, certo. Ti do del tu.»

«Ora sì che si ragiona. Per quanto riguarda le ceneri, non c'è problema. In effetti è proibito, ma quel galiziano di Cucurell se lo merita.»

«Come vi siete conosciuti?»

«Siamo arrivati a El Chaltén più o meno nello stesso periodo, quando ancora eravamo quattro gatti. C'erano giusto le dodici case alpine costruite dal governo ai tempi della fondazione. Io sono arrivato a gennaio del 1987. Lui credo un paio di mesi dopo.»

«Perché si era trasferito qui?»

«Per lo stesso motivo mio e di quasi tutti gli altri: farsi una nuova vita. E un'avventura. El Chaltén era un posto conosciuto tra gli amanti della natura, soprattutto alpinisti. I turisti sono arrivati prima del paese... Capisci cosa intendo?»

«A dire il vero non molto.»

Juanmi si fermò di nuovo e si girò.

«Intendo che questo posto era una calamita per avventurieri da ben prima del 1985. Guarda» disse indicando le cime più basse ai due lati del Fitz Roy. «Quello è il pilastro Goretta, che deve il nome alla prima italiana che ha scalato un ottomila. Quello invece è il Poincenot, dal nome di un alpinista francese che perse la vita affogando nel fiume Fitz Roy negli anni Cinquanta. Prova a immaginare: a quei tempi, quando fu fondato il paese, chi si sarebbe mai traferito di sua spontanea volontà in un posto dove c'erano soltanto montagne? Un fanatico della montagna. E tuo zio lo era.»

Juanmi Alonso riprese a camminare.

«Ed era anche un grande costruttore. Sapeva lavorare molto bene il legno e con il progressivo arrivo di nuovi abitanti il lavoro non gli mancò. L'Hotel Montgrí fu la prima struttura ricettiva per turisti di El Chaltén. Prima c'era soltanto la locanda dei parchi nazionali, che come ti ho spiegato è precedente alla fondazione del paese.»

«C'è qualcosa che non mi quadra» intervenne Laura. «Se il governo argentino aveva fondato El Chaltén per porre fine a una disputa territoriale con il Cile, non è un po' strano che abbia ceduto mezzo ettaro a uno straniero?»

«Non è strano, è impossibile. Bisognava per forza essere argentini per poter ottenere un terreno.»

«E allora mio zio come ci è riuscito?»

«Ha mostrato la sua carta d'identità.»

«Che significa?»

«Che quel galiziano di Cucurell era argentino.»

CAPITOLO 25

«Mio zio era argentino?» chiesi.

«Sulla carta sì. Nei fatti era più spagnolo delle nacchere, ma aveva la doppia cittadinanza. I suoi genitori erano emigrati a Buenos Aires prima che lui nascesse, anche se poi erano tornati in Spagna nel giro di poco.»

Mio padre non aveva mai accennato al fatto che i miei nonni fossero emigrati in Argentina. Poteva darsi che non lo sapesse? Lui era più piccolo di mio zio e il suo atto di nascita, che avevo visto con i miei stessi occhi, riferiva che era nato in Spagna. Oppure lo sapeva e non me lo aveva mai detto, proprio come non mi aveva mai detto di avere un fratello?

Quando arrivammo al campeggio, Juanmi ci indicò alcuni tronchi vicino alle tende marroni. Fui felice di potermi finalmente sedere. Quindi accese il fuoco e si sistemò davanti a noi con un coltello in mano e un mucchietto di patate ai suoi piedi.

«Che fine aveva fatto tuo zio?» mi chiese mentre sbucciava la prima.

«Non ne ho idea. Nemmeno sapevo di avere uno zio finché non mi hanno cercato per dirmi che ero il suo erede.»

«Il sogno di chiunque: uno zio morto che spunta dal nulla e ti lascia un'eredità. Zero sofferenza e massimo profitto.»

Mi limitai a sorridere. Uno zio sospettato di triplice omicidio di cui mio padre non voleva parlarmi non mi sembrava corrispondere esattamente a "zero sofferenza".

«Mi piacerebbe saperne un po' di più sulla storia dell'albergo. Tu sai dove Fernando avesse trovato i soldi per comprare il terreno?»

«Nei primi anni dopo la fondazione del paese era abbastanza facile ottenere un terreno se volevi avviare un'attività turistica. Poi però le cose si sono snaturate. È iniziato il clientelismo politico, come succede dappertutto. Quando ormai era evidente che El Chaltén aveva un potenziale come meta internazionale, fine della storia. Insomma, come probabilmente già saprai, anche se cade a pezzi quell'albergo vale un sacco di soldi.»

«Così dicono.»

«Tuo zio arrivò al momento giusto ed era pieno di entusiasmo. Non lo fermava nessuno. Era uno di quei tipi che riuscirebbero a vendere un ventilatore in Antartide. Non aveva il becco di un quattrino, ma quanto a chiacchiere non lo batteva nessuno. Disse che in Spagna c'era un investitore interessato, che avrebbe creato posti di lavoro, che l'intero paese si sarebbe arricchito grazie all'aumento degli alloggi per turisti... E a furia di parlare riuscì a convincerli a farsi dare il terreno per costruire l'albergo. E poi era un uomo che sapeva fare qualunque cosa. Un tuttofare. Nella stessa giornata poteva accompagnare un gruppo di turisti al mattino e costruire un muro dell'albergo il pomeriggio.»

«Organizzava spesso escursioni con i turisti?»

«A quei tempi sì, abbastanza. Anche se il numero di visitatori non era quello di oggi.»

«Li portava anche sul ghiacciaio Viedma?»

Juanmi alzò lo sguardo da una patata sbucciata a metà. Rimase in silenzio per un istante, come se stesse tornando indietro con la memoria.

«Mi pare che sul Viedma non ci andasse. Non ricordo molto bene, ma direi che era più un tipo da bosco. Lo adorava. Gli insegnavo a riconoscere bacche e radici commestibili, non hai idea di come imparasse in fretta. In un paio d'anni è diventato un vero esperto. C'erano turisti che chiedevano espressamente di lui, e pensa che all'epoca non c'era nemmeno Internet. Perciò il lavoro non gli mancava. E nel frattempo costruiva l'albergo.»

«Sono venuto qui convinto di aver ereditato un terreno. Solo al mio arrivo ho scoperto che sopra c'era un albergo.»

«Doppia sorpresa.»

«Tripla» intervenne Laura. «Perché dentro c'era un morto.»

La fulminai con lo sguardo.

«Appena torni in paese lo verrai a sapere» disse poi a Juanmi, anche se in realtà le sue parole erano rivolte a me.

«Un morto?» chiese lui sgranando gli occhi. Mi sembrò che in quel suo gesto ci fosse qualcosa di esagerato.

«Proprio così, un cadavere mummificato che si trovava lì da una trentina d'anni» dissi io.

Lui fece le solite domande di rito. Come? Quando? Perché? Laura rispose senza dargli alcuna informazione in più rispetto a quelle che avrebbe scoperto da solo al suo rientro a El Chaltén.

«L'albergo è stato aperto per un periodo molto breve, dico bene?» gli domandai.

«Brevissimo. Una sola stagione. Dal settembre del 1990 al marzo del 1991. Non lo sapevate?»

«Le date precise no» confessai. «Come mai mio zio se ne è andato e non è più tornato?»

«Questo non l'ho mai saputo. Nel marzo del 1991 andai a salutarlo perché sarei stato via qualche giorno, per costruire una piattaforma di legno sul sentiero del Cerro Torre.»

«Non lavoravi alla locanda in quel periodo?»

L'espressione di Juanmi si irrigidì.

«All'epoca mi occupavo della locanda perché ero il più giovane e dovevo fare quello che mi dicevano di fare, ma non perdevo occasione per rifugiarmi nella natura. Guardami: ho più di sessant'anni e continuo a inchiodare assi di legno. Con la mia anzianità adesso potrei essere a capo del Parco nazionale Los Glaciares e avere un ufficio con vista sul Perito Moreno, però preferisco una vita semplice, all'aria aperta e lontano dalle scrivanie.»

«Non volevo innervosirti con la mia domanda, scusami.»

Juanmi liquidò le mie scuse con un gesto della mano. Poi buttò le patate dentro una pentola insieme a cipolle, salsa di pomodoro e funghi in scatola, e mise tutto sul fuoco. Aggiunse qualche pezzetto di carne secca, annaffiò il tutto con un po' di vino e coprì con il coperchio.

«Ci stavi raccontando di quando sei andato a salutare Fernando nel 1991» riprese Laura.

«Sì. È stato pochi giorni prima che chiudesse l'albergo e andasse in Spagna per l'inverno. Non vedeva l'ora, perché da quando si era trasferito a El Chaltén ci era tornato soltanto una volta. Me lo ricordo come fosse oggi. Siamo rimasti in albergo a parlare, abbiamo bevuto qualche bicchiere, gli ho augurato buon viaggio e gli ho chiesto di portarmi una confezione di buon prosciutto iberico. Lui mi ha risposto che per evitare che glielo confiscassero alla dogana se lo sarebbe dovuto infilare nelle mutande e così abbiamo dato il via a una di quelle belle chiacchierate tra amici che sai quando cominciano ma non quando finiscono. Ci siamo salutati dopo che è finito il vino e il giorno successivo sono partito per andare a lavorare su quel sentiero. È stata l'ultima volta che l'ho visto.»

Rimanemmo tutti e tre in silenzio. Io facevo dei disegni nella terra con un bastoncino.

«Era sposato?» chiesi.

«Nooo, era scapolissimo. Non so se una donna sarebbe mai riuscita a sopportarlo. Era un tipo molto particolare.»

«In che senso?»

«Innanzitutto era molto orgoglioso e testardo. Anche quando sapeva di avere torto non riuscivi comunque a fargli cambiare idea. Preferiva sbattere la testa contro un muro piuttosto che darti ragione.»

«Mio padre me l'ha accennato.»

«E poi diceva sempre quello che pensava. Se ti

voleva mandare a quel paese, lo faceva senza tanti problemi. Ma sempre senza essere offensivo. Non so come spiegarlo. Era diretto e diplomatico allo stesso tempo.»

«Quindi è arrivato a El Chaltén da solo e se n'è andato da solo?»

«Solo come un cane, come diceva lui.»

«Ti sembra di avergli mai visto addosso qualcosa di simile?» gli chiese Laura tirando fuori dalla tasca l'anello con il muso di lupo.

Juanmi lo accolse sul suo palmo calloso e lo esaminò alla luce. Poi lo provò all'anulare. Gli calzava a pennello.

«Non mi pare. Però mi piace. Era suo?»

«No, ma il morto nell'Hotel Montgrí e i due cadaveri che sono stati ritrovati nel ghiacciaio un anno e mezzo fa ne indossavano uno identico.»

«I cadaveri nel ghiacciaio Viedma?»

Laura annuì e gli riferì una versione ridotta di ciò che aveva raccontato a me. In pratica gli disse che i tre morti indossavano lo stesso anello e che le date dei decessi risalivano grosso modo al medesimo periodo.

«E quindi trent'anni fa, quando l'albergo era aperto, a El Chaltén ci sono stati tre omicidi.»

«Non sappiamo se sia successo proprio mentre l'albergo era aperto» chiarì Laura. «Potrebbe anche essere stato un po' dopo.»

Juanmi scosse il capo e si alzò per mescolare lo stufato.

«Mi sembra assurdo che in un posto così piccolo e tranquillo sia capitata una cosa del genere e che tutti noi siamo andati avanti con le nostre vite come se niente fosse» commentò, indicando intorno a sé con il cucchiaio di legno.

«Non direi che mio zio sia andato avanti come se niente fosse. Chi è che costruisce un albergo per tenerlo aperto solo una stagione e poi chiuderlo per sempre?»

«Non lo so. Mi sono chiesto tante volte cosa fosse successo a Fernando, ma non avrei mai immaginato che in quell'albergo potesse esserci un cadavere.»

Sentii alcuni passi alle mie spalle. Madidi di sudore, i tre colleghi di Juanmi stavano tornando dal fiume. Si misero a sedere intorno al fuoco con noi e cominciarono a parlare del ponte.

Lo stufato era delizioso. Mentre mangiavamo in piatti di metallo, Juanmi ci raccontò varie storie sui primi esploratori europei del luogo. A quanto pareva, le montagne che ci circondavano avevano cominciato ad acquisire fama mondiale negli anni Cinquanta del Novecento. Molti di quelli che avevano desiderato essere tra i primi a scalarle erano morti nel tentativo. E stando a quello che ci disse, ogni tanto qualcuno moriva ancora.

«Quanto ci vorrà a tornare indietro?» chiesi a Laura dopo aver finito di mangiare la mela che mi era toccata come dessert.

«Un paio d'ore, visto che è in discesa.»

«Quindi se vogliamo arrivare in paese con la luce sarà bene che ci avviamo subito verso la laguna, no?»

«Non ve ne andate!» protestò Juanmi. «Fermatevi per la notte. Così oggi vi riposate, o magari se volete camminare ancora un po' potete andare a vedere il ghiacciaio Piedras Blancas, che si trova a mezz'ora da qui ed è stupendo. Poi tornate, cenate con noi e dormite qui. Abbiamo una tenda e due sacchi a pelo di riserva. Domani, freschi e riposati, andate alla laguna a disperdere le ceneri di Fernando. È prevista una giornata limpida come oggi.»

Laura e io ci guardammo.

«Se non volete dormire nella stessa tenda, quella di riserva la lasciamo a Laura e Julián può venire con me e Carlos. Staremo strettini, ma visto che di notte raffresca, un po' di vicinanza non guasterà.»

«Non ce n'è bisogno» intervenne Laura. «Posso dormire con Julián.»

«Sei sicura?» chiesi io.

«Qual è la cosa peggiore che può succedere? Che scopri che russo? Te lo anticipo: russo.»

CAPITOLO 26

Altroché se russava. Come una motosega. Incredibile che un corpicino del genere potesse emettere un frastuono come quello.

Quando mi svegliai il mattino dopo, Laura non era nella tenda. Sentii la sua voce e quella di Juanmi dall'altra parte del telo. Non riuscii a capire che cosa stessero dicendo perché parlavano in tono molto basso. Immaginai che lo facessero per non svegliarmi.

Vestirmi e uscire non fu una passeggiata: a ogni minimo movimento cosce e polpacci protestavano con un dolore acuto. L'ultima volta che mi era successo di patire una rigidità come quella era stato quando Anna mi aveva convinto a prepararmi insieme a lei per una corsa di dieci chilometri. Non avevo superato la terza sessione di allenamento.

«Poveretto, non gli è ancora passato il jet lag» disse Laura quando mi affacciai oltre la cerniera. Era seduta su un tronco insieme a Juanmi, che teneva un thermos tra i piedi e stava sorseggiando un mate.

«Ti stavo aspettando per salutarti, Julián. Oggi devo per forza andare a lavorare sul ponte. Abbiamo un uomo in meno.»

«Che è successo?»

«Rosales è tornato in paese. Stamani gli hanno comunicato via radio che suo figlio è stato portato a El Calafate perché dev'essere operato per un'appendicite.»

«Mi dispiace» commentai.

«Nel giro di tre o quattro giorni sarò di ritorno a El Chaltén e se vuoi possiamo continuare la nostra chiacchierata. Laura sa dove vivo.»

Avevo ancora diverse domande da fargli. Il pomeriggio precedente, dopo mangiato, lui era tornato sul ponte mentre noi, mio malgrado, avevamo camminato ancora fino al ghiacciaio Piedras Blancas. Ci eravamo rivisti la sera in campeggio, ma la presenza degli altri mi aveva impedito di riprendere la nostra conversazione.

«Grazie mille. Quando sarai tornato in paese verrò senz'altro a disturbarti con qualche altra domanda.»

«Sarà un piacere.»

Feci fuori in tempo record un tè con latte condensato e mezzo pacchetto di biscotti, poi ci mettemmo in marcia. Mentre scendevamo verso il fiume, Juanmi estrasse di tasca un sacchetto di plastica che conteneva una piccola quantità di una polvere grigia che sembrava argilla.

«Ieri sera ho scritto una lettera a tuo zio per raccontargli che cosa ne è stato della mia vita e chiedergli notizie della sua. "Che fine hai fatto, galiziano?" gli ho scritto, come se la potesse leggere davvero.»

Sollevò il sacchetto di plastica e sorrise con nostalgia.

«Poi l'ho bruciata. Mi piacerebbe che tu gliela dessi» mi spiegò.

Io annuii e mi infilai il sacchetto in tasca.

Ci salutammo una volta arrivati al río Blanco. Juanmi raggiunse i suoi colleghi, mentre io e Laura ci togliemmo scarpe e calzini per attraversare il fiume saltando di pietra in pietra. A un certo punto persi l'equilibrio e mi ritrovai con l'acqua fino al ginocchio. Non avevo mai sfiorato niente di tanto freddo in tutta la mia vita. Probabilmente avrebbe fatto meno male infilare il piede in un torrente infestato da piranha che in quel gelo.

Dopo aver raggiunto l'altra sponda cominciammo la salita. Più ci inerpicavamo lungo il pendio roccioso, più io mi toglievo strati di vestiti e la conversazione con Laura si diradava. O meglio, si diradavano le mie risposte. Mentre io avevo la lingua di fuori da ormai dieci minuti, lei proseguiva come se niente fosse.

Ci fermammo a riposare sotto l'ultimo albero prima che il terreno diventasse pura roccia.

«Hai visto laggiù?» mi chiese Laura indicando alle mie spalle.

Voltandomi mi trovai davanti un vasto panorama. In basso, sul fiume, si intravedevano Juanmi e i suoi colleghi tra le pietre grigie. Più oltre invece cominciava il bosco dove avevamo dormito, e dietro c'era un grande lago.

«Adesso siamo noi le formiche» disse Laura. «Le persone che abbiamo visto ieri si trovavano proprio qui.»

«Qui? Ma se erano solo a tre quarti della salita. Non dirmi che...»

«Possiamo tornare indietro, se vuoi.»

«Assolutamente no.»

Proseguimmo lungo un sentiero di pietre smosse per un tempo che mi sembrò infinito. Mi facevano male persino i capelli, il che nel mio caso la diceva lunga. Più guardavo in alto, più vedevo gente che si era fermata a riprendere fiato.

«È lì, te l'assicuro» disse Laura ansimando un po'. Mi confortò sapere che era umana anche lei.

Venti minuti dopo, due statunitensi che ci precedevano di qualche metro cominciarono a ripetere «*Oh, my God!*» come un disco rotto.

Quando mi affacciai sulla cima del pendio, tutta la stanchezza svanì di colpo. Se fossi stato uno yankee avrei gridato anch'io «*Oh, my God!*». E invece mi uscì un semplice «Cazzo!».

Stagliandosi contro il cielo azzurro, il Fitz Roy regnava su un paesaggio da sogno. Ai suoi piedi c'era un ghiacciaio da cui sgorgava un rivolo d'acqua bianco che scendeva lungo la roccia fino a una laguna turchese.

«La Laguna de los Tres» disse Laura.

Mi misi a sedere appoggiando la schiena a una roccia.

«Secondo alcuni si chiama così in riferimento ai tre ghiacciai che la circondano. Altri invece sostengono che il suo nome derivi da tre aviatori francesi, tra cui Antoine de

Saint-Exupéry, l'autore del *Piccolo Principe*, che contribuì a cartografare il confine con il Cile.»

Le parole di Laura non erano che un mormorio in sottofondo. L'origine di quel nome non mi interessava affatto. L'unica cosa che mi interessava era l'immagine che avevo davanti agli occhi. Lei sembrò rendersene conto, perché a un certo punto smise di parlare.

Più sotto, sul pendio roccioso che scendeva verso la laguna, c'erano diversi turisti che stavano riposando. Anche i gruppi più numerosi – sette o otto persone – se ne stavano in silenzio o al limite parlavano a voce bassissima. C'era qualcosa di speciale in quel luogo, una sorta di fragile armonia che sembrava poter essere spezzata da una parola pronunciata in un tono più alto del dovuto.

Non so per quanto tempo rimasi immobile, con lo sguardo fisso davanti a me e le lacrime agli occhi. Proprio come era successo quando ci eravamo fermati al belvedere, avvertii di nuovo una connessione speciale con quella montagna.

Dopo un bel po' ci incamminammo verso la riva. Costeggiamo l'acqua turchese allontanandoci dai turisti, finché una scogliera di roccia non ci impedì di proseguire. Lì, ai piedi del monte Fitz Roy, presi dallo zaino l'urna con le ceneri di uno zio che non avevo mai conosciuto. Uno zio che forse era un assassino, forse una vittima, o magari entrambe le cose.

«Questa è una lettera da parte del tuo amico Juanmi» sussurrai, versando dentro l'urna il contenuto del sacchetto di plastica.

Dando le spalle al vento, scossi in aria il recipiente. Movimento dopo movimento, una densa nuvola bianca si alzò sempre di più fino a scomparire.

Quando sarò morto, mi dissi, non mi dispiacerebbe finire in un posto come questo.

CAPITOLO 27

Quella notte dormii come non mi succedeva da anni. Crollai sul letto del bungalow senza la minima energia per pensare all'albergo, ai morti o a qualsiasi altra cosa. Due giorni di camminata fanno miracoli per il riposo.

Quando mi svegliai, qualcuno aveva infilato una busta sotto la porta. Era una lettera della polizia in cui mi veniva comunicato che avevano finito di lavorare all'Hotel Montgrí e che ci potevo tornare.

La cosa più sensata da fare sarebbe stata mettere qualcosa sotto i denti prima di dare inizio a quella che si preannunciava come una lunga giornata, ma se facessimo sempre la cosa più sensata il mondo funzionerebbe più come un orologio svizzero che come il traffico in Vietnam.

Dopo essermi lavato i denti uscii dal bungalow. Mi trattenni dall'andare a destra, verso l'albergo, e mi diressi piuttosto verso casa di Laura. La scusa che mi raccontai come motivazione fu che volevo che desse un'occhiata prima che io toccassi qualcosa, proprio come mi aveva chiesto. Ma la vera ragione era che mi sentivo un po' nervoso all'idea di tornarci da solo.

Laura mi aprì la porta di casa con una tazza di caffè in mano e l'aria di essere sveglia da un bel po'. Quando le spiegai che potevamo rientrare nell'albergo, si preparò in meno di cinque minuti.

«Tu ce li hai gli spilli?» le chiesi mentre camminavamo lungo la strada principale.

«In che senso?»

«Quando fai molta attività fisica e il giorno dopo ti fa male tutto, hai presente? Come dite qui?»

«Diciamo "mi fanno male i muscoli per l'attività

fisica di ieri".»

«Non avete una parola precisa?»

«No.»

«Sarebbe troppo sintetico per voi, giusto? Un argentino non direbbe mai "ho gli spilli", ma "provo un dolore costante e fastidioso ai muscoli quadricipiti e ischiocrurali".»

«Che ti sei mangiato a colazione? Marmellata di pagliaccio?»

«Non rispondi alla mia domanda?»

«Quale domanda?»

«Ti ho chiesto se hai gli spilli.»

«No. E tu?»

«Mi sento come se mi fosse passato sopra un treno. Una ruota sui polpacci e l'altra sul culo. Stamani quasi non riuscivo a sedermi sul water.»

«Grazie per questa bella immagine.»

«Ne ho anche di peggiori, se vuoi.»

«No, grazie, ho appena fatto colazione.»

Quando passammo davanti al terreno di Sosa, due cavalli si avvicinarono alla staccionata. Laura li accarezzò, io invece rimasi a distanza di sicurezza.

L'Hotel Montgrí non era più recintato con il nastro di plastica della polizia. Spinsi la porta d'ingresso, che pur aprendosi senza difficoltà emise un cigolio che mi provocò i brividi. La prima cosa che feci fu aprire tutte le finestre della reception e della sala da pranzo. Non volevo rivedere quel posto in penombra.

Grazie alla luce naturale lo scenario non faceva più paura. Anzi, ebbi l'emozionante sensazione di entrare in un luogo sospeso nel tempo. Portai Laura nella stanza numero sette, dove la polizia aveva lasciato le imposte aperte permettendo al sole basso di quel mattino autunnale di entrare di sbieco attraverso le tende logore.

Nonostante fossero passati sia i vigili del fuoco che la squadra della Scientifica, sullo spesso strato di polvere sopra il materasso era ancora ben visibile una sagoma umana. Al centro il tessuto sgualcito presentava una macchia scura.

«Senz'altro è sangue» disse Laura.

«È ancora possibile esserne sicuri, anche se sono passati tanti anni?»

«Sì. Cioè, non è stato confermato, ma dalle ferite è quasi certo.»

«Se gli avessero sparato, la polizia avrebbe dovuto trovare il proiettile conficcato nel materasso o nel muro, no?»

«Magari non gli hanno sparato. O magari l'hanno trovato. Io so soltanto quello che mi dicono.»

Laura si abbassò per guardare il materasso da vicino. Ogni tanto toccava il tessuto con la punta delle dita oppure piegava la testa per osservarlo da un'altra prospettiva.

Un sibilo interruppe il silenzio. Era identico a quello che avevo sentito il giorno in cui avevo trovato il cadavere.

«Hai sentito?»

«Cosa?» rispose Laura accovacciandosi per osservare il pavimento.

«Quel rumore. Ascolta.»

Il suonò si ripeté.

«È il vento che entra da qualche parte» mi disse, continuando a esaminare le polverose assi di legno ricoperte delle impronte di scarpe dei poliziotti.

Esaminai la finestra. Laura aveva ragione. La suggestione mi aveva indotto a credere che il sibilo proveniente da una fessura nel legno fosse il gemito di una persona. Grazie al cielo non ne avevo parlato con nessuno.

«Questo è l'ingresso di una cantina» disse Laura indicando un anello di metallo piantato tra le assi del pavimento.

«Nella planimetria non c'è nessuna cantina. La polizia l'avrà visto?» chiesi.

«Certo. Guarda, ci sono delle impronte nella polvere. L'hanno visto e l'hanno aperto.»

Laura tirò l'anello e sollevò una botola quadrata. Facendo luce con i telefoni scendemmo per una scala di legno che scricchiolò sotto il mio peso. Era una stanzetta minuscola, due metri per due al massimo. Il pavimento era di terra grigia e le pareti in mattoni erano bianche di salnitro. C'era un leggero odore di muffa ed era completamente vuota.

«Qui non c'è niente.»

Risalimmo. Laura tornò a concentrarsi sul letto.

«Se ti stai annoiando non devi per forza rimanere con me» mi disse dopo un lungo silenzio.

«Non mi sto affatto annoiando.»

Fu vero solo per un po'. Poi cominciai a perdere interesse per i suoi movimenti contenuti e ripetitivi. Il colpo di grazia arrivò quando rimase praticamente immobile per quasi cinque minuti davanti alla testiera del letto.

«Mi sa che vado a dare un'occhiata alle altre camere. Ci vediamo dopo.»

Fece il pollice alzato senza guardarmi.

Andai di stanza in stanza, aprendo finestre e tossendo per le tende impolverate. Non c'era niente fuori posto. Alcuni letti fatti e altri sfatti, trapunte passate di moda piene di polvere e armadi con le loro grucce vuote appese dentro. Non trovai niente di insolito neanche in cucina o alla reception, a parte la finestra rotta che avevo già visto la prima volta.

Uscii dall'albergo e mi incamminai verso la casa dove aveva abitato mio zio, sul lato opposto del terreno. Con la coda dell'occhio mi parve di scorgere un movimento sul marciapiede dall'altra parte della strada. A prima vista sembrava non esserci nessuno, eppure avevo la sensazione che ci fosse qualcosa di strano. Fu in quel momento che notai due gambe vicino al tronco di un albero basso.

Mi dissi che non era niente. Poteva trattarsi di qualcuno che si era fermato per rispondere a un messaggio. Continuai a procedere in direzione della casa, che aveva la stessa struttura dell'albergo ma in scala ridotta.

Quando fui avanzato abbastanza da godere di una prospettiva che mi consentisse di vedere la persona sul marciapiede dall'altra parte della strada, quella mosse appena i piedi, in modo che l'albero continuasse a coprirla. Allora non ebbi più alcun dubbio sul fatto che si stesse nascondendo da me.

Cambiai direzione avviandomi verso l'albero. Un uomo infagottato in un cappotto, con il cappuccio in testa, uscì di corsa da dietro il fogliame.

«Ehi!» gridai mentre lo rincorrevo. «Fermati!»

Quel tipo correva veloce, ma io non avevo alcuna intenzione di fermarmi. Anche a costo di sputare un polmone.

Attraversò la strada principale e si infilò in una delle vie laterali, in direzione del río de las Vueltas. A poco a poco la distanza tra noi cominciò a ridursi. Quando ormai era a soli venti metri da me, si fermò di colpo e appoggiò le mani sulle ginocchia. La sua schiena si alzava e riabbassava come un pistone.

Rallentai il passo, avvicinandomi con cautela. Ero abbastanza vicino da sentirlo ansimare quando si voltò verso di me e mi sorrise, esibendo una dentatura discontinua.

«Come stai, Fernando?»

Era Danilo.

«Mi stavi spiando?» gli chiesi.

«Sì, un pochino.»

«Perché?»

«Caramelle.»

«Danilo, io non sono Fernando. E non ho caramelle.»

«Lo so.»

«E allora che cosa volevi?»

«Caramelle» ripeté lui con un tono estremamente naturale.

Sarebbe stato molto semplice ricondurre quella risposta alla mente differente di Danilo. Eppure qualcosa mi diceva che tra i due quello che non capiva ero io.

«Posso farti una domanda, Danilo?»

«Certo, amico.»

«Tu sapevi cosa c'era dentro l'albergo?»

«Letti. Tavoli. Sedie.»

«No, mi riferisco alla persona. Dentro c'era una persona morta.»

La sua espressione si trasformò al rallentatore: passò dallo stupore alla confusione aggrottando le sopracciglia, poi strizzò gli occhi con forza e scosse la testa così bruscamente che ebbi paura che si facesse male.

«No, no, no. Morto no. Non era morto. Era ubriaco! Avevi detto che era ubriaco! Ubriaco avevi detto, Fernando! Morto no. Non era morto.»

Da una delle case di fronte uscì una donna.

«Danilo, che succede?» gli chiese.

Ma Danilo continuava a scuotere la testa e a gridare. Dai suoi occhi sgorgavano grosse lacrime che si affrettava ad asciugare.

«Che cosa gli ha fatto?»

«Io? Niente.»

«Niente? Ho visto che gli stava correndo dietro. Che cosa gli ha fatto?»

«Niente, davvero.»

La donna mi si avvicinò e mi parlò a bassa voce continuando a fissarmi.

«Lei è il galiziano dell'albergo, giusto? Mi stia a sentire, bello. Qui ci conosciamo tutti e ci prendiamo cura l'uno dell'altro. A quanto pare lei non si rende conto che Danilo non si può difendere da solo, vero? Mi ascolti, glielo dico chiaro e tondo: se gli si avvicina ancora darò personalmente fuoco a quell'albergo. Ha capito?»

«Signora, io non gli ho...»

La donna si voltò dandomi le spalle e abbracciò Danilo. Gli sussurrò qualcosa all'orecchio per tranquillizzarlo, poi si voltò di nuovo e mi fulminò con lo sguardo.

«Vieni, Danilo. Entra un attimo da me che ti do delle caramelle.»

CAPITOLO 28

Mentre mi riavvicinavo all'albergo mi sentivo le spalle pesanti come se stessi portando un elefante a cavalluccio. Anche se la sua reazione mi aveva fatto chiaramente capire che Danilo sapeva qualcosa, mi sentivo uno schifo per averlo fatto piangere.

Entrai nel mio terreno, oltrepassai l'albergo e mi diressi verso casa di Fernando.

Aprire la porta non fu difficile, perché vicino alla serratura il legno era scheggiato. A un esame più attento notai però che le crepe non erano tutte uguali. All'interno alcune erano di colore marrone chiaro, mentre altre erano grigie e secche come il resto della superficie. La porta era stata forzata due volte. Una volta dalla polizia qualche giorno prima. L'altra invece molti anni addietro.

Dentro la casa la luce che entrava dalla finestra rischiarava una grande sala da pranzo con un tavolo, un divano e un caminetto costruito con la stessa tipologia di pietre stondate delle pareti esterne. In quel luogo, pensai, ci aveva abitato mio zio per quattro anni.

Stavo per varcare la porta che conduceva al resto dell'abitazione quando notai un dettaglio. Nello spesso strato di polvere sopra il tavolo c'era la sagoma di quattro cerchi perfetti. Ne dedussi che la polizia doveva aver portato via due bicchieri e due piatti.

Dentro il frigorifero trovai due barattoli di marmellata il cui contenuto era diventato nero, una bottiglia di latte completamente vuota e delle verdure che sembravano carbonizzate.

Decisi di fare il giro delle tre camere da letto. Il pavimento era disseminato di impronte, ma la polizia non sembrava aver prestato troppa attenzione alla casa. Notai qualche cassetto aperto senza polvere dentro e dei segni a terra che indicavano che era stato spostato un mobile. Tutto il resto però sembrava intatto.

Nella stanza più grande trovai un letto matrimoniale sfatto. Sul comodino c'erano una pipa e un accendino, mentre dentro l'armadio trovai alcuni vestiti sia da uomo che da donna. In un'altra stanza c'erano due letti singoli, anch'essi sfatti. Sul pavimento vidi un trenino di legno e una bambola bionda con un vestito che un tempo doveva essere rosa.

Stavo per chinarmi a raccogliere i giocattoli quando sentii un grido e avvertii qualcosa punzecchiarmi le costole. Cacciai un urlo e mi voltai istintivamente. Laura stava ridendo a crepapelle.

«Te la sei fatta sotto!» mi disse dopo che si fu calmata. «Scusami, volevo spaventarti ma non così tanto. Adesso mi sento in colpa.»

Scoppiò di nuovo a ridere. Non riusciva a smettere, le era piaciuto troppo avermi portato sull'orlo di un infarto.

«Hai trovato qualcosa di interessante?» mi chiese.

«Danilo ci stava spiando.»

«Te ne sei accorto solo ora?»

«Tu lo sapevi?»

«Certo. Quando siamo partiti per andare alla Laguna de los Tres ci ha seguiti per tutto il paese finché non abbiamo imboccato il sentiero.»

«E ti sembra normale?»

«Danilo fa la guardia all'albergo da quasi tutta la vita, è comprensibile che voglia sapere chi sei.»

«Quando gli ho detto che dentro c'era una persona morta, ha avuto una specie di attacco di panico. Si è messo a urlare dicendo che non era morto, era ubriaco. Cosa avrà voluto dire?»

«Non ne ho idea.»

«E non ti sembra strano?»

«Sì e no. La sua testa funziona in un modo che per

noi è difficile da capire. E la reazione che ha avuto è normale per lui. A volte grida la stessa cosa a una formica venti volte di seguito.»

Senza lasciarmi grande margine di replica, Laura prese a esaminare la casa con la stessa meticolosità con cui aveva ispezionato l'albergo. Prima che cadesse in una sorta di trance e la perdessi, le mostrai i vestiti nell'armadio e i giocattoli sul pavimento.

«Juanmi Alonso ci ha detto che mio zio è sempre stato single. Però qui ci viveva una famiglia.»

Laura annuì.

«Una famiglia che se ne è andata lasciando i letti sfatti e il cibo in frigorifero.»

CAPITOLO 29

Come avevo immaginato, la mattinata si era fatta lunga. Quando Laura aveva finito di ispezionare la casa vicino all'albergo era ormai passata l'ora di pranzo. Eravamo arrivati appena in tempo in una pizzeria dove, subito dopo averci fatto accomodare a un tavolo, avevano respinto la coppia di turisti dietro di noi spiegando che la cucina era chiusa.

«Piccoli vantaggi di essere del posto» mi aveva detto Laura mentre ci sedevamo.

Tornai al bungalow poco prima delle quattro del pomeriggio. Mi distesi sul letto per fare un sonnellino, ma non appena appoggiai la testa al cuscino la mente mi si affollò di domande. Continuavo a giocherellare con l'anello dal muso di lupo che mi aveva lasciato Laura e intanto pensavo a Fernando Cucurell. Chi è che abbandona all'improvviso la propria casa e la propria attività? Perché lasciare un cadavere dentro una camera quando si ha a disposizione una cantina in cui nasconderlo? Se c'era una risposta logica a tutto ciò, io proprio non riuscivo a individuarla. Infilato sul mio dito, il lupo argentato sembrava ridere di me.

Rassegnato al fatto che non avrei dormito, accesi il computer. Quel pomeriggio il segnale del wi-fi era buono. Feci una videochiamata a Xavi, il fratello di Anna nonché l'unica persona che forse era in grado di aiutarmi. Rispose al secondo squillo.

«Julián, amico mio! Sei in Patagonia?»

«A quanto pare le notizie volano.»

Tra il viso squadrato di Xavi e i suoi capelli rasta, non riuscivo a vedere un solo centimetro di quello che c'era dietro di lui. Conoscendolo avrebbe potuto trovarsi ovunque. Era un informatico e faceva uno di quei lavori da sogno. La sua casa era a Barcellona ma non ci viveva per metà dell'anno. Passava l'estate a fare immersioni in Costa Brava e l'inverno a sciare sui Pirenei. Nel tempo libero accendeva il computer e lavorava.

«Tu invece dove sei?»

«Nel mio appartamento. Sono appena tornato da casa di Anna.»

«E quale sarebbe di preciso casa di Anna?»

«Ha preso un appartamento in affitto nel quartiere del Born. La sto aiutando con il trasloco.»

Da qualche parte dentro di me riuscii a trovare la dignità di non fare commenti. Per quanto durante l'infelice conversazione telefonica che avevo avuto con Anna il giorno dopo averla vista con Rosario fossi stato io a dirle che la nostra relazione era giunta al termine, mi sembrava comunque troppo affrettato che si fosse già trovata un altro posto dove andare a vivere. Mi chiesi se si sarebbe trasferita da sola o con la sua vedovella argentina.

«E pensare che quattro mesi fa abbiamo festeggiato il Capodanno insieme... Che schifo quello che è successo a te e mia sorella.»

«Quello che *ci* è successo? Penso che lo schifo sia quello che lei ha fatto a me.»

«Non voglio immischiarmi in questa storia, Julián. Quando una coppia si lascia, la colpa non è mai di uno solo dei due.»

«E tu non sei nemmeno un po' arrabbiato?»

«Io? E perché dovrei?»

«Per niente, certo. Del resto è normalissimo che tua sorella abbia una storia con la donna con cui hai avuto una tresca un anno fa.»

Xavi sorrise, come se si aspettasse quella domanda.

«Quella sera io e Rosario non siamo stati insieme, Julián. Siamo rimasti a parlare da soli per un po' e poi siamo andati via insieme da casa vostra, è vero, però non è successo niente. Comunque se vogliamo rimanere amici è meglio tenere fuori mia sorella e le sue questioni dal nostro rapporto, non credi?»

«Be', sì...» concordai. «In effetti ti chiamo per chiederti un favore che non ha niente a che fare con lei.»

«Certo, dimmi pure.»

«Ho bisogno di tutte le informazioni che riesci a trovare sul fratello di mio padre. Segnati questo nome: Fernando Cucurell Zaplana.»

Xavi scoppiò a ridere scrollando il capo. I suoi rasta ondeggiarono come in un videoclip di Lenny Kravitz degli anni Novanta.

«Credi che lavori per la CIA?»

«Sei un hacker, no?»

«Sono un consulente di sicurezza informatica.»

«Non è una cosa simile?»

«Come un veterinario è simile a un domatore: entrambi lavorano con gli animali.»

«Quindi non puoi fare proprio niente?»

«Posso fare qualche tentativo. Cercare contatti, capire che informazioni pubbliche ci sono...»

«Qualunque cosa mi sarebbe di aiuto.»

«Hai già chiesto a tuo padre?»

«Sì, ma lui e suo fratello non si parlavano da prima che io nascessi. Mi ha fatto capire chiaramente che preferisce non parlarne.»

«Magari ha le sue ragioni.»

«Che intendi dire?»

«Stando a quello che mi ha raccontato Anna, sei in Argentina per ricevere un'eredità da parte di uno zio che non conoscevi... Giusto?»

«Sì.»

«Perciò non ne sentirai la mancanza. È morto lasciandoti tutto quello che aveva. Goditi la situazione. Che ci guadagni a scavare nel passato?»

Sospirai. In parte perché quelle parole di Xavi erano praticamente la fotocopia del biglietto con la minaccia che avevo ricevuto una settimana prima. E in parte perché se non gli avessi detto la verità il mio ex cognato non mi avrebbe mai capito. Perciò gli raccontai tutto.

«Un morto? Hai trovato un morto dentro l'albergo?»

«Proprio così. Mummificato. È stato ucciso una trentina d'anni fa. Nello stesso periodo in cui mio zio lasciò l'albergo da un giorno all'altro, come se la terra l'avesse inghiottito.»

«Vuoi dire che tuo zio lo ha ucciso e poi è scappato?»

«Non lo so.»

Xavi si passò le mani tra i capelli, raccogliendo i rasta in un mazzo che poi si lasciò cadere dietro le spalle.

«Cazzo. Quattro mesi fa festeggiavi il Capodanno insieme a me e oggi sei il proprietario di un albergo dall'altra parte del mondo con un morto in dotazione.»

«La vita riserva sempre delle sorprese.»

«Ultimamente a te riserva soprattutto calci nel culo.»

«Grazie, Xavi. Se mai un giorno dovessi trovarmi sull'orlo del suicidio, ti chiamerò» gli dissi mentre alzavo il dito medio davanti alla fotocamera per mandarlo a quel paese a tutto schermo.

«Che cosa vedono i miei occhi? Sei tra le montagne da meno di un mese e già mi sei diventato un hippie! Con anelli e compagnia bella. A quando i rasta?»

Mi resi conto che avevo ancora al dito la copia dell'anello.

«Intendi questo? Non è mio. Ti pare che mi possa mettere una roba del genere? È orrendo! Guarda» dissi posizionandolo di fronte alla fotocamera.

«Vediamo. Avvicinalo un po' di più.»

Mossi il dito in modo che il muso del lupo fosse in primo piano. Xavi aggrottò le sopracciglia come se stesse affrontando un sudoku particolarmente difficile.

«Che ci fai con un anello della Confraternita del Lupi?»

«Un anello di cosa?»

«Dove lo hai preso?»

«No, prima tu. Conosci questo anello?»

Xavi mi fece cenno di aspettarlo un attimo e sparì

dallo schermo. Rimasi per qualche secondo a fissare la sua sedia vuota. Quando tornò, avvicinò alla fotocamera un anello identico a quello che mi aveva dato Laura.

«Come diavolo fai ad averlo anche tu?» gli domandai.

«Ogni membro della Confraternita dei Lupi ne aveva uno.»

«La Confraternita dei Lupi? Di cosa stai parlando?»

«Una società segreta di studenti della Santa María de los Desamparados. Una specie di club studentesco.»

La Santa María de los Desamparados era l'unica scuola di Torroella de Montgrí, il paese dove erano cresciuti i miei genitori e mio zio. Era anche il paese dove ero nato io, ma poi il lavoro di mia madre ci aveva portati a Barcellona quando ero ancora molto piccolo.

Anche Xavi e Anna erano di Torroella. Li avevo conosciuti l'estate in cui eravamo andati a dare una sistemata alla casa dei miei nonni prima di venderla.

«È molto importante che tu mi dica tutto ciò che sai, Xavi» dissi massaggiandomi le tempie con le dita.

«La Confraternita dei Lupi era una specie di club in cui si poteva entrare soltanto su invito. Nella mia famiglia era una tradizione. Mio nonno ne faceva parte, e in seguito anche mio padre e poi io. Con me però finisce tutto, te lo dico, perché io di figli non ne avrò.»

«In che senso "una specie di club"?»

«Una cosa del genere. Facevamo riunioni che avevano un che di settario, un po' massoniche.»

«Ho bisogno che tu sia più preciso.»

«Hai mai sentito parlare delle confraternite o sorellanze negli Stati Uniti?»

«No.»

«Ma dove vivi? Dentro uno yogurt? Sono quei club universitari che hanno come nome una lettera dell'alfabeto greco: pi, delta, gamma.»

«Ah sì, le ho viste in qualche film.»

«Proprio quelle. Sono società che risalgono a parecchi anni fa, hanno origini solenni ma oggi come oggi ormai hanno perso tutto il loro senso originale. I membri si riuniscono per ubriacarsi e fare carognate ai nuovi arrivati. Ecco, ai miei tempi la Confraternita dei Lupi era molto simile. Avevamo qualche rituale occasionale, ma era solo una scusa per bere, fumare e parlare di ragazze.»

«Rituali?»

«Be', detta così sembra una cosa seria. Giocavamo con la tavola Ouija, leggevamo i tarocchi e roba del genere, ma non era quello il punto. Come dei pensionati che si riuniscono per giocare a carte. Le carte sono la cosa meno importante, capisci cosa intendo? Ciò che conta è stare in compagnia, rievocare il passato e soprattutto sentire di appartenere a qualcosa. A ripensarci adesso, era solo una sciocchezza da bambini.»

«Be', una sciocchezza piuttosto elaborata, non ti pare? Anelli d'argento con il muso di un lupo...»

«D'argento? Ma no, figurati. Questo anello è di ottone.»

Xavi avvicinò di nuovo il suo anello alla fotocamera e io ebbi modo di notare che il metallo era dorato.

«Sai cosa significa l'incisione?»

«Quale incisione?»

«Quella all'interno. *Lupus occidere vivendo debet.*»

Xavi scosse il capo e mi mostrò l'interno del suo anello, che era completamente liscio.

«Non so di cosa tu stia parlando.»

Magari a lui ne era toccato uno meno pregiato perché era nato più di due decenni dopo le vittime. Con il passare del tempo tutto era diventato più economico e di qualità peggiore.

«Hai mai visto quello di tuo padre o di tuo nonno?»

«Quello di mio padre è identico a questo: di ottone e senza incisione. Mio nonno invece non ce l'aveva perché ai suoi tempi non esisteva. È stato introdotto dopo. Adesso tocca a te: come mai ne hai uno? Non sei cresciuto a Barcellona?»

«Sì.»

«Ma questi anelli li avevamo soltanto noi membri

della confraternita, e la confraternita appartiene a una scuola che si trova a Torroella, non a Barcellona.»

Feci un respiro profondo mentre valutavo cosa dirgli e cosa no. Optai per la strada più semplice: nel giro di tre minuti gli avevo raccontato tutto.

«Non ci posso credere» mi rispose il mio ex cognato quando ebbi concluso il riassunto. «Tre membri della confraternita ritrovati morti?»

«Esatto. Due nel ghiacciaio e uno nell'albergo. Quante probabilità c'erano che dall'altra parte del mondo incappassi in tre omicidi collegati alla scuola frequentata da mio zio?»

«Nessuna.»

«Be', invece è tutto vero.»

«Dammi qualche giorno, vediamo cosa riesco a scoprire su Fernando Cucurell. Ma non farti troppe illusioni.»

«Grazie, amico. Mi sarebbe di grande aiuto anche qualunque altra informazione sulla confraternita, soprattutto quelle risalenti a venticinque anni prima che tu ne facessi parte.»

«Parlerò con mio padre per capire cosa sa.»

«Sei un grande, Xavi. Se fossi una donna ci proverei con te.»

«Ne sei proprio sicuro? Guarda come è andata a finire con mia sorella.»

CAPITOLO 30

Verso le sei del pomeriggio andai al Centro Aurora, dove trovai Laura che stava spazzolando una cavalla marrone. Mi disse di aspettarla, nel giro di qualche minuto avrebbe finito e sarebbe stata libera per il resto della giornata.

La osservai mentre ultimava il suo lavoro, accompagnando i movimenti della spazzola con colpetti e sussurri. Per quel poco che la conoscevo, mi era difficile immaginare che potesse trattare una persona con lo stesso affetto con cui trattava gli animali.

«Un giorno se vuoi ti porto a fare una cavalcata» mi disse dopo aver concluso il lavoro.

«Forse» risposi io leggermente nervoso.

«Hai paura dei cavalli?»

«Un po'. So che se la razionalizzo è una sciocchezza, ma mi fa comunque paura.»

«Le fobie non si possono razionalizzare. A me succede la stessa cosa con i cani.»

Non avevo mai pensato alla mia paura dei cavalli come a una fobia. Chissà come si chiamava. Doveva per forza chiamarsi in qualche modo: anche le paure più strane, come quella di mia madre nei confronti dei coltelli, avevano un nome.

Laura si scrollò i vestiti e ci avviammo in strada, allontanandoci senza meta da casa di Sosa e dall'Hotel Montgrí. Le feci un paio di domande sui cavalli e poi decisi finalmente di andare dritto al punto.

«Catalani» le dissi mentre passavamo davanti a un albergo che per farsi pagare di più si faceva chiamare *lodge*. «Anche i morti del ghiacciaio sono catalani, proprio come Juan Gómez, quello mummificato. Più precisamente di Torroella de Montgrí.»

Laura cercò il nome del paese sul telefono.

«È un posto che conosci?»

«Sì, sono nato lì. Poi però i miei genitori si sono trasferiti a Barcellona quando ero ancora piccolo. Da adulto ci sono tornato un paio di volte.»

«Se i morti erano davvero originari di quel paesino, è molto probabile che conoscessero Fernando Cucurell, visto che grosso modo erano coetanei.»

«E frequentavano la stessa scuola» aggiunsi. «Mio padre mi ha raccontato che quando era ragazzo Fernando organizzava spesso delle escursioni.»

«Sei proprio sicuro che le vittime fossero di Torroella?»

Le raccontai quello che il mio "amico" Xavi mi aveva detto riguardo all'anello e alla Confraternita dei Lupi. Quando Laura mi chiese se mi fidassi di lui, fui costretto a rivelarle la natura del nostro rapporto. Le riferii anche, forse con più dettagli del dovuto, che un paio di settimane prima sua sorella mi aveva messo le corna con una sua connazionale.

«Deve fare parecchio male» commentò.

«Su Internet non sono riuscito a trovare niente riguardo a quella confraternita» risposi io cambiando argomento. «Secondo Xavi era una specie di club studentesco del tutto innocuo.»

Laura stava camminando con aria accigliata, stringendosi il labbro inferiore tra pollice e indice. Riuscivo quasi a sentire il movimento degli ingranaggi dentro la sua testa.

«A cosa stai pensando?»

«Al rapporto tra Fernando e le vittime. Stando a quello che ti ha detto tuo cognato, si dovevano conoscere per forza.»

«*Ex*. Ex cognato. In realtà nemmeno quello, perché io e Anna non eravamo sposati.»

«Scusami. Allora il tuo ex finto-cognato» disse Laura

ridendo.

Camminammo per un po' in silenzio. Di tanto in tanto io davo un calcio a uno dei sassolini della strada sterrata. Raggiungemmo la piazza del paese, un parco con alcuni alberi bassi e al centro una bandiera dell'Argentina che sventolava in cima a un'asta.

«Due turisti non possono fare un'escursione da soli su quel ghiacciaio» dissi. «Devono essere andati con una guida. Quindi ci sono due possibilità: o li ha uccisi la guida, oppure è stato qualcuno che li ha seguiti dal paese.»

«Entrambe le ipotesi sono valide, ma potrebbero anche essercene altre. Quello che sappiamo con certezza è che i due corpi avevano in circolo alti livelli di diazepam, perciò probabilmente quando li hanno uccisi erano intontiti. Se non l'hanno assunto di loro spontanea volontà, forse qualcuno di cui si fidavano lo ha mescolato a qualcosa che hanno ingerito.»

«Potrebbe essere stata la guida, per esempio» dissi. «A me Sosa mentre facevamo l'escursione ha offerto un whisky con del ghiaccio preso dal ghiacciaio e io l'ho accettato senza battere ciglio.»

«È una possibilità.»

«Juanmi Alonso ha detto che oltre all'albergatore mio zio faceva anche la guida.»

Laura annuì.

«Se la guida era lui» aggiunsi «deve averlo fatto con premeditazione. Che razza di guida si porta dietro dei sedativi e un fucile durante un'escursione?»

«Mi sa che ci stiamo affidando troppo alle informazioni che si incastrano bene tra loro, trascurando invece tutto il resto. Per esempio: come mai tuo zio è scomparso? Perché ha lasciato un cadavere dentro il suo albergo? Non avrebbe avuto più senso disfarsi del corpo prima di tornare in Spagna? Era consapevole che prima o poi qualcuno sarebbe entrato e lo avrebbe trovato. Se ci pensi è quasi un miracolo che Danilo abbia sorvegliato così bene quel posto per trent'anni. È tutto particolarmente confuso perché non abbiamo idea di quale sia il primo anello della catena.»

«Che intendi dire?»

«Che nessuno uccide tre persone in due posti diversi per puro caso.»

«Soprattutto se si conoscono» aggiunsi io.

«Dovremmo parlare con qualcuno che faceva parte della confraternita negli anni in cui tuo zio frequentava quella scuola.»

La cosa più ovvia sarebbe stata rivolgerci al padre di Anna, visto che a detta di Xavi essere membri di quella confraternita era una specie di tradizione familiare. Però non mi andava di parlare con il mio ex suocero, sia perché non eravamo mai andati molto d'accordo sia per la recente rottura con sua figlia. Quindi decisi che mi sarei giocato quella carta solo come ultima spiaggia.

«Chiederò a Xavi se conosce qualche membro più anziano, vediamo se salta fuori qualcosa.»

Laura annuì.

«Non è tutto» aggiunsi. «Il suo anello è di ottone e non ha alcuna incisione all'interno. Sono stato tutto il pomeriggio su Internet a tentare di capire il senso di "*Lupus occidere vivendo debet*", ma non ho trovato niente che andasse oltre una semplice traduzione letterale.»

«Nemmeno io, e ci sto provando da un anno e mezzo.»

CAPITOLO 31

L'indomani verso le due del pomeriggio Sosa si presentò al mio bungalow per portarmi la chiave dell'archivio comunale. Mi spiegò che era stata una decisione sofferta ma che qualcosa gli faceva pensare di potersi fidare di me. Mi sorprese che non l'avesse data direttamente a Laura, però preferii non chiedere. Mi salutò dicendomi che sarebbe stato fuori città per qualche giorno ma che potevo telefonargli per qualunque necessità.

Un'ora dopo Laura e io stavamo scartabellando in una stanza piena di schedari e raccoglitori sul punto di esplodere. Mi tornò in mente quello che mi aveva detto Margarita, l'impiegata del municipio: «Per trovare qualcosa lì dentro ci vuole parecchio tempo». Era proprio vero. Gran parte dei documenti non era in ordine né logico né cronologico. Dentro una cartellina per esempio trovai la fattura di un ristorante risalente al 1995 insieme alla planimetria di una casa presentata nel 1992.

In quel cimitero di documenti non riuscimmo a trovare assolutamente niente sull'Hotel Montgrí. Tornai al bungalow esausto e a mani vuote. Alle nove di sera, sdraiato sul letto a leggere notizie sul telefono, mi abbandonai a un dolce torpore che fu interrotto di colpo da una vibrazione sul mio petto.

«Ehi, Julián, puoi parlare?»

Sullo schermo i rasta del mio ex cognato Xavi si muovevano al ritmo di ogni sua parola.

«Certo, dimmi.»

«Mi devi venti euro.»

«Puoi detrarli da tutte le birre che ti ho offerto negli ultimi tre anni.»

«Fatto. Allora mi devi diciassette euro.»

«Hai una pessima memoria quando ti fa comodo, coglione.»

«Ascolta. Una mia amica che si chiama Merche lavora al Ministero delle Finanze. Fernando Cucurell Zaplana ha smesso di pagare le tasse nel 1987 e ha ricominciato nel 1991. Da allora ha sempre e regolarmente presentato la dichiarazione dei redditi, fino all'anno scorso.»

«Coincide con quello che mi hanno detto qua: mio zio si è trasferito a El Chaltén nel 1987 ed è scomparso nel 1991.»

«Merche mi ha detto anche che dal suo rientro in Spagna ha sempre vissuto nello stesso posto: a Barcellona, in calle Pere Pau numero 32, al primo piano. È nel quartiere di Horta. Al pianoterra dello stesso edificio gestiva anche un locale insieme a una socia, Lorenza Millán Rodríguez. È un ristorante che si chiama El asador de Anguita.»

Annotai i vari dati mentre digerivo quelle notizie. Negli ultimi trent'anni quello zio che non avevo mai conosciuto e che mi aveva lasciato un albergo con un morto in dotazione aveva vissuto nella mia stessa città. Perché nell'elenco dei suoi beni il notaio non aveva fatto alcun accenno al ristorante?

«Grazie mille, Xavi. Queste informazioni mi sono di grande aiuto.»

«C'è dell'altro. Ho un amico anche nella polizia nazionale. Ci ho messo un casino a convincerlo a parlare, però alla fine mi ha confermato che tuo zio non aveva precedenti penali.»

«Costano poco le mazzette in Spagna, eh? I venti euro li hai dati al Ministero delle Finanze o alla polizia?»

«I venti euro sono per l'abbonamento all'archivio digitale de *La Vanguardia*. Ti ho appena mandato per mail un articolo che ti interesserà.»

«Su mio zio?»

«Non proprio. Leggilo e vedrai.»

«Perché non me lo dici e basta?»

«Perché tanto lo leggerai comunque. Vuoi farmi sprecare il fiato?»

«In effetti non penso che tu ne abbia molto, di fiato, visto che sei un automa senza cuore.»

Xavi scoppiò a ridere. Poi, fedele al suo tic, si sistemò i rasta dietro le spalle. Lo salutai resistendo all'impulso di chiedergli notizie di Anna.

La sua mail conteneva un articolo del quotidiano *La Vanguardia* del 14 luglio 1985. Perfettamente in linea con il sensazionalismo degli anni Ottanta, il titolo era: "Da innocente club studentesco a macabra setta".

Nella giornata di ieri la polizia nazionale ha effettuato tre retate a Torroella de Montgrí, località della comarca del Bajo Ampurdán, nell'ambito delle indagini su un presunto reato di violenza sessuale. Due mesi fa la ventiduenne Meritxell Puigbaró ha infatti denunciato di essere stata rapita e violentata a Torroella de Montgrí da un gruppo di uomini incappucciati. Stando alla testimonianza della giovane, gli aggressori indossavano un anello con il muso di un lupo riconducibile a una società segreta chiamata Confraternita dei Lupi.

Le fonti consultate da questa testata hanno confermato che si tratta di un'associazione con quasi mezzo secolo di storia alle spalle, appartenente alla scuola Santa María de los Desamparados di Torroella de Montgrí. A dispetto del suo nome suggestivo, diversi ex membri della confraternita hanno voluto provare a riscattarne la reputazione.

«Ai miei tempi noi Lupi eravamo un gruppo di ragazzi che si riunivano per divertirsi senza fare del male a nessuno. Il misfatto più grave di cui ci potevamo macchiare era attaccare una gomma da masticare sotto la sedia di un compagno» ha dichiarato Artur Casbas, ex sindaco di Torroella de Montgrí e membro del club dal 1956 al 1959.

Se i Lupi innocenti di cui parla Casbas sono realmente esistiti, si tratta certamente di persone molto diverse dagli esseri rabbiosi descritti da Meritxell Puigbaró. La giovane, che dopo l'aggressione è stata presa in carico dai servizi di emergenza e tuttora continua a ricevere supporto psicologico, ha accettato di fornirci la sua versione dei fatti chiedendo che vengano presi provvedimenti «affinché una cosa del genere non accada mai più a nessun'altra donna».

«Tornavo a casa dal lavoro. Passo sempre da un terreno in aperta campagna per evitare di fare un giro troppo lungo. Torroella è un posto tranquillo, non avrei mai pensato che potesse succedermi una cosa simile.» Mentre continua il suo racconto alla ragazza si spezza la voce, tanto che deve fermarsi varie volte per ricomporsi. Ci racconta che la notte del 17 maggio alcuni uomini l'hanno circondata in quel terreno in aperta campagna costringendola a salire su un furgoncino.

«Si dice che certe persone non conservino alcun ricordo delle esperienze traumatiche che hanno vissuto. Io non ho questa fortuna. Continuo a vederli, a sentire le loro voci e persino il loro odore» racconta Puigbaró con le lacrime agli occhi. «Mi hanno portata in una specie di capannone industriale, mi hanno buttata sopra un materasso a terra e mi hanno violentata. Erano in quattro. Non ho potuto vedere i loro visi perché erano incappucciati, ma so chi sono. Ho riconosciuto le voci. Indossavano tutti quell'anello con il muso di un lupo.»

L'anello a cui si riferisce Puigbaró è proprio il simbolo della Confraternita dei Lupi. Nel suo racconto la giovane non esita a fare nomi e cognomi degli aggressori. Si tratta di quattro uomini di circa ventisette anni originari di Torroella de Montgrí, ma questa testata ha deciso di non rivelarne l'identità finché il caso non sarà risolto.

Per quanto riguarda l'anello, alcuni ex membri ci hanno raccontato che tutti i confratelli ne ricevevano uno al proprio ingresso nella congregazione. Al termine degli studi presso la Santa María de los Desamparados si doveva necessariamente lasciare la società, ma era possibile tenersi l'anello come ricordo. «L'ultimo giorno veniva fatto un giuramento con il quale ci si impegnava a prendersi cura dell'anello senza però indossarlo mai più. Si trattava di una specie di rito che risaliva alle origini della confraternita, quando era un'associazione più rigida e formale» spiega Artur Casbas.

Spetta ora alla giustizia indagare sullo stupro di Meritxell Puigbaró e trovarne i responsabili. Nonostante i numerosi tentativi di contatto, l'istituto Santa María de los Desamparados non ha risposto alla nostra richiesta di intervista per questo articolo.

Qual è la reale natura della Confraternita dei Lupi? Si tratta di una macabra società segreta o di un innocuo club di adolescenti?

CAPITOLO 32

«A volte i morti non sono così buoni come crediamo» commentò Laura dopo aver letto l'articolo. Era arrivata al mio bungalow dieci minuti prima, poco dopo la telefonata che le avevo fatto per raccontarle cosa aveva scoperto Xavi.

«Finora ho sempre pensato che le vittime dei delitti del ghiacciaio fossero appunto delle vittime.»

«Lo sono, Julián. Restano vittime di omicidio indipendentemente dal genere di persone che sono state.»

Mentre mi parlava Laura stava armeggiando con il telefono. Niente mi innervosisce di più delle persone che preferiscono guardare uno schermo invece dell'essere umano che hanno davanti.

«Dobbiamo scoprire se mio zio era un membro di quella confraternita» dissi, senza essere del tutto sicuro che stesse ascoltando le mie parole. «Potrei chiamare la Santa María de los Desamparados.»

«Bisogna pur cominciare da qualche parte.»

«Nell'articolo si dice che al termine degli studi i membri dovevano lasciare la confraternita, però si dice anche che gli aggressori avevano ventisette anni. Se riuscissimo a metterci in contatto con quella donna... Ti dispiacerebbe guardarmi mentre parlo?»

Laura sorrise e mi mostrò il telefono.

«Meritxell Puigbaró ha un sito web personale» disse. «Lavora come traduttrice dall'inglese e dal tedesco.»

«Dovresti dedicarti alla criminalistica. Ti riesce bene.»

«Mai quanto le tue battute. Io mi occupo di contattare Puigbaró e tu la scuola?»

«Divisione dei compiti: mi piace. Ormai siamo una vera squadra.»

«Dobbiamo anche scoprire il più possibile sui Lupi.»

«Lascia fare a me.»

Laura scostò la tenda del bungalow per guardare fuori. Erano le nove di sera e l'ultima luce del giorno era appena svanita. Rimase in silenzio per un istante, poi tornò al suo telefono per mostrarmi una fotografia.

«Me l'ha mandata un paio d'ore fa Ricardo, il capo della Scientifica di El Calafate.»

«L'ultima volta che vi siete visti non mi sembrava che gli andassi molto a genio.»

«E tu come lo sai?»

«Passavo dall'albergo e ti ho sentita discutere con lui» improvvisai, evitando però di dirle che ero nascosto dietro il bancone della reception.

«È acqua passata. Ho commesso un errore, ma gli ho già chiesto scusa. Abbiamo lavorato insieme per qualche mese ai delitti del ghiacciaio e ci vogliamo bene. È una brava persona.»

Nella fotografia riconobbi la camera principale della casa in cui aveva abitato mio zio, sul lato opposto del terreno che ospitava l'albergo.

«Guarda il pavimento.»

Al posto del groviglio di passi che avevo visto di persona, nella polvere c'era un'unica serie di impronte che ero in grado di interpretare persino io. Qualcuno aveva camminato fino al comodino e poi si era voltato per andarsene.

«Questa foto è stata scattata dagli uomini della Scientifica appena sono entrati in casa» disse Laura. «Quando ancora nessun poliziotto aveva messo piede in quella camera.»

«Ciò significa che appena prima di loro c'era stato qualcun altro.»

«Con un obiettivo chiaro. Sapeva cosa cercare e dove trovarlo. Ti ricordi cosa c'era nel cassetto del comodino quando ci siamo andati noi?»

«Una pipa e un accendino. A parte queste due cose era vuoto.»

«Conosci qualcuno che tiene così poca roba nel cassetto del comodino?» mi chiese Laura.

«No.»

«Il proprietario di quelle impronte è entrato in casa, è andato diretto al comodino e ha preso qualcosa. Quale potrebbe essere il motivo di un comportamento del genere, secondo te?»

«Che quel qualcosa lo avrebbe compromesso.»

«È quello che penso anch'io.»

CAPITOLO 33

L'indomani verso mezzogiorno chiamai la Santa María de los Desamparados per avere informazioni sulla Confraternita dei Lupi. La segretaria mi disse che non sapeva a cosa mi riferissi. Le chiesi di passarmi il preside, che stando al sito web della scuola era un certo professor Castells, ma lei con estrema gentilezza mi rispose che era via per un congresso e non sarebbe tornato fino alla settimana dopo. Mi inventai che volevo intervistarlo e lei mi assicurò che al suo rientro gli avrebbe riferito il mio messaggio. Il suo tono mi fece mettere in dubbio che lo avrebbe fatto davvero.

Chiusi la telefonata e feci una videochiamata a mio padre. Sullo schermo comparvero mezzo sorriso e un occhio del grande Miguel Cucurell.

«Come stai, Julián?»

«Bene, papà. Se ti vedessi la faccia tutta intera starei ancora meglio.»

«In questi aggeggi non ci si capisce niente» rispose lui allontanando il telefono. Come per la maggior parte del tempo che trascorreva a casa, era seduto in poltrona davanti alla televisione.

«Ricordi per caso se tuo fratello Fernando aveva un anello simile a questo?» gli chiesi mettendo davanti alla fotocamera la copia che mi aveva dato Laura.

Mio padre strizzò gli occhi, come se tale accorgimento potesse migliorare la bassa risoluzione della videochiamata.

«Non so se si vede bene. C'è il muso di un lupo.»

«Adesso sì, lo vedo benissimo. Non mi dice niente. Perché?»

«Pare che alla Santa María de los Desamparados ci fosse una società segreta di alunni che si chiamava Confraternita dei Lupi e che questo fosse il suo simbolo.»

«Mio fratello nella Confraternita dei Lupi? Impossibile.»

«Tu li conoscevi?»

«Certo. Come tutti. Erano dei ragazzotti di buona famiglia che si ritrovavano per bere di nascosto whisky costosi rubati ai genitori. Fumavano, parlavano di donne come se ne sapessero qualcosa e si scambiavano riviste pornografiche. Mio fratello non li avrebbe frequentati nemmeno se lo avessero pagato.»

«Ma sei sicuro al cento per cento che non ne facesse parte?»

«No. Non sono sicuro al cento per cento nemmeno che l'uomo sia arrivato sulla Luna, ma se dovessi scommettere... Fernando era una persona schietta, con pochi segreti, che preferiva vivere all'aria aperta e flirtare con le ragazze della scuola Inmaculada Concepción che ritrovarsi di nascosto per bere, fumare e sbavare davanti a delle foto di tette.»

«Come fai a sapere che cosa facevano durante le riunioni?»

«Perché te lo dicevano direttamente loro per pavoneggiarsi e invogliarti a entrare nella confraternita. Più membri c'erano meglio era, visto che si pagava una quota parecchio alta e che con quei soldi ingaggiavano una volta al mese una signora della notte.»

«Cioè una prostituta?»

«Più che altro una che oggi verrebbe definita come una spogliarellista.»

«Per essere una società segreta non era molto segreta.»

«Per niente. Erano un gruppo di perdenti dalla lingua lunga.»

«Tuo fratello non ti ha mai parlato della confraternita?»

«Che io ricordi no. Ma perché è così importante?»

«È una storia lunga, papà.»

«Non ho niente da fare.»

«Vediamo... Sapevi che tuo fratello era nato in Argentina?»

«Sì. I miei genitori erano emigrati a Buenos Aires a metà degli anni Cinquanta. Mio padre aveva messo su un'azienda con un socio che aveva finito per truffarlo. Tornarono in Catalogna nel giro di poco più di due anni, più poveri di prima e con Fernando ancora piccolo. I tuoi nonni non parlavano molto di quel periodo, mi ci sono voluti anni per sapere quello che ti ho appena raccontato.»

«Grazie alla nazionalità argentina Fernando è riuscito a ottenere il terreno su cui ha costruito l'albergo, che è stato in attività per una sola stagione e poi è rimasto chiuso per trent'anni. La prima persona che ci ha rimesso piede sono stato io, e dentro ci ho trovato un cadavere mummificato che molto probabilmente risale all'epoca in cui Fernando se ne è andato. Indossava un anello uguale a questo, che ho scoperto essere quello della Confraternita dei Lupi. Immagino che concorderai sul fatto che non può essere una semplice coincidenza che Fernando e il morto abbiano frequentato la stessa scuola.»

Mio padre si passò una mano sulla fronte ampia mentre tentava di metabolizzare ciò che gli avevo appena riferito. Ero contento di non avergli detto che oltre al cadavere dell'albergo ce n'erano altri due che erano stati ritrovati dentro un ghiacciaio. Aveva il cuore debole e ci aveva già fatto prendere più di uno spavento.

«Non so cosa dirti, figliolo. Io e mio fratello non abbiamo mai avuto un rapporto particolarmente intimo, però mi è molto difficile credere che potesse essere un assassino. Anche se abbiamo avuto grossi contrasti, era una brava persona.»

«Credo che mi sarebbe di grande aiuto se mi raccontassi perché avete litigato.»

«Ancora con questa storia? Ti ho già detto che è stato per una donna.»

«Rispondermi così è come non dirmi niente. So

talmente poco su Fernando che qualunque informazione è importantissima. Un litigio che lo allontana dal fratello potrebbe rivelarmi molto di lui e mi aiuterebbe a farmi un'idea della sua personalità.»

«Ti rivelerebbe molto anche di me. Ti rendi conto che sarebbe terribilmente ingiusto darti la mia versione dei fatti ora che lui non può più difendersi?»

Ecco quanto sono solidi i valori di mio padre. Miguel Cucurell appartiene a una specie in via di estinzione.

«Non fa niente, papà. Stai tranquillo. Ciò che più mi interessa in realtà è capire in che modo Fernando fosse legato alla Confraternita dei Lupi. Sei ancora in contatto con qualcuno dei tuoi compagni di scuola?»

«Qualche anno fa sono stato aggiunto in un gruppo WhatsApp di studenti dell'epoca. Ogni tanto qualcuno manda dei video simpatici o qualche commento sulla politica. Valuta tu se questo può considerarsi essere in contatto.»

«Potresti chiedergli se tuo fratello aveva qualche legame con la confraternita?»

«Se ti è di aiuto, certo. Ma non credo che qualcuno ne possa sapere più di me che ci vivevo insieme.»

Anche io pensavo che sarebbe servito a poco, ma non mi veniva in mente niente di meglio.

«Grazie mille, papà.»

«Di niente. Dimmi un po': quali sono i tuoi piani? Che ne farai dell'albergo?»

«Non ho ancora deciso. Potrei metterlo in vendita così com'è, ma a dire il vero mi piacerebbe tanto ristrutturarlo.»

«Quindi rimarrai in Argentina per un po'?»

«Non lo so.»

Era vero: non avevo idea di cosa fare. Il mio lato razionale mi diceva che la cosa migliore era vendere e andarmene di lì il prima possibile, ma l'idea di rimanere a cercare la verità mi attirava come una calamita.

CAPITOLO 34

Passarono due giorni senza alcuna novità. Mio padre non era riuscito a scoprire niente e Laura era molto occupata con un gruppo di turisti cinesi che avevano prenotato escursioni a cavallo per tre giorni. Ne approfittai per ripulire un po' l'albergo.

Avevo appena acceso il caminetto della sala da pranzo quando mi squillò il telefono. Era una videochiamata da parte di Xavi.

«Come vanno le cose in culo al mondo? Qualche altro cadavere nelle ultime novantasei ore?»

«Sei esilarante. Avresti dovuto fare il comico.»

«Il mio ex cognato mi paga molto meglio come detective privato. Ho qualcosa per te.»

«Che aspetti?»

«Josep Codina. Trentun anni. Assassinato con quattro pugnalate a Torroella de Montgrí. Indovina in che scuola andava.»

«Santa María de los Desamparados.»

Il volto pixellato di Xavi si mosse in un cenno affermativo.

«L'hanno ucciso nel 1989. Viveva a Barcellona ma era tornato a Torroella per le vacanze.»

«Qualche anno prima dei delitti del ghiacciaio» sussurrai, più a me stesso che a Xavi.

«Ho trovato un articolo che parla dell'omicidio su *La Veu de Torroella*. Te l'ho appena inviato per mail.»

Come lasciava facilmente intuire il suo nome, *La Veu de Torroella* era il quotidiano di Torroella de Montgrí.

«Grazie. Ma perché pensi che sia collegato alle morti di qui?»

«Magari non c'entra nulla, però se ci pensi bene Torroella non è mica Baltimora: la squadra omicidi ci mette piede con la stessa frequenza della cometa di Halley, cioè una volta ogni settantasei anni. Se salta fuori un cadavere di qualcuno che grosso modo era coetaneo dei morti di El Chaltén, che è stato ucciso nello stesso periodo e aveva pure frequentato la stessa scuola, potrebbe esserci qualche collegamento.»

Lo ringraziai e chiusi la chiamata per leggere l'articolo. Era datato 28 agosto 1989. Non c'erano molte altre informazioni oltre a ciò che mi aveva già anticipato Xavi. Diceva che Josep Codina era stato pugnalato nel centro del paese e l'ispettore a capo delle indagini, un certo Gregorio Alcántara, aveva rilasciato le tipiche dichiarazioni che non dicono niente: «Per il momento non ci sono sospettati, non possiamo aggiungere altro». Poi il giornalista che aveva firmato il pezzo descriveva con dovizia di particolari come la morte del giovane avesse sconvolto quella tranquilla comunità.

Mentre mi chiedevo se quella storia potesse avere qualcosa a che fare con quanto accaduto a El Chaltén, le mie dita giocherellavano con l'anello della confraternita, che ultimamente tenevo sempre con me. Il metallo rifletteva le fiamme arancioni del caminetto, conferendo alle fauci spalancate del lupo un aspetto ancor più minaccioso.

Non potevo restarmene ad aspettare che Xavi mi chiamasse con qualche altra novità o che Laura trovasse qualcosa. Dovevo muovere qualche pedina in autonomia e avevo in mente un'unica mossa.

Indossai il cappotto e mi avviai verso la confluenza dei fiumi. Ricambiai senza entusiasmo ogni saluto di turisti e autoctoni. Mi lasciai alle spalle il distaccamento di polizia, dove c'erano di guardia due agenti diversi da quelli che avevano raccolto la mia testimonianza il giorno in cui avevo ritrovato Juan Gómez morto stecchito. Uscii dal paese attraversando il ponte sul fiume Fitz Roy e camminai lungo il ciglio dell'unica strada che mi collegava al resto del mondo.

Trecento metri più avanti comparve alla mia destra un edificio a due piani in legno e pietra. Era la vecchia locanda dei parchi nazionali, la sola struttura ricettiva precedente all'Hotel Montgrí, diventata ormai un centro informazioni per visitatori.

All'interno le pareti erano tappezzate di manifesti su flora, fauna e storia del parco, oltre che su vari percorsi di trekking. Alcuni guardaparco in uniforme color cachi distribuivano opuscoli ai turisti presenti e rispondevano a domande in diverse lingue.

«Salve. *Hello*» mi disse uno di loro. Poteva avere poco più di vent'anni e aveva ancora l'acne sulle guance.

«Salve. Sto cercando Juan Miguel Alonso. Sa se è tornato dalla riparazione del ponte sul río Blanco?»

Il ragazzo sembrò sorpreso, probabilmente non gli capitava spesso che qualcuno con un accento straniero gli chiedesse informazioni su uno dei guardaparco anziché sulle escursioni.

«Aspetti qui un attimo» mi rispose. Poi sollevò un cordone rosso che sbarrava l'accesso al primo piano.

Meno di un minuto dopo Juanmi Alonso stava scendendo le scale.

«Julián! Che sorpresa. Come stai?»

«Bene. Posso farti qualche domanda?»

«Certo, se vuoi andiamo fuori.»

Ci sedemmo nel giardino, su una panchina di legno. Davanti a noi si intravedeva il Fitz Roy, anche se con una nuvoletta che ne copriva la cima.

«Sembra un vulcano» commentai.

«È vero. In effetti c'è chi ama ripetere a pappagallo che il termine *chaltén* significa "montagna che fuma", ma non è così. Nella lingua dei Tehuelche la parola *chaltén* è molto volgare. A volte mi sembra un nome adatto a un paese nato da un conflitto.»

Annuii in silenzio. Forse in un altro momento quello che mi stava dicendo Juanmi mi sarebbe pure interessato. Forse gli avrei persino chiesto di che parola volgare si trattasse.

«Ma tu non sei venuto fin qui per parlare di questo» mi disse lui facilitandomi le cose.

«In effetti no. Sono venuto a chiederti con chi viveva Fernando nella casa vicino all'albergo.»

«Con nessuno. Non ti ho detto che era scapolo?»

«Sì, ma in quella casa ho trovato vestiti sia da uomo che da donna. E giocattoli. Lì dentro ci viveva una famiglia.»

Juanmi sorrise scuotendo il capo.

«No, tuo zio viveva da solo. Però a quei tempi capitava spesso di ospitare persone in casa propria. Per esempio il carbonaio, che veniva due volte al mese dalle miniere di Río Turbio e si fermava a passare la notte da qualcuno. Non dimenticare che all'epoca in paese c'erano poche abitazioni oltre alle prime dodici originali costruite dal governo. Tuo zio metteva sempre a disposizione l'albergo e quando non c'era più posto apriva le porte di casa per ospitare commercianti, viaggiatori e persino nuovi abitanti che arrivavano con un posto di lavoro da parte dello Stato e la promessa di una casa che però era ancora da costruire.»

«Ma nell'albergo c'erano delle stanze vuote. Ho trovato diversi letti ancora perfettamente fatti. E poi mi hai raccontato che l'ultima volta che l'hai visto la stagione era ormai agli sgoccioli e lui stava per tornarsene in Spagna. Perché avrebbe dovuto ospitare una famiglia in casa sua se l'albergo era disponibile?»

«Non ne ho idea, Julián. Ma ti posso assicurare che tuo zio era scapolo e non viveva con nessuno. Cosa sia successo negli ultimi giorni prima della sua partenza non lo so proprio, perché come ti ho spiegato non mi trovavo in paese.»

«Quando abbiamo parlato al campeggio mi hai detto che qualche anno prima della sua scomparsa Fernando era tornato in Spagna per le vacanze. Ricordi che anno era?»

«Era il 1989. Impossibile dimenticarlo, perché l'Argentina era in piena campagna presidenziale e tuo zio per stuzzicarmi mi diceva che pur trovandosi in Spagna sarebbe comunque andato al consolato per votare Menem.»

«Ti ricordi quando partì di preciso?»

«Ad aprile, un mese prima delle elezioni. E tornò a novembre.»

Annuii senza dire una parola. Quando Josep Codina era stato ucciso a Torroella de Montgrí, mio zio si trovava in Spagna.

CAPITOLO 35

Se El Chaltén non era il posto con il maggior numero di birrerie pro capite al mondo, poco ci mancava. Dopo una lunga giornata di escursioni in montagna, chiunque penserebbe di meritarsi una bella pinta di birra artigianale.

Tap Tap era una delle più grandi. Fatta di legno e lamiere ondulate, aveva un'aria decisamente troppo antica per un paese che aveva la mia età. All'interno venni accolto da un allettante profumino di patate fritte e rock inglese. Una grande tubatura in rame che attraversava il soffitto mi condusse fino a una dozzina di spillatori cromati gestiti da due hipster barbuti. Al bancone c'era poca gente, mentre i tavoli – grandi e da condividere con avventori sconosciuti – erano pieni di giovani che parlavano in varie lingue.

Consultai il menù scritto a gesso su una delle pareti e scelsi una porter. Barbuto Numero Uno mi fece pagare e passò l'ordine a Barbuto Numero Due. Prima che avesse finito di servirmi, sentii una mano sulla spalla.

«Laura! Ho appena ordinato. Che figuraccia, scusami.»

«Non esagerare. Una porter, Mauricio, per favore.»

Barbuto Numero Due annuì e posizionò un altro bicchiere sotto lo spillatore.

«Ci hai capito qualcosa nella notizia che ti ho girato?» le chiesi mentre aprivo sul telefono l'articolo de *La Veu de Torroella*.

«Codina, ex alunno della Santa María de los Desamparados, è stato pugnalato a Torroella de Montgrí. Trentunenne, aveva studiato medicina all'Università Autónoma di Barcellona e stava finendo l'apprendistato in chirurgia plastica all'Hospital del Mar. Il paese di Torroella è rimasto sconvolto: erano anni che non si verificava un delitto violento.»

«Capisci il catalano?»

«Io no, ma il traduttore automatico del mio telefono sì.»

Barbuto Numero Due appoggiò le birre su due quadratini di feltro e le spinse verso di noi.

«Non indovinerai mai che anello indossava Codina quando è stato ucciso» mi disse Laura.

«Non prendermi per il culo.»

«Non ti sto prendendo per il culo. Ho un amico nella polizia federale che anni fa ha collaborato a un caso dell'Interpol. Sono mesi che insisto perché chieda a qualcuno che ci lavora di controllare nel loro database se ci sono stati altri omicidi in cui la vittima indossava un anello con il muso di un lupo. Appena mi hai mandato l'articolo l'ho richiamato e finalmente mi ha accontentata.»

«Il database dell'Interpol è così dettagliato?»

«Da quando esiste Internet sì. E anche se in genere non ci sono tante informazioni relative a casi di trent'anni fa, siamo stati fortunati. L'omicidio di Codina è stato digitalizzato.»

«Sei sicura che si tratti dello stesso anello?»

Laura bevve un sorso di birra e inclinò la testa, come se quel mio commento l'avesse offesa. Poi per tutta risposta appoggiò il suo telefono sul bancone.

«Questa è una foto dell'autopsia di Josep Codina.»

L'immagine mostrava tre dita pallide sopra una superficie di acciaio inossidabile. Intorno a una di esse c'era un anello identico a quello che tenevo in tasca come un amuleto maledetto.

«Se a questo ci aggiungiamo che, stando a quello che ti ha detto Juanmi, tuo zio si trovava in Spagna quando hanno ucciso Codina...»

«Non può essere una coincidenza.»

«Esatto. E le risposte che stiamo cercando non le troveremo certo qui a El Chaltén.»

«Che intendi dire?»

Laura mi guardò negli occhi.

«Che dobbiamo andare in Spagna.»

«Dobbiamo? Aspetta un attimo. Io voglio sapere la verità perché si tratta della mia famiglia. Ma tu come mai tieni tanto a questo caso?»

«Quando eri adolescente non ti è mai piaciuta una ragazza che non ti filava?»

«Solo nel novantanove per cento dei casi.»

«E qual era il consiglio che ti dava il tuo amico più figo? Quello che si atteggiava a esperto, intendo. Tutti ne hanno uno.»

«Non saprei. Di solito si diceva che bisognava ignorarle, fare finta di niente. Più ci stavi alla larga, più ti si appiccicavano.»

«La stessa cosa che si dice qua. Questa storia che a noi donne piaccia essere ignorate è una stronzata maschilista.»

«Ma questo che c'entra con...?»

«È una stronzata maschilista e allo stesso tempo una grande verità. Ma non ha niente a che vedere con il genere. *Tutti* gli esseri umani risentono del fatto di essere ignorati. Uomini, donne o quello che è. Più una cosa è difficile da ottenere e più ci attrae, indipendentemente dal fatto che sia una persona, il denaro, una posizione sociale o la risposta a una domanda.»

«Immagino che nel tuo caso sia trovare una spiegazione per i delitti del ghiacciaio.»

«Fino a due anni fa mi occupavo di risolvere casi di omicidio, Julián. Mi piace molto e sono brava a farlo. Però quando sono stati ritrovati quei due cadaveri non facevo ormai più parte del corpo di polizia e ho dovuto limitarmi a osservare dalla panchina delle riserve. Mi hanno convocata un paio di volte come consulente, ma non ho potuto lavorare davvero al caso. Indago per conto mio da un anno e mezzo. E sai perché? Perché nemmeno le escursioni a cavallo in questo posto meraviglioso riescono a farmi smettere di pensare al burocratismo in cui sono invischiata e a quando potrò riavere il mio lavoro. L'unica cosa che mi aiuta a non impazzire è concentrarmi su questo caso, che mi ossessiona da ben prima che arrivassi tu ed entrasse in scena un terzo morto.»

«Non mi hai mai spiegato perché hai lasciato la polizia.»

Laura bevve un sorso di birra.

«Durante una certa indagine non ho seguito il protocollo. Anziché fare quello che dice la legge, ho fatto quello che consideravo più giusto. Il mio errore è stato quello, e l'ho pagato con il posto di lavoro.»

«Che cosa hai fatto esattamente?»

«È una storia lunga» rispose lei sospirando. «Cerca su Internet "Il collezionista di frecce", se vuoi. È il nome che la stampa ha dato a quel caso. Non ho fatto niente di cui mi penta, ma i miei superiori non la vedevano come me. Perciò mi hanno sollevata dall'incarico e mi hanno sottoposta a un processo sommario. Mentre aspettavo che la situazione si risolvesse sono andata a stare a San Martín de los Andes, un posto stupendo in cui avevo sempre desiderato trasferirmi. La giudice mi aveva detto che ci sarebbero voluti sei mesi, ma ormai sono passati due anni e la pratica è ancora bloccata.»

«San Martín de los Andes è lontano da qui, giusto?»

«Milleseicento chilometri.»

«Come sei finita a El Chaltén?»

«Dopo sei mesi a San Martín mi hanno chiamata come consulente per un omicidio a El Calafate.»

«Non ti avevano sollevata dal tuo incarico?»

«Sì, ma ciò non impedisce che mi possano ingaggiare come consulente per lavori occasionali. È il vantaggio di avere una rete di contatti. Quando ho concluso le perizie mi hanno proposto di tenere dei seminari di scienze forensi per la polizia e ho accettato. Ho affittato un piccolo appartamento a El Calafate, dove sono rimasta meno di due mesi perché poi sono comparsi i cadaveri nel ghiacciaio Viedma, e allora sono venuta qui.»

«Ti hanno chiamata di nuovo come consulente?»

«Sì, e mi sono talmente appassionata al caso che quando non hanno avuto più bisogno di me ho deciso di rimanere comunque. È stato allora che ho iniziato a lavorare per Rodolfo. Dopo un po' mi sono resa conto che le indagini stavano ristagnando e ho cominciato a scrivere il libro. È partita come una dissertazione che trattava di corpi congelati e alla fine è diventata la cronaca dei delitti che ti ho fatto vedere.»

Bevemmo un sorso di birra quasi contemporaneamente.

«Ora capisci perché dobbiamo andare in Spagna tutti e due? Tu per scoprire chi era tuo zio e io per chiudere questo capitolo.»

«Dove troverai i soldi per il viaggio?»

«Ho dei risparmi e una casa in affitto a Puerto Deseado. Inoltre continuo a ricevere il mio stipendio dalla polizia.»

«Ricevi uno stipendio senza lavorare? Voglio la tua vita.»

«Tu non vuoi la mia vita, te lo posso assicurare.»

C'era qualcosa in quella donna che ancora non riuscivo a capire. Mentre pensavo a cosa dirle, ordinai un altro giro.

«Concordo sul fatto che le risposte le troveremo lì e non qui, ma non so se posso andarmene prima di aver venduto l'albergo.»

«Quell'albergo è qui da trent'anni. Può rimanerci per qualche altro mese. E poi non manca molto all'arrivo del freddo. D'inverno qui è parecchio difficile fare lavori edili.»

«Sì, me lo ha detto anche Sosa.»

«Vedi? Dobbiamo andare in Spagna. Alle risposte, compare» disse Laura sollevando il bicchiere.

Sorrisi e brindai con lei.

«Alle risposte.»

PARTE III
DON CHISCIOTTE

CAPITOLO 36
Molti anni prima

Chiuso in bagno, il ragazzo prende le forbici che tiene nascoste nelle mutande. Sono le più affilate della casa. Sua madre le usa per tagliare i tessuti.

«*Principessina. Sei una principessina*» sussurra una voce beffarda dentro la sua testa.

Avvicina la guancia allo specchio e come ogni giorno nota che la sua pelle sembra sempre quella di una bambola di porcellana. Ormai ha sedici anni, ma la barba non ha ancora cominciato a farsi vedere. Nemmeno dopo un'intera settimana di applicazioni di sterco di pollo, come gli ha consigliato il suo amico Manel.

Osserva per l'ennesima volta il suo naso all'insù e i suoi occhi castani a mandorla. Ha le ciglia talmente scure che sembra che se le tinga. Infatti una volta all'uscita del cinema la sua amica Marta gli ha chiesto se si truccasse.

Si toglie la maglietta e fa un passo indietro per guardarsi il torso nudo. Nemmeno l'altro consiglio di Manel sembra funzionare: nonostante ormai da un mese mangi fino a scoppiare tutte le volte che si siede a tavola, le spalle e le braccia sono sempre magre come quelle di uno spaventapasseri.

È consapevole che non esista dieta né unguento magico in grado di accelerare il tempo, però non può aspettare. Non nutre nemmeno più la speranza che gli accada la stessa cosa che è successa al suo amico Joan Cases, che ha fatto uno scatto in altezza e ha cambiato la voce nella stessa estate. Certi giorni pensa che non diventerà mai un uomo.

Ha bisogno di un miracolo, lo desidera con tutte le

sue forze. È per questo che ogni giorno si guarda allo specchio, come se ciò potesse fargli crescere il pomo d'Adamo, spuntare i peli sul corpo o allargare le spalle.

«*Principessina.*» Di nuovo quella voce.

Si avvicina ancora allo specchio e si guarda i capelli. I riccioli corti e setosi si muovono amplificando i movimenti della testa. Sua madre non glieli taglia mai più corti della lunghezza massima consentita alla Santa María de los Desamparados. Gli dice sempre che ha dei capelli troppo belli per tagliarli più di così.

Lui in questo caso è d'accordo con sua madre. Gli piacciono i suoi capelli. Ecco perché mentre solleva le forbici all'altezza della fronte e poi taglia a zero il primo ricciolo prova rabbia. Molta rabbia.

«*Principessina.*»

CAPITOLO 37

Laura

Seduta accanto al finestrino ovale, Laura osservava le hostess che spingevano il carrellino a passo di lumaca per distribuire i vassoi con la cena. «Pasta o pollo?» chiedevano con accento spagnolo. *Quello che vuoi, basta che mi dai qualcosa perché sto morendo di fame*, rispondeva lei mentalmente per poi tornare a contare le file che mancavano al suo turno. Non aveva previsto che quel viaggio l'avrebbe resa talmente nervosa da dimenticarsi di mettere qualcosa sotto i denti prima di uscire per andare in aeroporto.

Era la sua prima volta all'estero e aveva letto che per entrare in Spagna doveva dimostrare di avere anche un biglietto di ritorno, una prenotazione alberghiera e novanta euro per ogni giorno di permanenza. Lei rispettava solo la prima di quelle tre condizioni.

Aveva passato la prima ora di volo a pensare a cosa avrebbe risposto se ai controlli per l'immigrazione le avessero fatto delle domande, ma era giunta alla stessa conclusione di tutte le altre volte che se lo era chiesto nei giorni precedenti: in certi casi nemmeno la risposta migliore può salvarti. Era una lezione che aveva imparato in anni e anni di conduzione di interrogatori.

Era riuscita a riposarsi un po' solo ricorrendo al rimedio più infimo possibile, cioè accendendo il piccolo schermo davanti a sé e selezionando una commedia romantica. Ora che il film era terminato e la stucchevole storia d'amore le aveva sciolto un po' il nodo allo stomaco, il suo corpo reclamava cibo.

«Preferite pasta o pollo?»

«Pollo» si affrettò a dire lei.

«Per me pasta» rispose invece Julián.

Era seduto alla sua sinistra e fino a quel momento aveva passato la maggior parte del volo a scrivere su un quaderno. Un paio di volte Laura aveva provato a sbirciare senza farsi notare, ma non era minimamente riuscita a decifrare quegli scarabocchi e l'unica cosa che ne aveva ricavato era la certezza che persino un medico avrebbe potuto dare lezioni di calligrafia a Julián.

Finalmente la hostess appoggiò un vassoio sul tavolino davanti a lei. L'odore del pollo con le patate al forno le sembrò sublime. Ne tagliò un boccone con le posate di plastica tenendo le mani attaccate al petto per via del poco spazio che la separava dal tavolino.

«Sembro un tirannosauro» disse.

«Non c'è niente di più comodo che mangiare in aereo» le rispose Julián infilando il quaderno nella tasca del sedile davanti.

Diede il primo morso e le sembrò una prelibatezza. La cattiva reputazione del cibo sugli aerei doveva essere opera di persone poco affamate. Come Julián, per esempio, che non sembrava avere la minima intenzione di toccare la sua pasta.

«Sei nervoso?» gli chiese.

«Nervoso, terrorizzato, trepidante. Tutto insieme. Solo tre settimane fa stavo volando nella direzione opposta per vendere un terreno che avrebbe risollevato la mia situazione economica e ora invece sto tornando indietro senza averlo venduto, con la proprietà di un albergo che vale milioni e il peso di tre morti collegati a un fratello di mio padre di cui ignoravo l'esistenza.»

«Stavi scrivendo di questo?»

«Qualcosa del genere. Stavo facendo un riepilogo delle cose che non sappiamo» rispose Julián un attimo prima di prendere la prima forchettata.

«Ah, allora dubito che ti basterà quel quaderno.»

«Già. Ci sono molte incognite.»

Poi incrociò le posate sul piatto ancora praticamente

pieno e riaprì il quaderno.

«Di cosa è colpevole e di cosa è vittima mio zio? Come mai se ne è andato lasciando un cadavere? Cosa ha fatto nella vita durante i trent'anni successivi? Che significato ha l'incisione all'interno dell'anello? Perché quegli avvocati pagano le tasse dell'albergo? Sono troppe domande. Non so nemmeno da dove cominciare.»

Laura lo capiva bene. Se a volte persino lei che era una professionista si sentiva sopraffatta da tanti interrogativi, era comprensibile che lui ne fosse paralizzato.

«Voglio darti un consiglio: risolvere un caso difficile è come mangiarsi un elefante.»

Tagliò un pezzo di pollo e se lo portò alla bocca, in parte per rendere più teatrale la sua spiegazione e in parte per fame. Julián fece la stessa espressione perplessa che aveva assunto lei anni prima quando il commissario Lamuedra le aveva detto quella frase.

«C'è un unico modo: un boccone, poi un altro e dopo un altro ancora. Non esistono scorciatoie. La tua lista di domande è lunga e hai fatto bene a scriverle, ma non metterti in testa di rispondere a tutte insieme perché diventeresti matto. Bisogna fare un passo alla volta. Il primo è scoprire il più possibile sulla Confraternita dei Lupi. Per esempio se tuo zio ne faceva parte o meno.»

«Mio padre sostiene di no, ma io non ne sono così sicuro. Ascolta, potresti chiedere al tuo amico dell'Interpol di trovare qualche informazione sul nostro morto dell'albergo? Anche se Juan Gómez è un nome parecchio comune, sono sicuro che con il numero di passaporto...»

«Non ho nessun amico all'Interpol. Ho un amico nella polizia federale argentina che anni fa ha collaborato con uno dell'Interpol. Gli ho già chiesto un grosso favore e ho dovuto insistere mesi per convincerlo a farlo. Quella porta ormai è chiusa. In genere i poliziotti non sono molto propensi a condividere informazioni con un'agente sollevata dal suo incarico, per quanto possa essere un'amica.»

«Tentare non ti costa nulla.»

«Arrivi tardi» mentì Laura per evitare che continuasse. «L'ho già fatto. Ma non significa che mi accontenterà di nuovo.»

«E poi sarebbe importante parlare con qualcuno che ha partecipato alle indagini sull'omicidio di Josep Codina a Torroella de Montgrí. Qualcuno della polizia, un criminalista... Se siamo fortunati magari anche un giudice. In quell'articolo de *La Veu de Torroella* si dice che a capo delle indagini c'era un certo Gregorio Alcántara. Potremmo provare a contattarlo.»

Laura represse un sorriso. Trovava adorabile quando Julián le suggeriva di fare qualcosa che lei aveva già fatto due giorni prima.

«Ho pensato anche a questo» gli disse. «Alcántara ha accettato la mia richiesta di amicizia su Facebook proprio oggi. Posso mangiare la tua pasta?»

CAPITOLO 38

Laura

Mentre l'aereo scendeva di quota, Laura osservava dal finestrino il mare che lasciava il posto a una costa ricoperta di pini e fabbricati. Quando atterrarono, sentì la voce del comandante che dava il benvenuto all'aeroporto El Prat di Barcellona, dove erano le sette e un quarto del mattino e c'era una temperatura di tredici gradi centigradi.

«Siamo sfuggiti al freddo» le disse Julián.

Lei annuì e si voltò a guardare la pista. Le venne un nodo allo stomaco al pensiero dei controlli per l'immigrazione.

Quindici minuti dopo stava consegnando il passaporto a una poliziotta grosso modo sua coetanea. Riconobbe il fastidio con cui quella donna, chiusa dentro un cubicolo di vetro di un metro quadrato, scansionò il documento. Nessuno vuole entrare nella polizia per finire in una boccia per pesci.

Senza fare domande la donna timbrò il passaporto, lo fece passare attraverso l'apertura nel vetro e spostò lo sguardo sulla persona successiva. Laura ringraziò con un bisbiglio e si diresse verso Julián, che si era posizionato nella fila per i cittadini europei.

«Benvenuta in Spagna.»

«Per ora somiglia parecchio all'aeroporto argentino di Ezeiza» rispose lei indicando la segnaletica.

Seguirono frecce e schermi finché non si fermarono ad aspettare i bagagli accanto a un nastro trasportatore.

«Sei sicuro che non sia un problema se sto a casa tua?» chiese Laura di nuovo.

«La mia risposta è la stessa delle altre quattro volte

che me lo hai chiesto in aereo: non è assolutamente un problema» rispose lui. «A casa mia ci sono tre camere e adesso vivo da solo.»

Laura non poté non notare la nota di tristezza in quell'ultima frase pronunciata da Julián.

Dopo aver recuperato le valigie uscirono nella hall principale dell'aeroporto, dove un centinaio di persone si accalcavano in attesa di parenti, amici o amori. Alcuni brandivano cartelli o mazzi di fiori, altri abbracciavano viaggiatori appena sbarcati.

«La stazione della metro è da quella parte» disse Julián.

Laura lo seguì trascinando la valigia. Una volta che si furono allontanati dalla folla, sentì una voce femminile alle sue spalle: «Julián, tesoro! Eccoti!».

Laura vide Julián voltarsi e aggrottare le sopracciglia di fronte alla signora alta e magra che avanzava verso di loro. I passi rapidi le facevano ondeggiare i corti capelli biondi come la coda di un barboncino iperattivo.

«Mamma! Che ci fai qui?»

«Siamo venuti a prenderti» disse un uomo calvo e in sovrappeso dietro di lei.

«Laura, ti presento i miei genitori. Consuelo e Miguel.»

Laura notò che i genitori di Julián la stavano esaminando con ancora più potenza della macchina a raggi X attraverso la quale era appena passato il suo bagaglio.

«Piacere» disse la signora. «Non sapevo che mio figlio fosse in compagnia.»

«E in ottima compagnia, per di più» aggiunse il padre.

«Piacere mio» fu tutto quello che riuscì a dire Laura. Sorrise anche, il che non guasta mai.

«Per di qua. Abbiamo la macchina nel parcheggio» disse il padre indicando nella direzione opposta rispetto a quella in cui stavano andando loro due. «Dammi la valigia, Laura. Te la porto io.»

«Non serve, grazie.»

«Insisto: devi essere stanca.»

«Miguel, tesoro, lasciala in pace» disse la madre di Julián prima di voltarsi verso di lei. «Mio marito è una brava persona, ma a volte sembra uscito dal Pleistocene.»

«Vi avevo detto che non c'era bisogno che mi veniste a prendere... E poi tu non dovresti essere al lavoro?» chiese Julián alla madre.

«Stamani avrei dovuto fare una visita a un cantiere, ma è stata annullata perché il geometra è malato.»

«Mia madre è architetta» spiegò Julián.

«Una delle migliori di Barcellona» aggiunse il padre guardando la moglie con una tenerezza che in una coppia di quell'età Laura aveva visto raramente.

«Che esagerato! Sono un'architetta e me la cavo bene, punto.»

Entrarono in un ascensore grande come una camera doppia, che scese fino a un piano stracolmo di veicoli.

«Abbiamo parcheggiato alla fine di questa fila» disse il padre di Julián.

L'auto era una BMW X5 e l'unica cosa che aveva in comune con la Corsa di Laura era il fatto di possedere quattro ruote. La madre di Julián si mise al volante, il padre sul sedile del passeggero e loro due dietro. La tappezzeria profumava di nuovo.

Uscirono da quel labirinto di colonne e rampe per immettersi in una tangenziale a quattro corsie senza la minima buca.

«È la tua prima volta a Barcellona?» chiese Consuelo a Laura.

«È la mia prima volta fuori dall'Argentina.»

«Be', hai cominciato con una città stupenda. Guarda, Barcellona è tutto quello che c'è tra quella montagna e il mare, che da qui non si vede.»

«Quale montagna?» chiese Laura, che riusciva a scorgere soltanto degli edifici alti.

«Quella là» le disse Julián indicando una collina in lontananza con un'antenna sulla cima. «Le montagne di qui non sono come quelle della Patagonia. Se il Tibidabo si trovasse a El Chaltén, non avrebbe nemmeno un nome.»

«Non vorrei risultare indiscreto, ma...» disse Miguel voltandosi verso il figlio.

«Vuoi sapere che ci fa Laura qui.»

«Detto così suona male» rispose il padre.

Laura liquidò quel commento con un cenno della mano.

«Come già sapete» disse poi «nell'albergo ereditato da Julián c'era un cadavere che si trovava lì da una trentina d'anni e che indossava un anello che si è rivelato essere il simbolo della Confraternita dei Lupi. Ciò che forse vostro figlio non vi ha raccontato è che circa un anno e mezzo fa, dentro un ghiacciaio, sono stati ritrovati i cadaveri di altre due persone che furono assassinate nello stesso periodo e che indossavano lo stesso anello. Quando Julián è arrivato a El Chaltén, io stavo indagando sui delitti del ghiacciaio già da tempo.»

«Che orrore» commentò Consuelo mentre guidava lungo la tangenziale, che in quel tratto era diventata sotterranea.

«Sei della polizia?» chiese Miguel.

«Sì» semplificò Laura.

«Quando avevi intenzione di dirci tutte queste cose?» chiese Consuelo al figlio in tono di rimprovero.

«Non volevo farlo per telefono. Ho preferito aspettare di parlare di persona. Tuo fratello non se n'è andato da quel posto per noia, papà. Come ti ho già detto, credo che Fernando facesse parte della Confraternita dei Lupi o che abbia avuto qualche problema con quella gente. Inoltre, qualche anno prima dei delitti in Argentina, a Torroella è stato pugnalato un uomo che indossava quello stesso anello.»

«Me lo ricordo» intervenne la madre di Julián. «In plaza Pere Rigau, giusto?»

«Esatto. Nel 1989, lo stesso anno in cui Fernando è tornato in Spagna per le vacanze.»

«Fatemi capire» disse Miguel Cucurell. «Voi pensate

che mio fratello abbia ucciso quattro persone?»

«È quello che stiamo cercando di capire» rispose Laura.

«È una follia.»

«Può darsi» ammise lei. «Ma qualunque sia la verità, per scoprirla dovevamo venire in Spagna. Perciò eccoci qui.»

Il padre di Julián svuotò i polmoni mentre annuiva lentamente. Laura conosceva bene quell'espressione: era quella di chi sta cercando di metabolizzare troppe informazioni tutte insieme.

«Il problema è che non sappiamo niente di Fernando Cucurell» disse Julián.

Miguel si voltò di nuovo. Laura notò che prima di fulminare il figlio con lo sguardo l'aveva scrutato con un certo disagio. Era evidente che non volesse palare di una questione famigliare davanti a un'estranea.

Procedettero in silenzio finché Consuelo non uscì dal tunnel risalendo una rampa e la BMW riemerse nel cuore della città.

«Questo è lo stadio Camp Nou» spiegò il padre di Julián indicando una mole cilindrica in cemento sulla destra. «Qui gioca il tuo connazionale Messi. Ti piace il calcio?»

«Non molto.»

«Ah no? Pensavo che essendo argentina...»

«Mio padre è un grande tifoso del Barça. Non si perde una partita.»

Laura avrebbe voluto fare qualche commento sul calcio o su Messi, ma non le veniva in mente assolutamente nulla. La sua ultima conversazione relativa all'argomento risaliva a due anni e mezzo prima, al casinò di Puerto Deseado, con lo strozzino su cui stava indagando. Ed era finita male.

La casa di Julián si trovava a meno di cinquecento metri dallo stadio, in una viuzza stretta dove gli alberi sui due lati si toccavano tra loro formando un arco.

«Volete venire a pranzo da noi?» chiese Consuelo.

«Potrei fare una *tortilla*.»

«Come cuoca, mia madre è un'eccellente architetta.»

«Oh, Julián.»

«Lasciami finire, mamma. Stavo per dire che l'unica eccezione alla regola è la *tortilla*, che ti viene davvero da leccarsi i baffi.»

«È l'unico piatto che ho imparato a preparare. Scusa se mi sono distratta dietro a stupidaggini come fare l'università e progettare case, figliolo.»

«Ed è anche una vera femminista.»

«Allora siamo in due» commentò Laura scambiandosi un sorriso con Consuelo attraverso lo specchietto retrovisore. «Vi ringrazio per l'invito, ma sono molto stanca. Potremmo fare un altro giorno, magari?»

«Certo! Quando volete.»

Si salutarono in strada, poi Julián aprì il portone di uno stretto edificio. Trascinarono le valigie fino al terzo piano, salendo scale in cemento talmente vecchie che i gradini erano smussati per l'uso.

La casa aveva uno stile minimalista ed era arredata con gusto. Sul bancone a penisola che separava la cucina dalla sala da pranzo c'erano alcune buste da lettera che a Laura sembrarono bollette.

«Vieni, ti mostro la tua stanza.»

Julián la condusse in una cameretta con una scrivania e un computer da una parte e un letto singolo dall'altra.

«Come dice un mio amico, è piccola ma scomoda.»

«In confronto alla pensione dove ho vissuto quando studiavo a Buenos Aires, è una suite.»

CAPITOLO 39
Julián

Appena Laura andò a farsi una doccia, io crollai sul divano. Il viaggio mi aveva distrutto. Vidi dal telefono che mi era arrivata una mail del Banco Sabadell in cui mi dicevano che in conformità al documento di accettazione dell'eredità presentato dallo studio notarile Hernández-Burrull venivo riconosciuto come nuovo titolare del conto corrente che Fernando Cucurell possedeva presso il loro istituto. Per ricevere i codici di accesso dovevo mettermi in contatto con la banca.

Contro ogni previsione, non fu complicato come temevo: feci una telefonata, scaricai un'applicazione sullo smartphone, effettuai una video-identificazione mostrando la mia carta d'identità e pagai una mazzata di novanta euro di commissioni. Una volta conclusi tutti quei passaggi, ebbi accesso al conto.

Scoprii che quando si eredita un conto corrente bancario non si ricevono soltanto i soldi che rimangono dopo che i vari avvoltoi di turno si sono presi la loro parte, ma anche la storia di quello stesso conto. Con un semplice *clic* sul telefono mi fu possibile vedere tutti i movimenti bancari di Fernando Cucurell negli ultimi due anni.

Ci sono poche cose che definiscono una persona più di come spende il suo denaro.

Nel giro di poco scoprii che tutti gli anni a novembre mio zio faceva un bonifico allo studio legale González-Ackerman in Argentina, indicando come causale "Tasse Hotel Montgrí". Stando ai miei calcoli, l'ultimo doveva averlo effettuato qualche giorno prima di morire.

Capii quindi che l'antipatia di quell'avvocata era

mera diffidenza professionale: aveva solo fatto bene il suo lavoro salvaguardando la privacy del cliente. L'unica colpa che le si poteva imputare era quella di aver pagato le tasse tre mesi dopo la ricezione del denaro, probabilmente per ottenere un ritorno economico approfittando dell'elevata inflazione del paese.

Scoprii inoltre che le entrate di mio zio consistevano in una pensione di settecento euro più un bonifico mensile di altri cinquecento proveniente dal conto intestato a El asador de Anguita, il ristorante nel quartiere di Horta di cui era proprietario da quasi trent'anni. Milleduecento euro in tutto, da cui ogni mese prelevava fra i trecento e i quattrocento euro in contanti presso uno sportello automatico, mentre il resto lo usava per pagare la spesa con la carta, qualche biglietto del cinema, l'affitto e altri acquisti. Insomma: mio zio, che possedeva una proprietà milionaria in una delle località più turistiche della Patagonia, aveva a malapena i soldi per arrivare a fine mese.

Il rumore della chiave nella serratura mi fece trasalire. Prima che potessi reagire in qualche modo, si spalancò la porta.

«Julián! Che ci fai qui?»

Era Anna.

«Non eri in Patagonia?» aggiunse.

«Come vedi sono tornato. Che ci fai *tu* qui, piuttosto.»

«Non trovo il mio passaporto. Penso di averlo dimenticato in qualche cassetto.»

«Lasci la Spagna?»

Anna alzò la testa e mi guardò con quegli occhi neri e magnetici di cui ancora subivo il fascino. Mi rivolse un sorriso amaro, come se le dispiacesse.

«Sì. Vado in Argentina.»

«Con Rosario?»

Annuì.

«Mi farà bene un po' di tempo per pensare. Non ho ben chiaro cosa fare della mia vita.»

«Si intuisce.»

«Non ti chiedo di perdonarmi, Juli. Però almeno non aggredirmi.»

In quel momento si aprì la porta del bagno e ne uscì Laura fresca di doccia, con i capelli avvolti in un asciugamano, un paio di pantaloncini corti e una maglietta un po' aderente. Anna la guardò alzando un sopracciglio.

«Non è come pensi.»

«Non mi devi nessuna spiegazione, ci mancherebbe.»

«Laura è un'amica... una collega... È una storia lunga. Mi sta aiutando con alcune questioni in sospeso che riguardano l'eredità.»

«Ciao. Come va? Piacere di conoscerti» disse Laura schioccando ad Anna un unico bacio sulla guancia, in puro stile argentino.

Anna fece per darle anche un secondo bacio sull'altra guancia, ma lei si era già allontanata.

«Uh, scusami! Dimenticavo che qui si danno due baci. In Argentina invece solo uno.»

Sarebbe stata un'ottima occasione per commentare che Anna grazie a Rosario sapeva benissimo come si davano i baci in Argentina, ma riuscii a tenere la bocca chiusa.

«Be', non voglio interrompervi» disse Anna. «Posso andare in camera a vedere se trovo il passaporto?»

«È tutta tua» le dissi facendo un inchino.

E così Anna entrò, forse per l'ultima volta, in quella che per due anni era stata la nostra camera da letto.

«Mi sa che la vostra storia è finita abbastanza male... Giusto?» mi chiese Laura.

«Come dici?»

«Tra voi c'è una tensione che si taglia con il coltello.»

«Si è visto di peggio. Già il fatto che ci rivolgiamo la parola è al di sopra della media.»

«Be', dipende dalle parole che vi rivolgete. A volte è meglio il silenzio.»

«Perché non vai a metterti qualcos'altro addosso o

ad asciugarti i capelli? Non vorrei che prendessi freddo.»

CAPITOLO 40
Julián

El asador de Anguita si trovava a trecento metri dallo studio notarile dove ero stato informato al contempo sia dell'esistenza che del decesso di Fernando Cucurell. Si capiva subito che era un ristorante di alto livello: luci soffuse, musica jazz e menù del pranzo a ventitré euro. Ai tavolini esterni c'erano una coppia di anziani che finivano il dessert e un gruppo di impiegati in giacca e cravatta che bevevano un caffè. Erano quasi le quattro del pomeriggio quando Laura e io varcammo la porta d'ingresso.

All'interno il rumore delle posate si mischiava a quello della macchina da caffè. Era un locale tradizionale, elegante ma senza pretese. Tanto legno alle pareti e un pavimento di una lucentezza impeccabile. Un cameriere, talmente magro che la sua camicia bianca sembrava appesa a una gruccia, ci salutò senza smettere di disporre tazze vuote sopra il bancone.

«Salve. Un tavolo per due?»

«No, in realtà stiamo cercando Lorenza» gli risposi.

«Suppongo che non la conosciate.»

«No.»

«Avevo intuito» disse lui indicando una donna sulla sessantina con un abbigliamento color rosso fuoco che stava sistemando delle monete nel registratore di cassa.

«Lorenza Millán?» le chiesi.

«Sì, sono io» disse lei richiudendo la cassa.

«Mi chiamo Julián Cucurell.»

Nel sentire il mio cognome si paralizzò.

«Sono il nipote di Fernando. Mi risulta che lei sia stata sua socia per parecchio tempo.»

«Quasi trent'anni.»

Lorenza Millán fece il giro del bancone e venne a dare due baci a me e due a Laura. Poi lasciò alcune indicazioni al cameriere e ci disse di seguirla.

Dal bar ci spostammo in un'ampia sala da pranzo con dipinti a olio di paesaggi rurali appesi alle pareti e tavoli coperti da tovaglie nere. Solo uno aveva ancora commensali: due uomini eleganti e impomatati che stavano bevendo un caffè. Ci sedemmo al tavolo più lontano rispetto al loro.

«Avete pranzato?»

«Sì, grazie» risposi.

«Come posso aiutarvi?»

«Vede, signora Lorenza, non so niente di mio zio. Ho scoperto della sua esistenza da poco.»

«Uh, parti proprio male dicendo "vede" e "signora". Se non mi dai del tu non ti dico un bel nulla.»

Non potei fare a meno di ridere. Quella frase mi ricordò Juanmi Alonso. Certa gente vive il "lei" peggio di un insulto.

«Allora ti do del tu. Ti stavo dicendo che non so niente di mio zio.»

«Era una brava persona.»

«Come vi siete conosciuti?»

«*Ufff.*» Fece un gesto con la mano come a dire che era una storia lunga. «Ci ha presentati il mio fidanzato dell'epoca alla fine del 1991. Abbiamo legato da subito perché eravamo entrambi interessati a lavorare nel settore della ristorazione. Volevamo aprire qualcosa in centro, ma a quei tempi Barcellona si stava preparando per i giochi olimpici e gli affitti erano proibitivi. Così abbiamo ampliato la ricerca finché non abbiamo trovato questo locale. Nel tempo lo abbiamo trasformato in ciò che vedete oggi, mettendoci quasi trent'anni di lavoro. Senza lo slancio di tuo zio questo posto non avrebbe mai superato lo status di bar di quartiere. Fino a due anni fa Fernando era un vulcano.»

«Cosa è successo due anni fa?»

«È morta Rita, sua moglie.»

«Era sposato? Aveva figli?»

«No e no. Però vivevano insieme da vent'anni. Lui la definiva la sua *compagna*. Mi è sempre piaciuta questa parola. Si erano conosciuti a questo stesso tavolo» mi spiegò dando due colpetti sulla tovaglia. «Lei lavorava da queste parti e spesso veniva a pranzo con noi. Era un amore di donna, la povera Rita. Si è ammalata cinque anni fa. Quando è morta Fernando mi ha detto che ormai aveva esaurito le energie e voleva andare in pensione. Forse avrebbe potuto farlo anche prima, ma era una di quelle persone per le quali il lavoro è tutto. Come me, insomma.»

Lorenza Millán fece una pausa e mi guardò negli occhi.

«Non hai idea di quanto ho insistito per pagargli la sua metà del ristorante. Credimi, io non volevo davvero che me la cedesse. Dopo che se ne è andato ho iniziato a fargli un bonifico ogni mese, perché sapevo che aveva una pensione molto bassa.»

«Non sono qui per questo, Lorenza.»

«Comunque ci tengo che tu sappia che gliela volevo comprare.»

«Ci credo. Ma l'unica ragione per cui sono venuto è per chiederti di parlarmi di mio zio. Per esempio vorrei sapere come è morto. Dal notaio mi hanno detto solo che è stato investito da un'auto.»

Lorenza deglutì guardandosi intorno.

«È stata colpa mia.»

«La morte di Fernando?» chiese Laura, che fino a quel momento non aveva aperto bocca.

«Sì. Io ero l'unica persona che gli era rimasta al mondo. Se non fossi stata così presa dagli affari e avessi prestato più attenzione alle cose davvero importanti, avrei potuto convincerlo a continuare a lavorare. E se avesse continuato, quel giorno alle due del pomeriggio si sarebbe trovato qui con me e non a fare chissà cosa dall'altra parte della città.»

Dietro le lenti degli occhiali gli occhi di Lorenza

erano inondati di lacrime. Laura allungò una mano sul tavolo e la appoggiò sulla sua.

«So che è molto difficile per te, ma abbiamo bisogno di farti queste domande» le disse. «Ti ha mai parlato dell'Argentina?»

«Sì, certo. Gli piaceva molto il tango. A volte metteva Gardel anche qui al locale. E pur essendo uno spagnolo DOC, raccontava sempre di essere nato a Buenos Aires.»

«Ti ha mai detto di essere tornato in Argentina da adulto?»

Lorenza fece di no con la testa.

«Non ti ha mai parlato di quello che faceva prima?»

«No. Quando voleva sapeva essere molto estroverso, ma tutto il resto lo teneva nascosto con il suo straordinario garbo. Era molto abile.»

«Mi hanno detto che era anche particolarmente orgoglioso e che gli costava moltissimo ammettere i suoi errori.»

Lorenza Millán aggrottò le sopracciglia.

«Orgoglioso, tuo zio? Per niente. Non aveva problemi a chiedere scusa quando sbagliava. Ho sempre ammirato questa sua dote.»

Quella risposta mi diede da pensare: o mio padre e Juanmi Alonso avevano una percezione diversa da quella di Lorenza, oppure la personalità di Fernando era cambiata all'improvviso.

«Ti dice qualcosa il nome Hotel Montgrí?» le chiesi.

«Immagino che sia un albergo a Torroella de Montgrí, il paese di Fernando.»

Laura e io ci guardammo.

«Ti ha mai parlato della Patagonia?»

Lorenza si alzò in piedi.

«Parlare in senso stretto no. Ma venite con me.»

La seguimmo lungo un corridoio che conduceva ai bagni e alla cucina. A metà strada, sulla destra, si apriva un'arcata che dava su un'altra sala, molto più piccola di quella principale. Una specie di *privé* per gruppi numerosi.

«Guardate» disse indicando una delle pareti.

Al posto dei dipinti a olio di paesaggi rurali castigliani che decoravano il resto del locale, appesa a quella parete c'era la fotografia di una montagna a forma di dente di squalo che ormai conoscevo bene.

«Il monte Fitz Roy.»

«Si trova in Patagonia, giusto?»

«Sì.»

«Questa foto l'ha portata tuo zio il giorno in cui abbiamo aperto il locale. Abbiamo discusso parecchio perché io non capivo che cosa c'entrasse con un ristorante tipico di questa regione, ma lui ha insistito perché la appendessimo. Alla fine ho ceduto: non era il caso di partire con il piede sbagliato per colpa di una fotografia.»

Annuii in silenzio. Quella foto della montagna aguzza era il filo sottile che collegava i due Fernando: il vecchio proprietario di un ristorante e il giovane imprenditore che aveva costruito un albergo dall'altra parte del mondo.

Continuai a guardare il quadro mentre mi chiedevo chi fosse davvero Fernando Cucurell. Somigliava realmente a me, come mi aveva fatto capire Danilo? L'alcolismo di mio padre c'entrava qualcosa con il loro litigio avvenuto prima che io nascessi? Pensai a quante cose del proprio passato può nascondere una famiglia. Quando io ero solo un bambino erano morte quattro persone collegate a uno zio di cui mio padre aveva deciso di non parlarmi. Uno zio a cui sembrava che tutti volessero bene e che era considerato una brava persona.

«Gli piaceva molto fare escursioni in montagna?» chiesi indicando la foto.

Lorenza Millán mi guardò come se non capisse la mia domanda.

«Tu non sai niente di niente, vero?»

«No.»

«Vieni.»

Tornò al bancone, girò intorno alla cassa e mi mostrò una piccola cornice con una fotografia praticamente nascosta tra le bottiglie. Malgrado fosse passato molto tempo, riconobbi Lorenza con una decina d'anni in meno. Sorrideva accanto a un uomo in sedia a rotelle.

«Tuo zio aveva avuto un incidente stradale poco prima di conoscermi. Era rimasto emiplegico.»

Mi diede la foto perché la potessi guardare più da vicino. Era la prima immagine che vedevo di Fernando Cucurell Zaplana. Non avrei mai potuto immaginare che fosse in sedia a rotelle. Aveva baffi e barba a punta e ingrigiti, proprio come i suoi radi capelli. Pur non assomigliando a mio padre, aveva un che di familiare. Avevo la sensazione di averlo già visto. Ma dove?

La risposta mi arrivò come una mazzata. Io e Pau Roig nel cortile della scuola. Un uomo in sedia a rotelle dall'altra parte dell'inferriata che ci lanciava caramelle. Capelli più folti e più scuri, ma baffi e barba nello stesso stile. Lo avevamo soprannominato Don Chisciotte. Lo stesso sorriso gentile con cui ci guardava. O meglio, con cui *mi* guardava. Perché avevo sempre sospettato che guardasse me e non Pau. In quel preciso momento, a quasi trent'anni di distanza, ne ebbi conferma.

Mi venne la pelle d'oca. Don Chisciotte era mio zio Fernando. A dare le caramelle a Danilo a El Chaltén e a me a Barcellona era stata la stessa persona.

CAPITOLO 41
Julián

«Puoi tenerla» mi disse Lorenza indicando la fotografia che avevo ancora in mano. «A casa ne ho una copia.»

«Grazie mille.»

Le rare volte che avevo ripensato a Don Chisciotte nella mia vita adulta era stato per chiedermi se quel tipo in sedia a rotelle che ci lanciava caramelle di nascosto, senza farsi vedere dalle insegnanti, fosse un pervertito. E non so perché ma mi rispondevo sempre di no, dicendomi che in realtà era solo un pover'uomo che si sentiva solo.

«Ti ha mai parlato di me?» chiesi a Lorenza.

«È capitato che accennasse al fatto di avere un fratello e un nipote. Ma lui e tuo padre non erano in buoni rapporti.»

«Tu sai perché avevano litigato?»

Lorenza si schiarì la voce mentre con una mano si stirava una piega inesistente sul vestito.

«No. E anche se lo sapessi, non sarebbe meglio che tu ne parlassi con tuo padre?»

«È proprio questo il problema, Lorenza. Riguardo a questa storia mio padre si è chiuso a riccio.»

«Forse dovresti rispettarlo.»

«Ci provo, ma non è semplice.»

«Ascolta, non voglio che tu esca da qui con il pensiero che sto nascondendo un segreto enorme o che possiedo tutte le risposte che stai cercando. So molto poco della vita famigliare di tuo zio. Una volta tuo padre si è presentato qui e le cose non si sono messe bene. Hanno avuto una discussione parecchio accesa. In seguito non ho mai più tirato fuori la questione con Fernando, né lui lo ha fatto con me.»

«Mio padre è venuto in questo ristorante? Quando?»
«Sarà stato nel '95 o nel '96.»

Feci due conti. Nel 1995 io avevo dieci anni e mia madre faceva i salti mortali per riuscire a occuparsi di me senza dover lasciare il lavoro allo studio. Mio padre viveva a casa nostra, però era cambiato. Spesso la sera non cenava con noi e la mattina si svegliava sul divano. Parecchio tempo dopo ho saputo che in quel periodo era ricaduto nell'alcolismo dopo essere rimasto sobrio per dodici anni, da quando aveva conosciuto mia madre fino al mio nono anno di vita. Quando sono diventato adulto, mia madre mi ha confessato che erano stati sul punto di divorziare, ma poi lui si era rimesso in carreggiata appena in tempo.

«Quel giorno mio padre era ubriaco?»
«Di brutto.»

Ricordavo bene quel periodo della mia infanzia. L'alcol lo aveva trasformato in un'altra persona. Mia madre lo aveva cacciato di casa e per due anni lo avevo visto solo in maniera sporadica. Ricordavo anche la gioia che avevo provato il giorno in cui mi aveva annunciato che sarebbe tornato a vivere con noi. Quando avevo spento undici candeline, ai lati della torta c'erano due genitori sorridenti che brindavano con l'acqua frizzante.

In seguito ho scoperto che mia madre non gli aveva permesso di tornare finché non era stata sicura che fosse sobrio da mesi. Grazie alla sua ferrea disciplina e con l'aiuto degli Alcolisti Anonimi, mio padre da quel momento non aveva più bevuto un goccio d'alcol.

«Ricordi qualcosa di quello che si sono detti?»
Lorenza mi guardò con diffidenza.
«Per favore. È molto importante.»
Fece di no con la testa.
«Non è corretto che mi intrometta in questa storia.»
«Dubito che qualcosa di quello che potresti dirmi riguardo a mio padre riuscirebbe a sorprendermi,

Lorenza. Il figlio di un alcolista impara sulla propria pelle che si può sempre cadere più in basso.»

Lorenza fece un lungo sospiro.

«Io ho sentito soltanto una frase che tuo padre ha gridato a Fernando.»

«Te la ricordi?»

«Come se fosse successo ieri.»

«Che cosa gli ha detto?»

«"Sei uno degli assassini."»

CAPITOLO 42
Molti anni prima

Il ragazzo sale i quattro gradini di pietra ed entra alla Santa María de los Desamparados. All'interno dell'androne buio l'aria umida gli raffredda la testa che ha rasato la sera prima. Spinge il petto all'infuori e allarga un po' le braccia affinché la schiena sembri più grossa. Cammina a passi fermi, oscillando leggermente da una parte all'altra con un movimento che ha provato e riprovato davanti allo specchio. Si è ispirato a quei film western che suo padre ama tanto. C'è sempre una scena dove in paese arriva un forestiero che sfida lo sceriffo. Lui però non è un forestiero né ha intenzione di sfidare qualcuno. Vuole solo essere lasciato in pace.

In fondo all'androne si apre il chiostro. La Santa María de los Desamparados è una scuola gestita da preti che in passato era un convento di monache. Nemmeno quel vecchio edificio è al riparo da problemi di identità di genere.

All'angolo opposto c'è il corridoio che porta alla sua aula. Ma come ogni mattina ci sono anche loro.

Non ha modo di evitarli. Che attraversi il chiostro in diagonale o tracci una L lungo la galleria coperta, non cambia niente. Qualsiasi cosa faccia, una volta arrivato dall'altra parte dovrà passarci davanti.

Drizza un po' la schiena e cammina conferendo sicurezza ai propri passi. Decide di procedere in diagonale, cioè il tragitto più breve. Inspira a fondo e alza la testa. Li conta. Sono quattro. Appena lo vedono sorridono, come sempre: il loro consueto sorriso lupesco. Il ragazzo si chiede se facciano pratica durante le loro riunioni pseudosegrete.

«Guardate, ragazzi, la principessina si è tagliata i capelli» dice Pep Codina.

«Starà provando a trasformarsi in un principe?» risponde un altro.

I quattro ridono. «Principessina.» Ecco qual è il soprannome che gli hanno dato quegli idioti. Se potesse li prenderebbe a botte. Ma sono più grandi e numerosi di lui, e come se non bastasse appartengono alle famiglie più potenti del paese.

Pep Codina, il leader del branco, scende dal muretto su cui è seduto e gli si para davanti. Ha una macchina fotografica appesa al collo, senz'altro si tratta dell'ultimo capriccio concessogli dai facoltosi genitori. Il ragazzo si accorge che cominciano a sudargli le mani, ma continua comunque a tenere la testa alta e le spalle dritte.

Codina si è piazzato in mezzo al varco che dal cortile del chiostro conduce alla galleria. Qualsiasi cosa il ragazzo decida di fare, se i Lupi non vogliono farlo passare non riuscirà mai ad arrivare in aula. In un impeto di coraggio avanza fino a fermarsi a mezzo metro dal leader.

«Perché l'hai fatto? Ti stavano bene i capelli ricci» gli dice Codina allungando una mano per toccargli la testa.

Il ragazzo si ritrae.

«Hai paura di me? Oppure hai paura che ti piaccia se ti tocco?»

Gli altri tre fanno qualche commento sarcastico a bassa voce.

«Lo volete lasciare in pace, brutti stronzi?» dice una voce alle spalle del ragazzo.

È Manel, il suo unico amico nonché probabilmente la sola ragione per cui la Santa María de los Desamparados non è un inferno assoluto. Come sempre ha una pila di libri sotto il braccio.

«Prima o poi il principe arriva sempre» dice Codina mentre continua a fissare il ragazzo, poi gli sorride mostrando i denti bianchi e disallineati.

«Ma quale cazzo di principe!» risponde Manel prima

di spingere il Lupo con la mano libera, talmente forte da farlo cadere a terra.

Gli altri tre scendono dal muretto e gonfiano il petto, senza però avanzare verso Manel. Nessuno sarebbe così folle da fare una cosa del genere.

Manel è il figlio maggiore del fabbro del paese. Ancor prima di imparare a leggere o ad andare in bicicletta sapeva già battere l'acciaio ardente sopra un'incudine. E adesso che ha sedici anni la sua schiena è grossa come un armadio e le sue braccia sembrano due tronchi. Pesa quasi il doppio del ragazzo, benché abbiano la stessa età. Vicino a lui che è un carro armato, il ragazzo si sente un trenino giocattolo.

«Andiamo via» gli dice Manel.

Il ragazzo lo segue. Passano in mezzo ai quattro Lupi immobili come un rinoceronte e il suo cucciolo davanti a un branco di iene che si leccano i baffi senza avere il coraggio di attaccare.

«Un giorno o l'altro dovrai affrontarli» gli dice Manel dopo che li hanno superati. «Non ti lasceranno in pace finché non ti farai rispettare.»

«È facile farsi rispettare quando sei grosso come un frigorifero.»

«Te l'ho già detto: vieni un po' in fucina tutti i giorni e vedrai come ti crescono i muscoli.»

Come ogni volta che Manel gli fa quella proposta, il ragazzo la prende in considerazione. Ma c'è un problema: i muscoli non crescono da un giorno all'altro. E lui ha bisogno di una soluzione immediata. Ogni giorno passato alla Santa María de los Desamparados è un vero calvario.

«Non ce n'è bisogno» risponde mentre percorrono il corridoio in direzione dell'aula. «Mancano solo due mesi alla fine dell'anno e quei cretini si diplomano.»

«Io la vedo all'opposto» ribatte l'amico. «Hai soltanto due mesi per farti rispettare. Se non lo fai adesso, quando lo farai? Loro lasceranno la scuola, è vero, ma Torroella è un paese piccolo: potrebbero diventare i tuoi capi, i tuoi clienti, i tuoi vicini di casa... Chi può dirlo? La vita è imprevedibile.»

Quando entrano in classe, nella testa del ragazzo si è ormai impressa l'ultima frase di Manel.

La vita è imprevedibile, continua a ripetersi mentalmente come un mantra.

CAPITOLO 43
Julián

Usciti dal ristorante, prendemmo la metro. Alla fermata di Badal chiesi a Laura di andare al mio appartamento e aspettarmi lì. Il passo successivo dovevo affrontarlo da solo.

Risalii la Rambla de Brasil in direzione di Les Corts, il quartiere dove abitavano i miei genitori. Trovai mio padre in casa da solo, proprio come avevo immaginato.

«Come stai, papà?»

«Bene, figliolo. Aspetto che tua madre torni dal lavoro. Oggi andiamo al cinema.»

Mentre mi parlava del film che avrebbero visto, preparò il caffè e mi offrì dei cioccolatini. Non appena fummo entrambi seduti sul divano andai dritto al punto: «Sono venuto a farti una domanda e ho bisogno che tu mi risponda dicendomi la verità».

«Non so perché, ma ho il sospetto che abbia a che fare con mio fratello.»

«In che anno avete troncato i rapporti?»

«Un paio d'anni prima che tu nascessi. Sarà stato l'82 o l'83.»

«Da allora quante volte l'hai visto?»

«Mai.»

«Quindi non gli hai più parlato dall'inizio degli anni Ottanta?»

«Esatto.»

Bevvi un sorso di caffè, come se fosse coraggio allo stato liquido.

«Conosci per caso un ristorante che si chiama El asador del Anguita?»

Mio padre inarcò le labbra verso il basso e si strinse nelle spalle.

«Be', invece lì si ricordano di te eccome.»

I suoi lineamenti si irrigidirono e la carnagione si fece più pallida, come se il suo viso stesse diventando di marmo. Evitando il mio sguardo, si passò una mano sulla testa rasata.

«Julián...»

«Papà» lo interruppi. «Se hai intenzione di aprire bocca, evita di farlo per raccontarmi l'ennesima balla.»

«Non fare il melodrammatico. Non sono mica così bugiardo.»

«Ah no? Prima mi hai tenuto nascosta l'esistenza di mio zio e poi mi hai detto che non lo vedevi da prima che io nascessi. Eppure a quanto pare nel 1995 ti sei presentato nel suo ristorante e hai fatto un tale casino che in quel posto si ricordano ancora di te.»

«Sai benissimo che quello non è stato il mio anno migliore.»

Nel vedere che gli stavano tremando le mani mi resi conto che dovevo fare attenzione. Un ex alcolista è una persona fragile, così come un uomo con problemi cardiaci. E mio padre era entrambe le cose.

«Ti senti bene?»

«Sì, non preoccuparti.»

Mi guardò e sorrise. Aveva l'espressione di un uomo sconfitto. E pentito.

«Perché sei andato in quel ristorante nel 1995?»

«Perché non vedevo mio fratello da anni. E perché ero ubriaco.»

«Come mai volevi vederlo?»

«Mi mancava.»

Sentivo il sangue ribollirmi nelle vene. Avrei dovuto chiuderla lì per evitare di farlo soffrire, ma non ci riuscii.

«Quindi vai a trovare tuo fratello perché ti manca e poi però finisci per gridargli contro: "Sei uno degli assassini".»

Mio padre sgranò gli occhi.

«Lorenza Millán, la socia di Fernando, ti ha sentito. E dopo venticinque anni se lo ricorda ancora.»

Mio padre scosse il capo, come se non avessi capito niente.

«Voglio che tu mi dica di chi era assassino tuo fratello, papà. Voglio che mi racconti subito tutto ciò che sai. Se gli hai detto "uno degli assassini" significa che ce n'erano altri.»

«Cos'hai, quattro anni? Voglio, voglio, voglio, perché, perché, perché. Certo, tu vuoi. E quello che voglio io, invece?»

«Tu che cosa vuoi, papà?»

«Voglio che lasci in pace la memoria di tuo zio.»

«La memoria? Cos'è la memoria di un morto? Se n'è andato. Non c'è più. E poi non vi parlavate nemmeno. Fernando Cucurell non ha più importanza, così come non hanno più importanza i tre uomini che a quanto pare avrebbe ucciso a El Chaltén. Ad avere importanza sono quelli che restano. Quei morti potevano avere dei figli, dei genitori, dei fratelli. Persone che da trent'anni aspettano di conoscere la verità.»

Mio padre annuì, appoggiò entrambe le mani sulle ginocchia e si alzò dal divano.

«Tua madre arriverà a momenti e rischiamo di fare tardi per il cinema» mi disse aprendo la porta d'ingresso.

«Sul serio, papà? Mi stai buttando fuori?»

«Torna pure quando vuoi, Julián, ma smettila di chiedermi sempre le stesse cose. Non hai il diritto di pretendere che riapra una porta che ho chiuso ormai da anni.»

Annuii alzando le mani, come chi si arrende ancor prima che abbia inizio il combattimento. Lo salutai con un abbraccio turbato. L'onore, le regole e tutte quelle stronzate le poteva rifilare a qualcun altro. Io avevo bisogno che mio padre mi aiutasse e lui invece mi offriva solo silenzio.

CAPITOLO 44

Julián

Quando entrai in casa ero una furia.

«Come è andata?» mi domandò Laura.

«Di merda. Non c'è verso di smuoverlo. Dice che non ha intenzione di riaprire una porta che ha chiuso ormai da anni.»

«Non è tenuto a raccontartelo, Julián.»

«È mio padre. Dovrebbe stare dalla mia parte.»

«Magari lo sta facendo. Forse pensa che per te conoscere la verità possa essere peggio.»

Il mio telefono prese a squillare. Era una chiamata da un numero sconosciuto.

«Pronto?» risposi.

«Salve, signor Cucurell. La chiamo dall'istituto Santa María de los Desamparados. Sono la segretaria del professor Castells, si ricorda di me?»

«Sì, certo.»

«Il professore è rientrato dalla sua trasferta e ha deciso di concederle un'intervista. Dovremo tenere conto del fuso orario per programmare la chiamata in un momento che sia opportuno per entrambi.»

«Non mi trovo più in Argentina. In realtà potrei venire da voi fisicamente, se il professore è d'accordo. Parlare di persona è sempre l'opzione migliore.»

Laura mi mostrò il pollice alzato. Avremmo avuto l'opportunità di vedere con i nostri occhi il luogo in cui tutto era cominciato.

«Naturalmente. Il professore ha un buco domani alle dieci, altrimenti la prossima settimana...»

«Sarò da voi domani stesso.»

Quando chiusi la chiamata, Laura mi stava guardando con un sorrisetto sulle labbra.

«Lo vedi? Ci sono altre persone con cui puoi parlare oltre a tuo padre. Anch'io ho fatto dei progressi mentre non c'eri.»

«Ah sì?»

«Sì. Gregorio Alcántara ha risposto stamani al messaggio che gli ho mandato tramite Facebook. Ha accettato di parlare con noi. E Meritxell Puigbaró, la donna che è stata violentata dai Lupi, mi ha appena mandato una mail di riposta in cui dice che mi chiamerà in questi giorni per fissare un incontro.»

A proposito di chiamate, mi squillò ancora il telefono. Immaginai che fosse di nuovo la segretaria della scuola, invece era mia madre.

«Non potevi lasciar perdere, vero? Non potevi rispettare la decisione di tuo padre?»

«Ti ci metti anche tu, mamma?»

Ci fu un momento di silenzio. Quando riprese a parlare, lo fece con la voce rotta: «È ricoverato nella clinica del dottor Torres».

«Cosa?»

«Ha avuto un attacco di panico. Gli sono salite le pulsazioni a centotrenta.»

Mi sentii sulle spalle il peso di uno schiacciasassi. Una simile alterazione del ritmo cardiaco lo esponeva a un serio pericolo.

«Vado subito in clinica.»

«No. Il dottor Torres dice che tra un paio d'ore potrà tornare a casa.»

Sospirai. Il dottor Torres era il nostro medico di famiglia da ben prima di diventare il proprietario di una delle cliniche più rinomate della zona alta di Barcellona. A casa nostra ogni parola pronunciata da Eligio Torres veniva presa per oro colato.

«Allora ci vediamo direttamente da voi.»

La risposta di mia madre arrivò dopo un secondo di troppo.

«È meglio che lasci passare un po' di tempo, Julián. Ha bisogno di riposo.»

«Cosa stai dicendo, mamma? Devo venire a trovarlo. È stato male per colpa mia.»

«Il dottor Torres ha detto chiaramente che deve riposare ed evitare qualunque possibile fonte di stress.»

Chiusi gli occhi per metabolizzare quelle parole. Quando risposi, avevo un groppo in gola che mi affievolì la voce.

«Appena vorrà mi piacerebbe vederlo. Si merita delle scuse.»

«Appena starà meglio ti avverto e vieni.»

Dopo un saluto stringato mia madre chiuse la chiamata. Rimasi con il telefono in mano, pieno di collera nei confronti di me stesso. Mi faceva infuriare aver causato a mio padre tutta quell'angoscia, ma mi faceva infuriare ancora di più essere talmente egoista da sentirmi ancora arrabbiato con lui perché mi aveva mentito.

CAPITOLO 45
Laura

Laura osservava dal finestrino i filari di meli e i campi di cereali verdi che si alternavano ai lati della strada. Avevano lasciato Barcellona un'ora e mezza prima, poco dopo l'alba.

A colazione aveva notato con sollievo che Julián si era svegliato un po' più rilassato rispetto alla sera precedente. Quando era andata a dormire le era sembrato ancora molto turbato per quello che era successo a suo padre.

Ma la tranquillità aveva avuto vita breve, perché l'auto di Julián non si metteva in moto e così lui era dovuto andare a casa dei suoi per farsi prestare la BMW della madre. Era tornato nel giro di mezz'ora, profondamente indignato perché Consuelo lo aveva aspettato sul portone del palazzo senza farlo salire a salutare il padre.

Per fortuna l'ora e mezza di viaggio era passata in fretta. Nonostante i tentativi di Julián di parlare male dei genitori, Laura era riuscita a deviare la conversazione su cosa avrebbero dovuto dire al preside della Santa María de los Desamparados. Passare dodici anni tra poliziotti e delinquenti insegnerebbe a chiunque a indirizzare un dialogo nella direzione desiderata.

«Quello è il Montgrí» le disse Julián indicando al di là del parabrezza un colle con in cima un castello. «Torroella è il paese che c'è in basso.»

Dopo aver attraversato il ponte sul fiume, Julián fermò l'auto nel parcheggio di un supermercato.

«Proseguiamo a piedi. La scuola è in pieno centro, trovare posto lì sarebbe impossibile.»

Sentendo "pieno centro" Laura immaginò un luogo gremito di negozi, con le vie stipate di auto parcheggiate. E invece, a mano a mano che si addentravano nel paese, le case erano sempre più vecchie e le strade più strette e pedonali.

La scuola secondaria frequentata da Fernando Cucurell si trovava nella piazza principale, che quella mattina ospitava un mercato ortofrutticolo, i tavolini di svariati bar, gente del posto che faceva la spesa e turisti, per lo più francesi. Julián suonò un campanello moderno che cozzava con la facciata in pietra. Furono accolti da un bidello in grembiule blu.

Julián gli parlò in catalano, ma Laura riuscì comunque a capire cosa gli stava dicendo.

«*Bon dia. Tenim una reunió amb el professor Castells.*»

Il bidello annuì bonariamente e fece cenno di seguirlo. In fondo all'androne si aprì davanti a loro un vasto giardino interno, con ulivi centenari e panchine in ferro battuto. A Laura sembrava più il chiostro di una cattedrale che il cortile di una scuola.

«Un tempo era un convento» le spiegò Julián. «L'ho letto su Internet.»

Laura pensò a come si sarebbe divertita sua zia Susana tra quelle pietre centenarie. Benché all'ultimo avesse preferito l'uniforme della polizia all'abito da suora, sua zia aveva sempre avuto una profonda devozione religiosa e una passione incredibile nei confronti di chiese, cattedrali e qualunque altro tipo di edificio cattolico. Quando Laura le aveva detto che sarebbe andata a Barcellona, la prima cosa che le aveva risposto era stata di mandarle tante foto della Sagrada Familia.

Il bidello li condusse in un ampio ufficio, dove dietro una scrivania c'era un uomo dalla corporatura esile con un abito nero e una camicia bianca, che si alzò in piedi per salutarli.

«Signor Cucurell?» chiese a Julián.

Lui annuì e gli strinse la mano.

«Lei è Laura Badía, la mia fidanzata» disse, come previsto dal loro piano.

«Sedetevi, prego» disse Castells lisciandosi la cravatta, tenuta ferma da una spilla dorata a forma di Cristo crocifisso. La zia di Laura se ne sarebbe innamorata a prima vista.

«Grazie per averci trovato posto nella sua agenda» disse Julián.

«È un piacere. Ditemi pure come posso esservi di aiuto. La mia segretaria mi ha spiegato che siete giornalisti.»

Julián la guardò come per chiederle aiuto, così Laura si affrettò a correggere: «Ricercatori».

«Per conto di chi?»

«Per conto nostro. Vorremmo scrivere un libro sulla Confraternita dei Lupi.»

«Davvero? Come mai vi interessa una cosa fatta da un gruppo di ragazzini tanto tempo fa?»

«La società non esiste più?»

«Quale giovane di oggi vorrebbe mai fare qualcosa di segreto? Gli adolescenti moderni vivono la propria vita per pubblicarla sui social network.»

Mentre Castells parlava, Laura analizzava ogni suo gesto. Era pura deformazione professionale, un'abitudine assolutamente fine a se stessa: che importanza aveva che l'espressione del preside le sembrasse genuina? In passato le apparenze l'avevano ingannata diverse volte.

«Anche se oggi non esiste più, una volta la Confraternita dei Lupi apparteneva a questa scuola, dico bene?» domandò Julián.

Il professor Castells si raddrizzò leggermente sulla sedia e spostò lo sguardo verso la finestra, che si affacciava su un cortile posteriore ben più luminoso del chiostro, con ulivi e alberi da frutto che Laura non riusciva a identificare.

«Vi dispiacerebbe spiegarmi come mai volete saperlo?»

Laura appoggiò la mano su quella di Julián e rivolse

un sorriso al preside.

«È una questione un po' complicata» disse. «Lo zio di Julián frequentava questa scuola ed era membro della confraternita. Qualche anno fa ha iniziato a scrivere un libro sulla storia dei Lupi e io, da brava nipote acquisita, lo sto aiutando.»

Coronò le ultime parole dando un bacio sulla guancia a Julián, che a sua volta commentò: «Questa donna è un tesoro. Oltre che un'eccellente scrittrice, naturalmente».

«Dai, Juli, mi fai arrossire. Non ci faccia caso, professore. Lo dice perché mi vuole molto bene. È vero, scrivo, ma sono solo una dilettante.»

«Ma non sarebbe meglio che venisse direttamente suo zio, visto che l'ex alunno è lui?»

«È proprio questo il problema» si affrettò a rispondere Laura. «Fernando non sta bene. Qualche mese fa gli hanno diagnosticato la demenza senile.»

«Mi dispiace molto.»

«Tra poco compirà settantacinque anni e da un po' di tempo a questa parte non fa che parlare del periodo passato in questa scuola e dei suoi compagni della confraternita. Dice che sono stati i migliori anni della sua vita.»

Castells fece un ampio sorriso.

«Questo istituto è noto per lasciare il segno in coloro che lo frequentano.»

«Lo sappiamo» rispose Laura.

«In che modo possiamo esservi di aiuto?»

«Parlandoci della Confraternita dei Lupi. Vorrei inserire nel libro qualche dettaglio che stupisca Fernando.»

«Be', io ne so ben poco. Quasi nulla, oserei dire. Non ho studiato in questa scuola. Ne ho soltanto sentito parlare.»

«Conosce qualcuno che potrebbe aiutarci?»

Castells si prese qualche secondo per riflettere.

«C'è un ex studente, un signore ormai anziano, che

ogni tanto viene a tenere degli incontri con gli studenti. Forse parlare con lui potrebbe esservi utile. È uno scrittore come lei, signorina Badía.»

Laura liquidò quell'ultima frase con un gesto della mano, come se stesse morendo di imbarazzo.

«Potrebbe metterci in contatto?»

Il preside estrasse dalla tasca un telefono e registrò un messaggio vocale davanti a loro.

«Ciao Jaume, sono qui con il nipote di un ex alunno e la sua fidanzata, che avrebbero bisogno di qualche informazione sulla Confraternita dei Lupi. Posso dargli il tuo numero?»

Poi appoggiò il telefono sulla scrivania.

«Il signore in questione vive a Barcellona, perciò non dovrete scomodarvi a tornare a Torroella. Appena mi risponde vi faccio sapere. La mia segretaria ha il vostro numero.»

Il telefono di Castells emise un lieve *ping*.

«Anzi, non ce n'è bisogno» spiegò il preside. «Ha già risposto. Jaume Serra è più veloce di un adolescente quando si tratta di tecnologia. Dice di sì: non c'è nessun problema.»

«Jaume Serra? Il famoso Jaume Serra?» chiese Julián.

«Esatto. Dalla nostra scuola sono usciti diversi personaggi illustri. Posso fare altro per voi?»

«Sì. Ci sarebbe di grande aiuto avere un elenco dei compagni di classe di mio zio.»

«Sarebbe stupendo intervistarne qualcuno per il libro» aggiunse Laura.

«Dovrebbero essere negli annuari scolastici» rispose Castells alzandosi in piedi. «Venite con me.»

Lo seguirono attraverso il chiostro. Dai piani superiori arrivavano delle voci tra le quali Laura, pur non capendo una parola di catalano, riconobbe il tono universale con cui gli insegnanti si rivolgono agli alunni. Entrarono in una grande sala dove regnava il silenzio. Gli scaffali di legno, zeppi di vecchi volumi, le conferivano un aspetto quasi sacro.

«Questa è la biblioteca della scuola» annunciò Castells procedendo tra le scaffalature.

Dietro una scrivania c'era un uomo alto con le spalle larghe e la barba grigia, che stava passando un lettore di codici a barre sopra una pila di libri. Laura trovò strano che in quel luogo medievale ci fosse qualcosa di tecnologico. Aveva visto mura in pietra come quelle solo nei film in cui la gente si muoveva a cavallo, lottava con le spade e faceva luce con le fiaccole. Faticava ad accettare che dall'altra parte dell'oceano edifici del genere non facessero necessariamente parte di un set.

«Siamo venuti a consultare gli annuari, signor Castañeda» spiegò il preside.

Il bibliotecario annuì e li guidò attraverso il labirinto di scaffali.

«Sono qui» disse indicando degli spessi volumi rilegati in pelle con lettere d'oro sul dorso. Il primo era del 1990 e l'ultimo del 2018.

«Dove sono quelli precedenti?» chiese Castells. «Loro hanno bisogno di quelli degli anni Sessanta e Settanta.»

«Gli annuari sono stati avviati nel 1990, professore.»

«E prima non c'era un registro degli alunni?»

«C'erano quelli delle singole classi, ma non venivano rilegati con le foto come questi qui.»

«Potremmo consultarli?» chiese Laura.

«Si trovano nell'archivio dello scantinato.»

Castells scrollò il capo e sospirò.

«Ci sono stato un'unica volta in tutta la vita. Non saprei da dove cominciare a cercare. Potrebbe aiutarli lei, signor Castañeda?»

«Certo, ci penso io.»

«Ottimo. Allora io purtroppo devo lasciarvi. Va benissimo stare via qualche giorno per un congresso, ma quando si torna c'è sempre parecchio lavoro accumulato. Comunque siete in buone mani.»

«Grazie mille per il suo tempo» disse Laura al preside, che prima di andarsene fece gentile un cenno di saluto.

Quando il rumore dei passi di Castells cessò, il bibliotecario tornò alla scrivania e riprese a scansionare i libri.

«Cosa cercate di preciso?» chiese senza guardarli.

«La lista dei compagni di classe di mio zio. Ha studiato qui più o meno tra il 1968 e il 1973. Fernando Cucurell Zaplana.»

Laura ebbe l'impressione che il volto del bibliotecario si irrigidisse.

«Questa settimana è impossibile, ho molto lavoro da fare. Tornate venerdì della prossima.»

«Tra una settimana?» chiese Julián.

«Otto giorni» lo corresse il bibliotecario con un sorriso sulle labbra. «Oggi è giovedì.»

«Non potremmo fare prima?»

«Impossibile. Quello scantinato è un vero labirinto» spiegò indicando dietro la scrivania una vecchia porta di legno con spesse cerniere di ferro.

Laura pensò che se si fosse trovata in Argentina quella porta sarebbe appartenuta a un museo. Invece alla Santa María de los Desamparados veniva usata per attaccarci dei cartelli con le regole della biblioteca.

«Se vogliamo trovare qualcosa, devo prima metterlo un po' in ordine.»

Laura tentò di convincere il bibliotecario, ma né lei né Julián riuscirono a fargli cambiare idea. Cinque minuti dopo stavano uscendo dall'edificio.

«Almeno abbiamo il contatto di quello scrittore, l'ex membro della confraternita.»

«Davvero non sai chi è Jaume Serra?»

«No.»

«È uno dei romanzieri più prolifici di tutta la Spagna. Scrive soprattutto per adolescenti.»

Per tutta risposta Laura si strinse nelle spalle.

«Che ne pensi di Castells?»

«Ho l'impressione che voglia collaborare. È l'altro che è strano: mi è parso che si sia stranito quando ha sentito il nome di tuo zio. E poi ti sembra normale che nel ventunesimo secolo un bibliotecario possa avere così tanto lavoro da dirci di tornare fra una settimana?»

«Otto giorni» la corresse Julián imitando il vocione di quell'uomo in modo così buffo da farla scoppiare a ridere di gusto.

Camminarono per un po' lungo i vicoli del paese, schivando francesi e signore munite di buste della spesa. In quei minuti Laura si concesse di guardarsi intorno e sorridere come una qualsiasi turista, dimenticando momentaneamente le quattro morti che l'avevano portata fin lì. Ma l'illusione durò poco.

Alla fine di una stretta stradina giunsero in una piccola piazza con al centro un albero frondoso. Julián si fermò accanto alla targa di marmo con il nome della piazza.

«In quest'angolo» le disse «è stato pugnalato Josep Codina.»

CAPITOLO 46
Julián

Varcammo la soglia di casa mia tre ore dopo esserci congedati dal professor Castells. Mentre io mi fermavo ad aprire la cassetta della posta, Laura imboccò le scale con ancora più energia di quella con cui aveva affrontato la salita verso la Laguna de los Tres.
«Ti aspetto dentro» mi disse. «Devo andare in bagno.»
Tra volantini di pizzerie e di agenzie immobiliari, trovai una busta senza timbro postale, che spiccava in mezzo al resto come fosse una scimmia fosforescente. Innanzitutto perché ormai nessuno scriveva più lettere a mano. E poi perché il mio nome era scritto in lettere maiuscole con una tremenda calligrafia che sembrava quella di un bambino di cinque anni.
La aprii mentre salivo le scale. All'interno trovai una fotografia recente dei miei genitori in un ristorante, in posa davanti a una paella. Era una foto che mia madre aveva postato sul suo profilo Facebook qualche mese prima, per il loro anniversario di matrimonio.
Insieme alla fotografia c'era un foglio ripiegato. Era un biglietto stampato in Comic Sans, lo stesso ridicolo carattere che era stato usato per minacciarmi a El Chaltén.

Sono belli, vero? E anche molto vulnerabili. Lei potrebbe rimanere vittima di una rapina violenta in un qualsiasi martedì o giovedì mentre torna dalla sua lezione di yoga. A lui invece potrebbero servire un piatto avariato un lunedì a pranzo, quando si ritrova con i suoi ex colleghi di lavoro per mangiare insieme. Ma non accadrà niente di tutto questo. Vero, Julián? Perché tu farai il bravo e la smetterai di ficcare il naso in faccende che non ti riguardano. Ti ripeto quello che ti ho già detto a El Chaltén: vendi l'Hotel Montgrí e goditi i soldi, ma lascia perdere il passato.

Mi venne un capogiro, al punto che dovetti appoggiarmi al muro per evitare di svenire sulle scale. Dopo aver riletto il biglietto per la terza volta, sentii la voce di Laura sopra la mia testa.

«Julián? Sali? Non riesco a trovare il mazzo di chiavi che mi hai dato.»

«Sì, arrivo.»

Giunto al pianerottolo vidi Laura che mi aspettava indicandosi sul polso un orologio immaginario.

«Meno male che di lavoro non fai il pompiere.»

Non appena vide la busta, le sparì dal viso ogni espressione giocosa.

«E quella cos'è?»

«Niente.»

Me la strappò di mano.

«Sono i tuoi genitori» disse, e lesse il biglietto.

«Sì.»

Appena entrata nell'appartamento, Laura sprofondò sul divano con un lungo sospiro. Unì le mani e si appoggiò i pollici sulla bocca. I suoi occhi marroni, fissi sul televisore spento, non battevano ciglio.

«Non dovevi andare in bagno?»

«Mi è passata la voglia» rispose indicando il biglietto, che intanto stavo rileggendo. «Evidentemente qualcuno è infastidito dalle nostre indagini. La persona che ha scritto questo biglietto rischia parecchio se scopriamo la verità su quegli omicidi. Ci siamo vicini.»

«Ci siamo vicini? Non hai letto quello che c'è scritto? Hanno minacciato i miei genitori. Questo giochino potrebbe sfuggirci di mano.»

«Per me non è affatto un giochino.»

«Scusami, non volevo dire questo. Cerca di capire, ho paura per i miei genitori.»

«Cosa vuoi che facciamo? Che molliamo tutto? Faccio le valigie e me ne torno in Argentina?»

«Non lo so, Laura. Questa storia non mi piace per niente.»

Lei scattò su dal divano come una molla e si infilò in bagno. Quando uscì, andò dritta verso la porta.

«Dove vai?»

«Io ho bisogno di prendere un po' d'aria e tu hai bisogno di pensare a cosa vuoi fare.»

Mi sarebbe piaciuto che se ne andasse sbattendo la porta o gridando, così avrei avuto un motivo per arrabbiarmi con lei e quella cosa mi avrebbe distratto un po' dal vero problema. Invece Laura non solo mi parlò con gentilezza e chiuse la porta dolcemente, ma oltretutto aveva anche ragione. Avevo bisogno di pensare.

Le ultime cinque parole di quel biglietto continuarono a riecheggiarmi nella mente anche molto tempo dopo essere rimasto solo.

"Lascia perdere il passato."

CAPITOLO 47
Laura

Julián ci aveva messo un giorno intero a capire se voleva andare avanti o meno. E a lei comunque non era dispiaciuto un po' di riposo, ne aveva approfittato per visitare Barcellona. E per pensare.

Adesso, a ventiquattr'ore di distanza, si trovava in piedi accanto a lui davanti a un edificio di almeno dieci piani, con un ampio giardino a separarlo dalla strada. Al centro c'erano alcune tartarughe d'acqua che prendevano il sole vicino a una fontana di marmo.

Stando a quanto le aveva detto Julián, Barcellona aveva due anime: una era la zona sopra l'avenida Diagonal e l'altra la zona sotto. La casa dello scrittore Jaume Serra si trovava parecchio sopra.

Laura si voltò verso Julián, che stava guardando le tartarughe.

«Sei sicuro di voler andare avanti?» gli chiese.

«Sì, sono sicuro» rispose lui. «Andiamo.»

Nell'androne un portiere in giacca e cravatta indicò loro dove dirigersi. Un ascensore rivestito di legno li portò fino al terzo piano. C'erano due appartamenti per piano. Senza nemmeno dover bussare, la porta di uno dei due si aprì, ruotando su cardini silenziosissimi.

Laura riconobbe lo scrittore dalle foto che aveva visto su Internet. Era un uomo alto, con spalle dritte e folti capelli bianchi, che portava molto bene i settantatré anni che gli attribuiva Wikipedia.

Serra la salutò con una stretta di mano decisa, quindi fece lo stesso con Julián.

«Avanti, prego. Benvenuti.»

La luce del mattino inondava l'ambiente attraverso un finestrone nella sala da pranzo. Mettendola a confronto con la casa di Julián, Laura adesso capiva meglio la storia delle due anime di Barcellona.

«Volete un tè? Un caffè? Una birra?»

«Un caffè» rispose Julián.

«Anche io, grazie» aggiunse lei.

«Benissimo. Seguitemi, così mi aiutate con la macchina del caffè visto che non ci capisco nulla. Non sopporto il caffè, né le droghe, né le verdure, né le bugie.»

Laura guardò Julián e capì che stavano pensando la stessa cosa: *Speriamo di non aver a che fare con un pazzo*.

Tornarono in sala da pranzo con due tazze di caffè e un bicchiere d'acqua per lo scrittore. Serra si lasciò cadere su una poltrona, accavallò le gambe e indicò il divano di fronte a sé. I suoi movimenti erano più quelli di un adolescente che di un settuagenario.

«E così volete che vi parli della Confraternita dei Lupi.»

«Esatto» disse Laura.

«Si può sapere come mai? E non venitemi a raccontare la storia dello zio con la demenza senile: ricordatevi che mi guadagno da vivere inventandomi storie.»

Julián cominciò a balbettare una risposta, ma Laura lo interruppe.

«Tra il 1989 e il 1991 sono stati uccisi quattro ex membri della confraternita» spiegò.

Anziché spaventarsi, Serra rispose come se gli avessero chiesto l'ora: «Che io sappia, l'unico che è stato ucciso è Pep Codina. Gli altri tre sono scomparsi sui Pirenei».

«Sui Pirenei?» domandò Laura. In genere ripetere le ultime parole dell'interlocutore tendeva a incoraggiarlo a continuare a parlare. E con Jaume Serra funzionò.

«Be', a dire il vero l'ultima volta che sono stati visti si trovavano sui Prepirenei. Nella zona del Cadí, la conoscete?»

Laura vide che Julián annuiva. Lei dei Pirenei sapeva solo che erano montagne.

«A pensarci bene la storia di quei quattro è davvero tragica. Uno è stato pugnalato e gli altri tre sono scomparsi poco tempo dopo.»

«Quanto tempo?» chiese Laura.

«Allora... Fatemi fare due conti. Pep Codina è stato ucciso intorno al 1990.»

«1989» precisò lei. «Il 27 agosto.»

Lo sguardo vivace del romanziere si posò sul suo.

«Vedo che è molto preparata riguardo alle date. Perciò eviterei di fare affidamento sulla mia memoria. Meglio usare i testi scritti» disse alzandosi dalla poltrona e facendo cenno di attenderlo.

Scomparve lungo un corridoio pieno di libri e tornò qualche minuto dopo con una cartellina marrone su cui c'era scritto: *Dispersi nel Cadí*.

«Il titolo è tremendo, ma è provvisorio. Non pubblicherei mai un testo che si presenti in maniera così scontata.»

«Sta scrivendo un libro su quelle morti?» chiese Laura.

«Non morti, scomparse» puntualizzò Serra indicando la cartellina. «La apra pure, non morde.»

Dentro Laura trovò una trentina scarsa di fogli con annotazioni indecifrabili e un ritaglio di giornale.

«Di solito i miei romanzi nascono con un'immagine tratta dalla realtà» spiegò Serra. «C'è chi lo chiama "seme della storia", io però preferisco pensare che sia un granello di sabbia dentro un'ostrica.»

In altre circostanze Laura gli avrebbe spiegato che le ostriche non producono le perle a partire da un granello di sabbia bensì da un parassita, ma preferì non risultare pedante.

«Queste pagine» disse lo scrittore appoggiando una mano sui fogli manoscritti «sono il riassunto della storia che prima o poi scriverò. Finzione allo stato puro. Invece questo trafiletto del 1991 è il frammento di realtà. Il granello di sabbia iniziale. Mi è rimasto impresso fin dalla prima volta che l'ho letto. Riuscite a immaginare la sofferenza di una madre che non sa che fine abbia fatto il figlio? Avanti, leggetelo se volete.»

Laura si avvicinò un po' a Julián affinché potesse leggere anche lui.

LE AUTORITÀ ABBANDONANO LA RICERCA DEI TRE UOMINI SCOMPARSI SUI PIRENEI

Dopo ventuno giorni infruttuosi, il corpo dei vigili del fuoco della Generalitat de Catalunya ha chiuso oggi la ricerca di Gerard Martí, Mario Santiago e Arnau Junqué, scomparsi lo scorso 5 aprile nel Parco naturale del Cadí-Moixeró.

I tre uomini, nati trentatré anni fa a Torroella de Montgrí e residenti a Barcellona, erano partiti per andare a visitare alcune delle zone più rappresentative dei Pirenei catalani. «Avevano in programma di scalare il Pedraforca, nel Parco naturale del Cadí-Moixeró, e poi unire quel percorso con il Parco nazionale di Aigüestortes. Dovevano stare via in tutto quindici giorni» spiega Arlet Magano, moglie di Gerard Martí, tenendo in braccio il piccolo Biel, il loro figlio di tre anni.

Martí, Santiago e Junqué sono stati visti l'ultima volta a Bagá, il paese da cui partono quasi tutti gli alpinisti che visitano il Parco naturale del Cadí-Moixeró. Stando alle dichiarazioni dei dipendenti del parco, i tre amici si sarebbero recati all'ufficio informazioni nel pomeriggio del 5 aprile per chiedere delucidazioni sul grado di difficoltà della scalata del Pedraforca, che in questo periodo dell'anno è ancora in condizioni invernali.

Venti giorni dopo la loro partenza – e cinque giorni dopo la data di rientro prevista – le famiglie hanno avvisato le autorità. Nelle ultime tre settimane i vigili del fuoco della Generalitat e la polizia nazionale hanno collaborato unendo le forze, senza tuttavia ottenere alcun risultato nemmeno utilizzando i cani poliziotto.

Secondo Daniel Ruiz, l'ispettore dei vigili del fuoco a capo delle operazioni, una delle maggiori difficoltà risiede nella vasta estensione dell'aerea di ricerca, dal momento che i tre dispersi non hanno dato informazioni precise sul loro itinerario.

La linea telefonica è aperta da diciassette giorni e ha ricevuto centinaia di chiamate da parte di persone che sostengono di averli visti in diverse comarche. «Si tratta di persone che desiderano essere di aiuto, senza dubbio sono dei buoni samaritani» spiega Ruiz. «Ma la mole di chiamate, gli scarsi dettagli forniti e l'ampiezza dell'aerea geografica in cui si sostiene di averli visti rendono estremamente difficile trarne informazioni utili.»

Tuttavia le famiglie dei dispersi chiedono alle autorità di non interrompere le ricerche. «Non abbandonate i nostri figli» gridava ieri tra le lacrime Montserrat Abella, la madre di Arnau Junqué, a un gruppo di giornalisti riuniti davanti alla sua casa di Torroella de Montgrí.

CAPITOLO 48
Laura

Dopo aver finito di leggere l'articolo, Laura guardò la data nella parte superiore della pagina. Maggio 1991. L'anno rientrava nell'intervallo di tempo stimato per il decesso delle tre vittime ritrovate in Patagonia, anch'esse presumibilmente tra i trenta e i trentacinque anni.

Eppure nessuno dei tre uomini scomparsi sui Pirenei si chiamava Juan Gómez. Poteva darsi che il cadavere dell'Hotel Montgrí avesse un passaporto falso, ma stando alla sua esperienza erano cose che succedevano più nei film di spionaggio che nella realtà.

«Secondo le nostre indagini» disse allo scrittore «sono stati ritrovati altri cadaveri con l'anello della Confraternita dei Lupi, lo stesso che indossava Josep Codina la notte in cui fu ucciso.»

«Dove?»

«Non possiamo fornirle dettagli. Si tratta di indagini ancora in corso.»

«Lei è della polizia?»

«In Spagna no. Sono solo una turista che cerca di capire. Sa a che anello mi riferisco?»

Serra si allontanò di nuovo dalla stanza. Quando tornò, teneva sul palmo un anello con il muso di un lupo.

«Immagino si riferisca a questo.»

Laura lo esaminò da vicino. Il sigillo a forma di lupo, con le fauci aperte, era identico a quello dei morti di El Chaltén. Però l'anello di Serra era dorato e all'interno non aveva alcuna incisione. Proprio come quello che aveva mostrato a Julián il suo ex cognato Xavi.

«Cosa può dirci in proposito?»

«Fu una mia invenzione. Prima che arrivassi in quella scuola i Lupi non avevano nulla che li identificasse. Venne a me l'idea di commissionare uno stampo di cera a un mio zio gioielliere per poi farglielo portare in una fonderia affinché lo realizzassero in ottone.»

«Credo sia meglio partire dall'inizio» suggerì Laura. «Cos'era di preciso la confraternita?»

Jaume Serra si sistemò di nuovo a sedere sulla poltrona con le gambe accavallate. Mentre parlava continuava a infilarsi e sfilarsi l'anello dall'anulare.

«Era, oppure è, questo non lo so, un club di alunni della scuola Santa María de los Desamparados, fondato negli anni Quaranta. Una specie di società segreta interna all'istituto.»

«Segreta in che senso, esattamente?» chiese Julián.

Serra abbozzò un sorriso.

«Non immaginatevi riti massonici o cose del genere. Si trattava, per così dire, di un club giovanile di cui erano a conoscenza soltanto pochissimi. E ancora meno erano quelli invitati a entrarvi.»

«Avevamo capito che fosse aperta a chiunque pagasse. Anzi, in realtà ci hanno detto che si promuoveva l'ingresso di nuovi membri perché con i soldi delle quote venivano ingaggiate delle spogliarelliste per le riunioni.»

«Ai miei tempi non era così. Non ingaggiavamo donne né tantomeno pagavamo quote. Gran parte dei membri era costituita dagli alunni più poveri della scuola. Alcuni risparmiavano mesi per potersi comprare l'anello, che come potete vedere non è altro che paccottiglia.»

«Sa se qualche membro ha commissionato un anello d'argento anziché di ottone?»

«Sarebbe stato ridicolo. Uno dei nostri valori era l'uguaglianza.»

«Quello del cadavere di Pep Codina era d'argento.»

«Non so cosa dirvi. Io posso parlare solo per i miei tempi.»

«Quella gente ha frequentato la Santa María de los Desamparados tra il 1970 e il 1975. Stando ai miei calcoli dovrebbe essere più o meno tra i cinque e i dieci anni dopo di lei. Ritiene che la confraternita possa essere cambiata così tanto in un tempo del genere? Anelli d'argento, quote costose, poca riservatezza, signore della notte...»

«Ci sono paesi che in dieci anni passano dal protezionismo al neoliberalismo e viceversa. Se una cosa del genere può accadere all'interno di un'istituzione ufficiale, figuratevi in un club studentesco.»

Laura annuì, chiedendosi se Serra avesse appena descritto la politica argentina di proposito o per puro caso.

«Erano ammessi esclusivamente uomini?» domandò.

«Sì, perché la Santa María de los Desamparados era una scuola maschile. È diventata mista solo da qualche anno.»

«Qual era lo scopo della confraternita?» intervenne Julián.

«Che scopo può avere un ragazzo di diciassette anni? All'epoca aveva anche poco senso nascondersi per bere o fumare, dato che non era visto poi così male. Facevamo qualche marachella, come scrivere una lettera d'amore alla professoressa di dattilografia con la firma del sorvegliante. Ma lo scopo in sé era l'appartenenza. Essere dentro. Il vero obiettivo era indossare quest'anello, cosa che era permessa solo durante le riunioni.»

«Dove si tenevano le riunioni?»

«In genere a casa di qualche membro o in una delle numerose aule inutilizzate della scuola. Non eravamo molti, dieci o dodici al massimo, perciò ci andava bene qualunque posto.»

«Ha continuato a partecipare alle riunioni anche dopo il diploma?»

«Non era consentito. Se non facevi parte della Santa María de los Desamparados, non potevi nemmeno essere un Lupo. Potevi tenerti l'anello come ricordo, ma una delle regole era che dovevi lasciare la confraternita.»

Lo scrittore concluse quella frase facendo piroettare l'anello davanti a sé sul tavolino di legno.

«Oltre a essere d'argento, l'anello di Pep Codina aveva incisa all'interno una frase in latino: *Lupus occidere vivendo debet*.»

«Il lupo deve uccidere per vivere» tradusse Serra.

«La conosce?»

«Assolutamente no. Ma ho studiato latino per anni. Alla Santa María de los Desamparados erano fissati.»

«Ha idea del perché negli anelli di Pep Codina e delle altre vittime ci fosse incisa quella frase?» chiese Julián.

«Non vi pare che sia giunto il momento di raccontarmi cosa sta succedendo?»

«Le prometto che non appena potremo fornire qualche dettaglio lei sarà il primo a esserne informato» intervenne Laura. «Tutto quello che ci sta dicendo ci è di grandissimo aiuto. C'era un regolamento? Qualcosa di scritto?»

Il romanziere sbuffò, ma non si sottrasse alla domanda.

«*Sulle abitudini riproduttive del lupo iberico*, di Narciso Ballabriga.»

«Come ha detto?»

«Nella biblioteca della Santa María de los Desamparados c'era un testo intitolato così. Era una copia della tesi di dottorato di un vecchio alunno della scuola. Come potete immaginare, non la consultava mai nessuno. E così a pagina sessantasei avevo attaccato il manifesto della Confraternita dei Lupi. Prima che lo trascrivessi, era redatto a mano su alcune pagine volanti che i membri si passavano tra loro. Ci ho messo un po' a recuperarle, perché quando l'abbiamo ripristinata la confraternita era inattiva ormai da quattro anni.»

«Come faceva a sapere che esisteva quel regolamento?»

«Un mio cugino era stato un Lupo qualche anno prima. Era una società segreta, ma non così segreta. In fin dei conti eravamo soltanto dei ragazzi che credevano di avere qualcosa che altri non avevano. E consentitemi di ribadire che il nostro scopo era davvero innocente.»

Innocente o meno, pensò Laura, c'erano quattro omicidi collegati a quella società.

«Ricorda il nome di qualche membro più giovane che è rimasto nella confraternita dopo che lei ha terminato gli studi?»

«Non è rimasto nessuno.»

«Nessuno?»

«No. Noi abbiamo rimesso in piedi la società nel 1962, quando eravamo al primo anno. E per arroganza negli anni successivi abbiamo commesso l'errore di non permettere l'ingresso a ragazzi più piccoli. Perciò quando abbiamo concluso gli studi la confraternita era di nuovo deserta come l'avevamo trovata.»

«Evidentemente in seguito qualcuno ha deciso di riattivarla.»

Calò il silenzio. Con il passare dei secondi Laura notò che Julián la guardava sempre più nervoso, quasi implorandola di dire qualcosa. Ma si limitò a mettersi comoda sul divano.

«A quanto mi risulta, nel giro di qualche anno la confraternita era di nuovo attiva» disse dopo un po' il romanziere. «Un mio conoscente che si chiama Adrián Caplonch... Forse questo cognome a Julián dice qualcosa.»

«Quello delle acciughe?»

«Esatto. La sua famiglia è la proprietaria della Conservas Caplonch, l'azienda di cibo in scatola.»

«Qualunque catalano che si rispetti ha bevuto almeno una volta nella vita un vermouth accompagnato da acciughe Caplonch» spiegò Julián a Laura.

«Adrián ha diversi anni meno di me e mi ha detto di aver fatto parte della confraternita. Se vuoi posso dargli il vostro numero di telefono e chiedergli di mettersi in contatto con voi. Forse lui riuscirà ad aiutarvi più di me, anche se immagino che sarà molto occupato ora che si avvicinano le elezioni.»

«Elezioni?» chiese Julián.

«Sì. Quest'anno Adrián Caplonch è candidato alla vicepresidenza del Fútbol Club Barcelona.»

CAPITOLO 49
Molti anni prima

«Tieni, è per te.»
La manona di Manel regge un sacchetto di carta. Quando il ragazzo lo prende gli sembra pesante.

Si trovano in una delle aule inutilizzate della Santa María de los Desamparados, circondati da banchi polverosi, scatole piene di carte geografiche arrotolate e articoli per le pulizie.

Il ragazzo immagina che dentro il sacchetto ci sia un altro libro. Malgrado il suo aspetto rude, Manel ama leggere avidamente tutto ciò che gli capita a tiro. E da mesi gli regala dei libri per tirargli su il morale.

A giudicare dal peso, questo deve avere almeno quattrocento pagine. Il ragazzo apre il sacchetto pensando a come dire a Manel che non ha ancora letto nessuno dei tre precedenti. E invece dentro trova un pacco troppo lungo e stretto per essere un libro.

«Aprilo con molta attenzione.»
Il ragazzo strappa la carta e scopre il manico stondato di un coltello. Lo impugna, sguainandolo come se il pacco che lo contiene fosse un fodero. La lama, in acciaio grigio bluastro, è enorme. Tutto ciò che ha che fare con Manel è enorme.

Al di là delle dimensioni, il coltello ha una forma che il ragazzo non ha mai visto prima. Le linee rette gli conferiscono un'aria da sciabola del futuro. Di profilo sembra uno di quei "treni proiettile" che hanno lanciato di recente in Giappone. La costa corre parallela al filo fino a due terzi della lama, poi scende in diagonale formando una punta che il ragazzo non osa nemmeno sfiorare.

«È molto bello. Non avevo mai visto un coltello così.»

«Sono contento che ti piaccia. Il manico l'ho fatto con il legno di un ulivo di casa mia. L'ho visto tempo fa in una rivista di mio padre. È un seax vichingo. Lo usavano per combattere, cacciare, cucinare. Tutto. In quella rivista si diceva che nessun vichingo si separava mai dal suo seax.»

«Io non combatto, non caccio e non cucino.»

«Diventerai un vichingo» dice Manel, poi grugnisce mettendo in mostra i denti come un gorilla. «E quando finalmente ti spunteranno i peli, guarda che cosa potrai fare.»

A quel punto si fa dare il coltello e poi si passa la lama sull'avambraccio. Un piccolo monticciolo di peli vi si accumula sopra, lasciando allo scoperto una chiazza di pelle libera.

«È molto affilato, fai attenzione» gli dice prima di restituirglielo.

Il ragazzo guarda Manel. Dietro quella facciata corpulenta e rozza si nasconde una persona meravigliosa. La persona vicino alla quale si è sentito meglio in tutta la sua vita. A volte con lui si sente talmente bene che la cosa lo mette a disagio. Un conto è avere dei lineamenti femminili, un altro conto è essere un finocchio.

«Questo coltello è stupendo, amico. Non so come ringraziarti. Devi averci messo un sacco di tempo a farlo.»

«Diversi giorni. Ma non devi ringraziarmi, l'ho fatto volentieri pensando a te.»

Il ragazzo arrossisce, il cuore gli batte a mille all'ora. Non tanto per la vergogna, quanto per la paura. È terrorizzato da ciò che potrebbe accadere.

Prima che possa dire altro, Manel gli si avvicina e gli dà un bacio sulla bocca.

Il ragazzo chiude gli occhi e si abbandona. I baffi mal rasati di Manel gli pizzicano le labbra. Le sue mani forti e callose lo mettono a disagio. In quel momento capisce che gli uomini non gli piacciono. O quantomeno non gli piace quell'uomo.

Dopo qualche secondo si ritraggono entrambi, come due calamite che si respingono.

«Che schifo» gli dice Manel ridendo. «Scusa, ma dovevo togliermi il dubbio. A volte penso...»

«Succede anche a me» lo interrompe il ragazzo.

«Non dirmi che ti è piaciuto, per favore.»

«E se mi fosse piaciuto? Ci sarebbe qualcosa di male?»

«No, certo che no. Be', non lo so. Solo che essere finocchio sembra molto più difficile che non esserlo.»

«Non mi è piaciuto.»

«Me lo giuri?»

«Te lo giuro.»

Il ragazzo dice la verità. Eccome se dice la verità. Sente di essersi tolto un peso che gli opprimeva il petto.

Ma il sollievo è di breve durata, perché subito sente un rumore alla porta e appena guarda in quella direzione vede Pep Codina. Con un sorriso canino sul volto e in mano la sua fiammante macchina fotografica.

CAPITOLO 50

Laura

«Eccolo» disse Laura suonando un campanello del vecchio edificio in pietra che si trovava all'indirizzo che Meritxell Puigbaró, la donna violentata da quattro membri della Confraternita dei Lupi, le aveva indicato al telefono.

«Ora capisci la storia delle due anime di Barcellona?»

Certo che la capiva. Dopo aver visto il quartiere di Jaume Serra non aveva bisogno di consultare una mappa per sapere che adesso si trovavano dall'altra parte dell'avenida Diagonal.

Cinque minuti prima erano scesi dalla metropolitana alla fermata di Drassanes e Julián l'aveva guidata attraverso un reticolo di viuzze strette in cui ogni negozio odorava di spezie e ogni angolo di urina. Erano strade talmente vecchie, le spiegò, che non erano state tracciate da architetti bensì da muli in cerca del tragitto più breve. Schivarono in proporzioni uguali donne con hijab, bionde con infradito che parlavano in inglese e uomini barbuti con gellaba lunghe fino ai piedi.

Mentre Julián la seguiva qualche gradino più indietro, Laura salì tre piani di scale evitando di toccare il corrimano in cemento, annerito dal contatto di migliaia di mani.

Meritxell Puigbaró li aspettava sulla porta. Esattamente come Laura aveva calcolato a partire dall'articolo de *La Vanguardia*, aveva cinquantasei anni. Ne dimostrava di meno, anche senza trucco e con i capelli bianchi raccolti. Portava un paio di occhiali dalla montatura rotonda appoggiati su un nasino che le conferiva una lieve aria da roditore.

«Prego, entrate.»

La differenza tra le due anime di Barcellona non si limitava all'aspetto esterno: l'ampiezza e la luminosità dell'appartamento di Jaume Serra erano in netto contrasto con la buia e umida scatola da scarpe in cui viveva Meritxell Puigbaró. Laura contò giusto quattro passi tra la porta e il divano su cui la donna li invitò a sedersi. La vernice bianca alle pareti e il design minimalista dei mobili dissimulavano con grande dignità le dimensioni minuscole e l'orientamento cupo della cucina-sala da pranzo.

«Posso offrirvi qualcosa? Ho della birra e qualche bibita.»

«Per me acqua» rispose Julián.

«Una birra, grazie» disse Laura.

Mentre Meritxell Puigbaró armeggiava con i bicchieri, Laura osservava alcune foto appoggiate su una mensola sopra il televisore. Ritraevano la padrona di casa in diverse fasi della sua vita: a trent'anni, a quaranta, a cinquanta. Sempre da sola. Sempre con gli occhiali e i capelli raccolti. Le sarebbe bastato tenerli sciolti e truccarsi un minimo per risultare una donna molto attraente, ma quelle foto davano la sensazione che Meritxell Puigbaró andasse controcorrente: mentre chiunque altro cercava di esaltare la propria bellezza, lei sembrava volerla contenere.

«Al telefono mi avete anticipato che volete parlare dei Lupi» disse mentre porgeva loro da bere.

«Sì» rispose Julián. «Abbiamo letto l'articolo pubblicato su *La Vanguardia* quando...»

«Quando mi hanno violentata. Può dirlo. Non sono allergica a questa parola.»

Visto il tatto del suo collega, Laura decise di prendere le redini della conversazione.

«Io lavoro per la polizia argentina. Sto indagando su alcuni crimini che potrebbero essere collegati ai Lupi. Come immaginerà, tutti quelli a cui chiediamo informazioni insistono sul fatto che era solo un club di ragazzini innocenti.»

«Dicono la verità.»

Quella risposta Laura non se l'aspettava proprio.

«Ciò che intendo dire» chiarì Meritxell Puigbaró «è che nei suoi ottant'anni di vita la confraternita è stata prevalentemente quello.»

«Perciò i suoi aggressori erano l'eccezione e non la regola» suggerì Julián.

«Una cosa del genere. Insomma... Partiamo dall'inizio. Come già sapete, nel 1985 sono stata violentata in un terreno in aperta campagna a Torroella. Alcune vittime di stupro riescono a superare il trauma. Suppongo che non cerchino di trovare una spiegazione... Semplicemente lasciano che il tempo guarisca la ferita e vanno avanti con la loro vita come meglio possono. Altre persone invece, le persone come me, quella ferita non riescono a smettere di sfregarla, e così facendo la rendono cronica. Ci chiediamo cosa abbiamo fatto di male, e soprattutto perché. Perché a me? Da dove veniva tanta cattiveria?»

Meritxell Puigbaró bevve un lungo sorso di birra, poi guardò Laura dritto negli occhi.

«È difficile da spiegare. Quasi impossibile. Come chi si morde le pellicine delle unghie e continua anche dopo che ha visto comparire il sangue. È un circolo vizioso autodistruttivo. Nel mio caso, quando mi sono accorta che non c'era giustizia, che per quello che mi avevano fatto non sarebbe stato arrestato nessuno, ho deciso di indagare. Di scoprire chi erano davvero quei Lupi.»

«Non dev'essere stato facile» azzardò Laura.

«Per niente, ma trentacinque anni sono sufficienti a raggiungere qualunque intento ci si prefigga.»

«Nell'articolo che abbiamo letto diceva di sapere che si trattava di membri della confraternita perché indossavano l'anello. Si ricorda se fosse color oro o argento?»

«Argento, senza ombra di dubbio. Con il tempo mi

sono resa conto che era una cosa strana, perché in realtà i membri della confraternita portavano anelli color oro, di ottone.»

Meritxell Puigbaró si concesse un sorriso rassegnato.

«Non che mi sia servito a molto, ma al momento credo di essere una delle persone più informate sulla Confraternita dei Lupi.»

«Tutto quello che ci può dire...»

«Formalmente fu fondata nella scuola Santa María de los Desamparados nel 1941, ma le sue origini risalgono a vent'anni prima qui a Barcellona. Un gruppo dell'alta società che si faceva chiamare Club del LOVD.»

«*Lovd*? Come "amato" in inglese?»

«Sì, ma non è inglese. A lungo ho pensato che significasse "lupo" in qualche lingua. Sembra simile a "lupo" in catalano: *llop*. Poi però ho scoperto che si trattava di un acronimo.»

«*Lupus occidere vivendo debet*» recitò Laura.

«Esatto. Si dice che uno dei fondatori del club fosse Gaudí, ma stando a quanto ho scoperto sono solo dicerie. Quello che è certo è che le cronache dei giornali dell'epoca riferiscono di omicidi e stupri perpetrati da un club di uomini che si firmavano LOVD. A volte al posto dell'acronimo utilizzavano la frase completa.»

Meritxell Puigbaró bevve un altro lungo sorso di birra. Quando si riappoggiò la bottiglia sulla gamba, Laura notò che era quasi vuota.

«Con il tempo i membri del club hanno cominciato a morire come mosche, finché è risultato evidente che li stavano facendo fuori. Immagino che fosse opera di qualcuno che aveva deciso di farsi giustizia da solo, come tante volte ho sognato di fare anch'io. In un certo senso ci è riuscito, perché la sua identità non è mai stata accertata e il club si è sciolto.»

«Lei è riuscita a scoprire chi era?»

«No. E adesso poco importa, perché ormai sarà morto o ultracentenario. Quello che invece sono riuscita a scoprire è che c'era un manifesto scritto nel 1921 dai fondatori del club. A quanto pare quel libro è ricomparso alla Santa María de los Desamparados nel 1941. C'è chi dice che uno dei membri si sia rifugiato a Torroella per sfuggire al giustiziere e abbia lavorato in quella scuola come professore. È possibile che abbia reclutato degli alunni per riportare in vita la società. Questi dettagli non mi sono chiari, ma ci sono persone che dichiarano apertamente di aver fatto parte della Confraternita dei Lupi già negli anni Cinquanta e raccontano che le attività che svolgevano erano giusto delle marachelle. Uno di loro era mio padre, l'unica persona al mondo per la quale metterei la mano sul fuoco.»

«Sa se c'è stata qualcun'altra come lei?»

«Non sono riuscita a trovare un solo indizio di stupro o crimine che possa essere ricondotto alla confraternita, né prima né dopo il mio. Come vi ho detto, penso che si trattasse prevalentemente di un gruppo di studenti innocui. Finché a un certo punto sono tornati ai valori originari del Club del LOVD, si sono radicalizzati e hanno aggredito me.»

Meritxell Puigbaró sembrava condividere la stessa teoria di Jaume Serra. Nel corso degli anni le organizzazioni attraversavano fasi molto diverse.

«Nell'articolo su *La Vanguardia* ha dichiarato di sapere chi erano i quattro uomini incappucciati che l'hanno aggredita.»

«Josep Codina, Gerard Martí, Mario Santiago e Arnau Junqué. Li ho riconosciuti dalla voce.»

Laura notò che Julián la stava guardando. I nomi corrispondevano all'uomo pugnalato a Torroella e ai tre dispersi sui Pirenei.

«Li ha denunciati?»

«Naturalmente. Con nome e cognome. Ma in un paese le cose funzionano in modo molto diverso rispetto a una città. Nei paesi vigono i clientelismi, e soprattutto si sa chi detiene il potere. I quattro ragazzi che mi hanno violentata appartenevano alle famiglie più ricche di

Torroella. Hanno assunto i migliori avvocati. Alla fine il giudice ha decretato che non c'erano prove in grado di confermare che i miei aggressori fossero effettivamente loro. Una volta stabilita l'assoluzione, del caso non si è parlato praticamente più. Un'altra grande abilità della gente di paese è nascondere la polvere sotto il tappeto.»

Laura sapeva benissimo a cosa si riferiva quella donna. Puerto Deseado e molte altre località della Patagonia erano minate da patti di silenzio.

«A volte la società sa essere molto ingiusta. C'è chi mi ha accusata di essermi inventata tutto per spillare soldi a quelle famiglie. Una delle cose che mi feriscono di più è non essere creduta, quando ti fanno delle domande che hanno l'unico scopo di dimostrare che menti, che in realtà non ti ha violentata nessuno. Non ti trattano per quello che sei, cioè una vittima, ma anzi devi dare spiegazioni, giustificarti e fornire prove. È il mondo al contrario. Suppongo che sia perché le loro menti si rifiutano di credere che possa essere davvero accaduta una bestialità del genere, e allora deve per forza essere frutto dell'immaginazione di una pazza. Non riuscivo più a sopportare quella situazione, così mi sono trasferita a Barcellona. Tornavo spesso a Torroella per vedere mia madre e continuare le mie ricerche, ma lì mi sentivo soffocare, come se fossi diventata allergica all'aria del mio paese.»

Meritxell Puigbaró raccontava la propria storia con una tristezza profonda, genuina, ma sempre mantenendo la calma e senza versare una sola lacrima. Parlava come quei genitori che hanno perso un figlio da tempo e ormai riescono a nominarlo senza piangere.

«Non so se queste cose possono esservi di aiuto.»

«Molto» rispose Laura. «Per quanto riguarda le ricerche che ha fatto... Ha scritto qualcosa da qualche parte?»

Meritxell Puigbaró si protese un po' per prendere una scatola di cartone dal mobile sotto la televisione.

«Qui dentro ci sono ritagli di giornale, appunti e

tutto ciò che sono riuscita a trovare sulla Confraternita dei Lupi. C'è anche il diario della confraternita di mio padre.»

«Diario della confraternita?»

Meritxell Puigbaró sorrise e rovistò nella scatola per prendere un quaderno con la copertina marrone.

«Lui lo chiamava così. Ci scriveva tutto quello che succedeva durante le riunioni. Ma non c'è niente che possa aiutarvi a risolvere un caso di omicidio, ve lo assicuro. La cosa più succulenta è un aneddoto di quando si è bevuto il whisky che avevano rubato al parroco in sacrestia. Prendete pure la scatola, me la restituirete quando avrete finito.»

«Ne è sicura?»

«Sì. Mi sono già torturata troppo a lungo con questa storia e non mi è servito a granché. Magari a voi tonerà utile.»

«Grazie.»

Laura pensò che fosse giunto il momento di andarsene e di lasciare in pace quella donna. Se avessero avuto altre domande da farle dopo aver esaminato quei documenti, avrebbero potuto telefonarle o tornare da lei.

«Io le credo» disse. «E stiamo lavorando affinché si sappia la verità.»

«Grazie mille» rispose Meritxell Puigbaró con un lieve tremore del mento. «Ma io la verità la so già da tempo.»

Si congedarono e scesero le scale, poi passarono dalla tranquillità della casa di Meritxell Puigbaró al caos di quel quartiere frenetico. Avevano percorso a stento cinquanta metri quando Laura udì uno sparo. Passò la scatola a Julián affinché la reggesse e prese il telefono di tasca per leggere il messaggio che aveva appena ricevuto.

«È la segretaria di Adrián Caplonch. Dice che il suo capo ha accettato di parlare con noi. Chiede se ci va bene domani alle tre del pomeriggio a casa sua.»

«Certo. Dove vive?»

«Carretera de las Aguas, numero 79»

«Carretera de las Aguas? Sei sicura?»

«Nel messaggio dice così. Perché?»
«Perché in quella strada non ci vive nessuno.»

CAPITOLO 51
Laura

L'indomani alle tre del pomeriggio Laura ebbe modo di capire l'incredulità di Julián riguardo all'indirizzo di Adrián Caplonch. Per arrivare in carretera de las Aguas avevano dovuto prendere una metropolitana, un treno e poi una funicolare che si inerpicava su quella stessa montagna che le aveva indicato Consuelo durante il viaggio dall'aeroporto.

La funicolare consisteva in un unico vagone inclinato e prevedeva una sola fermata tra la stazione di partenza e quella di arrivo, dove si bloccava soltanto se un passeggero lo richiedeva espressamente tramite un bottone seminascosto vicino alle porte. La fermata si chiamava Carretera de las Aguas.

Loro due furono gli unici a scendere quando il vagone si fermò, sospeso sul pendio grazie a un cavo d'acciaio spesso quanto il braccio di Laura. La fermata era composta da poco più di un cartello e una panchina in mezzo al bosco. Ad accoglierli trovarono un'aria più fresca rispetto a quella della città.

«Qual è carretera de las Aguas?»

«Questa» rispose Julián indicando la strada sterrata davanti alla fermata.

Laura lasciò passare un gruppo di ciclisti e attraversò la strada. Poi si mise a osservare la città oltre il varco lasciato libero dai binari della funicolare. Riconobbe le torri circondate di gru della Sagrada Familia, il castello di Montjuic e i due grattacieli della Villa Olímpica. Incorniciata dal blu brillante del Mediterraneo, Barcellona sembrava arrendersi ai suoi piedi.

«Da quassù sembra una città perfetta» commentò Julián.

Laura annuì in silenzio. Per il momento preferiva non rispondergli, voleva godersi quella vista unica per qualche altro secondo.

«Stando alla mappa, il numero 79 dovrebbe essere da quella parte» disse ancora Julián indicando nella direzione in cui erano spariti i ciclisti.

Laura si mise in marcia. Alla sua destra il bosco denso e secco saliva verso la cima della montagna. A sinistra si poteva scorgere la città attraverso una finestra di alberi.

«A quanto mi risulta, in questa strada la gente ci viene solo a fare attività sportiva» commentò Julián. «Non immaginavo che ci vivesse qualcuno.»

«Io non vedo nessuna casa.»

«Il GPS dice così» rispose lui indicando davanti a sé.

Dopo una curva trovarono uno spiazzo privo di alberi che offrì loro una nuova vista panoramica di Barcellona.

«Secondo questo affare la casa dovrebbe essere a cinquecento metri» spiegò Julián.

Laura lo seguì senza guardarlo. Aveva occhi solo per il paesaggio alla sua sinistra. Qualche minuto più tardi, dopo aver superato un'altra curva, si ritrovarono davanti a una casa che sembrava uscita da una fiaba. Le tegole lucide, verdi e rosse, davano vita a un disegno che a Laura fece venire in mente il dorso di una lucertola esotica. Su uno dei lati, un'alta torre provvista di finestroni su tutte e quattro le pareti le ricordò un campanile. Le sembrò una costruzione a metà tra un edificio modernista e una chiesa.

Si fermarono davanti a un massiccio portone color ruggine che impediva ai comuni mortali di vedere l'interno della proprietà. Sotto il numero 79 in ferro battuto stazionava un campanello moderno con telecamera incorporata. Laura premette il pulsante e con un ronzio elettrico il portone si aprì.

«Questo tizio ha rubato il giardiniere a un club di golf» le disse Julián quando davanti ai loro occhi comparve una siepe talmente perfetta che Laura sulle prime pensò che fosse finta.

Dalla porta d'ingresso, riparata da un portico con il tetto in tegole, uscì un uomo sulla sessantina, magro, dall'aspetto forte e con la pelle abbronzata. Indossava una camicia celeste, pantaloni color crema e scarpe da barca.

«Signora Badía, signor Cucurell, sono Adrián Caplonch. Benvenuti. Prego, di qua.»

Caplonch rientrò, superò una scala di marmo e li condusse in una cucina-sala da pranzo che da sola era più grande di qualunque casa in cui Laura avesse mai vissuto. Sembrava uscita da una rivista di architettura: penisola, tavolo in legno rustico e una finestra che dava su una piscina a sfioro con vista sulla città e sul mare.

Laura non avrebbe mai immaginato che il settore del cibo in scatola potesse essere tanto redditizio.

«A causa di un imprevisto ho poco tempo a disposizione, perciò mi vedo costretto a saltare i convenevoli e chiedervi di venire al dunque. Al telefono mi avete detto che state scrivendo un libro sulla storia della mia adorata scuola.»

«Una cosa del genere, sì» rispose Laura. «Lei ha fatto parte della Confraternita dei Lupi?»

Quella domanda lo colse di sorpresa.

«Sì, per due anni. Come mai me lo chiede?»

«Le dice qualcosa il nome Pep Codina?»

«Certo. Era un mio compagno alla Santa María de los Desamparados.»

«Anche lui era membro della confraternita?»

«Sì.»

«Suppongo che sappia che è stato assassinato e che il suo cadavere aveva al dito l'anello con il muso di lupo.»

Il sorriso dai denti perfetti di Caplonch rimase intatto, ma adesso si potevano notare un po' di tensione nella mandibola e una certa freddezza negli occhi.

«Che significa?» chiese.

«È quello che stiamo cercando di capire.»

«Chi siete? Poliziotti? Mi avete mentito?»

«Non siamo poliziotti e forse sì, le abbiamo mentito riguardo a qualcosa. Ma come può immaginare avevamo bisogno di parlare con lei di persona, visto che si tratta di una faccenda delicata.»

«Andatevene subito da casa mia.»

«Signor Caplonch.»

«Devo chiamare la polizia?»

«Non ce n'è bisogno, adesso ce ne andiamo» disse Julián. «Però prima ci pensi un attimo: se non ha niente da nascondere, forse le conviene parlare con noi. Pubblicheremo il risultato delle nostre indagini. Capisce cosa voglio dire?»

Laura avrebbe voluto ammazzarlo.

«Mi sta minacciando?» chiese l'imprenditore.

«Assolutamente no» intervenne lei. «Quello che il mio collega intende dire è che quando non si è fatto niente di male la cosa più naturale è parlare. Se invece si sceglie il silenzio, è facile che chiunque dica la sua in proposito o si inventi qualche teoria.»

Caplonch indicò tutto intorno a sé.

«Pensate davvero che una persona che teme l'opinione altrui riesca ad arrivare a vivere in una casa come questa?»

«Certo che no» rispose Laura. «Ma perché non prova ad ascoltare le nostre domande, prima di buttarci fuori?»

Caplonch guardò l'orologio d'oro che aveva al polso e sbuffò.

«Avete a disposizione due minuti. Cosa volete sapere?»

«Vogliamo sapere se Codina e gli altri hanno continuato a tenere in vita la confraternita anche dopo aver preso il diploma.»

«Sì. Non avrebbero potuto, ma tra loro si era creato un legame molto forte e non avevano intenzione di rinunciarvi a causa di una regola che imponeva di lasciare la confraternita quando si finiva il corso di studi.»

«Parla come se lei non facesse parte di quel gruppo.»

«Perché in effetti in quel periodo non ne facevo più parte. Dopo il primo anno nella confraternita mi sono reso conto di non avere granché in comune con gli altri come pensavo.»

«A cosa si riferisce?»

«Loro erano fissati con l'esoterismo: rituali e altre stronzate del genere. Io invece preferivo il lato più mondano» spiegò indicando un mobiletto che conteneva degli alcolici.

«Secondo lei perché tra loro si era creato un legame così forte?»

Caplonch la guardò con diffidenza.

«In quel momento credevano di essere davvero fratelli. Anche io per un po' ho avuto la stessa sensazione. Pensavamo che tutto ciò che vivevamo insieme facesse di noi una famiglia.»

«Che cosa vivevate insieme?»

«È proprio questo il punto: niente di speciale. Ci ubriacavamo, parlavamo di ragazze, facevamo dispetti a qualche compagno di scuola che non apparteneva alla confraternita. E ammantavamo i nostri incontri di un'aura di occultismo. Avete presente, no? Candele, tavola Ouija... Ecco gli ingredienti alla base della nostra amicizia.»

«Come fa a sapere che loro hanno continuato a tenere in vita la confraternita anche dopo aver concluso il percorso scolastico alla Santa María de los Desamparados?»

«Perché molti anni dopo li ho incontrati in un bar di Torroella. Quando mi sono avvicinato per salutarli ho notato che tutti e quattro indossavano l'anello. E sembravano parecchio a disagio.»

«Codina, Junqué, Santiago e Martí?»

«Precisamente.»

«Ricorda per caso il colore dell'anello che indossavano?»

«Era d'argento. I membri della cerchia più alta

avevano diritto a un anello d'argento.»

Laura rimase sorpresa da quell'informazione. Non solo perché Jaume Serra aveva detto loro che tra i Lupi non c'era alcuna gerarchia, ma anche perché la notte precedente si era letta tutto il contenuto della scatola di Meritxell Puigbaró e non aveva trovato nessun riferimento al fatto che la confraternita avesse una struttura gerarchica.

«Quindi c'erano vari livelli? Come nella massoneria?»

Caplonch scoppiò in una risata piena di sarcasmo.

«C'erano due livelli: il livello di loro quattro e quello di tutti gli altri. La storia della cerchia intima se la sono inventata loro. Lo so perché un mio zio che aveva fatto parte della confraternita in un periodo diverso mi ha raccontato che ai suoi tempi tutti i membri erano alla pari.»

«Per caso sa se fosse possibile accedere a quella cerchia, proprio come i massoni possono salire di livello?»

«No, non lo so. Ora vogliate scusarmi» disse l'imprenditore accompagnando quelle parole con un cenno della mano in direzione dell'uscita.

«Certo» rispose Laura. «Solo un'ultima domanda. L'incontro nel bar di cui ci ha parlato è avvenuto quanti anni dopo la fine degli studi?»

«Una decina, forse quindici. Di preciso non ricordo, è successo molto tempo fa.»

Caplonch aprì la porta d'ingresso e indicò loro l'uscita.

«Saprebbe dirci che periodo dell'anno era?» domandò Laura prima di salutare.

«Fine agosto. Le strade erano piene di cartelli che annunciavano la festa più importante del paese. Inoltre loro quattro ormai vivevano a Barcellona e ricordo che mi hanno detto di essere tornati proprio per quell'occasione. Adesso però devo davvero andare.»

«Grazie mille per il suo tempo. Se dovessimo avere qualche altra domanda possiamo contattarla?»

L'imprenditore esitò per qualche secondo.

«Potete chiedere un appuntamento alla mia segretaria, ma mi aspettano un paio di settimane molto piene.»

Dopo essersi congedati si incamminarono in direzione della fermata della funicolare.

«A cosa stai pensando?» le domandò Julián quando furono distanti dalla casa.

«Al fatto che Caplonch ha detto di aver incontrato i Lupi a fine agosto una decina o quindicina di anni dopo aver ultimato gli studi alla Santa María de los Desamparados. Pep Codina è morto assassinato, con l'anello al dito, un 27 agosto, quattordici anni dopo aver preso il diploma.»

«Pensi che se Caplonch avesse qualcosa a che fare con la sua morte ci avrebbe fornito così tanti dettagli?»

«Probabilmente no.»

«Quindi? O ci ha detto la verità o ci ha mentito. Non esistono altre opzioni.»

Laura annuì, non perché fosse d'accordo con lui ma perché non voleva azzardare congetture. Però sapeva bene che tra verità e menzogna esiste eccome un'altra opzione: la mezza verità.

CAPITOLO 52

Laura

Laura si sventolava il viso con una mano, tentando invano di rinfrescarsi. Era una giornata particolarmente calda, il tunnel dove avevano aspettato la metropolitana sembrava un forno, e per di più avevano avuto la sfortuna di ritrovarsi in un vagone con l'aria condizionata rotta.

«Dobbiamo scendere qui: fermata Sagrada Familia» le annunciò Julián in piedi davanti a lei, aggrappato a una sbarra sul soffitto.

Oltre metà delle persone che scesero insieme a loro erano turisti. Laura seguì Julián lungo una serie di gallerie finché una rampa di scale non li fece riemergere in un parco pieno di alberi.

«La Sagrada Familia è molto lontana da qui?» chiese lei.

Julián sorrise, fece due passi verso un muro in pietra e gli diede un colpetto con il palmo della mano.

«Per niente.»

Laura si girò e guardò in alto. Uscendo dalla stazione della metropolitana si era trovata il parco davanti e non si era resa conto di essere praticamente ai piedi di una delle gigantesche torri coniche, decorate con animali e piante di pietra, che occupano quasi tutte le cartoline di Barcellona. Attraversò la strada per essere un po' più distante e vedere la basilica da un'angolazione migliore. Il ciclista che per poco non la investì la salutò con un cortesissimo «Turisti di merda!», ma in quel momento lei non si rendeva conto di niente che non fosse quell'edificio. Ora capiva come mai era uno dei simboli della città.

Quell'opera di Gaudí non assomigliava

minimamente a nessun'altra chiesa che aveva visto in vita sua. Innanzitutto non c'era quasi neanche una linea retta. Le colonne assomigliavano a tronchi d'albero o a ossa, mentre le punte delle torri erano grappoli d'uva e fiori. Le pareti erano ricoperte da figure umane, animali e vegetali realizzate da veri artisti della muratura. Erano facciate talmente particolareggiate che pur avendole davanti agli occhi risultava comunque impossibile coglierne ogni dettaglio.

Laura e Julián si fecero largo tra turisti, guide poliglotte e venditori ambulanti. Lui fu costretto a tirarla per un braccio un paio di volte affinché non andasse a sbattere contro qualcuno che le stava andando incontro tenendo come lei gli occhi rivolti verso l'alto.

«Manca molto per concluderla?» chiese Laura indicando le gru.

«In teoria dovrebbero finire nel 2026, per il centenario della morte di Gaudí, ma alla maggior parte di noi che abitiamo a Barcellona e che vediamo quelle gru da decenni risulta difficile credere che prima o poi la termineranno davvero. Esistono persino delle barzellette in proposito.»

Laura si aggrappò al braccio di Julián in modo da non dover più stare attenta a dove metteva i piedi. Se anche fosse rimasta a contemplare ciascuna delle pareti per ore, non le sarebbe comunque bastato per cogliere tutti i dettagli di quell'edificio. Di tanto in tanto lanciava un'occhiata al suo cicerone e notava che anche lui teneva lo sguardo alzato verso un qualche punto della basilica. Sembrava che l'obiettivo di Gaudí fosse fare in modo che nessuno potesse passare davanti alla sua chiesa senza ammirarla, neppure chi la vedeva da tutta la vita.

Dopo un giro completo dell'isolato, durante il quale Laura scattò decine di foto per sua zia Susana, cominciarono ad allontanarsi dalla basilica. Passo dopo passo le strade riacquisirono l'aspetto di un quartiere qualunque in una qualunque domenica mattina, con gente che portava a spasso il cane, esercizi commerciali chiusi e nessun turista in giro ad affollare i negozi di souvenir.

Entrarono in un bar che si chiamava Panxot, dove si aveva l'impressione che negli ultimi cinquant'anni non fosse cambiata nemmeno una sedia. Grazie alle foto che aveva visto su Facebook, Laura riconobbe l'uomo dai capelli diradati seduto a uno dei tavoli in fondo al locale.

«Grazie mille per aver accettato di parlare con noi, signor Alcántara.»

«È un piacere aiutare una collega.»

«Be', a dire il vero non sono più un'agente di polizia. Ora conduco indagini per conto mio.»

«Non si smette mai di essere agenti di polizia.»

Laura sorrise e annuì in silenzio. Era la stessa identica frase che le aveva detto il commissario Lamuedra a Puerto Deseado tre anni prima.

Gregorio Alcántara indicò una cartellina alta diversi centimetri appoggiata sul tavolo.

«Vi ho portato una copia del fascicolo del caso Codina.»

«La ringrazio» disse lei sfogliando il contenuto della cartellina. «Che ne dice di raccontarci quello che non c'è qua dentro?»

«Suppongo che si riferisca alle mie impressioni.»

«Esatto.»

«Un omicidio in un paese benestante di una delle regioni più ricche della Spagna. Poca delinquenza. La vittima era un uomo giovane e senza precedenti. Di buona famiglia. Gli mancava il portafoglio, ma non sono mai stato del tutto convinto che il motivo del delitto fosse quello.»

«Come mai?» intervenne Julián.

Alcántara si appoggiò allo schienale e sbuffò dal naso. Prima di parlare bevve un sorso da una bottiglia quasi vuota di birra analcolica.

«A Torroella non veniva compiuto un delitto da cinque anni e ne sono passati altri sei prima che avvenisse il successivo. Uccidere qualcuno per rubargli il portafoglio è un evento estremamente inusuale: si corre un rischio troppo alto per una ricompensa che non ne vale la pena.

Senza contare che in una delle tasche dei pantaloni di Codina abbiamo trovato ventimila pesetas.»

Laura non aveva idea se si trattasse di tanti o pochi soldi.

«Più o meno centoventi euro» le spiegò Alcántara. «Considerata l'inflazione attuale, equivarrebbero grosso modo a duecentocinquanta euro. Vi sembra normale che un ladro uccida qualcuno per denaro e poi non gli controlli le tasche?»

«Allora il vero motivo qual era, secondo lei?»

«Non lo so. All'inizio pensavamo che potesse essere una questione di droga. All'epoca in Spagna imperversava l'eroina. Però il rapporto tossicologico era più pulito della cucina di mia madre. E anche l'esame dei capelli non ha rilevato tracce di stupefacenti. Erano lunghi tredici centimetri. Insomma, nell'ultimo anno quell'uomo non aveva ingerito nemmeno una caramella per la gola.»

Laura notò che quella spiegazione aveva lasciato Julián un po' stranito.

«I capelli crescono più o meno di un centimetro al mese» gli spiegò.

«A mio avviso l'ipotesi più calzante è che si sia trattato di un regolamento di conti» concluse il poliziotto in pensione. «Ma non sono riuscito a trovare alcun movente. Bisogna aver fatto qualcosa di parecchio brutto per fare una fine del genere.»

Laura pensò a Meritxell Puigbaró.

«Che mi dice dell'anello?»

«Il muso di un lupo con le fauci aperte era il simbolo di appartenenza a una società segreta di alunni della scuola Santa María de los Desamparados. Un gruppo di ragazzi che si ritrovavano per bere. Non ci ho mai dato troppo peso. Dopotutto Codina aveva finito la scuola da ormai quattordici anni quando è stato ucciso.»

Laura e Julián si guardarono.

«Le dice qualcosa il nome Fernando Cucurell?»

«No. È il nome del cadavere di cui mi avete parlato? Quello che potrebbe essere collegato all'omicidio di

Codina?»

«È un po' più complesso di così» spiegò Laura. «Come ben sa, Codina è morto quattordici anni dopo aver concluso gli studi secondari alla Santa María de los Desamparados. Circa due anni dopo, tre uomini che avevano più o meno la sua stessa età sono stati uccisi a El Chaltén, una località della Patagonia argentina. Tutti e tre avevano all'anulare quell'anello con il muso di lupo.»

Alcántara sgranò gli occhi.

«Inoltre uno dei tre cadaveri è stato ritrovato in un albergo che si chiama Hotel Montgrí, che apparteneva a un uomo originario di Torroella di cui praticamente si sono perse le tracce a partire dal 1991, cioè all'incirca il periodo in cui sono morte quelle tre persone. È lui Fernando Cucurell.»

«Mio zio, tra l'altro.»

«Pensa te.»

«Nel corso delle sue indagini ha per caso avuto modo di parlare con qualcuno che faceva parte della Confraternita dei Lupi nello stesso periodo di Codina?» domandò Laura.

«Sì. Trova le trascrizioni qua dentro. Ma nessuno si chiamava Cucurell» rispose Alcántara sfogliando le pagine del fascicolo. «Eccoli: Gerard Martí, Arnau Junqué e Mario Santiago.»

Laura si sforzò di non guardare Julián e intanto disse con naturalezza: «I tre uomini dispersi sui Pirenei».

«Vedo che è ben informata. Pensa che possa esserci un collegamento fra i tre cadaveri ritrovati in Patagonia e la loro scomparsa?»

«Dei tre cadaveri ritrovati in Patagonia soltanto uno aveva con sé un documento: Juan Gómez» spiegò Laura appoggiando sul tavolo una fotocopia del passaporto. «Il secondo cognome è illeggibile. Essendo un nome estremamente comune, non siamo riusciti a trovare niente su Internet.»

«Vediamo se posso fare qualcosa» disse Alcántara prima di alzarsi in piedi e uscire dal bar con in mano la fotocopia del passaporto.

Laura lo vide dalla vetrina mentre si avvicinava il telefono all'orecchio.

«Secondo te perché sembra così disponibile ad aiutarci?» le chiese Julián.

«Perché ha bisogno di un osso.»

Laura conosceva bene l'espressione che aveva assunto Alcántara mentre parlava loro del caso. I suoi occhi si erano illuminati e il suo corpo si era visibilmente teso, come un cane annoiato che è felice di ricevere un osso dopo tanto tempo.

All'interno della categoria dei poliziotti in pensione, a viversi peggio quella nuova fase della vita erano quelli che si erano occupati di casi di omicidio. La tua esistenza diventava improvvisamente superflua: fino a ieri ti chiedevi chi fosse stato a sparare a bruciapelo e oggi invece ti chiedi che programma guardare in televisione.

Pur non essendo ancora arrivata alla pensione, Laura conosceva bene quella sensazione di vuoto. Anche lei aveva perso interesse per qualunque cosa. E i delitti del ghiacciaio erano stati l'osso che l'aveva rimessa in moto.

Alcántara tornò al tavolo.

«Il numero di passaporto corrisponde a quello di Jacinta Velázquez Mellado, nata a Siviglia nel 1943. Me lo ha appena confermato un ex collega.»

«Il cadavere aveva un passaporto falso?»

«Così pare.»

Laura strinse i denti per dissimulare la rabbia che le provocava il fatto di essere venuta a conoscenza di quell'informazione in quel modo. Di sicuro i suoi ex colleghi della polizia di Santa Cruz lo sapevano da giorni. In fondo per constatare ciò che Alcántara aveva appena scoperto bastava che un commissario facesse una telefonata all'ambasciata spagnola a Buenos Aires.

Fece un respiro profondo per scacciare quei pensieri.

«Ora sì che si fa strada la possibilità che i tre membri della confraternita scomparsi sui Prepirenei coincidano con i morti di El Chaltén» disse. «Pensa di poterci procurare le schede di Martí, Junqué e Santiago? Vorrei confrontare le impronte digitali.»

«Sono qua dentro» rispose Alcántara aprendo la cartellina del fascicolo verso le ultime pagine. «All'epoca nella mia divisione avevamo l'abitudine di prendere le impronte a tutte le persone che interrogavamo. Penso che oggi sarebbe illegale. Comunque dubito che serviranno a molto. Tra la scarsa qualità delle fotocopie e lo stato in cui devono essere quei tre cadaveri, temo che sarà difficile capire se si tratti delle stesse persone.»

«Non creda» rispose Laura sfogliando rapidissima le fotografie nella galleria del suo telefono. «I cadaveri ritrovati nel ghiacciaio si sono conservati talmente bene che siamo riusciti a ricavare delle impronte digitali nitide quanto quelle di una persona viva. Guardi, eccone alcune.»

Quindi mostrò ad Alcántara alcune foto che aveva scattato lei stessa nell'obitorio di Río Gallegos un anno e mezzo prima, quando aveva guidato passo per passo il criminalista che stava prendendo le impronte. Nel frattempo le metteva a confronto con le impronte nel fascicolo dell'ex poliziotto.

«I solchi sui polpastrelli coincidono» concluse. «I due cadaveri del ghiacciaio sono Gerard Martí e Mario Santiago. Ed è molto probabile che quello dell'Hotel Montgrí sia Arnau Junqué. Non appena avranno reidratato il corpo non sarà difficile verificarlo.»

«Quei tre non si erano persi in Catalogna» riepilogò Alcántara.

«No. Hanno detto alle famiglie che sarebbero andati sui Pirenei in modo da giustificare un'assenza prolungata. Quando è stata denunciata la loro scomparsa, le ricerche si sono svolte unicamente in Spagna. La polizia non li ha mai cercati all'estero.»

«Non ce n'era motivo» commentò Alcántara.

«Se quei tre hanno lasciato la Spagna utilizzando dei nomi falsi, significa che non volevano che si sapesse dove stavano andando. Ci tenevano talmente tanto ad avere un alibi che sono andati all'ufficio informazioni del parco a chiedere informazioni sulle escursioni. Poi però, anziché addentrarsi nel bosco, hanno lasciato il paese per raggiungere la Patagonia con documenti falsi.»

«Ha qualche teoria?» chiese l'ex poliziotto.

«Nell'inverno del 1989, cioè quando qui in Europa era estate, Fernando Cucurell è tornato in Spagna e vi ha trascorso due mesi. In quel periodo Pep Codina è stato ucciso con una coltellata nel centro di Torroella de Montgrí. Due anni dopo i tre Lupi sono andati in Argentina con dei passaporti falsi.»

«Per uccidere Fernando Cucurell.»

«"Il lupo deve uccidere per vivere"» intervenne Julián ripetendo la traduzione della frase latina incisa all'interno degli anelli.

«Ma qualcosa dev'essere andato storto, perché alla fine a morire sono stati loro» ipotizzò Alcántara. «Forse Cucurell li ha scoperti e gli ha teso un'imboscata.»

«Ma se lo scopo del viaggio era vendicare il loro amico, che senso aveva che due di loro andassero a fare un'escursione su un ghiacciaio?»

Rimasero in silenzio per un po'. Alcántara continuava a far oscillare tra le mani la bottiglia vuota di birra analcolica.

«Bisogna comunicarlo alle autorità» disse.

In quel momento il suo telefono cominciò a squillare. Dopo aver guardato lo schermo, l'ex agente si scusò.

«È mia figlia, devo rispondere» disse, e uscì dal locale per parlare.

Laura rimase a fissare le schede dei tre uomini sul tavolo.

«Due giorni fa qualcuno era già a conoscenza del fatto che i morti di El Chaltén coincidono con i dispersi del Cadí» disse Julián. «Altrimenti non mi avrebbero minacciato. Chiunque sia, sa perfettamente quello che stiamo facendo.»

Prima che Laura potesse rispondergli, Alcántara

rientrò nel bar.

«Scusatemi. Non mi chiamava da qualche giorno ed ero preoccupato» spiegò indicando il telefono.

Laura liquidò quelle scuse con un gesto della mano.

«Stavo dicendo che abbiamo l'obbligo di avvisare le autorità quanto prima» insisté lui. «Se ciò che afferma viene confermato e si dimostra che le impronte appartengono davvero a quei dispersi, potremo finalmente dare una risposta a tre famiglie che stanno aspettando da trent'anni.»

Laura annuì in silenzio. Anche Julián, accanto a lei, non aprì bocca. Qualunque cosa avessero detto, Alcántara aveva comunque già deciso di avvertire le autorità. La frittata era fatta e ormai non si poteva tornare indietro: il caso sarebbe passato dallo status di indagine amatoriale a quello di questione diplomatica, e a quel punto Laura non avrebbe avuto più nessuna voce in capitolo.

Forse però, si disse, era meglio così. Forse era giunto il momento di tornare a fare quello che diceva la legge e non quello che lei considerava giusto.

CAPITOLO 53
Molti anni prima

Dopo il bacio con Manel, il ragazzo concentra tutti i suoi sforzi nell'evitare i Lupi. Prima salta diversi giorni di scuola adducendo come scusa un mal di stomaco. Quando poi i suoi genitori lo costringono a tornare, fa in modo di arrivare un'ora prima e si nasconde ad aspettare nei pressi dell'aula. Non vuole incontrarli, ma nemmeno ricorrere alla protezione di Manel. Conta i giorni che mancano alla fine della scuola per poter passare tutta l'estate senza mettere più piede in quel posto.

Un pomeriggio il professor Calvet gli chiede di aiutarlo ad addobbare il cortile per la cerimonia di fine anno scolastico. Non ne ha la minima voglia, ma alla Santa María de los Desamparados quando un insegnante ti chiede qualcosa l'opzione del rifiuto non può essere nemmeno contemplata.

Dopo un paio d'ore passate ad appendere ghirlande gomito a gomito, Calvet annuncia di dover andare via. Perciò gli chiede, o meglio gli impone, di finire da solo quel poco che rimane da fare.

Un'ora dopo il ragazzo ha portato a termine il compito. Si avvia verso la classe per riprendere cartella e giubbotto, ma prima ancora di entrare nell'aula nota sul pavimento, a un passo dalla porta, una fotografia. È scattata da lontano, ma si vedono comunque chiaramente lui e Manel che si baciano.

«Figli di puttana» mormora guardandosi intorno.

Il corridoio è deserto. Il ragazzo si accorge che qualche metro più in là c'è un'altra fotografia identica. La raccoglie e ne vede un'altra ancora più avanti. I Lupi hanno disseminato quell'immagine per tutta la scuola.

Per raccogliere le varie copie si allontana sempre più dall'aula. Sa bene che si tratta di una trappola, ma non ha scelta. Se non trova il modo di distruggere tutte quelle fotografie, lui e Manel saranno espulsi dalla Santa María de los Desamparados.

La quinta foto si trova davanti alla porta della biblioteca. Mentre si china a raccoglierla, una scarpa lo colpisce alle costole. Vorrebbe urlare, ma quel calcio gli ha tolto il fiato. Si sente trascinare per le gambe all'interno della biblioteca. Riesce a lanciare un unico grido. Prima che possa emettere il secondo, un colpo alla testa fa spegnere anche la scarsa luce che filtra dalle finestre.

In stato di semi-incoscienza, il ragazzo si sente sollevare e portare via da più persone. Gli scaffali pieni di libri lasciano il posto a pareti di pietre umide e aria fredda. Viene gettato a terra come un sacco di patate.

Quando riapre gli occhi, si vede circondato da figure con i volti coperti da cappucci neri che come unica apertura hanno due minuscole fessure all'altezza degli occhi. Sa bene che si tratta dei Lupi, ma c'è qualcosa che non quadra: non sono quattro, bensì cinque.

Sente un singhiozzo in lontananza, però non riesce a capire da dove arrivi.

«Quaggiù il tuo principe azzurro non può salvarti» dice uno di loro.

Il ragazzo riconosce la sua voce: è Pep Codina. Ed è sicuro che gli altri tre siano Arnau Junqué, Gerard Martí e Mario Santiago, i suoi scagnozzi. Invece non ha idea di chi possa essere l'ultimo.

«Lasciatemi in pace!»

«Troppo tardi» risponde Codina prima di fare un cenno agli altri con la mano. Tre di loro si affrettano a legare ogni estremità del corpo del ragazzo ad altrettante catene fissate ad alcune scaffalature in ferro stracolme di libri.

«Lasciatelo in pace!» grida il quinto, che è rimasto immobile a guardare.

Gli altri quattro si voltano verso il dissidente e ridono. Pep Codina gli mette una mano sulla spalla.

«Stai calmo. Se non sei ancora pronto per la prova, vorrà dire che la farai un'altra volta.»

«Lasciatelo in pace! Siete pazzi!» risponde l'incappucciato mettendosi a correre verso le scale.

Riesce a fare solo qualche passo prima che lo prendano. Il ragazzo guarda i Lupi che legano uno dei loro compagni proprio come hanno appena fatto con lui.

«Non vuoi entrare nella cerchia intima? Non vuoi smetterla di indossare quella cianfrusaglia e diventare un vero Lupo?» gli chiede Codina mostrandogli il suo anello al dito.

Quindi fa un cenno a uno degli altri tre, che solleva leggermente il cappuccio di quello che ha protestato e gli infila uno straccio in bocca. Il ragazzo non riesce a vederlo in faccia, ma sa perfettamente chi è. Lo ha riconosciuto dalla voce.

Dopo essere stato imbavagliato, il quinto incappucciato viene legato in un angolo della cantina. A quel punto il ragazzo si accorge che c'è anche un'altra persona, sempre incappucciata e legata. Ha la testa china, gli occhi fissi sul pavimento. Il singhiozzo che ha sentito proveniva da lì.

Codina si avvicina ai due incappucciati legati e li afferra per la mascella, costringendoli a guardare dritto davanti a loro.

«Se smettete di guardare, farete la sua stessa fine.»

Poi cammina verso il ragazzo, che prova più paura di quanta ne abbia mai avuta in tutta la sua vita. Deve stringere le gambe e fare uno sforzo enorme per non pisciarsi addosso.

«Mi dispiace, Cucurell» gli dice Codina. «Ci sono anche dei Lupi deboli. Dov'eravamo rimasti? Ah sì, stavamo dicendo che a quanto pare sei frocio.»

«No» risponde il ragazzo.

«No?» Codina sventola in aria una copia della fotografia. «E questa allora?»

«Quella... è stato un errore» balbetta il ragazzo. «Volevo provare, però non mi è piaciuto.»

«Volevi provare... Non c'è niente di male. In fondo tutti hanno il diritto di provare, no?»

Il ragazzo non sa cosa rispondere. Codina lo afferra per la mascella come ha appena fatto con i due Lupi dissidenti, causandogli un dolore che parte dalle orecchie e si impossessa di tutto il cranio.

«Sì o no, Cucurell?»

Il ragazzo annuisce. Pep Codina lo lascia e si volta verso i suoi compagni.

«Vedete? Lo ha detto lui. Tutti hanno il diritto di provare» dice sbottonandosi i pantaloni. «Perciò proviamo.»

PARTE IV

LUPUS OCCIDERE VIVENDO DEBET

CAPITOLO 54
Laura

«Dobbiamo tornare alla Santa María de los Desamparados» disse Laura non appena misero piede in casa di Julián dopo l'incontro con Gregorio Alcántara.
«A che scopo? Ormai è tutto risolto. Mio zio ha ucciso quei tre a El Chaltén. Non può esserci altra spiegazione.»
«Primo, può sempre esserci un'altra spiegazione. E secondo, se tuo zio ha ucciso quelle tre persone avrà avuto dei motivi. Dobbiamo tornare nel luogo in cui è cominciato tutto. Per esempio non sappiamo se Fernando e i Lupi fossero nella stessa classe. Inoltre, se riuscissimo a trovare il manifesto della confraternita di cui ci ha parlato Jaume Serra, potremmo capire...»
«Ormai non possiamo fare più niente. A quest'ora Alcántara avrà già parlato con la polizia, come ci ha detto.»
«E cosa credi che succederà? Che i diplomatici spagnoli e argentini si metteranno d'accordo in tempi brevi e le forze di polizia di entrambi i paesi dedicheranno una marea di risorse per collaborare alla risoluzione di un caso risalente a trent'anni fa? Una cosa del genere capita solo nei film.»
«Non mi interessa cosa succederà. Io ho già ottenuto abbastanza risposte» disse Julián prendendo da un cassetto del mobile della sala da pranzo il biglietto che accompagnava la foto dei suoi genitori. «Qualcuno ci sta seguendo. Tornare a Torroella a fare domande sarebbe pericoloso.»
«Chi ha detto che faremo domande?»
«Tu.»

«No, io ho solo detto che dobbiamo tornare là.»

Convincerlo non fu semplice, ma alle sei del pomeriggio Julián stava posteggiando la BMW di Consuelo nel parcheggio del supermercato che si trovava all'ingresso di Torroella de Montgrí.

Durante il viaggio, Laura si era voltata più volte a guardare indietro. In quell'autostrada così piena di veicoli era impossibile avere la certezza che non li stesse seguendo nessuno, eppure mentre si immettevano sulla strada secondaria si era sentita convinta di non avere nessuno alle calcagna.

«C'è più gente rispetto a quando siamo venuti l'altra volta» commentò mentre camminavano lungo i vicoli di Torroella.

«Perché è domenica. Nel fine settimana questi paesini si riempiono persino d'inverno. Siamo vicini alla Costa Brava, uno dei posti più turistici di tutta la Spagna.»

Passarono di nuovo dalla piazza dove era morto Pep Codina. Quando arrivarono alla Santa María de los Desamparados, Laura si mise a sedere su una panchina in pietra che si trovava davanti alla facciata. Sulla scalinata d'ingresso un gruppo di adolescenti si cimentava in una coreografia davanti a un telefono appoggiato su un treppiede.

«C'è troppa gente» disse Julián.

«Per entrare dalla porta principale sì. Ma tanto come puoi vedere è chiusa» rispose Laura.

Poi gli fece cenno di seguirla e lasciò la piazza. Dopo aver svoltato due angoli facendo mezzo giro dell'isolato, si ritrovò in una strada di casette basse che costeggiava il retro della scuola. Al di là di una recinzione alta un paio di metri riconobbe il cortile su cui si affacciava l'ufficio del professor Castells. Vicino agli ulivi c'era un parcheggio ricoperto di ghiaia che ospitava tre posti auto. Era vuoto.

Si guardò intorno. Dopo essersi accertata che la strada fosse deserta, scavalcò l'inferriata e si calò nel cortile.

«Che cosa stai facendo?»

«Dai, smettila di parlare e seguimi.»

Julián sbuffò e si arrampicò sulle sbarre di ferro. Quando ormai era arrivato in cima, con una gamba da una parte e una dall'altra, Laura sentì delle voci. Erano due donne che chiacchieravano nel vicolo. Julián si buttò di testa, precipitandole accanto.

«Ti hanno visto?»

«Credo di no. Sto bene, grazie.»

Julián fece per rialzarsi, ma Laura lo bloccò assestandogli una manata. L'inferriata era inserita dentro un muro in pietra alto circa un metro: se fossero rimasti a terra, dalla strada non avrebbero potuto vederli.

Laura trattenne il respiro. Se quelle due donne si fossero accorte di Julián, molto probabilmente avrebbero chiamato la polizia. Sentì che passando vicino a loro rallentavano. Non riusciva a capire che cosa dicessero perché parlavano in catalano, però non sembravano allarmate. Chiacchieravano e ridevano come se niente fosse.

Dopo qualche minuto le due voci si allontanarono. Quando furono scomparse del tutto, Laura infilò la testa tra le sbarre per sbirciare in strada. Non c'era nessuno. Fece cenno a Julián di seguirla e attraversò il cortile fino a raggiungere un portico che cominciava a rivestirsi di germogli di vite.

La porta era chiusa a chiave: per entrare avrebbero dovuto rompere una finestra. Optarono per quella di un'aula che dalla strada non si vedeva perché era coperta da un grosso ulivo. Laura si era appoggiata a Julián e si apprestava a dare un calcio al vetro.

«Aspetta» le disse lui.

«Che c'è?»

«Fra un minuto esatto saranno le sei in punto.»

Sessanta secondi dopo Laura sentì il primo rintocco della campana della chiesa del paese. Julián fece coincidere il suo calcio con il terzo rintocco, in modo da camuffare il rumore del vetro infranto.

«In fondo non sei così stupido come sembri» gli

disse lei infilando una mano tra le guglie di vetro per sbloccare la finestra dall'interno.

Nel chiostro medievale regnava la quiete. Tra le spesse mura in pietra dell'antico convento i rumori della città non riuscivano a penetrare. Benché il sole del tardo pomeriggio lo illuminasse per metà, a Laura quel luogo sembrava tetro. Le foglie degli alberi rimanevano immobili. La fontana al centro era spenta.

Senza perdere tempo, si diresse verso la biblioteca.

«Prima cerchiamo il libro di cui ci ha parlato Jaume Serra e poi scendiamo nello scantinato.»

«Da dove cominciamo?» chiese Julián indicando in maniera enfatica le migliaia di tomi illuminati dalla luce multicolore che filtrava attraverso i santi e i Cristi crocifissi delle vetrate.

Stando ai suoi scarsi rudimenti in fatto di biblioteche, Laura sapeva che i libri venivano classificati per argomento, e che all'interno di ogni argomento erano poi disposti in ordine alfabetico per autore. Dato che non aveva idea di quale fosse la classificazione di quel posto, avrebbero dovuto esaminare gli scaffali a uno a uno.

«Dividiamoci, così facciamo prima» suggerì a Julián.

Quindi si diresse verso una delle pareti laterali, indicandogli di partire dall'altro lato della stanza. Si allontanò lungo un corridoio strapieno di volumi degni di un antiquario. I suoi occhi passavano in rassegna i cognomi degli autori e le etichette attaccate sul bordo degli scaffali. Non ci mise molto a vederne una con la lettera B. Scorse tutti i libri passando il dito sui dorsi delle copertine, da Pere Babot a Cipriano Buxadé, ma non trovò nessun Narciso Ballabriga.

«Laura!» sentì che la chiamava Julián dalla parte opposta della biblioteca.

Si precipitò da lui e lo trovò con un libro in mano.

«*Sulle abitudini riproduttive del lupo iberico*, di Narciso Ballabriga.»

Le dita di Julián sfogliarono le pagine fino alla sessantaseiesima, cioè dove Jaume Serra aveva detto di aver attaccato il manifesto della Confraternita dei Lupi.

Quella pagina però era squarciata: qualcuno aveva strappato una striscia di alcuni centimetri nella parte in alto. Sul pezzo rimanente era stata disegnata, con un tratto spesso di colore rosso, una freccia che puntava a destra. Appena sotto, con lo stesso inchiostro, c'era una frase scritta a mano.

Lupus occidere vivendo debet.

«E questo che significa?»

«Qualcuno ha strappato il manifesto di Jaume Serra» concluse lei.

«Perché?»

«Forse perché non era d'accordo con lui e voleva cambiare le regole.»

«E la freccia?» chiese Julián mentre sfogliava il resto delle pagine nel senso indicato dal disegno. «Da qui in poi si parla soltanto della biologia del lupo iberico. Nella direzione in cui punta la freccia non c'è niente.»

Quelle parole di Julián accesero una lampadina nella mente di Laura.

«Dove si trovava il libro?»

Julián indicò uno spazio libero nel ripiano più basso, a pochi centimetri dalle pietre grigie del pavimento. Laura si chinò. Tenendo aperto il libro di Ballabriga la freccia indicava a destra, invece lasciandolo sullo scaffale nella posizione in cui lo aveva trovato Julián puntava verso il centro della massiccia scaffalatura. Osservò lo spazio libero che lo ospitava e vide che dietro c'era un altro volume molto più vecchio. Le lettere dorate sul dorso erano illeggibili, ma nella parte sottostante riuscì a scorgere la filigrana del muso di un lupo.

Lo tirò fuori dal suo nascondiglio. L'unica scritta sulla copertina era il titolo, anch'esso in caratteri dorati.

«*Lupus occidere vivendo debet*» lesse a voce alta. «Ecco da dove viene l'incisione all'interno degli anelli.»

CAPITOLO 55
Laura

Malgrado il titolo in latino, il libro era scritto in spagnolo. Aprendo la sfarzosa copertina in pelle con filigrana dorata, Laura trovò un testo dattiloscritto privo di informazioni editoriali. L'unico dato oltre al titolo indicava che era stato scritto nel 1921. Non figurava nemmeno il nome dell'autore.

Una rapida occhiata le permise di constatare che si trattava di un testo di centoventisei pagine molto fitte, diviso in due parti. Cominciò a leggere ad alta voce la prefazione, intitolata "Manifesto".

L'uomo di oggi è come il cane: una versione debole e ammansita del lupo che fu. Ma non dobbiamo dimenticare che anche nei cani più docili tendono ad affiorare istinti da lupo di altri tempi. Il lupo non obbedisce a nessuno. Il lupo esplora, fornica e quando vuole uccide, senza chiedere il permesso a nessun padrone. E l'uomo, per sua natura, non è da meno. Ma secoli di società, con nobili e plebei, feudatari e contadini, dirigenti e operai, ci hanno resi docili, deboli e pusillanimi come cani. Se un cane uccide un altro cane, i loro padroni discutono, si scusano e possono persino arrivare ad abbattere l'animale che per un attimo ha seguito il proprio istinto. Allo stesso modo, se un uomo uccide un altro uomo, il suo padrone – vale a dire la società moderna – lo condanna alla prigione o alla morte. Se invece in un bosco un lupo uccide un altro lupo, il mondo non batte ciglio. È giunto il momento di riprendere il controllo della nostra vita e della nostra natura. Il momento di spezzare le catene che ci costringono a rinunciare all'istinto. Il momento di esplorare, fornicare e uccidere quando vogliamo. È giunto il momento di eliminare il cane e fare largo al lupo.

«Ecco il manifesto originale dei Lupi di cui ci ha parlato Meritxell Puigbaró» concluse Laura.
«Mi pare che non coincida affatto con la visione *happy flower* che tutti ci hanno dato della confraternita.»
«Tutti tranne lei. Leggendolo per intero magari troveremo qualche risposta. Visto che era importante venire qui? Ora andiamo a rovistare nell'archivio del signor "otto giorni".»
Laura infilò il libro nello zaino e oltrepassò la scrivania del bibliotecario. Aprì con cautela la vecchia porta di legno e scese a uno a uno gli scalini in granito, addentrandosi nell'oscurità. Quando arrivò in fondo, trovò un'inferriata aperta incassata nella pietra umida, che conferiva a quel luogo l'aspetto di una prigione sotterranea.
Tastò la parete fredda fino a trovare un interruttore. Una luce fioca e giallastra illuminò un ampio scantinato con il soffitto talmente basso che le spesse travi di legno si trovavano appena pochi centimetri sopra la sua testa. Julián, che era più alto di lei, doveva camminare ingobbito.
A quanto pareva, gli archivi della Santa María de los Desamparados condividevano lo spazio con vecchi arnesi e manuali scolastici dismessi.
«Il bibliotecario ci ha detto la verità. Qui dentro c'è un bel caos» osservò Laura.
Si fece strada tra schedari in metallo di diverse dimensioni che occupavano gran parte dello spazio. Molti di essi non avevano nessuna etichetta sui cassetti. Provò ad aprirne alcuni a caso e scoprì che più della metà erano chiusi a chiave.
«Cominciamo da quelli aperti, è più semplice. In che periodo ha frequentato la scuola tuo zio?»
«Era nato nel 1956, perciò avrebbe dovuto iniziare

nel 1968. All'epoca la primaria durava solo sei anni.»

Il primo cassetto in cui Laura rovistò era pieno di programmi didattici degli anni Quaranta. Se avesse voluto sapere come si insegnava Matematica durante la Seconda guerra mondiale, lì dentro avrebbe trovato la risposta. I quattro cassetti successivi si rivelarono altrettanto irrilevanti, e a giudicare dagli sbuffi di Julián nemmeno lui sembrava avere molta fortuna.

Il sesto cassetto svelò invece qualcosa di più incoraggiante. Conteneva centinaia di fascicoli catalogati per anno, dal 1921 al 1971. Laura continuò a cercare finché non trovò quello del 1968, ma dentro c'era giusto qualche foglio con gli orari delle varie materie per ciascuna classe.

«Potrebbe volerci una vita» disse a Julián. «E con i cassetti chiusi a chiave sarà ancora peg...»

Venne interrotta da un rumore alle sue spalle, che per la paura le fece cadere a terra la cartellina che aveva in mano.

Sentì dei passi che si allontanavano.

«Cos'è stato?» domandò Julián.

Laura corse verso le scale, ma si imbatté in un'inferriata che le impediva il passaggio. Il rumore che avevano appena sentito erano le sbarre che venivano chiuse di colpo. Guardando in alto riuscì a intravedere due piedi sui gradini e subito dopo la porta di legno che dava sulla biblioteca si richiuse. Non riuscì nemmeno a capire se le scarpe fossero da uomo o da donna.

Afferrò le sbarre e tentò di smuoverle, ma era come tirare il braccio di una statua.

«Ehi! Aprite!» gridò.

L'unica risposta fu l'eco delle sue stesse parole che rimbombava lungo le scale in pietra. Un attimo dopo lo scantinato rimase completamente al buio.

«Ci hanno chiusi dentro» disse a Julián ansimando. Prese il telefono di tasca, ma nell'angolo dello schermo era comparsa una croce rossa. «Non ho campo.»

«Nemmeno io.»

La serratura era priva di maniglia da entrambi i lati: poteva essere azionata soltanto con la chiave. Fecero di tutto per tentare di aprirla, dall'infilarci dentro un fil di ferro fino a scagliare uno schedario contro le sbarre, ma riuscirono a stento a toglierle un po' di polvere.

A ogni tentativo di aprire la porta, Laura era sicura che sarebbe sceso qualcuno per intimare loro di stare zitti o minacciarli. E invece nessuno varcò più la porta di legno. Li avevano lasciati chiusi lì dentro e basta.

«Se succede qualcosa ai miei genitori non me lo perdonerò mai» disse Julián con la voce arrochita per quanto aveva gridato.

«Non serve a nulla pensarci adesso.»

«Se ci hanno rinchiusi qua dentro è perché sanno che stiamo continuando le nostre indagini, Laura. Nel biglietto c'era scritto chiaramente. Se succede qualcosa ai miei genitori è colpa mia.»

Laura gli si avvicinò e gli accarezzò la nuca con una tenerezza che negli ultimi tempi aveva riservato soltanto ai cavalli.

«Tranquillo, andrà tutto bene» gli disse appoggiando la testa sulla sua spalla.

Con il passare delle ore la linea di luce che filtrava sotto la porta in cima alle scale si affievolì. Trascorsero lì tutta la notte. Ogni tanto urlavano e cercavano di aprire l'inferriata. Dormicchiarono a intervalli, pur non volendo, e quando non riuscirono più a resistere fecero la pipì in un vecchio vaso da fiori.

Nel tentativo di far passare il tempo più velocemente tornarono varie volte a cercare il registro degli alunni nel labirinto di schedari. Ma un po' per il nervosismo e un po' perché per metà erano chiusi a chiave, non riuscirono a trovare nulla di utile prima che le torce dei loro telefoni consumassero le batterie.

Quando finalmente sentirono dei rumori, si era ormai fatto giorno. Erano le otto in punto del mattino.

«Aiuto! Apriteci, per favore» gridò Julián. «Siamo nello scantinato.»

«Chi c'è lì?»

Laura riconobbe la voce profonda del bibliotecario, che parlava dall'altro lato della porta di legno senza aprirla.

«Signor Castañeda? Siamo Julián Cucurell e Laura Badía. Ci siamo conosciuti qui a scuola qualche giorno fa, si ricorda?»

Silenzio.

«Qualcuno ci ha rinchiusi qua sotto» aggiunse lei.

La porta di legno si aprì lentamente. Laura vide il corpo alto del bibliotecario stagliarsi contro la luce multicolore che filtrava attraverso le vetrate.

«Siamo qui da ieri pomeriggio. Per favore, ci apra» gli disse.

«Da ieri pomeriggio? Bugiardi! Di domenica la scuola è chiusa.»

«Siamo riusciti a entrare. Le giuro che avevamo un valido motivo. Abbiamo rotto la finestra di una delle aule. Se vuole può andare a controllare.»

«L'unico posto dove ho intenzione di andare è la stazione di polizia.»

«No, signor Castañeda, per favore. Non ci lasci qua dentro, stiamo impazzendo.»

La sagoma del bibliotecario scomparve dal rettangolo di luce e i suoi passi si allontanarono rapidamente, riecheggiando nella vasta biblioteca.

Passarono trenta minuti, che a Laura sembrarono ancora più lunghi della notte appena trascorsa. Quando sentì nuovamente dei passi, si rese conto che appartenevano a più di una persona. Poi udì delle voci bisbiglianti e la porta di legno si aprì di nuovo.

«Dovrete darmi delle spiegazioni molto convincenti per questa situazione.» La voce del professor Castells rimbombò lungo le scale in pietra.

«Signor preside!» gridò Julián. «Ci faccia uscire di qui, per favore.»

«Non ho intenzione di aprire quella porta finché non arriverà la polizia.»

La mente di Laura andava a mille all'ora. Dovevano uscire di lì al più presto, a qualunque costo.

Avanti, Laura, pensa, veloce, si disse.

Aprì un cassetto dove aveva intravisto degli articoli di cancelleria, afferrò una penna rossa come se fosse un pugnale e ne sbatté la punta contro il muro. Poi si appoggiò la biro decapitata all'altezza dell'inguine finché la macchia rossa sul tessuto dei pantaloni non raggiunse le dimensioni di una pallina da tennis.

«È un'emergenza!» gridò. «Sto sanguinando! Credo di avere un aborto spontaneo. Per favore, professore, non voglio perdere il mio bambino!»

«Laura ha bisogno di aiuto, signor preside» intervenne Julián. «Che colpa ha il bambino?»

Il rumore di suole di scarpe che colpivano i gradini in pietra si faceva sempre più forte. Come se si stesse avvicinando a un leone, Castells scese lentamente fino ad arrivare in fondo alle scale.

«Grazie, professore. Dio la benedica» disse Laura tenendosi le mani sul ventre.

Il preside le guardò la macchia scura all'altezza del pube, poi in tutta fretta estrasse di tasca una chiave e armeggiò con la serratura, senza però riuscire ad aprirla.

«Forse l'abbiamo danneggiata quando abbiamo cercato di aprire» spiegò Julián.

Castells sbuffò dal naso.

«Lasci fare a me, professore» disse il bibliotecario.

Ci mise cinque minuti ad aprire. Non appena furono liberi, Julián si mise a correre su per le scale.

«Aspetta, Julián! Dove vai?»

Ma lui non rispose né si fermò. Castells cominciò a strillare e il bibliotecario si piazzò davanti a Laura per chiederle se stava bene e impedirle l'accesso alle scale. Nonostante la stazza di quell'uomo, tuttavia, lei riuscì a spingerlo di lato e corse dietro a Julián.

L'ultima cosa che udì mentre saliva i gradini a due a due fu il professor Castells che pronunciava la parola "polizia".

CAPITOLO 56

Julián

«Che bastardi» dissi quando raggiungemmo la BMW dei miei genitori.

Aveva le ruote a terra, su tutte e quattro c'era un taglio di un paio di centimetri.

Aprii la portiera dell'auto e collegai il telefono al caricabatteria. Non appena lo accesi, mi resi conto che la situazione era ancora peggiore di quanto immaginassi.

«Merda!» esclamai.

«Che succede?» mi chiese Laura.

«Ventidue chiamate perse di mia madre.»

Digitai il suo numero. Uno, due, tre squilli.

«Dai, dai...» mormorai.

Ogni secondo pesava come un macigno, finché scattò la segreteria telefonica.

«Se è successo qualcosa ai miei genitori è soltanto colpa mia, cazzo.»

«Stai tranquillo, Julián.»

Era la cosa più assurda che potesse dirmi: come facevo a stare tranquillo? Chiamai di nuovo e di nuovo mi lacerai a ogni squillo. Quella seconda volta mia madre rispose al sesto.

«Julián, dov'eri?»

«Mamma! State bene?»

Lei mi rispose con la voce rigida che usava solo quando aveva la testa altrove.

«Stamani tuo padre si è offerto di accompagnarmi al lavoro con la sua macchina perché la mia ce l'avevi tu. Trecento metri dopo essere partiti si è accorto che i freni non funzionavano. Non siamo riusciti a fare niente e siamo finiti contro un albero per evitare di investire una donna.»

«Ma state bene?»

«No, Julián, non stiamo bene... Siamo spaventati. Il meccanico ci ha detto che qualcuno ha tagliato i freni di proposito.»

«Mi dispiace, mamma.»

«Non è colpa tua, tesoro...»

«Sì invece, è colpa mia.»

«Ma che dici?»

Avrei voluto raccontarle qualunque cosa tranne la verità, ma non potevo. Così le dissi delle minacce che avevo ricevuto sia a El Chaltén che a Barcellona.

«E nonostante questo hai continuato? Non ti è bastato far finire tuo padre all'ospedale tempestandolo di domande?»

«Non pensavo... Davvero, mamma, non credevo che facessero sul serio.»

«Be', ora puoi crederci.»

Avevo chiuso la chiamata solo da pochi secondi quando il mio telefono cominciò a emettere più *ping* della slot machine di un casinò. Mia madre mi stava inviando foto dell'incidente da ogni angolazione.

L'auto di mio padre schiantata contro un albero. Paraurti e cofano completamente distrutti. Airbag gonfi. Un liquido che gocciolava sotto il motore.

«Evidentemente qualcuno sta cercando di avvertirci» mi disse Laura.

«Avvertirci? Hanno tagliato i freni, Laura. I miei genitori avrebbero potuto morire.»

«Però c'è qualcosa che non quadra. Se i tuoi fossero morti, che garanzia avrebbe avuto la persona responsabile del fatto che noi due ci saremmo fermati? Sarebbe addirittura potuto succedere il contrario. A volte il dolore...»

«Non voglio più parlare di questa storia, Laura. Adesso basta. Non ho intenzione di continuare a mettere in pericolo la mia famiglia.»

«Un po' tardi, non ti pare?»

«No. Mi pare appena in tempo. I miei genitori sono ancora vivi.»

«E allora che facciamo? Abbandoniamo le indagini e così nessuno saprà mai perché tre persone sono state assassinate a quindicimila chilometri da casa loro?»

Decisi di attribuire la sua assoluta mancanza di empatia alla nottata che avevamo appena trascorso: doveva avere i nervi a fior di pelle tanto quanto me, se non di più. Era giunto il momento di interrompere quella conversazione, di non raccogliere il guanto di sfida. Ma non ci riuscii.

«Non erano certo degli stinchi di santo, perciò non provo alcuna compassione per loro» dissi. «E ora vedi di non uscirtene con la stronzata che chiunque merita giustizia, perché in realtà l'unica cosa che ti interessa è finire il tuo librino. Di tutto il resto non te ne frega niente.»

«Il mio librino? Fammi un favore, Julián: vaffanculo. Tu, l'albergo, tuo zio e compagnia bella.»

«Aspetta, Laura... Siamo entrambi molto stanchi» le dissi. «Non è il momento di discutere.»

Per tutta risposta lei si allontanò dall'auto a passo deciso.

«Riprendiamo la conversazione da persone adulte, che ne dici?»

«Quello che dico è che non c'è più niente di cui parlare» rispose lei senza voltarsi. Alcuni passanti si girarono a guardarci.

«Sul serio, Laura.»

Passai i dieci minuti successivi a inseguirla lungo le strade di Torroella, tentando di farle dire qualcosa. Dopo che eravamo passati dallo stesso angolo per la terza volta, si fermò e mi guardò con gli occhi in fiamme.

«Dove cazzo è la stazione dei treni in questo paese?»

CAPITOLO 57

Laura

Quando si rese conto che il treno aveva cominciato a muoversi, Laura appoggiò la testa al sedile. Stavano lasciando la stazione di Flaçà diretti a Barcellona. Era passata un'ora da quando l'autista del carroattrezzi che era andato a recuperare la BMW li aveva gentilmente accompagnati alla stazione.

Da quando si erano messi a sedere, Julián aveva sempre tenuto gli occhi incollati al finestrino dandole le spalle. Erano a pochi centimetri l'uno dall'altra e al contempo più lontani che mai.

Laura tirò fuori dallo zaino il libro che avevano trovato nella biblioteca della scuola. Vide che Julián si raddrizzava sul sedile e la guardava con la coda dell'occhio.

«Ti scoccia se mi metto a leggere questo?» gli chiese.

«Fai quello che ti pare.»

Ci mise appena un'ora a leggere le sessanta pagine che componevano la prima parte di *Lupus occidere vivendo debet*. Erano tutte un rifrittume del primo paragrafo, in cui si sosteneva che la vera natura dell'uomo consisteva nel fare ciò che gli pareva quando gli pareva. Sembrava che l'anonimo autore del volume avesse un'unica intenzione: incoraggiare il lettore ad agire senza pensare alle conseguenze. Stando a quella specie di bibbia di una qualche strana religione, l'uomo era il solo essere al mondo che soppesasse costantemente le ripercussioni delle proprie azioni. La superiorità accordatagli dal raziocinio, si argomentava in quelle pagine, non era altro che la prigione dei suoi istinti.

Laura trovò un minimo di logica in quel ragionamento. Era indubbio che l'essere umano vivesse come anestetizzato. E a distanza di cento anni da quando erano state redatte quelle pagine, la situazione si era ulteriormente aggravata. Il problema era che quella teoria, se presa alla lettera, autorizzava per esempio un uomo a violentare una donna. O a prendere a botte un vicino di casa.

Quel libro era spazzatura proselitistica, che ricorreva a ogni tipico trucchetto della propaganda spicciola. E Laura, come del resto qualunque altra persona latinoamericana con un minimo di spirito di osservazione, sapeva bene che la propaganda spicciola funziona eccome.

Arrivata alla fine della prima parte, rilesse più volte l'ultimo paragrafo.

Ecco perché da oggi nasce un uomo nuovo. Un uomo che non avrà paura di prendere in mano le redini della propria vita. Un uomo non più addomesticato come il cane, ma selvaggio come il lupo. E affinché tutti gli uomini del mondo disposti a vivere una vita sincera possano avere un luogo in cui incontrarsi con altri esseri della loro specie, viene fondato oggi, nella città di Barcellona, il Club del L.O.V.D.

Nella seconda parte del libro si descrivevano nei dettagli le regole del club: dai requisiti minimi per entrare a farne parte, cioè essere uomini maggiorenni, al protocollo da seguire per accedervi, che comprendeva l'ammazzare un cane. In tutto il volume non c'era un solo accenno né alla Santa María de los Desamparados né agli anelli. Laura lo richiuse sentendo un fuoco che le avvampava dentro. Quella merda aveva distrutto la vita a più di una persona.

«Questa roba non ha molto a che spartire con quello che ci ha raccontato Jaume Serra» disse a Julián.

Lui annuì in silenzio, come se la cosa non gli

interessasse affatto. Poi gli squillò il telefono e Laura lo vide rifiutare una chiamata di Anna, la sua ex.

«A quanto pare ha ragione Meritxell Puigbaró» continuò. «La Confraternita dei Lupi non è nata come una congregazione studentesca ma come un circolo di adulti a Barcellona. Poi con il tempo si è trasferita alla Santa María de los Desamparados e ha attraversato varie fasi. La confraternita che ci ha descritto Serra e quella che si allinea alla bestialità di queste pagine sembrano non avere quasi niente in comune.»

Julián la guardò per un istante, poi però tornò a concentrarsi sulla playlist che stava ascoltando con il telefono. Laura si ritrovò a pensare che un'ostrica si sarebbe chiusa con meno ermetismo di lui.

«Nemmeno l'anello era uguale» insisté. «Non c'era l'incisione in latino, che come abbiamo scoperto era il titolo di questo schifo qui.»

Notò che Julián sbuffava. Buon segno. Si stava irritando, ma se non altro almeno le avrebbe rivolto la parola.

«Serra te lo ha detto chiaramente, Laura: tutti i gruppi, di qualunque tipo, evolvono nel tempo. E per quanto riguarda quel libro, alcuni testi trovano i loro seguaci più fondamentalisti persino secoli dopo essere stati scritti. L'Inquisizione spagnola fu fondata quindici secoli dopo la nascita di Cristo. Al-Qaida è più giovane di noi.»

Laura schioccò le dita e lo indicò come se avesse appena detto qualcosa di illuminante, ma in realtà era soltanto un modo per mantenere vivo il suo interesse.

«Ora ho capito» gli disse. «Questo libro dimostra che la Confraternita dei Lupi affonda le sue radici in un circolo di fanatici. In seguito si è ammansita ed è diventata il gruppo innocente di cui parlano Jaume Serra e tanti altri, finché questo testo non è caduto nelle mani di Codina e compagnia bella, che lo hanno preso alla lettera dando alla congregazione una connotazione diversa. In queste pagine hanno trovato la legittimazione per poter commettere qualunque barbarità senza sentirsi di colpa. Ma la domanda è: come mai sono stati assassinati?»

Julián si strinse nelle spalle, eppure Laura sapeva bene che ormai il suo disinteresse era più finto che reale. Perciò decise di insistere.

«Perché qualcuno dovrebbe uccidere quattro tizi che appartengono a una specie di setta nella quale non vige alcun rispetto nei confronti del prossimo?»

«Per evitare che continuino a fare del male» rispose Julián mentre rifiutava un'altra telefonata di Anna.

«Esatto. Cosa ti ha detto di preciso tuo padre quando gli hai chiesto se suo fratello era stato membro della Confraternita dei Lupi?»

«Davvero, Laura, adesso smettila. Te lo chiedo per favore.»

Ora Julián si stava guardando le ginocchia, a occhi sgranati e quasi senza sbattere le palpebre. Laura conosceva quell'espressione, l'aveva vista sul viso di molti testimoni: è la faccia di chi finalmente riesce a capire qualcosa che ha avuto sotto il naso per molto tempo.

Non sapeva cosa avrebbe fatto Julián a partire da quel momento. Se glielo avesse chiesto, lui le avrebbe risposto di non insistere, le avrebbe detto che non voleva più saperne di tutta quella storia e che preferiva smettere di scavare nel passato. Ma forse, e solo forse, lei gli aveva appena piantato nella mente il seme che li avrebbe condotti alla verità.

CAPITOLO 58
Laura

Camminò di fianco a Julián dalla stazione di Sants fino a casa sua. Lì lui le disse che sarebbe andato a trovare i suoi genitori e lei improvvisò che ne avrebbe approfittato per continuare a visitare Barcellona. La parte più lunga della conversazione fu quando parlarono di quanto entrambi avessero voglia di farsi una doccia.

Dopo mezz'ora in bagno, Laura uscì in strada e si avviò nella direzione in cui le sembrava che si trovasse il centro. Con l'aiuto di una guida turistica che aveva comprato e di negozianti e passanti bendisposti, arrivò in plaza de Cataluña in meno di un'ora.

Si addentrò nei vicoli dei quartieri ai due lati delle Ramblas. Uno era il Raval e l'altro il Barrio Gótico, anche se dieci minuti dopo aver chiuso la guida già non ricordava più quale fosse l'uno e quale l'altro. Attraversò le Ramblas svariate volte, scoprendo antiche chiese, negozi centenari e musei ospitati in edifici che a loro volta avrebbero meritato di stare in un museo. Dopo aver percorso una stradina stretta piena di bar e studi di tatuaggi, sbucò attraverso un arco di pietra in un porto zeppo di barche a vela e yacht di lusso che scintillavano sotto il sole ormai basso del pomeriggio.

Camminava lungo il molo quando le squillò il telefono.

«Laura? Sono Gregorio Alcántara. Ho un'informazione che le potrebbe interessare.»

«Vuole che ci vediamo?»

«Non ce n'è bisogno. Posso spiegarle anche al telefono.»

«Sono tutt'orecchi. Immagino che stia per dirmi che ha avvisato i suoi ex colleghi della polizia in merito agli omicidi di El Chaltén.»

«Sì, l'ho fatto. A quest'ora i diplomatici dei nostri Paesi saranno già in contatto. Però non l'ho chiamata per questo. L'ho chiamata per dirle che i Lupi non erano quattro, ma sei.»

«Che cosa intende?»

«Che tra il 1970 e il 1975 c'erano altre due persone che facevano parte della confraternita insieme alle vittime.»

«Come lo sa?»

«In uno dei miei viaggi a Torroella durante le indagini ho conosciuto una donna del posto che in seguito è diventata mia moglie. Sono sposato con lei da trent'anni e ho molti amici in paese. Ho chiesto un po' in giro a gente grosso modo coetanea di Codina e compagnia bella, e alla fine ho trovato un tipo che stava per entrare nella confraternita ma poi non ha superato la prima prova.»

«C'erano delle prove per entrare?» chiese Laura fingendo di essere sorpresa.

«Come in tutte le società segrete, suppongo. In quel caso consisteva nell'uccidere un cane.»

Proprio come Laura aveva letto in *Lupus occidere vivendo debet*.

«Quel tipo non ci è riuscito» continuò l'ex agente di polizia. «Ma mi ha raccontato che insieme a lui c'erano altri due ragazzi che invece ce l'hanno fatta e che quindi sono entrati nella confraternita.»

«Ha fatto qualche nome?»

«Adrián Caplonch, uno degli imprenditori più affermati a cui Torroella abbia mai dato i natali. Si occupa di...»

«... cibo in scatola. Lo conosco» lo interruppe Laura. «E l'altro?»

«Dell'altro non ha saputo dirmi nulla. A quanto pare non ricorda come si chiamasse.»

«E lei gli crede?»

«Mi pare strano. Cose del genere non si dimenticano, soprattutto in un paese.»

Laura, che era cresciuta a Puerto Deseado, concordava in pieno.

«Un'ultima cosa, signorina Badía...»

«Mi dica.»

«Stia attenta. Non dimentichi che quando si scompare dall'altra parte del mondo può passare anche parecchio tempo prima di essere ritrovati.»

Pronunciate in un altro modo, quelle parole di Alcántara sarebbero potute anche suonare come una minaccia, ma l'ex poliziotto le aveva proferite come un consiglio. Un suggerimento da parte di una vecchia volpe a una volpe più giovane.

«Grazie» rispose lei guardandosi intorno, in cerca di una stazione della metro in mezzo a yacht e ristoranti.

CAPITOLO 59
Julián

Dopo essere tornati da Torroella in treno, salutai Laura e mi infilai nella doccia. Avevo pensato di andare a casa dei miei genitori direttamente dalla stazione, ma se mi fossi presentato in quelle condizioni, tutto sporco e trasandato dopo la notte peggiore della mia vita, mi avrebbero tempestato di domande.

Laura mi disse che ne avrebbe approfittato per continuare a visitare Barcellona, ma ebbi il sospetto che stesse fingendo. Mi dava l'idea di essere quel tipo di persona che quando ha addentato un osso non lo molla per niente al mondo. Non parlammo né di quanto ancora si sarebbe fermata a casa mia né del suo ritorno a El Chaltén. Non era il momento.

Quando uscii in strada il quartiere era in fermento. Traffico, autobus e parecchia gente sui marciapiedi a fare le ultime compere mattutine. Me la ritrovai davanti al primo angolo.

«Anna.»

Appena mi vide mi diede due baci sulle guance.

«Julián. Stavo proprio venendo a casa tua. Ti ho chiamato diverse volte.»

Mi fece un effetto stranissimo sentirla dire "casa tua".

«Scusami, non potevo risponderti. Ti avrei richiamata non appena... Aspetta, ma tu non dovevi andare in Argentina?»

«Alla fine ho annullato. Possiamo salire un attimo?» mi chiese indicando il mio palazzo poco più avanti.

«È successo qualcosa?»

«È importante. Sia per te che per me.»

Tornammo indietro e salimmo nell'appartamento che avevamo condiviso fino a un mese e mezzo prima, un breve lasso di tempo in cui era diventato la caverna di uno scapolo che abita con una specie di amica o collega arrivata dall'altra parte del mondo, che come lui non sembra particolarmente interessata all'ordine. È incredibile la rapidità con cui il caos riesce ad avanzare quando non lo si tiene a bada.

«Dimmi.»

«Ho varie cose da dirti. Innanzitutto voglio chiederti scusa.»

«Anna...»

«Ascoltami. Sono scuse sincere. Voglio chiederti per favore di perdonarmi.»

Feci un respiro profondo mentre cercavo la forza per soppesare le parole ed evitare di ferirla per dispetto.

«Senti, quello che hai fatto mi ha distrutto, ma con il tempo si supera qualunque cosa. Ti serbo rancore, è vero, ma già oggi è meno rispetto a un mese fa. Sono sicuro che prima o poi riuscirò a perdonarti del tutto.»

Mi guardò, mentre tentava di decidere se credermi o meno.

«Magari riusciremo anche a rimanere amici» aggiunsi. «Sarà difficile, ma potremmo tentare. E forse con il tempo riuscirò persino a vederti con Rosario senza provare rabbia.»

«Non mi vedrai più con Rosario. Ci siamo lasciate.»

In vita mia non avevo mai avuto una tale voglia di gridare contro qualcuno fino a perdere la voce. Ma non ce ne fu bisogno. Tutto quello che avrei potuto rinfacciarle lo sintetizzò lei stessa in una frase pronunciata con sorprendente calma: «Ho rovinato il nostro rapporto per un'avventura durata neanche tre mesi».

Avrei voluto sbraitare che era vero, inondarla di rimproveri finché non mi fossi sentito soddisfatto. Ma difficilmente avrei potuto dirle qualcosa che non sapesse già. Come sosteneva una mia amica inglese, non ha senso frustare un cavallo morto.

«È tipico di qualunque avventura» dissi. «Non si sa mai quanto durerà.»

«Vale anche per la tua in Patagonia?»

«Tra me e Laura non è successo niente.»

«Non mi riferisco a questo. Sto parlando del tuo viaggio e di quello che hai scoperto laggiù.»

«Ah, quella sì che è un'avventura con la A maiuscola. Ma ha tutta l'aria di essere una di quelle che durano poco: ho intenzione di mettere in vendita l'albergo.»

Anna annuì.

«C'è un'altra cosa che voglio dirti, Juli.»

«Sì?»

Non dirmi che sei incinta, per favore, pensai.

«Mio fratello mi ha raccontato che quando eri in Patagonia gli hai chiesto aiuto. Mi ha spiegato che sono saltati fuori tre cadaveri con l'anello della Confraternita dei Lupi.»

«La conosci anche tu?»

Dalla borsa di pelle che teneva a tracolla, Anna estrasse un vecchio taccuino con la copertina di cartone e le pagine ingiallite. Lo aprì a una pagina segnata con una piega e lesse ad alta voce: «*Il paziente ritiene che non riuscirà mai a perdonarselo. Sostiene che ciò che hanno fatto a Cucurell quella sera lo perseguiterà per il resto dei suoi giorni. Si colpevolizza per non essere riuscito a impedirlo. Riferisce di avere spesso difficoltà ad addormentarsi e che durante tali episodi di insonnia ripensa all'accaduto e sente una voce nella testa che tenta di consolarlo ripetendogli che in fondo non avrebbe potuto fare niente perché aveva mani e piedi legati. Ma si rimprovera comunque di non aver parlato in seguito. Sono passati trentasei anni da quella che il paziente definisce "la barbarie". Sostiene che oggi il senso di colpa gli pesi più che mai, però è anche il momento della vita in cui ha più da perdere. Secondo le sue stesse parole: "Potere e denaro sono armi a doppio taglio. Più ti trovi in alto nella piramide sociale, più hai da perdere. E meno sei libero"*».

Anna alzò lo sguardo verso di me. Aveva gli occhi lucidi e mi stava guardando come faceva sempre quando doveva chiedermi scusa per qualcosa.

CAPITOLO 60
Laura

I vecchi lampioni coperti di polvere e insetti proiettavano un alone giallastro su carretera de las Aguas. Di tanto in tanto dietro una curva spuntava una lucina brillante, e pochi secondi dopo qualche ciclista motivato le sfrecciava accanto a tutta velocità.

Laura si infilò le mani in tasca e allungò il passo. Non si era vestita abbastanza pesante. Lassù la temperatura era più bassa di diversi gradi rispetto alla città che brulicava ai suoi piedi.

L'oscurità conferiva alla casa di Caplonch un'aria ancora più maestosa. Attorniato dalle sagome scure del bosco e illuminato dal basso da potenti riflettori, l'edificio risaltava come fosse un monumento.

Dovette suonare il campanello varie volte prima che arrivasse qualcuno.

«Sì?»

«Signor Caplonch, sono Laura Badía. Sono venuta qui quattro giorni fa. Ho bisogno di parlarle.»

«Adesso?»

«Scusi se non l'ho avvertita. Ho provato a telefonarle ma non sono riuscita a mettermi in contatto con lei.»

Sarebbe stato più corretto dire «Ho provato a telefonarle ma lei aveva detto alla sua segretaria di ignorarmi», però in qualche rara occasione Laura riusciva anche a dare prova di un po' di diplomazia.

«Sono occupato.»

«Signor Caplonch, so che lei ha fatto parte della Confraternita del Lupi insieme a Josep Codina, Arnau Junqué, Gerard Martí e Mario Santiago. Sono stati uccisi tutti e quattro.»

«Solo Codina. Gli altri tre si sono persi sui Pirenei.»

«Questo è quello che volevano far credere, ma in realtà non si trovavano sui Pirenei. Si trovavano in Patagonia. E sono morti anche loro.»

Il citofono rispose con un segnale statico e quindici secondi dopo il portone si aprì con un ronzio.

Caplonch la aspettava sulla soglia, come la prima volta, solo che adesso aveva un aspetto diverso. Gli stessi abiti costosi, ma senza l'aria trionfante.

Entrarono in cucina. Dietro il rettangolo azzurro della piscina illuminata, la città lampeggiava come una galassia tinta di arancione.

«Mi stia a sentire, signor Caplonch. Andrò dritta al punto. La verità verrà alla luce, ma il tipo di luce dipende da lei.»

Lo sguardo di Caplonch la trapassò come un coltello incandescente.

«Se mi dice quello che sa, io risolverò un vecchio mistero e Julián ne saprà un po' di più sulla sua famiglia. Altrimenti la polizia verrà informata di ciò di cui siamo a conoscenza e saranno loro a fare domande.»

L'imprenditore espirò fino a svuotarsi i polmoni, sgonfiandosi come un palloncino.

«Va bene» rispose. «Mi hanno fatto ammazzare un cane per entrare nella confraternita. È stato tremendo, glielo assicuro.»

«Non lavoro per la protezione animali.»

«Non ero mai stato tanto male in vita mia. Ma loro avevano un modo di parlare, di convincerti...»

Caplonch si alzò dalla sedia e prese una bottiglia di whisky da un armadietto. Ne versò due generosi bicchieri e ne porse uno a Laura.

«Pensavo che quella del cane fosse la prova del fuoco, invece era soltanto la prima.»

«La prima di quante?»

«Non te lo dicevano. La prima di varie. Dopo ci sono state altre situazioni di cui non vado fiero, anche se meno dannose. In realtà mi sembrava che più le cose andavano avanti più tutto diventasse semplice.»

«Fino a...?»

«Fino al giorno dello stupro di Cucurell.»

Laura bevve un lungo sorso, cercando di mantenere la compostezza.

«Non avevo idea di cosa stava per succedere. Mi dissero di aspettare nello scantinato della biblioteca della Santa María de los Desamparados. Era sera e la scuola era praticamente vuota.»

«Gli studenti potevano rimanere dentro la scuola anche quando non c'era più nessuno?»

«In teoria no. Ma quei ragazzi erano figli delle persone più potenti di Torroella. Potevano fare tutto ciò che volevano.»

Laura non poté fare a meno di alzare lo sguardo verso l'alto soffitto della villa di Caplonch.

«Non mi fraintenda. Tutto ciò che vede è frutto del mio lavoro. L'attività che ho ereditato da mio padre era solo un'azienda di cibo in scatola locale, in cui a stento quadravano i conti.»

C'è chi parte da condizioni più basse, pensò lei mentre annuiva.

«Mi dissero che sarebbe stata l'ultima prova, quella che mi avrebbe permesso di entrare nella cerchia più intima. Nella vera Confraternita dei Lupi. Poi portarono Cucurell. Lo avevano stordito con un colpo alla testa. Lo legarono a dei grossi scaffali e aspettarono che si risvegliasse. Mentre Pep Codina gli parlava, Arnau Junqué mi si avvicinò e mi spiegò cosa sarebbe successo. Voleva che dopo che lo avevano violentato loro lo facessi anch'io.»

«Da come lo racconta, immagino che non lo abbia fatto.»

«Certo che no! Gli gridai di lasciarlo in pace, ma loro si misero a ridere di me e mi dissero di calmarmi, insistendo che lo avrei fatto eccome. Quando provai ad andarmene mi legarono come lui.»

Gli occhi di Caplonch si erano fatti rossi e lucidi, era

sul punto di piangere.

«Poi lo violentarono tutti e quattro, a uno a uno. Costringendomi a guardare. Pensai che avrebbero fatto lo stesso anche con me, invece quando ebbero finito mi dissero che era il mio turno. Provai a scappare, ma Junqué mi trascinò accanto a Cucurell, che era sotto choc e non piangeva nemmeno. Non dimenticherò mai l'immagine di quel ragazzo nudo e legato, con il respiro affannato e lo sguardo perso.»

Caplonch rimase in silenzio e finì il suo whisky in un sorso solo.

«Quando capirono che non volevo né potevo fare quello che mi chiedevano, mi buttarono fuori a calci e mi minacciarono dicendo che se avessi raccontato qualcosa a qualcuno mi avrebbero riservato lo stesso trattamento.»

«Suppongo che non abbia denunciato quello che ha visto, giusto?»

Caplonch scosse la testa in segno negativo.

«Più passa il tempo, più si diventa complici di ciò che si è tenuto nascosto. In seguito mi sono sposato e da allora ho pensato che non lo avrei mai più potuto raccontare, perché mia moglie sarebbe rimasta inorridita dal fatto che non avessi denunciato l'accaduto quando era il momento.»

«Allora qual è il motivo per cui me lo sta raccontando adesso?»

«Lei.»

«Scusi?»

«Il nostro primo incontro mi ha fatto ripensare a quella sera e mi sono reso conto che non voglio portarmi questo segreto nella tomba. Grazie a lei ho trovato il coraggio di parlare con mia moglie. E adesso che mia moglie lo sa, non ho più niente da perdere.»

Caplonch alzò le mani come a dire: «Questo è tutto».

«Quella sera, nello scantinato, i Lupi erano sei» disse lei.

«Chi glielo ha detto?»

La controdomanda di Caplonch le fece capire di

essere sulla strada giusta. In realtà non aveva idea di quanti fossero i Lupi quella sera, ma Alcántara le aveva detto che all'epoca la confraternita era composta da sei membri.

«Non è importante. C'era o non c'era un sesto Lupo in quello scantinato?»

«Sì, ma era talmente spaventato che non provarono nemmeno a dirgli di avvicinarsi a Cucurell.»

«E nemmeno lui ha mai denunciato l'accaduto.»

«Se non l'ho fatto io, figuriamoci se avrebbe potuto farlo lui. Stiamo parlando di una persona estremamente più vulnerabile.»

«Più vulnerabile a quel tempo o adesso?»

«Entrambe le cose. A quel tempo perché era solo un ragazzino. In seguito perché una macchia del genere può compromettere per sempre la carriera di un politico.»

«Potrebbe essere più preciso?»

«La sesta persona presente in quello scantinato era Quim Riera, ex sindaco di Torroella de Montgrí nonché candidato a deputato del parlamento catalano.»

Laura si fermò a pensare a quel cognome per qualche istante. Riera. Lo aveva già sentito da qualche parte.

«Come sceglievano la vittima? Perché proprio Fernando Cucurell?»

Caplonch la guardò dritto negli occhi. Dopo qualche secondo indicò una sedia.

«Penso che preferirà essere seduta quando sentirà la mia risposta.»

CAPITOLO 61
Julián, qualche ora prima

Anna si asciugò una lacrima con il dorso della mano e indicò il vecchio quaderno che mi aveva appena mostrato.

«Sono gli appunti di uno psicologo» mi spiegò. «Il paziente è mio padre.»

Fu come se mi avessero tolto la terra da sotto i piedi. Il padre di Anna era coinvolto in quello che era successo a mio zio?

Pur essendo stato con sua figlia per tre anni, sapevo ben poco di Quim Riera. Le nostre conversazioni più lunghe vertevano sempre sullo sport e sull'alimentazione. Aveva la stessa età di mio padre, ma la sua forma fisica era quella di una persona di dieci anni più giovane. Come Sosa, anche lui era uno dei pochi sessantenni che possono permettersi di venerare il proprio corpo.

Un altro punto in comune tra Riera e Sosa era la politica. Avvenente, carismatico e vedovo, il padre di Anna non aveva avuto grandi difficoltà a vincere le elezioni per diventare sindaco di Torroella de Montgrí. Il suo mandato si era concluso due anni prima e adesso si apprestava a presentarsi come deputato del parlamento catalano.

Da bravo politico, mi aveva sempre trattato bene, anche se era palese che non gli andassi a genio. E forse finalmente capivo perché. Il mio cognome e la mia famiglia lo riportavano ai suoi peggiori incubi.

«Ricordi cosa ha detto quando lo abbiamo invitato a cena a casa nostra per conoscere i tuoi genitori?» mi chiese Anna.

«"Ci presenterete il giorno del matrimonio." Come

potrei dimenticarlo?»

Avevo interpretato quelle parole come un commento vecchio stampo, una reticenza iniziale che con il tempo si sarebbe attenuata. Eppure in ben tre anni, e malgrado le nostre insistenze, non eravamo mai riusciti a fare in modo che Quim Riera e i miei genitori si conoscessero.

«Nemmeno loro hanno mostrato grande entusiasmo» disse Anna.

Era vero. Per quanto i miei genitori non si intromettessero nel nostro rapporto, dal momento che io non glielo permettevo, non riuscivano comunque ad accettare appieno Anna e non mancavano di sottolinearne qualche difetto tutte le volte che potevano. E io ovviamente non capivo, perché Anna per me era perfetta.

«I nostri genitori ci hanno mentito, Juli. Ti ricordi quando ci siamo resi conto che mio padre e tuo padre erano più o meno coetanei e andavano alla stessa scuola? Abbiamo chiesto a entrambi se si conoscessero e tutti e due ci hanno risposto la stessa identica cosa.»

«"Di vista."»

Anna indicò il quaderno.

«Questo dimostra che non si conoscevano poi così "di vista". Mio padre è a conoscenza di qualcosa di grosso che è successo a tuo zio.»

Le parole di Anna mi tolsero un velo davanti agli occhi: il motivo per cui mio padre era sempre stato prevenuto nei confronti della mia relazione con lei era che anche lui sapeva qualcosa.

«Devo andare a parlare con mio padre» dissi alzandomi dal divano.

Anche Anna si alzò in piedi, e per un attimo i nostri corpi quasi si sfiorarono. La abbracciai come non facevo da mesi. Non riuscii a trattenere un paio di lacrime, che andarono a finire sulla sua spalla. Mentre la stringevo forte, mi resi conto che sarei riuscito a perdonarla. Non avrei mai potuto tornare con lei, ma ce l'avrei fatta a non serbarle rancore. Le diedi un bacio leggero e salato sulla guancia.

«Grazie per questi tre anni meravigliosi. Ti auguro di essere felice. Se mai dovessi avere bisogno di me, per te ci sarò sempre.»

Anna annuì, asciugandosi le lacrime a sua volta. E mi abbracciò di nuovo.

«Ti voglio bene, Juli.»

«Anche io» risposi.

Rimanemmo così, in silenzio, con i corpi attaccati per non so quanto. Era uno di quegli abbracci che si danno due amici consapevoli che non si rivedranno per molto tempo.

CAPITOLO 62
Julián

Mi presentai nell'appartamento dei miei genitori senza preavviso e lo trovai vuoto. Se fosse stato un lunedì qualunque, avrei immaginato che mio padre fosse a pranzo con i suoi ex colleghi e mia madre stesse lavorando. Ma avevano appena subìto un attentato.

Mi sedetti sul divano ad aspettare. Non appena fossero rincasati, avrei chiesto a mio padre che cosa avevano fatto i Lupi a suo fratello. Avevo deciso di piegarmi alle minacce e interrompere le indagini, ma non significava che non mi sarei fatto raccontare da lui tutto quello che sapeva.

Passavano i minuti e io non facevo che pensare e ripensare a come affrontare quella situazione, sempre più convinto che mio padre si sarebbe chiuso a riccio alla prima domanda scomoda. Forse fu per quello che decisi di alzarmi e andare in camera sua.

Mi sentii di nuovo sporco, come quando avevo seguito Anna fino a plaza de Sant Felip Neri e avevo scoperto che mi tradiva. È orribile spiare una persona che ami e invaderne l'intimità, però a volte non hai scelta.

Andai diretto verso il lato del letto dove dormiva lui e aprii il cassetto del comodino. Rovistai tra pastiglie, foglietti, occhiali e un anello da pene. L'unica cosa utile che trovai fu la certezza che non sarei mai stato pronto per l'immagine dei miei genitori che utilizzavano giochi erotici.

Quindi passai all'armadio, aprendo le scatole ai piedi dei vestiti di mia madre. Frugai come un intruso tra i suoi ricordi, per quanto molti fossero anche miei. Trovai vecchie foto, alcune cartoline che avevo spedito loro quando avevo cominciato a viaggiare e persino il biglietto aereo del loro viaggio di nozze alle Canarie. Ma niente che potesse ricondurre a Fernando Cucurell. Era come se il fratello di mio padre non fosse mai esistito.

Ero sul punto di darmi per vinto quando trovai una vecchia fotografia in bianco e nero che mi fece recuperare la speranza. Riconobbi la donna che vi era ritratta, con i capelli raccolti in uno chignon, l'abito nero da lutto e un'espressione seria. Era mia nonna Montserrat. Ai lati della sua sottana c'erano due bambini. Uno avrà avuto nove o dieci anni, l'altro sei o sette. Il minore era mio padre. Il maggiore, più alto e con un sorriso raggiante, doveva essere Fernando. Girai la fotografia, ma non c'era scritto niente.

Quando ebbi finito con l'armadio, mi venne in mente che i miei genitori avevano cambiato il loro vecchio matrimoniale con un letto contenitore. Tirai le maniglie ai piedi del materasso e la parte superiore si sollevò come il bagagliaio di un'auto. Dentro era tutto stipato, perfettamente in ordine. Scatole etichettate, trapunte, due sedie pieghevoli e vari sacchi di plastica neri.

Cominciai dalle scatole, ma vi trovai soltanto vecchi progetti architettonici di mia madre. Poi passai ai sacchi, che contenevano unicamente vestiti. Spostando uno degli ultimi, riconobbi la scatola di legno scuro che usava mio padre quando ero bambino per conservare i sigari che comprava nella tabaccheria davanti alla Cattedrale. Non la vedevo da anni, da quando aveva smesso di fumare.

Dentro però non c'era tabacco, bensì un raccoglitore di carta manila che conteneva due buste sigillate. Erano lettere che mio padre aveva inviato a Fernando Cucurell all'indirizzo dell'appartamento sopra il suo ristorante. Entrambe gli erano tornate indietro. Il timbro postale della prima indicava come data il 13 maggio 1997. Quello della seconda esattamente un anno dopo.

Sentii una chiave nella serratura della porta d'ingresso. Maledetta sfiga. Meno male che avevo lasciato inserita la mia copia e avevo dato una mandata. Mi affrettai a richiudere il letto per lasciarlo come lo avevo trovato, infilai la cartellina con le due buste nel mio zaino e aprii la porta.

«Ciao Julián, che ci fai qui?» mi salutò mio padre dandomi un bacio sulla guancia. Aveva un sacchetto della spesa.

«Sono venuto a vedere come state dopo l'incidente con la macchina.»

«Siamo vivi, il che non è poco.»

«La mamma?»

«Adesso arriva, è andata in farmacia. Ti preparo un caffè?»

«Non importa, grazie. Temo di non potermi fermare molto.»

«Ma come? Sono appena arrivato e hai detto che sei venuto a trovarmi. Aspetta qui, vado un attimo in bagno e arrivo.»

Mi sedetti sul divano, sentendomi ancora più sporco. Ora non solo avevo ficcato il naso tra le sue cose, ma gli avevo pure mentito.

Dopo un po' sentii il rumore dello sciacquone e i passi di mio padre sul parquet che si allontanavano verso le camere da letto. Tornò in sala da pranzo dopo cinque minuti.

Appena lo vidi mi sentii come se la parete del ghiacciaio Viedma mi stesse cadendo addosso. Teneva in mano la scatola di sigari vuota.

«E così saresti venuto a vedere come stiamo...»

«Cosa intendi?»

«Se vuoi mentirmi e violare la mia privacy è un problema tuo. Ma non ho intenzione di permetterti di trattarmi come uno stupido.»

Scacco matto. L'unico modo per uscirne in maniera dignitosa era provare a farlo mettere nei miei panni.

«Cerca di capire, papà. Avevo bisogno di risposte.»

«Chi fa di tutto per non capire sei tu, Julián. È meglio che tu non conosca quelle cazzo di risposte. Restituiscimi quello che mi hai preso, per favore.»

«Ci sono diversi morti collegati a tuo fratello, papà. Ed è una persona di cui non so assolutamente nulla, a parte un paio di tuoi commenti generici.»

«Dammi quelle lettere.»

«So che gli hanno fatto qualcosa di molto grave. E lo sai anche tu. Si è vendicato e ha ucciso i quattro Lupi, vero?»

«Le lettere, Julián.»

Si piazzò sulla soglia dell'ingresso per impedirmi di uscire. Il petto gonfio e le mani sui fianchi esprimevano un messaggio chiaro: «Di qui non passi».

Sbuffai, rassegnato. Gli avevo mentito e avevo violato la sua privacy, e oltretutto non mi sarebbe stato di alcun aiuto. Presi la cartellina dallo zaino, gliela mostrai e la lanciai sul tavolo, come un criminale che getta via la sua pistola quando si vede circondato dalla polizia.

Non appena mio padre fece un paio di passi per andare a prenderla, uscii dall'appartamento di corsa. Fortunatamente l'ascensore era ancora al piano. Mentre cominciavo a scendere, attraverso il vetro allungato della cabina vidi mio padre che usciva sul pianerottolo gridando come un ossesso, con i pugni alzati.

Guardai dentro lo zaino. Le due buste che contenevano le lettere erano ancora lì. La cartellina che avevo lanciato sul tavolo era vuota.

CAPITOLO 63
Julián

Se aver seguito Anna lungo le Ramblas o rovistare tra le cose dei miei genitori mi aveva fatto sentire sporco, la prospettiva di aprire la prima di quelle due buste fu come nuotare in una fossa biologica. Mi veniva letteralmente da vomitare. Ma i dubbi e la curiosità ebbero la meglio, e nemmeno per un istante mi passò per la testa che doveva esserci un motivo se mio padre si era impegnato tanto a tenere nascosto quello che c'era scritto là dentro.

Ero talmente nervoso che ci misi quasi un minuto per decidere da quale delle due partire. Alla fine scelsi quella con il timbro postale più vecchio. Maggio 1997. All'epoca io avevo dodici anni e mio padre era sobrio da più di dodici mesi. Erano passati due anni dalla discussione tra lui e Fernando di cui mi aveva parlato Lorenza Millán.

Nella busta trovai un unico foglio, scritto a mano con la calligrafia allungata e inclinata di mio padre.

Caro fratello,
mi ci sono voluti due anni per trovare il coraggio di scriverti. Oggi il tuo compleanno mi offre il pretesto per farlo.
So che non merito di essere perdonato per il modo in cui ti ho trattato l'ultima volta che ci siamo visti, ma voglio scusarmi lo stesso. Anche se non l'hai mai vissuta, sai bene quanto sia difficile la lotta contro l'alcol. Due anni fa, quando mi sono presentato nel tuo ristorante e ti ho detto

quelle cose tremende, ero sul punto di perdere la battaglia per sempre. Stavo toccando il fondo, per questo sferravo i colpi più bassi.

Vorrei davvero sapere come stai, Fernando. E anche che cosa ti è successo per finire in sedia a rotelle. Quando e perché sei tornato a Barcellona? Che ne è stato del tuo amato Hotel Montgrí? Non immagini quanto mi senta in colpa.

Noi stiamo bene. Julián cresce sano e forte. Sono certo che sarebbe felicissimo di rivederti.

La porta di casa mia è sempre aperta per te, lo sai. Spero che un giorno la varcherai.

Ti voglio bene, anche se non te l'ho mai detto. Ti voglio tanto bene, fratello.

Buon compleanno,
Miguel

CAPITOLO 64
Molti anni prima

Il ragazzo non ha più sedici anni. Adesso ne ha trenta. Da quella notte nello scantinato della biblioteca è passata quasi metà della sua vita. Poche settimane dopo averlo violentato quattro volte, i Lupi hanno concluso le scuole superiori. L'anno successivo erano già tutti a Barcellona a studiare nelle migliori università.

Lui invece è rimasto in paese a lavorare nel campo dell'edilizia, e ormai è diverso tempo che non fantastica nemmeno più di vendicarsi. Si è rassegnato a vivere con una ferita cronica, come chi si abitua a un'ulcera.

Per fortuna sei anni fa è arrivata lei, e non esiste niente di più simile a un unguento miracoloso. La donna che si trova davanti a lui, con la quale sta condividendo uno spuntino in un bar, è in grado di far sparire ogni suo dolore.

Il ragazzo, che adesso è un uomo, ha di fronte a sé un caffè che gli è stato appena portato dall'unico barista del locale, un giovane che ascolta musica a tutto volume con il suo walkman. Se lo sta portando alle labbra quando sente una voce che gli fa accapponare la pelle. Una voce che non dimenticherà mai in tutta la vita. Una voce che gli soffierà per sempre un alito fetido sulla nuca mentre si sta dimenando per liberarsi dalle catene.

Si volta facendo finta di niente e guarda i quattro uomini che sono appena entrati nel bar. Sono loro. Ridono, fumano, scelgono un tavolo dove sedersi e schioccano le dita per chiamare il barista, che probabilmente non li sentirà perché è entrato in cucina con le cuffie sulle orecchie.

«Stai bene?» gli chiede sua moglie.

«Sì, certo» risponde lui allungando una mano per accarezzare la testa del loro figlio di tre anni.

«Chiedi tu il conto mentre io vado al bagno?»

«No» dice lui mentre esamina il tragitto che la moglie dovrebbe percorrere, esattamente come faceva nel chiostro della Santa María de los Desamparados.

«Non vuoi chiedere il conto?»

«Sì, certo. Però il bagno di questo posto è sempre molto sporco. Potresti prenderti qualche malattia.»

«Credi che noi donne ci sediamo nei bagni pubblici?»

Prima che lui possa dire altro, sua moglie gli sorride teneramente, quindi soffia un bacio al bambino e si dirige verso il fondo del locale. Cammina come suo solito ondeggiando i fianchi, che si lasciano indovinare larghi e sodi sotto il vestito attillato.

Quando sua moglie passa davanti al tavolo dei Lupi, lui sente un incendio avvampargli nello stomaco. Pep Codina, che sembrerebbe essere ancora il capo del gruppo, la sta divorando con gli occhi. Poi, sfoggiando un sorrisetto, fa un commento che gli altri tre apprezzano parecchio. Lei li fulmina con lo sguardo ed entra in bagno.

A quel punto i Lupi si voltano verso di lui: vogliono sapere chi è che accompagna una donna così spettacolare. Lui abbassa lo sguardo, fingendo di concentrarsi su una macchia di cioccolato sul petto del figlio.

Cerca di rimanere calmo. Non lo riconosceranno. Non ha più l'aspetto scheletrico ed effemminato di quando era adolescente. Adesso è un uomo con le spalle larghe modellate dal duro lavoro e i capelli cortissimi, visto che la calvizie gli sta rendendo la testa simile a un campo mal seminato.

Si mette a fare delle moine al figlio, che ride e pronuncia parole a cui mancano metà delle consonanti.

Non ha mai raccontato a nessuno quanto è successo quella sera. Nemmeno al suo amico Manel. O meglio, soprattutto al suo amico Manel. Se lo fosse venuto a sapere, li avrebbe riempiti di botte garantendosi l'espulsione da scuola e problemi a vita con quattro delle famiglie più influenti di Torroella.

Visto quello che è successo in seguito con Manel, è contento di non avergli detto niente. Il suo amico ha preferito i libri all'incudine del padre ed è andato a studiare all'università di Girona appena è riuscito a racimolare qualche soldo. Anni dopo è tornato a vivere in paese e ha trovato il lavoro dei suoi sogni. Un lavoro che gli sarebbe stato impossibile ottenere se fosse stato espulso dalla Santa María de los Desamparados.

«Che avete da guardare, brutti imbecilli?»

È sua moglie a gridare. È uscita dal bagno e adesso è ferma davanti al tavolo dei Lupi con le mani sui fianchi.

«Volete dirmi qualcosa? Ditemelo in faccia. Non avete mai visto due tette?»

«Come le tue no» risponde Pep Codina squadrandola da capo a piedi con sguardo libidinoso. Gli altri tre fanno altrettanto.

«Né le vedrai mai in tutta la tua vita. Scommetto che non ti sei mai scopato nemmeno una bambola gonfiabile.»

«Vuoi toglierti il dubbio?»

«Vaffanculo.»

Senza smettere di sorridere, Pep Codina si volta verso di lui, che intanto ha preso in braccio il figlio.

«Tu non dici niente?» gli grida dall'altra parte del locale, che per fortuna è vuoto. Il barista è ancora in cucina.

Si sente paralizzato. Non riuscirebbe a parlare nemmeno se volesse.

«Non ho bisogno di essere difesa da mio marito, cretino» interviene lei. «Ma cosa mi metto a spiegare le cose a te, che devi avere il quoziente intellettivo di un rospo in calore?»

Codina ignora quei commenti, come fossero frecce che rimbalzano sul corpo di un gigante. Poi riprende la parola guardando lui: «Ovvio che non dici niente, Cucurell. Se non sei stato in grado di difendere te stesso in quel momento, figurati se riesci a fare qualcosa per la tua bagascia».

Il ragazzo, che adesso è un uomo, lascia sul tavolo una banconota da cinquecento pesetas e si avvia verso la porta continuando a tenere in braccio il bambino.

«Sei sicuro che sia figlio tuo?» gli urla Codina. «Di solito i froci non hanno figli.»

«*Adéu*, principessina» aggiunge Junqué.

«Fottiti» grida la moglie, che ha interpretato l'appellativo "principessina" come rivolto a lei. Meglio così, pensa lui.

Uscendo dal bar le passa il bambino e le dice di andare a casa, la raggiungerà tra qualche minuto. Sua moglie tenta di opporre resistenza, ma lui non le lascia nemmeno il tempo di rispondere e torna dentro. Trascina una sedia fino al tavolo dei Lupi e si mette a sedere. Un formicolio gli attraversa tutto il corpo, come se gli si fossero infilati cento ragni sotto la camicia.

Innanzitutto guarda le loro mani. Indossano tutti lo stesso anello che avevano quella sera. Poi, per la prima volta in vita sua, alza lo sguardo senza timore e li fissa negli occhi a uno a uno. Valuta la possibilità di spaccare una bottiglia sbattendola contro il tavolo e usarla per sgozzare tutti e quattro lì sul posto. Impraticabile: una cosa del genere si addice ai personaggi audaci dei film, non ai rammolliti del mondo reale come lui. Sa bene che, qualunque cosa tenti di fare, lo distruggeranno senza il minimo sforzo. Come hanno già fatto in passato.

«Cosa vuoi, principessina? Bevi qualcosa con noi e poi andiamo nello scantinato della biblioteca? È a cinque minuti da qui.»

Il ragazzo, che adesso è un uomo, non apre bocca. Si alza ed esce dal bar. Una volta qualcuno gli ha detto che nella vita esistono soltanto eroi e smidollati. E lui indubbiamente non è un eroe.

CAPITOLO 65
Molti anni prima

Una volta uscito dal bar, percorre a passo lento i cinquanta metri che lo separano da casa.

«Dove hai conosciuto quegli stronzi?» gli chiede lei.

È seduta sul pavimento della sala da pranzo. Tra le sue gambe il bambino gioca con un trenino di legno e una bambola, due dei suoi giocattoli preferiti.

«A scuola» risponde lui continuando a camminare verso la camera da letto.

Rovista nell'armadio finché non trova, imboscato sul fondo, l'oggetto lungo e pesante avvolto in un panno. Se lo nasconde sotto la giacca e si dirige verso la porta d'ingresso.

«Dove vai?» gli chiede lei.

«*Doe va?*» ripete il bambino.

«A fare un giro. Ho bisogno di pensare.»

«Cosa intendevano quei tizi quando hanno detto che non sei stato in grado di difendere te stesso?»

«La verità.»

Esce di casa e cammina in tutta fretta, sentendo il peso nella tasca interna della giacca. Quando arriva al bar, vede dalla vetrina che sono ancora lì. Non dovrà aspettare molto: il barista sta portando il conto al loro tavolo.

Pochi minuti dopo escono. Li segue per le strade del paese fino alla piazza principale. Lì uno si separa dagli altri tre. Si tratta nientemeno che di Pep Codina.

Lo segue lungo i vicoli fiancheggiati da edifici medievali. Cerca di decidere qual è il posto migliore per correre da lui e prenderlo a pugni in faccia fino a sfigurarlo. Mentre attraversano un vicolo buio, capisce che è giunto il momento. Accelera il passo, ma Codina svolta l'angolo e si infila in un altro bar.

Lo aspetta fuori per un'ora. Fuma, cammina avanti e indietro sotto gli archi di un palazzo. E soprattutto rivive mille volte quella sera di quattordici anni prima. A tratti mette da parte la propria sofferenza per pensare a quella di Meritxell Puigbaró. Dieci anni dopo averlo violentato, i Lupi hanno fatto la stessa cosa anche a quella ragazza di ventidue anni. Benché lei abbia dimostrato più coraggio di lui denunciandoli con nome e cognome, non è servito a granché. I giudici li hanno assolti. Di certo deve aver contribuito il fatto che le famiglie di quelle fecce umane abbiano ingaggiato i migliori avvocati di Barcellona.

L'attesa è lunga. Intanto srotola il panno un paio di volte per contemplare il coltello che gli ha regalato Manel. È l'unica traccia rimasta di quell'amicizia che ha cominciato a raffreddarsi il giorno del bacio per poi congelarsi negli anni in cui Manel studiava a Girona. Ormai sono due semplici conoscenti, che quando si incontrano per caso in qualche negozio del paese si scambiano sempre le stesse tre parole in croce. Non hanno quasi più niente in comune, tranne forse la lealtà che si deve a un vecchio amico.

In quei quattordici anni il coltello l'ha usato pochissimo. Giusto per qualche grigliata o per tagliare il prosciutto a Natale. Il tempo ha rivestito la lama di una patina grigia che riflette leggermente la luce che arriva dal bar. Il filo però è ancora integro.

Finalmente vede uscire Codina. Ormai è notte fonda e l'acciottolato della strada è brillante di rugiada. In un angolo buio di piazza Pere Rigau si decide a parlargli.

«Perché non mi meni adesso, figlio di puttana?» gli dice senza urlare, ma facendo comunque in modo che lo possa sentire.

«Tu? Che cazzo vuoi, principessina?»

Estrae il coltello e cammina verso il Lupo tenendoselo attaccato alla coscia, con la punta rivolta verso il basso. Malgrado l'oscurità riesce a cogliere la tensione sul viso di Codina, che si riempie di panico.

Mentre aspettava che uscisse dal bar ha provato e riprovato nella mente ciò che si appresta a fare. Gli appoggerà la punta del coltello sul petto e gli dirà, mentre lui piange di paura, che se si azzarda a riavvicinarsi a sua moglie gli taglierà la gola. Se avrà fortuna riuscirà addirittura a fare in modo che si pisci addosso.

«Aspetta, posso spiegarti... Non volevo» dice il Lupo guardandosi intorno.

«Non volevi? E allora perché l'hai fatto?»

«Sono stati gli altri, mi hanno fatto pressione. Mi hanno minacciato.»

«Congratulazioni» dice il ragazzo stringendo ancora più forte il coltello. «Devi essere il primo uomo a cui viene duro quando è sotto pressione.»

«Non volevo, davvero.»

«Eri tu a comandare quel branco di pezzi di merda. Facevano sempre e solo quello che dicevi tu. E stando a quanto ho visto poco fa, le cose non sono affatto cambiate.»

Nella testa del ragazzo scorre un fiume di ricordi, che sfreccia come un treno ad alta velocità. L'odore di muffa del pavimento sudicio dello scantinato, la stretta delle catene ai polsi, l'olio freddo che gli hanno versato tra le natiche. E il dolore. Un dolore atroce.

Ce n'era uno che non voleva, è vero, ma il ragazzo sa bene che non si tratta dell'uomo che gli sta davanti in quel momento.

«Davvero non volevi?» gli chiede.

«No, te lo giuro.»

«Be', nemmeno io» dice, affondandogli il coltello nell'addome fino al manico.

Il Lupo non grida né si muove. Spalanca gli occhi ed emette un fioco grugnito, come chi cerca di spostare un mobile pesante. Il ragazzo, che adesso è un uomo, gli affonda la lama nel ventre altre due volte.

Quando Codina cade a terra, lui sa di aver appena rovinato la propria vita e quella della sua famiglia. Prima ancora che il cuore del Lupo cessi di battere, è già pienamente consapevole di aver fatto l'errore più grande che un uomo possa commettere. Ha agito senza pensare.

Si guarda intorno. La piazza è deserta. Si accovaccia accanto al corpo, che ormai ha smesso di respirare, gli prende il portafoglio per simulare una rapina e scappa via. Il sangue del Lupo, appiccicoso e tiepido, gli rimane attaccato alla mano e allo straccio con cui sta riavvolgendo il coltello. Il suo stesso sangue invece gli rimbomba nelle tempie pulsando come i passi di un gigante.

CAPITOLO 66

Julián

Finii di leggere la prima lettera con un misto di angoscia e curiosità. Cosa intendeva mio padre quando diceva a Fernando che io sarei stato felicissimo di rivederlo?

Aprii la seconda busta. Stando al grosso timbro postale da cui era contrassegnata, nemmeno quella doveva essere mai arrivata al destinatario. Dentro vi trovai un testo ancora più breve del precedente:

Caro fratello,
l'anno scorso la lettera che ti avevo scritto mi è tornata indietro. So che non dipende da un errore nell'indirizzo, ma dal fatto che non vuoi ricevere mie notizie. Lo capisco e lo rispetto.
Ti scrivo di nuovo, per l'ultima volta se questo è ciò che desideri, solo per mandarti questa foto. Magari la conserverai. Magari ti aiuterà a ricordare che nonostante tutto siamo stati felici.
Buon compleanno.

Ti voglio bene,
Miguel

La lettera era accompagnata da un'istantanea quadrata, con quei rossi saturi che solo le macchine fotografiche degli anni Ottanta sapevano tramare. Sullo sfondo, il monte Fitz Roy. In primo piano cinque persone sorridenti su una sporgenza rocciosa che mi sembrò familiare. Cercai sul telefono le foto di me e Laura che ci avevano scattato quei turisti sul belvedere Fitz Roy lungo il tragitto verso la Laguna de los Tres. Era lo stesso posto.

L'uomo più alto che compariva in quella foto era Juanmi Alonso. Nella sua consueta uniforme color cachi, stava indicando la montagna. Accanto a lui c'era mio zio, con la testa riparata da un basco e privo sia dei baffi che della sedia a rotelle dei tempi in cui lo avevo ribattezzato Don Chisciotte. Gli altri tre avevano l'aria di essere una famiglia: un uomo e una donna che si stringevano tenendo insieme in braccio un bambino di circa quattro anni. Lui indossava un paio di occhiali da sole e aveva i capelli diradati. Lei, alta ed elegante, aveva i capelli sciolti che le ricadevano sulle spalle.

Adesso capivo il «Finalmente sei tornato!» di Danilo.

Cominciavo a comprendere anche la sensazione che avevo provato quando avevo visto il Fitz Roy, come se io e quella montagna ci fossimo già conosciuti in un'altra vita.

Osservai quella giovane coppia e il bambino. Le mode e i corpi erano cambiati, ma i sorrisi e gli sguardi no. Quell'uomo e quella donna erano i miei genitori. E il bambino che tenevano in braccio, in posa per una fotografia davanti al Fitz Roy, ero io.

Io e quella montagna non ci eravamo conosciuti in un'altra vita. Ci eravamo già conosciuti in questa.

PARTE V
L'HOTEL MONTGRÍ

CAPITOLO 67
Julián

Il campanello mi distolse da una sorta di trance in cui ero immerso da quasi un'ora, mentre leggevo e rileggevo quelle lettere e osservavo la fotografia. Non si trattava del ronzio elettrico del citofono, bensì del *din don* di quando si suonava direttamente dal pianerottolo, dall'altra parte della porta d'ingresso.

Guardai dallo spioncino e vidi il volto di mio padre deformato dalla lente.

«So che sei in casa, Julián. C'è la chiave nella serratura.»

Non appena aprii la porta entrò con l'impeto di un toro. Poi però, vedendo le due buste aperte sul tavolo, si accasciò su una sedia come se d'improvviso gli avessero staccato la spina di alimentazione.

«Penso che non sia più possibile tornare indietro, papà» gli dissi con quanta più calma riuscii a mettere insieme. «La cosa migliore è che tu mi racconti tutto. Non ti giudicherò, te lo prometto. Ma ormai so troppe cose. Se non mi racconti quello che è successo, potrei immaginare qualcosa di peggiore rispetto alla realtà.»

«È impossibile.»

«Per favore, papà. Fidati di me.»

Fece un sospiro profondo, simile a quello di un bambino che ha pianto a lungo. Poi annuì appena, muovendo la testa di pochi millimetri.

«Non saprei nemmeno da dove cominciare.»

«Dall'inizio.»

«È proprio questo il problema. Qual è l'inizio?»

«Il litigio con tuo fratello.»

«Quella è la fine.»

«Perché non mi hai detto che avevo uno zio?»

«Perché volevo che fossi felice, figliolo. Finché continuavi a essere all'oscuro dell'esistenza di Fernando, eri al riparo da tutta la merda che ci è toccato vivere.»

Lo guardai dritto negli occhi senza dire niente. Contrasse le labbra in un sorriso amaro e soffiò fuori tutta l'aria dai polmoni.

«Come sai, tuo zio e io siamo cresciuti in una famiglia di classe medio-bassa. Nostra madre faceva la casalinga e nostro padre il muratore. Erano emigrati in Argentina, ma lì la situazione era anche peggio di qui. Hanno avuto Fernando a Buenos Aires e sono tornati in Spagna quando mia madre era incinta di me. Mi daresti un po' d'acqua, per favore?»

Gli portai un bicchiere d'acqua. Bevve tenendo lo sguardo fisso sul tavolino, come se ci fossero scritti sopra i ricordi che mi stava raccontando.

«Quando facevo le elementari i miei genitori si resero conto che ero portato per lo studio. Un insegnante disse loro che conosceva il preside della Santa María de los Desamparados e che c'era la possibilità che mi dessero una borsa di studio. Sono entrato in quella scuola a dodici anni. Ero uno dei pochi alunni di quel posto che non aveva genitori pieni di soldi. Era un luogo di alta classe, pieno di ragazzetti snob con cui non avevo niente a che spartire.»

«Non sei riuscito a farti nessun amico?»

«Sì, Manel Castañeda, il figlio della cuoca. È stato lui a regalarmi il coltello.»

«Quale coltello?»

Mio padre fece un respiro profondo, come se stesse per tuffarsi in una piscina abissale.

«Oltre a essere povero, durante la pubertà ho avuto la sfortuna di sviluppare tratti fisici molto femminili. Naso sottile, capelli ricci, occhi che sembravano dipinti. Quando ero adolescente capitava che mi scambiassero per una ragazza. Alla Santa María de los Desamparados ho subìto molestie di ogni tipo. Quello che oggi si definisce come bullismo. Secondo te come mai a volte faccio battute grezze o commenti maschilisti? È una specie di tic che mi è rimasto da allora. Un modo per dire a me stesso: "Sei un macho, Miguel. Non dubitarne mai".»

«La mamma dice che da giovane eri bellissimo.»

«Certo. Talmente bello che mi chiamavano "principessina".»

Pronunciò quell'ultima parola sputandone ogni sillaba come se ne fosse disgustato.

CAPITOLO 68
Molti anni prima

Il coltello nella tasca interna della giacca gli pesa come un macigno. Al suo arrivo a casa trova la moglie che lo aspetta sul divano. Gli fa cenno di parlare a bassa voce, indicando la camera del bambino.

«Dove eri finito, Miguel?» riesce poi a sussurrare appena prima che il suo sguardo si posi sulla mano macchiata di rosso.

«Perdonami» è tutto ciò che riesce a proferire lui.

«Cos'è successo?»

È sicuro che se le raccontasse la verità la loro relazione finirebbe. Ma sa anche che non riuscirebbe ad aggiungere un altro segreto alla sua vita. Non con lei. Perciò parla. Le racconta l'orrore scatenato dall'insignificante bacio con Manel. Le confessa che, dopo ciò che è accaduto con lei quello stesso pomeriggio, non ha potuto fare a meno di seguirli. E che con il passare delle ore la sua rabbia è montata fino a renderlo del tutto incapace di ragionare.

«Ti giuro che mi ero portato il coltello solo per spaventarlo.»

«Lo hai ucciso?»

Annuisce. Lei cammina avanti e indietro per la sala da pranzo, rimanendo in silenzio.

«Se le cose sono andate come mi hai detto, hai fatto bene.»

«Te lo giuro.»

Lei gli si avvicina, lo guarda negli occhi per qualche secondo e poi lo abbraccia. Per un attimo nella mente di Miguel non c'è spazio né per il passato né per l'omicidio che ha appena commesso. L'unica cosa che riesce a pensare è che quello potrebbe essere l'ultimo abbraccio che darà a sua moglie prima che lo sbattano in carcere. Probabilmente non sentirà mai più il suo calore contro il petto né vedrà crescere suo figlio. Ma sa anche che, per quanto la corrente lo stia trascinando a fondo, non smetterà di remare finché gli rimarrà fiato.

«Dobbiamo andarcene, Consuelo.»

«Dove?»

«Ovunque. Dobbiamo fuggire. Vorranno vendicarsi, li conosco» dice mentre si guarda la mano insanguinata. «Che cosa ho fatto? Mio Dio, che cosa ho fatto? Ho rovinato la tua vita e quella di Julián.»

«Aspetta un attimo, calmati.»

«Come faccio a calmarmi? Non gli basterà vedermi dietro le sbarre. Mi colpiranno dove sanno che mi farà più male. Nostro figlio è in pericolo, capisci? E anche tu.»

Prima che possa continuare a parlare, la porta di casa si apre. Miguel fa un passo avanti per mettersi tra la porta d'ingresso e sua moglie. Estrae il coltello dalla giacca e lo punta dritto davanti a sé. La lama trema.

Sulla soglia della sala da pranzo compare una figura alta e robusta. È suo fratello Fernando. È venuto dall'Argentina per le vacanze e sta da loro per qualche giorno. O meglio, stava da loro, visto che in teoria quella notte e la successiva avrebbe dovuto passarle a casa di un amico a Barcellona.

«Fernando. Che ci fai qui?»

Ma suo fratello non risponde. Rimane a fissare il coltello ancora macchiato. Miguel lo lascia cadere a terra, come se si fosse appena trasformato in un serpente.

«Cos'è successo? Di chi è quel sangue?»

Non sa cosa rispondere. Non può.

«Miguel, tesoro. Credo sia meglio che racconti tutto a tuo fratello.»

Sua moglie ha ragione. Non è possibile nascondere l'evidenza. E sarà ancora meno possibile domani, quando sui giornali uscirà la notizia dell'omicidio. Perciò si accascia sul divano, come se gli fossero appena caduti mille mattoni sulle spalle.

«Ho ucciso un uomo» sussurra.

Presume che suo fratello, che per il fatto di essere più grande ha sempre ritenuto di avere il diritto di dirgli cosa deve fare, comincerà a rimproverarlo. E invece Fernando si limita ad annuire, come per dirgli che ha recepito quella prima parte della comunicazione e che può proseguire con il racconto.

Per la seconda volta in mezz'ora Miguel riferisce l'accaduto per intero, compresi alcuni dettagli che si era dimenticato di dire a Consuelo. Sia lei che suo fratello lo ascoltano senza parlare. Le uniche interruzioni sono quelle causate dal suo stesso pianto.

«Appena troveranno il cadavere avvieranno le indagini» dice Fernando, come se Miguel non lo sapesse già. «Gli amici di Codina racconteranno della lite al bar e presto la polizia verrà a farti delle domande.»

Miguel si prende un momento per metabolizzare il fatto che la sua vita andrà nuovamente in frantumi. E ancora una volta sarà per colpa dei Lupi. O magari è tutta colpa sua, per non averli affrontati quando era ragazzo e non aver saputo tenere a bada la sua stessa rabbia quattordici anni dopo. Pensa a quanto è importante che la giustizia sia tempestiva. Se lui o qualcun altro avesse denunciato il suo stupro, sarebbe successo comunque ciò che è appena accaduto?

«Non ho via d'uscita» dice. «Andrò in prigione. L'importante è che Consuelo e Julián siano al sicuro.»

«Che intendi?» domanda lei.

Lui inspira e la guarda, scegliendo le parole con estrema cura.

«Quella gente ha delle regole diverse. Occhio per due occhi. Dente per due denti. Non cercheranno di vendicarsi soltanto con me, lo capisci?»

Sa che è così, che sua moglie capisce.

«Aspetta» interviene Fernando. «Consuelo, mi hai detto che ti hanno proposto un lavoro a Barcellona, giusto?

Accettalo.»

«Credi che a Barcellona non la troveranno?» chiede Miguel.

«Tu chiama per accettare quel lavoro. E domani stesso sparirete tutti e tre, ma non andrete a Barcellona.»

«E dove allora?»

«A El Chaltén. Insieme a me.»

«È una follia» commenta Consuelo.

Fernando indica la camera che lei utilizza come ufficio.

«Hai progettato il mio albergo, no? Be', adesso mi aiuterete a costruirlo.»

Miguel riflette sulle parole del fratello. Sopra il tavolo da disegno dell'ufficio c'è ancora aperta la planimetria dell'albergo, che Consuelo sta ritoccando da giorni per adattarla alle richieste di Fernando. Due anni fa, quando si è trasferito a El Chaltén, le ha chiesto il progetto di un hotel che aveva costruito sui Pirenei. Diceva che gli sarebbe piaciuto qualcosa di simile per il suo albergo in Patagonia. E ora che è tornato per le vacanze prima di cominciare i lavori, le ha chiesto di apportare alcune modifiche.

«Quando l'albergo sarà finito magari potrete tornare» continua Fernando. «O magari no, chi può dirlo? Adesso però ve ne dovete andare, per proteggere Julián.»

«*Potegee Ulián?*»

Miguel guarda verso la porta che conduce alle camere da letto. Suo figlio è lì, in piedi sulla soglia, infagottato nel suo pigiama con i dinosauri.

«Vieni, Juli, torniamo a letto» si affretta a dirgli Consuelo prima di prenderlo in braccio per riportarlo nella sua stanza.

A Miguel non sfugge il fatto che lo sguardo del figlio si è posato sulla sua mano imbrattata di rosso.

CAPITOLO 69
Molti anni prima

Le sette candele illuminano a malapena la stanza della vecchia casa di campagna. Benché le loro deboli fiamme non riescano a riscaldare la fresca aria della sera, il viso di Arnau Junqué ribolle. Non che abbia la febbre. Si trova lì da un'ora, seduto immobile davanti all'altare, a infiammarsi di rabbia.

Sente dei passi alle sue spalle, però non si volta. Distingue le voci di Mario e Gerard, che entrano nella stanza con la consueta formula di saluto.

«*Lupus occidere vivendo debet.*»

«*Lupus occidere vivendo debet*» ripete Arnau.

Senza distogliere lo sguardo dall'altare, si accarezza l'anello. Sono rimasti soltanto loro tre come Lupi autentici, quelli che hanno l'anello d'argento con l'incisione dentro. Tutti gli altri, le centinaia di membri passati dalla confraternita nel corso dei decenni, erano soltanto ragazzini smaniosi di bere e sbavare, che si ornavano le mani con paccottiglia di ottone. Loro invece no. Loro sono stati i primi dopo molto tempo a scoprire cosa significhi essere un Lupo. E adesso Pep Codina, uno di quelli autentici, è morto.

Sente i suoi compagni che si tolgono i cappotti e si siedono vicino a lui, pronti a cominciare una riunione ben diversa da quelle che tengono tutti i mesi in quella casa abbandonata. Stasera non c'è nessun animale da sacrificare, né una prostituta da maltrattare, né sostanze psicotrope da assumere. La riunione di oggi è segreta come tutte le altre, di cui nemmeno le mogli di Gerard e Mario sono a conoscenza, ma mille volte più importante.

È stata convocata cinque ore fa, all'ingresso del cimitero, dopo che il becchino ha gettato le ultime badilate di terra sulla bara di Pep Codina.

Smette di guardare l'altare e si volta verso i suoi compagni.

«Miguel Cucurell la pagherà cara. Chiunque osi mettersi contro un Lupo non può sfuggire alla furia del branco» dice chiudendo il pugno per guardarsi l'anello. «Cosa avete detto alla polizia?»

«Quello che avevamo concordato: che abbiamo bevuto qualcosa insieme al bar e poi ci siamo salutati. Niente di strano.»

«Nessun accenno alla discussione con Cucurell?»

«No» rispondono gli altri all'unisono.

Arnau Junqué sorride.

«Benissimo. Risolveremo la faccenda a modo nostro.»

«Cosa faremo?»

Vede che i suoi due compagni lo stanno guardando, in attesa di una risposta. Ora che Pep non c'è più, il branco ha bisogno di un nuovo leader. E un Lupo non raggiunge il vertice né per elezione né per consenso. Un Lupo morde.

«L'unica cosa che possiamo fare. Uccidere Miguel Cucurell e tutta la sua famiglia.»

«Come faremo a non farci scoprire?»

«Troverò il modo. Innanzitutto dobbiamo lasciar passare un po' di tempo. La vendetta è un piatto che va servito freddo.»

CAPITOLO 70
Molti anni prima

Fernando Cucurell non è mai stato tanto felice di aver pagato le tasse. Con un sorriso stampato in faccia cammina lungo le strade sterrate tenendo sotto il braccio la cartellina che contiene le ricevute. Oggi si è concluso il mezzo anno gratuito che il comune di El Chaltén gli ha concesso come incentivo per la sua attività imprenditoriale. La prossima settimana saranno passati sei mesi da quando l'Hotel Montgrí ha accolto il suo primo cliente. E quasi due anni da quando Miguel, Consuelo e Julián hanno attraversato l'oceano per andare a vivere con lui.

In un certo senso suo fratello è stato fortunato. Il giorno successivo all'omicidio di Pep Codina la polizia non si è presentata a casa sua. E nemmeno l'indomani. Né in un altro momento. A quanto pare nessuno lo ha collegato alla vittima. Anziché finire in prigione, adesso Miguel vive con la sua famiglia in un luogo paradisiaco, quasi ai confini del mondo.

Di tanto in tanto l'ombra di ciò che è successo gli tinge il volto di grigio e Fernando teme che possa ricadere nel baratro dell'alcolismo, in cui era finito qualche anno prima di conoscere Consuelo. Ma per il momento suo fratello riesce a tenere duro.

Sia lui che sua cognata si sono rivelati eccellenti sia come coinquilini che come colleghi di lavoro. E il piccolo Julián è una meraviglia. Abitano tutti e quattro insieme nella casa che Fernando ha costruito all'altra estremità del suo terreno.

La realizzazione dell'albergo ha richiesto un anno,

durante il quale Consuelo ha supervisionato i lavori mentre Miguel e Fernando li eseguivano. A volte li aiutava anche un muratore del posto, che portava suo figlio Danilo a giocare con Julián. Malgrado la differenza di età, Julián e Danilo andavano molto d'accordo.

Da quando l'attività è entrata in funzione, la loro famiglia sta cercando di adattarsi al nuovo ruolo di albergatori. Quella che fa più fatica è sua cognata. In attesa che le entri un nuovo incarico, dà una mano alla reception e in cucina. Ma trovare lavoro in ambito architettonico non le sarà facile, perché pur essendo una località con un grande potenziale El Chaltén ha meno di cinquanta residenti fissi. In quel posto un'architetta ha più o meno la stessa mole di lavoro di un venditore di cappotti nel deserto.

Il piccolo Julián, che adesso ha cinque anni, è uno dei quattro alunni dell'asilo del paese, che condivide un edificio con la scuola elementare, la biblioteca municipale e un ambulatorio sanitario gestito da un'unica infermiera. In genere passa i pomeriggi a correre nel cortile dell'albergo e nel terreno adiacente, che come la maggior parte del paese è completamente vuoto. Spesso si unisce a lui anche il suo amico Danilo.

Dal punto di vista commerciale Fernando non si può lamentare. La popolarità di El Chaltén come meta turistica cresce in maniera impressionante. Ci sono sempre più villeggianti, argentini e stranieri, che partono da Río Gallegos e percorrono i cinquecento chilometri di malmessa strada sterrata per visitare quella che secondo alcuni è già la capitale nazionale del trekking. Senza contare che, oltre all'alloggio, l'Hotel Montgrí offre anche escursioni in montagna. Quella di punta è indubbiamente la gita sul Viedma, uno dei ghiacciai più grandi al mondo.

Fernando Cucurell sorride a quel pensiero mentre cammina per tornare all'albergo. Il suo sogno si è avverato, e nel frattempo lui è riuscito ad aiutare la famiglia di suo fratello a non saltare per aria. È felice.

Proprio in quel momento vede una cosa che lo

paralizza. La cartellina che tiene sotto il braccio cade a terra e il vento della Patagonia si porta via le ricevute di quelle prime tasse che ha pagato con tanta gioia. Trenta metri più avanti rispetto a lui c'è l'unico ristorante del paese, dalla cui porta d'ingresso stanno uscendo le ultime tre persone che avrebbe mai voluto vedere lì a El Chaltén.

Il primo che riconosce è Mario Santiago. Ha i capelli un po' più corti, ma a parte quello è identico all'ultima volta che lo ha visto, quando erano adolescenti. Poi identifica gli altri due. Sono loro. I peggiori incubi di suo fratello Miguel si sono avverati. Quei tre squilibrati hanno attraversato mezzo mondo per vendicare la morte del loro compagno di setta.

Fernando corre verso l'albergo il più velocemente possibile. Alla reception trova Miguel.

«Dove sono Consuelo e Julián?»

«Fuori, a giocare.»

Esce di corsa. Li trova che tirano calci a un pallone nel brullo terreno adiacente.

«Entrate subito dentro, Consuelo.»

«Si può sapere che succede?» gli chiede Miguel, che lo ha seguito.

«Ascoltatemi bene. Dovete andarvene. Adesso. Sono qui.»

«Chi?» domanda Consuelo.

Fernando sa che non c'è bisogno di specificarlo. Si dirige verso la reception facendo cenno di seguirlo.

«E dove ce ne andiamo?» chiede Miguel.

«Ovunque, basta che sia lontano. Per ora entrate in casa e non uscite per nessun motivo. Mi avete capito? Per nessun motivo.»

Fernando osserva la coppia e il bambino percorrere il corridoio che porta alle camere e poi uscire dalla porta sul retro. Quando spariscono dal suo campo visivo, mette sul banco della reception un cartellino triangolare con su scritto "TORNO SUBITO" e si avvia verso l'uscita dell'albergo.

«Fernando» sente che lo chiama suo fratello dietro

di lui.

«Che ci fai qui? Non mi hai sentito? Devi nasconderti subito.»

Miguel scrolla il capo in segno negativo.

«Non ce ne andremo da nessuna parte.»

«Sono qui. Per quale motivo pensi che siano venuti?»

«Lo sappiamo benissimo tutti e due.»

Fernando sbuffa e con la coda dell'occhio guarda verso la reception. Ha il cuore che gli batte all'impazzata.

«Ascoltami» dice.

«No, ascoltami tu.»

Con voce pacata, Miguel gli spiega il suo piano. Dalla precisione dei dettagli, Fernando capisce che lo sta architettando da tempo. Dopo che suo fratello ha concluso, rimane per un po' in silenzio a rifletterci su.

«No» dice poi. «Non posso fare quello che mi chiedi.»

«Perché no?»

«Senti, Miguel, quello che ti hanno fatto quei figli di puttana è tremendo. Ma non puoi continuare ad ammazzare per vendetta.»

«Non è vendetta, è sopravvivenza.»

«Se vuoi sopravvivere, tu e la tua famiglia dovete andarvene da qui e mettervi in salvo.»

«In salvo? Se non siamo riusciti a metterci in salvo qui, in un paesino sperduto dall'altra parte del mondo, dove pensi che sia possibile?»

Fernando guarda suo fratello dritto negli occhi. Si aspetta di trovarci rabbia, e invece c'è soltanto supplica.

«Te lo chiedo per favore, Fernando. Aiutami. Quest'ultima volta e poi basta.»

CAPITOLO 71
Molti anni prima

Fernando Cucurell esce dall'Hotel Montgrí e affretta il passo in direzione del ristorante dove ha visto i tre Lupi. Li trova che camminano verso l'uscita del paese.

«Gerard!» grida mentre corre per raggiungerli.

Gerard Martí si volta. Fernando sa che lo ha riconosciuto, perché il suo sguardo è pieno di sospetto.

«Gerard! Che ci fai qui?» gli dice non appena li raggiunge. «Mario? Arnau? Che bello rivedervi!»

Ha parlato sorridendo, e adesso li avvolge a uno a uno in un forte abbraccio. Poi si stringono la mano e Fernando nota che indossano l'anello con il muso di lupo.

«Che... casualità» balbetta Gerard Martí.

«Infatti! Che casualità e che gioia. Quando siete arrivati? Quanto vi fermate? Voglio sapere tutto.»

«Siamo appena arrivati, da poche ore» risponde Martí. «Stiamo ammazzando il tempo mentre aspettiamo che finiscano di prepararci le camere alla locanda per poterci sistemare.»

«Locanda un corno! Sono il proprietario del migliore albergo di El Chaltén. Be', a dire il vero è anche l'unico. Sarete miei ospiti.»

I tre fanno di no con la testa.

«Ci piacerebbe, ma abbiamo già pagato lì» si affretta a rispondere Arnau Junqué.

«Non è assolutamente un problema» lo blocca lui facendo un gesto con la mano per minimizzare la cosa. «Alla locanda ci lavora Juanmi, un mio grande amico. Gli parlo io e vi faccio restituire i soldi, così venite a stare nel mio albergo. Ma che non vi venga in mente di provare a pagarmi: sarete miei ospiti per tutto il tempo in cui starete a El Chaltén. Non mi capita tutti i giorni la visita di qualcuno del mio paese di origine.»

Sorride di nuovo e dà una pacca sulla spalla a tutti e tre, tentando di dissimulare il tremore alle gambe.

«Che bello, ragazzi. Che bello davvero» ripete. «Andiamo a parlare con Juanmi.»

Senza aspettare che gli rispondano, Fernando si avvia verso l'uscita del paese. Lungo il tragitto i tre Lupi cercano di fermarlo con ogni tipo di scusa, ma lui riesce sempre a smontarle con garbo. Quando arrivano alla locanda, trovano Juanmi davanti alla porta a carteggiare un'asse.

«Senti che coincidenza, Juanmi! Non ci crederai!» gli dice Fernando indicando i Lupi. «Loro sono del mio paese! Vorrei ospitarli in albergo da me, potresti restituirgli i soldi che hanno pagato per stare qui alla locanda?»

«Per il galiziano Cucurell questo e altro.»

«Grazie, Juanmi.»

«C'è qualcosa che non va? È la prima volta che ti chiamo galiziano e non parti in quarta a spiegarmi la differenza tra Galizia e Catalogna.»

«È l'emozione» si giustifica Fernando indicando i suoi tre connazionali.

«Non sapevo che avessi un cuore» rilancia Juanmi con un sorriso. Poi si volta verso i Lupi. «Venite pure con me, vi restituisco i soldi.»

Fernando aspetta fuori per un quarto d'ora, finché i Lupi non escono con i loro bagagli. Poi ringrazia di nuovo Juanmi e fa cenno agli altri tre di seguirlo. Dopo una cinquantina di metri si tasta le tasche di camicia e pantaloni e scuote la testa.

«L'accendino. Dev'essermi caduto quando mi sono messo a sedere ad aspettarvi. Torno subito.»

Senza lasciare loro il tempo di rispondere, corre verso la locanda.

«Con quali nomi si erano registrati quei tre?» chiede a Juanmi, che intanto si è rimesso a carteggiare l'asse.

«Sono tuoi amici e non sai come si chiamano?»

«Dài, muoviti. Controlla e dimmelo.»

«Non ho bisogno di controllare: Juan Gómez, Pablo García e Carlos Ruiz.»

«Ti sei fatto dare un documento?»

«Il passaporto di tutti e tre.»

«E sui passaporti c'erano quei nomi?»

«Certo, che nomi volevi che ci fossero? John, Paul e Ringo?»

«Grazie. Ora dammi un accendino.»

«Cosa?»

«Dammi un accendino.»

«Ma che hai oggi? Sei parecchio strano. Lo sai che non fumo.»

«Nemmeno io, appunto. Su, trovami un accendino.»

Juanmi scuote la testa ed entra nella locanda. Poi torna con un accendino rosso che Fernando gli strappa di mano.

«Non dirlo a nessuno. Poi ti spiego» gli dice prima di correre via.

Quando esce dal recinto di alberi che circonda la locanda, tira un sospiro di sollievo nel vedere che i tre Lupi sono ancora dove li ha lasciati. Temeva che potessero dileguarsi alla prima occasione, ma aveva bisogno di assicurarsi che il loro viaggio a El Chaltén non fosse una gigantesca casualità.

E infatti non lo è: nessuno usa passaporti falsi per fare turismo.

«Scusate, ragazzi. Come si usa dire qui, non mi dimentico la testa solo perché ce l'ho attaccata al collo» si scusa, mostrando loro l'accendino. Poi indica la strada. «Da quant'è che non ci vediamo? Quindici anni? Venti? La vita è davvero incredibile. Quante probabilità c'erano che ci incontrassimo dall'altra parte del mondo?»

Loro rispondono con frasi brevi e vaghe. Per Fernando le cose si fanno sempre più difficili, ma riesce comunque a tenere in piedi la conversazione per i cinquecento metri che separano la locanda dall'albergo.

«Questo è l'Hotel Montgrí» annuncia quando finalmente arrivano. «Gli ho dato questo nome in onore della nostra terra.»

Sorrisi tesi.

Entrano tutti e quattro nella reception. Fernando fa il giro del bancone, mette via il cartello che annuncia la sua assenza e appoggia i gomiti sulla superficie di legno guardando i Lupi.

«In genere questo è il momento in cui chiedo ai miei ospiti di darmi il passaporto. Ma con voi non ce n'è bisogno. Non vi segno nemmeno sul registro. Un conto è ospitarvi, un altro è doverci pagare le tasse sopra» dice, accompagnando l'ultima frase con un occhiolino.

Si volta verso le chiavi appese alla parete. Ci sono tutte, ormai siamo a fine stagione e l'albergo è vuoto. Ne prende tre e fa cenno ai Lupi di seguirlo. Dopo aver mostrato loro le camere in cui alloggeranno, li invita a bere un bicchiere di vino alla reception. Loro rifiutano, ma Fernando insiste finché non accettano.

«C'è qui anche mio fratello. Si è trasferito con la famiglia qualche tempo fa. Lo sapevate?» chiede mentre versa il vino.

In maniera quasi coreografica i tre Lupi alzano le spalle e inarcano le labbra verso il basso, come se avessero appena scoperto che Fernando ha un fratello. Insomma, come si usa dire, fanno gli gnorri.

«In questo momento non sono in paese» spiega. «Hanno un bambino piccolo che si chiama Julián e hanno dovuto portarlo dal pediatra a Río Gallegos. Torneranno tra due giorni. Vi ricordate di mio fratello Miguel, no?»

«Ci conoscevamo di vista alla Santa María de los Desamparados» dice Gerard Martí. «Ma lui ha un anno meno di noi e non abbiamo mai legato molto. Almeno non io.»

«Nemmeno io» interviene Mario Santiago.

«Io neppure» si aggiunge Arnau Junqué.

«È un tipo in gamba, vi piacerà di sicuro. A proposito, che programmi avete per la vostra permanenza a El Chaltén?»

«Gli stessi di chiunque altro, immagino. Escursioni in montagna.»

Fernando sventola le mani in aria come a dire che non c'è bisogno di aggiungere altro.

«Vi porterò a fare l'escursione più eccezionale della vostra vita.»

«Non importa, Fernando» dice Martí. «Stiamo già abusando della tua ospitalità alloggiando in questo albergo a tue spese.»

«Assolutamente no. Mi fa molto piacere. Avete mai camminato su un ghiacciaio?»

I tre Lupi rispondono di no scuotendo la testa.

«È un'esperienza unica. Perciò non si discute: partiamo domani mattina alle sette in punto.»

CAPITOLO 72
Molti anni prima

Fernando Cucurell risale un pendio di ghiaccio. Gli occhiali da sole e il berretto di lana calato fino alle sopracciglia mascherano la sua espressione nervosa. Il cuore gli batte all'impazzata. Hanno attraccato la barca quindici minuti fa e adesso Gerard Martí e Mario Santiago lo stanno seguendo mentre si addentra sul ghiacciaio. L'essere umano più vicino a loro in quel momento, calcola Fernando, si trova in linea d'aria a venti chilometri di distanza. Con un'unica eccezione.

All'escursione partecipano soltanto due Lupi su tre: Arnau Junqué si è svegliato con febbre alta e dolori articolari. Si è autodiagnosticato un'influenza in piena regola. A causa di quell'imprevisto il piano dovrà essere annullato.

Fernando è stato su quel ghiacciaio un centinaio di volte, ma questa è la prima in cui non si lascia ammaliare dal panorama. Non si accorge nemmeno della completa gamma di blu, né gli viene da paragonare i ruggiti del ghiaccio ai lamenti di un mostro ferito, come in genere fa quando accompagna i turisti. Non avverte neppure il freddo sul viso mentre cammina su quel cubetto di ghiaccio grande dieci volte la città di Barcellona. Perché oggi tutta la sua attenzione è concentrata sui quattro piedi che scricchiolano dietro di lui. Se qualcosa dovesse andare storto, per difendersi ha a disposizione soltanto un martello.

Si chiede se la magia si sia infranta per sempre: chissà se d'ora in poi tutte le volte che salirà sul Viedma gli si irrigidirà la schiena come adesso e si ritroverà a pensare al lato peggiore dell'essere umano.

Guida i Lupi attraverso pareti di ghiaccio solido che danno vita a crepacci profondi. Mario Santiago gli chiede se possono fermarsi un attimo a riprendere fiato.

«Certo» risponde lui. «Siamo vicinissimi al mio posto preferito.»

Subito dopo aver pronunciato quella frase trattiene il fiato. Un ghiacciaio è un fiume di ghiaccio, e come lui stesso dice sempre ai turisti «non ci si può bagnare due volte nello stesso fiume». È impossibile avere un posto preferito, perché ogni giorno il ghiacciaio è diverso. Ma i Lupi non si accorgono di quello scivolone.

Ci mettono dieci minuti ad arrivare alla piccola cascata che ha individuato qualche ora prima, quando ha portato lì Miguel. Il getto che fuoriesce da una delle pareti precipita in una cavità blu di un metro di diametro che fa sparire l'acqua con uno scroscio costante. È un posto davvero straordinario, ma non è per la sua bellezza che lo hanno scelto, bensì perché ha la forma di un anfiteatro circondato da pareti di ghiaccio alte come case a tre piani. Ciò che sta per accadere in quel luogo avrà come spettatori soltanto dei condor.

Prende dallo zaino una bottiglia di whisky e tre bicchieri. Fedele al rituale che compie ogni volta che accompagna qualcuno sul Viedma, versa il superalcolico e lo raffredda con del ghiaccio che spacca con il suo piccolo martello.

«Alla nostra rimpatriata» dice, porgendo un bicchiere a ciascun Lupo.

«Alla nostra rimpatriata» ripetono loro.

Brindano. Fernando si porta il whisky alle labbra, ma prima che il liquido le sfiori, finge di scivolare sul ghiaccio e fa cadere il bicchiere. Il vetro esplode ai suoi piedi sparpagliando schegge in tutte le direzioni. Alcune scivolano per qualche metro sulla superficie ghiacciata fino a cadere nel pozzo blu.

«Vuoi un po' del mio?» gli chiede Mario Santiago.

«Non importa, grazie. Io quest'esperienza l'ho già

fatta mille volte. Godetevela voi.»

I Lupi bevono.

«Non è certo il miglior whisky che ho assaggiato in vita mia, ma è senz'altro quello con la vista migliore» commenta Gerard Martí. «Questo posto è unico.»

Fernando annuisce mentre pensa a come procedere. Secondo il piano, quello sarebbe il momento di lanciare il segnale a suo fratello – cioè fare un urlo con la scusa di dare una dimostrazione di come rimbomba la voce sul ghiacciaio – per dirgli di uscire dal suo nascondiglio e fare la sua parte. Ma il fatto che Arnau Junqué sia rimasto in albergo complica tutto. Deve avvertire Miguel. Un conto è fare fuori tutti e tre i Lupi lì, in mezzo al nulla, un altro conto è farne fuori due e dover tornare in paese a occuparsi del terzo.

«Scusatemi un secondo, devo fare la pipì. Aspettatemi qui» dice.

Poi fa il giro della grande colonna di ghiaccio dietro la quale tre ore prima ha lasciato suo fratello intabarrato in un cappotto pesante. Ma Miguel non c'è più. Fernando è sicuro di non aver sbagliato posto, perché a terra ci sono centinaia di impronte di ramponi. Le osserva e pensa di aver capito il motivo della sua assenza.

Nel ghiaccio c'è una frattura. Non è proprio una crepa, quanto piuttosto una linea simile a quella di un parabrezza che comincia a spaccarsi. Una venatura nel marmo blu. Lui è stato su quel ghiacciaio un numero di volte sufficiente da sapere che non costituisce alcun pericolo, ma suo fratello no. Perciò forse si è spaventato ed è andato a cercare un altro nascondiglio.

Ci sono troppe discrepanze rispetto al piano originale perché le cose possano finire bene, pensa Fernando mentre torna dai Lupi. Le due fiale di diazepam che ha versato dentro il whisky stanno facendo effetto, perché hanno già cominciato a biascicare mentre parlano.

«Volete sentire come rimbombano i suoni sul ghiaccio?» chiede.

Martí e Santiago annuiscono a fatica. Allora

Fernando si porta le mani ai lati della bocca, ma non fa in tempo a gridare perché suo fratello sbuca da dietro un'altra colonna di ghiaccio imbracciando il Winchester.

«Buongiorno, brutti bastardi» dice. «Mi stavate cercando?»

Punta il fucile verso Mario Santiago e aziona la leva come gli ha insegnato Fernando la prima volta che lo ha portato a caccia di guanachi. Adesso il fucile è pronto a sparare. Uno dei Lupi scuote la testa e sbatte le palpebre come se gli fosse entrato qualcosa negli occhi.

«Cosa ci hai dato da bere?»

«Vi rimangono più o meno cinque minuti prima di addormentarvi del tutto» risponde Miguel. «E credetemi, nessuno riesce a svegliarsi da una siesta su un ghiacciaio.»

«Che cosa vuoi?»

«Pace. Ma voi non me la darete, giusto? Non vi è bastato rovinarmi la vita, adesso volete anche uccidermi per vendicare quel pezzo di merda.»

Mario Santiago tenta di avventarglisi addosso, ma lo fa quasi al rallentatore. Miguel lo scansa senza la minima difficoltà.

«Pep era nostro fratello e tu lo hai accoltellato a Torroella.»

«Lo stesso Pep che mi ha violentato nel 1975?»

«Eravamo ragazzini.»

«Io ero ancora più ragazzino di voi. E mi avete rovinato la vita.»

Senza dire altro Miguel preme il grilletto. L'esplosione riecheggia sui mille spigoli del ghiacciaio. Mario Santiago crolla all'istante, sotto di lui una macchia rossa comincia a espandersi come granatina dentro un cocktail.

Poi Fernando sente un secondo scoppio, questa volta più intenso: è il rumore inconfondibile del ghiaccio che si spacca. Il proiettile ha trapassato Santiago fino a colpire una parete di ghiaccio, aprendovi una crepa verticale dove riuscirebbe a passare un pugno. Dev'essere alta più di sei metri. Se quel pezzo di ghiaccio si stacca, moriranno tutti.

Fernando si distrae in quelle riflessioni giusto una frazione di secondo. E anche suo fratello deve aver abbassato la guardia, perché Gerard Martí gli salta addosso con più agilità di quanta ne dovrebbe avere a disposizione dopo aver bevuto un whisky corretto con diazepam.

Il placcaggio del Lupo gli fa mollare il fucile. Adesso i due rotolano sul ghiaccio prendendosi a pugni. Fernando fa per avventarsi a recuperare il fucile, che però è caduto dentro una crepa che solo un istante prima non c'era. Il ghiaccio gli si sta letteralmente spaccando sotto i piedi.

Esamina le varie possibilità. Se rimane lì, morirà da un momento all'altro. Ma non può abbandonare suo fratello in balia di Martí che tenta di strangolarlo.

Quindi si lancia sul Lupo e lo stringe al collo proprio come sta facendo lui con suo fratello. Però Martí ha diversi secondi di vantaggio e Miguel sta già perdendo conoscenza, con gli occhi strabuzzati. Se non cambia strategia, il primo a morire sarà suo fratello.

Lascia la presa sul Lupo e si guarda attorno. Il martello è troppo lontano. La cosa più a portata di mano, proprio accanto ai suoi ramponi, è un pezzo di ghiaccio grosso come una busta della spesa. Sollevarlo sopra la testa è alquanto faticoso. Spaccarlo in tre pezzi schiantandolo sulla testa di Gerard Martí un po' meno. La forza di gravità è dalla sua parte.

Il Lupo crolla a terra, inerte. Dai suoi capelli spunta giusto un rivolo di sangue.

«Stai bene?» chiede Fernando a Miguel.

Suo fratello tossisce e si asciuga le lacrime dagli occhi.

«Sì» risponde poi con voce rotta.

Fernando guarda Martí, immobile sul ghiaccio. Ha davvero ucciso un uomo? Forse no, forse è ancora vivo.

Prima che possa accertarsene, il ghiacciaio ruggisce ancora. La crepa nella parete adesso è larga quanto una persona. È la prima volta che Fernando sente il ghiaccio muoversi sotto i suoi piedi. E quando alza lo sguardo, ha la certezza che sarà anche l'ultima.

Vive a El Chaltén da abbastanza tempo per sapere che nessuno può prevedere quale sarà il prossimo pezzo a staccarsi da un ghiacciaio. Ce ne sono alcuni che sembrano appesi a un filo ma che magari impiegano giorni a cadere, mentre pareti in apparenza ben più solide possono crollare senza alcun preavviso. Eppure il pezzo che ha davanti non lascia margine di ambiguità: si sta muovendo, quasi al rallentatore, proprio sotto i suoi occhi. Stanno per morire schiacciati.

Afferra Miguel per un braccio e si mette a correre nella direzione da cui sono arrivati. Sente un ruggito alle sue spalle, ma resiste all'impulso di voltarsi a guardare. Corre più veloce, continuando a tirare il fratello. Sente un colpo secco su un tallone: è uno dei mille pezzi di ghiaccio che li oltrepassano, scivolando sul ghiaccio come dischi da hockey. La lastra su cui stanno correndo potrebbe aprirsi da un momento all'altro, o magari affondare o ruotare di centottanta gradi. Sarebbe più facile scappare dallo stomaco di una balena che da quel cratere congelato.

Risalgono da dove sono scesi con una velocità che solo chi corre per sopravvivere riesce a raggiungere. Fernando si concede di voltarsi indietro soltanto quando arrivano in fondo e sono fuori pericolo. A quel punto si rende conto che la cascata dove stavano lottando appena trenta secondi prima non esiste più. È stata sepolta da una valanga di ghiaccio grossa come un camion. E con lei anche i due Lupi.

CAPITOLO 73
Julián

Mi sbagliavo quando avevo detto a mio padre che se non mi avesse raccontato quello che era successo avrei potuto immaginare qualcosa di peggiore rispetto alla realtà. La mia mente non sarebbe mai stata in grado di elaborare niente che superasse quanto mi aveva appena confessato. Fino a quel momento avevo creduto che la parte più oscura del suo passato fosse l'alcolismo. Adesso invece capivo che quella dipendenza era solo una conseguenza del vero orrore.

«Sono trent'anni che mi chiedo che altro avrei potuto fare. Quando c'erano di mezzo loro dovevi sempre scegliere se uccidere o morire. Le loro regole erano quelle.»

Deglutii. Probabilmente da trent'anni mio padre si stava chiedendo anche come avrei reagito io se mai avessi scoperto cosa era successo. Se in quel momento avessi detto una sola parola di troppo, avrei potuto distruggerlo per sempre.

«Avrei fatto la stessa cosa, papà.»

Fu come se quella frase avesse premuto un interruttore dentro di lui: mio padre affondò il viso tra le mani e scoppiò a piangere come non lo avevo mai visto fare. Era un pianto profondissimo che gli scuoteva tutto il corpo. Un pianto che da trent'anni premeva per venire a galla.

Mi misi a sedere accanto a lui e gli accarezzai la schiena. A tratti sembrava riuscire a controllare l'angoscia e tentava di parlare, poi però cedeva di nuovo ai singhiozzi. Farfugliava parole che non riuscivo ad afferrare ma di cui intuivo il significato.

«Hai fatto bene, papà» gli ripetei più volte. Lui a tratti annuiva e a tratti scrollava la testa.

Dopo alcuni interminabili minuti, i suoi spasmi si attenuarono e riuscì ad asciugarsi le lacrime. Quando finalmente alzò la testa per guardarmi, toccandosi le spalle disse: «Non volevo che tu scoprissi che porto quattro morti sulle spalle, Julián. Ho ucciso due persone con le mie stesse mani. E le altre due è quasi come se lo avessi fatto».

Nel primo caso mio padre si riferiva a Pep Codina a Torroella e a Mario Santiago sul Viedma. Invece della morte di Gerard Martí sul ghiacciaio, stando a quanto mi aveva appena riferito, era responsabile mio zio.

Fece un respiro profondo e riprese il suo racconto. Mi spiegò cosa era accaduto al quarto Lupo. Quello che trent'anni dopo avevo ritrovato dentro l'Hotel Montgrí.

CAPITOLO 74
Molti anni prima

Nella camera numero sette, Arnau Junqué si sveglia per la quarta volta della mattinata. I raggi del sole che filtrano attraverso le imposte chiuse cadono ormai quasi in verticale. L'orologio al suo polso segna mezzogiorno e mezzo.

Questa volta non è madido di sudore come i tre risvegli precedenti. Adesso è un freddo intenso a essersi impadronito del suo corpo, riempiendolo di brividi. Eppure si sente parecchio più in forze rispetto a poche ore prima, quando alle sette del mattino Fernando Cucurell ha bussato alla porta della sua stanza per svegliarlo in vista dell'escursione sul ghiacciaio.

Ora invece non arriva nessun suono dall'altro lato della porta. L'unica cosa che sente è il vento che soffia dolcemente vicino alle finestre. E il suo stomaco. Non mangia niente da più di dodici ore e pur avendo la febbre è una cosa terribile per lui.

Quando si alza dal letto gli fanno male le articolazioni. Visti il dolore e la febbre, il quadro è chiaro: come direbbe suo padre, uno dei medici più rinomati di Torroella de Montgrí, ha un'influenza "del diavolo".

Si copre bene ed esce dalla stanza. Non c'è nessuno né in sala da pranzo né alla reception. Suona il campanello in bronzo che c'è sopra il bancone, ma non succede niente. Si affaccia alla porta a spinta della cucina ma trova tutto vuoto, pulito e in ordine. In quell'albergo c'è soltanto lui.

Accende il fuoco nel caminetto della sala da pranzo e si siede ad aspettare su una poltrona. Sa che Fernando Cucurell si trova sul ghiacciaio insieme a Mario e Gerard, ma deve pur aver lasciato qualcuno a occuparsi dell'albergo. Qualcuno che prima o poi si presenterà e potrà preparargli qualcosa da mangiare.

Quaranta minuti dopo, i ceppi sono ridotti in braci e il suo stomaco è passato dalla richiesta alla protesta. Prende in considerazione l'idea di andare a cercare qualcosa in cucina, ma non vuole rischiare che lo becchino a ficcare il naso dove non dovrebbe. Vista la situazione, meno dà nell'occhio meglio è.

Torna nella sua stanza e si intabarra il più possibile, compresi sciarpa e cappello di lana, in parte per il freddo e in parte perché non gli conviene essere riconosciuto. Non può commettere l'errore di farsi vedere come è successo ieri: gli ha già causato abbastanza problemi.

Esce nel tepore di mezzogiorno, intorno a lui solo una dozzina di case sparpagliate lungo isolati deserti. Si incammina verso l'ingresso del paese, fino all'edificio davanti al quale li ha lasciati l'autobus con cui sono arrivati da El Calafate, che funge al contempo da unico ristorante, negozio di alimentari e stazione di servizio.

Entra nel locale e sceglie il tavolo in fondo, vicino a una finestra che affaccia sulla strada. Mezzo minuto dopo gli si avvicina la stessa signora che li ha serviti ieri.

«Buongiorno, vuole mangiare?»

«Sì.»

«Abbiamo stufato di carne con patate.»

«Benissimo.»

«Acqua o vino?»

«Vino.»

La donna annuisce e va in cucina. Arnau Junqué osserva dalla finestra il paese immobile e deserto. Deve riconoscere che Miguel Cucurell ha scelto il luogo ideale per nascondersi. Ma lui lo ha trovato lo stesso. Sorride. Deve solo aspettare che Cucurell e la sua famiglia tornino a El Chaltén, così finalmente pagherà per la morte di Pep.

Lo stufato gli sembra decisamente migliorabile, ma la fame ha la meglio. Ha mangiato giusto un paio di bocconi quando nella sala entra un adolescente goffo con un sorriso ebete stampato in faccia. Mentre cammina gli ciondola la testa, come uno di quei pupazzetti che si tengono sul cruscotto dell'auto.

Dei dodici tavoli presenti nel ristorante, il ragazzo sceglie proprio quello più vicino a lui. Junqué impreca tra sé e sé: per mangiare si è dovuto togliere la sciarpa e l'idea di essere visto a distanza tanto ravvicinata non gli piace per niente.

La donna torna con un altro piatto di stufato e lo appoggia davanti al giovane.

«Lascia mangiare tranquillo il signore, Danilo. D'accordo?»

«Sì, Clara» risponde lui. Poi guarda Arnau Junqué rivolgendogli un sorriso furbetto.

Junqué si rassicura un po': quel ragazzo ha un ritardo mentale.

«A Clara non piace che do fastidio ai clienti» sussurra il giovane dopo che la donna se ne è andata.

Junqué annuisce e continua a mangiare.

«A te dà fastidio se ti parlo?»

Junqué guarda fuori senza rispondergli.

«Dove alloggi? Alla locanda dei parchi o all'Hotel Montgrí?»

«...»

«Spero all'hotel. Fernando è un mio amico. E anche Miguel. E anche Consuelo. E anche Julián. Li ho aiutati a costruire l'albergo. Scacciavo le formiche.»

Nell'udire quelle parole, Junqué si volta verso di lui.

«Anche io sono amico di Miguel» gli dice. «Ho molta voglia di vederlo.»

«Di sicuro tra poco torna. Stamani è uscito presto.»

«Stamani?»

«Sì.»

Mentre mastica, il ragazzo indica la strada con il mento.

«Io vivo davanti a casa sua» dice dopo aver deglutito. «L'ho visto uscire con Fernando. Erano più o meno le cinque.»

«Sei sicuro?»

«Sicurissimo.»

Se quel ragazzo dice la verità, Miguel non è fuori città come ha raccontato suo fratello. Dove sono andati quei due alle cinque del mattino, se alle sette Fernando era già tornato per portare Gerard e Mario sul ghiacciaio?

Fernando Cucurell ha mentito. Lui e quel bastardo di suo fratello hanno teso un'imboscata e loro ci sono cascati in pieno. In quel momento i suoi compagni potrebbero essere già morti. Junqué si guarda l'anello al dito. Ormai potrebbe essere l'unico Lupo rimasto in vita.

«Sono amico anche di Consuelo» dice. «Sai dove posso trovarla?»

Il ragazzo aggrotta la fronte, come se fosse la domanda più stupida del mondo.

«A casa sua, accanto all'albergo.»

«Sai se oggi si trova in paese? Fernando mi ha detto che doveva andare a Río Gallegos per qualche giorno.»

Il ragazzo alza le spalle.

«Fino a ieri a mezzogiorno c'era.»

Junqué annuisce, si pulisce la bocca con il tovagliolo e si alza in piedi.

«Non lo finisci lo stufato?» gli chiede Danilo.

«Non ho più fame.»

«Posso mangiarlo io?»

«È tutto tuo» risponde Junqué mentre svuota il bicchiere di vino in un sorso solo.

«Non bere così veloce, altrimenti ti ubriachi.»

Senza scomodarsi a rispondergli, Junqué lascia una banconota sul tavolo ed esce dal ristorante in tutta fretta.

Mentre cammina verso l'Hotel Montgrí, si chiede quante possibilità abbia di aiutare i suoi compagni. Nessuna. Non saprebbe neanche come fare ad arrivare al ghiacciaio, né tantomeno cosa fare una volta lì.

La reception è ancora deserta. Junqué cerca dietro il bancone qualcosa che possa fornirgli una pista. Sfogliando le pagine del registro degli ospiti, scopre che Fernando non ha registrato né il suo nome né quello degli altri due

Lupi. Tra i vari fogli trova un tagliacarte, ma non è molto affilato né abbastanza grande. Lo getta con sdegno sul bancone ed entra in cucina. Prende il coltello più grande che trova. Quello sì che gli tornerà utile.

Esce dall'hotel e cammina fino all'estremità opposta del terreno. Quando sta per raggiungere la casa, rallenta il passo e prosegue con circospezione. Appoggia l'orecchio alla porta d'ingresso e sente il pianto di un bambino. Sorride. Alza il pugno per bussare, poi però decide di fare un passo indietro e assestare un calcio contro il legno.

La serratura salta e la porta crolla all'interno dell'abitazione. Il pianto del bambino si interrompe e lascia il posto all'urlo di una donna.

È seduta a tavola, davanti a due piatti di cibo e due bicchieri di succo di frutta. Abbraccia un bambino con un pigiama di flanella blu. La riconosce. È la stessa donna che due anni fa gli ha tenuto testa in un bar di Torroella, qualche ora prima che suo marito uccidesse Pep Codina.

«Chi si rivede» le dice mostrandole il coltello.

Lei lo guarda con quel misto di paura e odio tipico delle vittime che stanno per ricevere il primo colpo. Il bambino invece lo osserva con occhi tranquilli.

«Se ti avvicini ti ammazzo» dice lei prendendo il piccolo con una mano e brandendo una forchetta nell'altra.

Junqué sorride e fa un passo avanti.

«Dammi il bambino e non ti succederà niente.»

«Figlio di puttana.»

Lui sorride di nuovo e annuisce. È proprio la reazione che si aspettava: se sarà necessario difenderà il suo cuccioletto fino alla morte. Come una lupa.

«Che cosa vuoi?» gli chiede lei senza lasciare il bambino. Ha uno sguardo di sfida. Il suo seno prosperoso si alza e si abbassa al ritmo del respiro agitato.

L'arroganza di quella donna non lo intimidisce. Anzi, lo eccita. Per un istante Arnau Junqué si dimentica sia della febbre che dei suoi amici. Ora il suo corpo concepisce un unico obiettivo: penetrarla.

«Ti propongo un accordo. Chiudi il bambino in camera sua e torna qui» le dice, prendendosi con la mano il rigonfiamento in mezzo alle gambe che già comincia a indurirsi.

Lei rimane pietrificata.

«Vuoi salvare tuo figlio? Ti sto dando l'opportunità di farlo.»

La donna sembra capire, perché muove la testa in segno di assenso. Il che però lo delude: quella femmina aveva l'aria di una che oppone più resistenza. Il rigonfiamento perde un po' della sua durezza.

«Va bene. Arrivo subito» dice lei facendo un passo verso una porta che sembra condurre al resto della casa.

Gli eventi successivi accadono nel giro di un secondo. Con un movimento velocissimo la donna afferra qualcosa dal tavolo e glielo tira in faccia. È liquido e freddo e gli brucia gli occhi come fosse acido. A Junqué basta un secondo per riconoscerne l'odore. È succo d'arancia.

«Vieni qui, troia» le grida contro, lanciandosi su di lei quasi alla cieca.

La donna riesce a schivarlo e corre fuori con il bambino in braccio, urlando per chiedere aiuto. Arnau Junqué si asciuga il viso con le maniche e le corre dietro. Non ci mette molto a raggiungerla. Riesce ad abbrancarla prima che possa arrivare alla staccionata e con un sorriso da orecchio a orecchio le punta il coltello alla gola.

CAPITOLO 75
Molti anni prima

Consuelo Guelbenzu Ochotorena non ha mai avuto tanta paura in vita sua. L'uomo che le tiene il coltello puntato alla gola mentre la conduce verso l'hotel è alto quasi due metri e ha le braccia grosse quanto le sue cosce. Sa che se vuole salvare la sua vita e quella di Julián deve liberarsi di lui, ma non ha idea di come riuscirci.

Entrano nella reception. Senza lasciare la presa, l'uomo chiude a chiave la porta. Consuelo approfitta del fatto che non la sta guardando per afferrare il tagliacarte che c'è sul bancone e infilarselo in tasca. Poi lui la trascina per tutta la reception mentre chiude le tende a una a una.

Quando arrivano all'ultima finestra, Consuelo vede che in strada, a duecento metri, si sta avvicinando il furgoncino di Fernando. Non sa dire se sia una buona o cattiva notizia. Nel giro di due minuti suo marito e suo cognato entreranno nell'albergo. E se quell'uomo le starà ancora tenendo il coltello puntato alla gola, potrà fare di loro ciò che vuole.

Deve farsi venire subito un'idea.

«Perché non mi dici cosa vuoi?» gli chiede.

«Non conta cosa *voglio* fare, conta cosa *devo* fare. Tuo marito ha ucciso una persona che mi era molto cara. Era più di un fratello per me.»

«Allora veditela con lui e lascia stare noi.»

Arnau Junqué scoppia a ridere. Consuelo si guarda attorno in cerca di una via di fuga. Quella sala da pranzo che ha progettato lei stessa non le offre alcuna possibilità. Anche se non avesse il piccolo Julián attaccato al petto come un koala, non saprebbe comunque cosa fare.

La maniglia si muove. Dall'altro lato della porta Fernando e Miguel stanno tentando di entrare. Se ne accorge anche l'aggressore, e il suo sussulto fa sì che la lama del coltello si allontani di qualche centimetro dalla pelle di Consuelo. Lei sa bene che un'occasione del genere non le ricapiterà più. Così gli conficca il tagliacarte nell'inguine e gli morde il polso. L'uomo emette un grugnito e apre la mano lasciando cadere il coltello.

Consuelo si ritrae di qualche passo con Julián in braccio e intanto sente un rumore di vetri infranti. Suo marito e suo cognato entrano dalla finestra e si avventano sul Lupo. Ma quest'ultimo, che si è già estratto il tagliacarte dalla carne, afferra un attizzatoio accanto al caminetto e lo scaglia contro la tempia di Fernando.

Da un angolo della sala Consuelo vede il cognato cadere a terra privo di sensi, come un burattino a cui sono stati tagliati i fili. Il vantaggio del due contro uno svanisce. Miguel non riuscirà mai a vincere un corpo a corpo contro quella montagna umana alta il doppio di lui. Consuelo sa di doverlo aiutare, ma non vuole mettere in pericolo la vita di Julián.

Scappa via lungo il corridoio su cui si affacciano le camere, dirigendosi verso la porta sul retro. Ha intenzione di uscire e chiamare aiuto, ma prima di arrivare in fondo si rende conto che se perde quei secondi preziosi suo marito potrebbe non uscirne vivo.

Si blocca davanti all'ultima stanza e apre la porta.

«Ora la mamma ti lascia un attimo da solo, tesoro. Però torna subito a prenderti, d'accordo?»

Julián fa di no con la testa e scoppia a piangere aggrappandosi alla gamba di Consuelo. Lei lo allontana, blocca il meccanismo della porta dall'interno e la richiude. Vede la maniglia salire e scendere freneticamente, ma Julián non riesce ad aprire.

Quando torna nella sala, Arnau Junqué sta tenendo suo marito bloccato sul pavimento. Miguel sputa sangue e denti a ogni pugno che riceve. Consuelo sa che l'unica soluzione è raccogliere il coltello e piantarlo con tutte le sue forze nella schiena di quell'uomo. Però ci sono due problemi. Il primo è che la paura impedisce alle sue gambe di rispondere agli ordini del cervello. Il secondo è che il coltello si trova dall'altra parte della sala: per raggiungerlo deve passare pericolosamente vicino a Junqué.

Miguel riceve un ulteriore colpo, l'ennesimo dente che rotola sul pavimento di legno. Se sua moglie non si muove, farà una brutta fine.

Consuelo riesce ad attivarsi. Passa dietro a Junqué, che miracolosamente non se ne accorge, e raccoglie il coltello. La mano che lo impugna sta tremando.

Fa un passo, poi però sente una voce che la paralizza.

«Mamma.»

È Julián, in piedi sulla soglia che collega il corridoio alla sala da pranzo. Ci ha messo solo qualche secondo ad aprire il chiavistello di sicurezza che bloccava la porta dall'interno.

Adesso suo figlio le sta correndo incontro.

«No, Julián!»

L'unico effetto di quel grido è allertare Arnau Junqué. Quando Julián gli passa accanto, il Lupo molla Miguel e intercetta il bambino. Consuelo vede suo figlio che scalcia e piange e nel frattempo la chiama.

«Lascialo!» grida con tutto il fiato che ha in gola.

Junqué sorride e fa un passo verso di lei, tenendo fermo Julián con un braccio.

Un altro rumore di vetri infranti. Suo marito si è rialzato e ha appena spaccato una bottiglia contro un tavolo. La brandisce impugnandola per il collo.

«Lascia mio figlio, pezzo di merda.»

Arnau Junqué si volta verso Miguel e gli dice qualcosa che Consuelo non riesce a capire. Né le interessa. In questo momento l'unica cosa che conta è che il Lupo le sta dando le spalle. Si avventa su di lui e gli conficca il coltello nelle reni.

Julián cade a terra e corre verso suo padre. Junqué si gira e afferra Consuelo per il collo con una mano, rendendole impossibile respirare. Intanto con l'altra mano cerca di bloccarle il braccio che tiene il coltello. Lei lo agita, lacerandogli più volte il palmo fino a quando riesce a piantargliAelo nel ventre.

La pressione sul suo collo diminuisce e l'uomo cade ai suoi piedi. Adesso non parla né la guarda più, ma dedica ogni energia a tentare di tamponare le ferite di cui è cosparso il suo corpo.

Consuelo corre da Miguel e lo abbraccia, stringendo Julián tra loro per proteggerlo dalla vista di quell'uomo che si sta dissanguando a quattro metri di distanza. Sa che deve uscire di lì. Deve portare via suo figlio da quella sala infestata di violenza. Ma ha di nuovo le gambe paralizzate. Non potrà andarsene finché non sarà certa che quella feccia umana è morta. Suo marito le passa Julián e si inginocchia accanto a Fernando, che sta riprendendo conoscenza.

Quando finalmente riesce ad alzarsi in piedi, la prima cosa che suo cognato chiede è: «State bene?».

Consuelo annuisce e si guarda intorno. C'è sangue dappertutto, Arnau Junqué non si muove più. È tutto finito.

O almeno così sembra, finché una voce rompe il silenzio: «Che è successo?».

È stato Juanmi Alonso a fare quella domanda. Si sporge dalla finestra che hanno rotto Fernando e Miguel. Dietro di lui c'è Danilo. Nel vedere Consuelo tutta insanguinata e Junqué che giace inerte in una pozza di sangue, rimangono entrambi paralizzati.

«È morto?» chiede Danilo.

Fernando corre verso di loro e li fa allontanare dalla finestra. Consuelo, tenendo stretto Julián, osserva suo marito. Ha lo sguardo perso nel sangue che si spande sul pavimento di quell'albergo che hanno costruito con le loro stesse mani.

È la fine, pensa Consuelo. Presto la sbatteranno in prigione, lontano da Julián e Miguel, in un paese che non è il suo. Prende in braccio il figlio e percorre in fretta il corridoio verso la porta sul retro. Attraversa il prato guardandosi intorno e va a chiudersi in quella casa dove la sua famiglia ha convissuto con Fernando nell'ultimo anno e mezzo, durante il quale hanno creduto di poter essere felici.

CAPITOLO 76
Molti anni prima

Ancora un po' stordito per il colpo alla tempia, Fernando spiega brevemente al suo amico Juanmi che cosa è successo. Gli ripete più e più volte che è stata legittima difesa. Che quegli uomini erano lì per uccidere suo fratello.

«Quel tipo era un mostro. Te lo giuro sulla nostra amicizia, Juanmi. Aiutami a mantenere il segreto, per favore. E a confondere Danilo in modo che nessuno gli creda se mai dovesse raccontare qualcosa.»

Il giovane Danilo è seduto a vari metri da loro, sulla staccionata fatta di tronchi. Tiene lo sguardo a terra guardando in mezzo ai suoi piedi. Magari sta cercando delle formiche e già non ricorda più quello che ha appena visto, pensa Fernando.

Quando il ragazzo ha chiesto di nuovo se quell'uomo fosse morto, lui gli ha risposto di no, gli ha spiegato che era inciampato perché era ubriaco e che la caduta gli aveva fatto uscire il sangue dal naso. Era una spiegazione ridicola, ma è stata la prima cosa che gli è venuta in mente. Per fortuna l'intelletto imperscrutabile di Danilo pare averla accettata, perché ha commentato di aver visto con i suoi stessi occhi che Junqué aveva bevuto parecchio vino.

«Noi non sappiamo nulla, Fernando» gli dice Juanmi guardandolo negli occhi. «Se qualcuno ci chiede qualcosa, non abbiamo visto niente.»

«Giuramelo.»

«Te lo giuro.»

Fernando abbraccia l'amico e lo ringrazia. Poi gli chiede di portare via Danilo e distrarlo, di provare a capire se è preoccupato per ciò che ha visto o se davvero si è bevuto la sua bugia.

Quando si volta per tornare all'albergo, si accorge che le imposte sono già tutte serrate. Controlla la porta della reception e scopre che è chiusa a chiave. Deve bussare varie volte prima che Miguel la apra.

Il cadavere di Arnau Junqué è ancora lì, circondato da una pozza lucida che ha continuato a estendersi. Suo fratello cammina avanti e indietro tenendo lo sguardo basso, come un animale in gabbia.

Fernando pensa al suo futuro. O meglio, al futuro che non avrà mai. Si pente di aver accettato di aiutare suo fratello. Aveva capito che si trattava di una pessima idea nel preciso istante in cui Junqué aveva deciso di non andare sul ghiacciaio. Avrebbero dovuto annullare il piano, ma Miguel aveva premuto il grilletto del fucile prima che lui potesse metterlo al corrente di quell'imprevisto.

«Perché hai cambiato nascondiglio sul ghiacciaio?»

«C'era una crepa nel ghiaccio. Che importanza ha adesso?» risponde Miguel senza guardarlo, mentre continua a camminare.

«Se ti fossi fermato dove ti avevo lasciato, avrei potuto avvertirti che Junqué era rimasto in albergo» dice lui indicando il cadavere.

«Che cosa importa adesso, Fernando?»

«Avremmo potuto trovare un altro modo di beccare tutti e tre insieme in un posto isolato, come avevamo deciso.»

«Credi davvero che avremmo avuto un'altra occasione? Non essere ingenuo. E cerca di calmarti, perché ho bisogno di pensare.»

«Come faccio a calmarmi, secondo te? Tua moglie ha ucciso un uomo dentro il mio albergo! Ci sono due testimoni.»

Alzare la voce gli fa scoppiare un dolore alla testa nel punto in cui ha ricevuto la botta. Stringe le palpebre e i denti per affrontare il momento più acuto. Quando riapre gli occhi, Miguel smette di camminare e alza lo sguardo su di lui.

«Consuelo ha difeso Julián. Non poteva sapere che Danilo e Juanmi sarebbero entrati proprio in quel momento. Chiunque al posto suo avrebbe fatto la stessa cosa. Se avessi un figlio lo capiresti.»

Sotto sotto Fernando sa che suo fratello ha ragione, ma la rabbia e il dolore alla tempia lo accecano completamente. L'unica cosa che riesce a vedere al di là di quel velo di rabbia è che l'Hotel Montgrí, il suo sogno di una vita, gli sta scivolando via tra le dita come sabbia asciutta.

«Ma si dà il caso che io non abbia figli.»

«Ed è un peccato, perché ti farebbe bene se ci fosse qualcosa al mondo che ti importasse più del tuo albergo.»

«Che cosa hai detto?»

«La verità, Fernando. Anche adesso stai pensando a te stesso. Credi che io ti abbia rovinato la vita e non ti rendi conto che non sei l'unico a trovarsi nella merda fino al collo.»

Fernando fa un respiro profondo nel tentativo di contenersi, ma l'autocontrollo non è mai stato il suo forte.

«Stai dicendo che sono un egoista?» gli chiede senza alzare la voce per non far aumentare il dolore. «Ti apro la porta di casa mia offrendo a te e alla tua famiglia l'opportunità di ricominciare e sarei un egoista? Se non fosse per me, a quest'ora staresti marcendo in galera.»

«Be', guarda a cosa è servito.»

«Sei un cretino. E tua moglie è ancora più cretina di te.» Il dolore alla testa è alle stelle, ha delle fitte fortissime alla tempia. «Maledetto il giorno in cui vi ho proposto di venire qui.»

«Credi che ci sia piaciuto nasconderci come topi? Credi che sia stato stupendo sradicare le nostre vite per trasferirci dall'altra parte del mondo?»

«Allora non avresti dovuto pugnalare un uomo.»

«Quei figli di puttana si sono guadagnati l'inferno sedici anni fa!»

Fernando guarda suo fratello dritto negli occhi. Se riuscisse a pensare, sceglierebbe di tacere. Però non ci riesce. Dolore e rabbia si sono impossessati di lui e lo costringono a scavare nelle profondità più oscure.

«Non ti assumerai mai neanche un briciolo di responsabilità?» gli chiede.

«Responsabilità? A che ti riferisci?»

«Ti sei fatto calpestare, Miguel.»

«Come puoi dirmi una cosa del genere, brutto stronzo?»

«Se non ti fossi comportato da frocio e ti fossi difeso quando era il momento, non sarebbe mai successo niente di tutto questo.»

Fernando non fa in tempo a proteggersi dal cazzotto di Miguel. Un dolore diverso, più acuto ma meno pericoloso, gli sale dal naso fino alla cima della testa. Si prende il viso con entrambe le mani e sente in bocca il sapore del sangue.

«Quale parte non ti è chiara del fatto che erano in quattro e io non potevo muovermi? Pensi che mi sia piaciuto farmi legare mani e piedi e venire penetrato da ognuno di loro? Hai idea di come mi sia sentito?»

«E tu pensi di essere l'unica persona al mondo che ha sofferto e che questo ti dia il diritto di distruggermi la vita? Adesso tu te ne andrai con la tua famiglia, scapperete come avete già fatto una volta. Io invece rimarrò qui, e per quanto Juanmi e Danilo possano mantenere il segreto, prima o poi la morte di quei tre salterà fuori. A quel punto, quando sarò io a marcire in galera al posto tuo, mi ricorderò di te e ti odierò. Ti odierò ancora di più di quanto ti sto odiando adesso.»

«Non hai la minima idea di quello che dici» risponde Miguel infilando il corridoio per uscire dall'albergo passando dalla porta sul retro.

CAPITOLO 77
Julián

«Com'è possibile che io non ricordi niente di tutto questo?»

«Avevi cinque anni.»

«C'è chi ha ricordi molto vividi che risalgono anche a ben prima.»

Mio padre annuì, come se si aspettasse quella domanda.

«A che età hai cominciato a perdere i capelli?»

«A ventotto anni. Ma che c'entra la calvizie con la memoria?»

«Niente. Però c'è chi li perde a quarant'anni e ci sono alcuni fortunati che invece non li perdono proprio. C'è chi è alto e chi è basso. Quando vai al mare vedi cellulite e sederi lisci, pelli chiare e scure, schiene pelose e cicatrici.»

Mio padre fece una pausa per portarsi il dito indice alla tempia.

«Siamo diversi anche qua dentro, ma si fa più fatica a capirlo perché non si può vedere. C'è chi ha ricordi che partono dai tre anni e chi invece non ha immagini nitide prima dei sette.»

«Ma come facevate tu e la mamma a sapere che non avrei ricordato nulla?»

«Non lo sapevamo. Ce ne siamo resi conto con il passare del tempo. Parlavamo sempre meno di El Chaltén e di tuo zio Fernando. Abbiamo consultato uno psicologo che ci ha detto che nei bambini di quell'età è normale perdere alcuni ricordi per fare spazio a quelli nuovi. Ti ha visitato un paio di volte ed è giunto a una conclusione incoraggiante: non mostravi alcun segno di trauma.»

Ciò che voleva dirmi mio padre, anche se non lo avrebbe mai espresso con queste parole, era che avevo avuto la fortuna di non ricordare. E aveva ragione. Stando alla mia memoria, la cosa peggiore che mi era accaduta durante l'infanzia era stata avere per due anni un padre alcolista.

«Ora capisci perché non ti ho mai parlato di tuo zio? Mio fratello Fernando è il bandolo di una matassa che non avrei mai voluto che tu dipanassi, Julián. Ti ho tenuto nascosto il mio segreto in modo che non sapessi cos'era successo. Non per onore né per vergogna, ma per portarmi questo dolore e questa rabbia nella tomba senza passarli a te.»

Mi guardò negli occhi con un sorriso amaro pieno di denti finti, che fino a quel momento avevo creduto sostituissero quelli che aveva perso in un incidente stradale nel tragitto tra Barcellona e Bilbao.

«Pensi che Fernando mi abbia lasciato l'albergo perché voleva che sapessi la verità?»

«È la ragione più probabile. Dopotutto sapeva benissimo cosa ci avresti trovato dentro.»

«Ma come mai voleva che scoprissi una cosa del genere?»

«Per aiutarci.»

«Chi?»

«Me, te e tua madre.»

«Che cosa intendi?»

«Dopo aver saputo cosa mi avevano fatto i Lupi, Fernando aveva cominciato a dare la colpa di tutti i miei problemi a quello. Il mio alcolismo, gli alti e bassi con tua madre, la perdita del lavoro... Secondo lui il mio problema più grande era aver tenuto nascosto quello che era successo. Pensava che se avessi permesso alla verità di venire alla luce sarei stato più libero e più felice.»

«Come fai a sapere che cosa pensava, se non vi parlavate più?»

«Prima che ce ne andassimo da El Chaltén me lo

ripeteva in continuazione. E me lo ha detto anche l'unica altra volta in cui l'ho visto.»

«Nel 1995, nel suo ristorante.»

«Sì. Fernando era diventato un'altra persona. Era in sedia a rotelle e gestiva quel locale. Sembrava felice. Da qualche giorno mi mettevo a sedere accanto alla porta del ristorante e cercavo di trovare il coraggio di parlargli. Non sapevo bene cosa dirgli. In quel periodo non ero al massimo della forma, come sai. Per metà della giornata ero troppo ubriaco per pensare lucidamente e per l'altra metà ero tormentato dai postumi e dall'astinenza.»

«Hai mai saputo cosa è successo tra il momento in cui ce ne siamo andati da El Chaltén e il giorno in cui lo hai rivisto?»

«Nel corso del tempo ho messo insieme alcuni frammenti della storia.»

CAPITOLO 78
Molti anni prima

Fernando Cucurell ha perso la cognizione del tempo. È seduto su una delle poltrone della reception, con la punta di una scarpa a dieci centimetri dalla pozza di sangue che circonda il cadavere di Arnau Junqué. Non è in grado di dire se si trovi lì da quindici minuti o da un'ora.

Probabilmente da un'ora. O più. Perché è già passato un bel po' da quando ha sentito il motore dell'auto di Miguel che si allontanava lungo la strada principale del paese.

Il dolore alla testa si è attenuato e lui continua a chiedersi per quale motivo abbia detto a Miguel quelle cose così tremende. Che colpa può avere suo fratello di ciò che gli è successo? Però Fernando Cucurell non è una di quelle persone che ammettono facilmente i propri errori, anzi, è una di quelle che preferiscono trascinare all'infinito le conseguenze dell'errore commesso.

In ogni caso adesso quello che conta è sopravvivere. Cancellare qualunque indizio del passaggio dei tre Lupi nel suo albergo. Dei due sul ghiacciaio non deve preoccuparsi: potrebbero passare anni prima che emergano dal ghiaccio. Ma quello che si trova davanti ai suoi occhi è un altro paio di maniche.

Se Juanmi e Danilo non lo avessero visto sarebbe diverso. O meglio, se non lo avesse visto Danilo. Quel ragazzo è troppo innocente per mentire. L'unico modo per evitare che parli è fargli credere che si tratti di una cosa di poco conto. Fernando troverà la maniera di convincerlo.

Ora però la priorità è disfarsi del cadavere di Arnau Junqué.

Fa un respiro profondo e si alza in piedi. Afferra Junqué per le caviglie e tira. Muoverlo richiede tutte le forze di cui dispone. Se non avesse passato gli ultimi anni a costruire un albergo, i suoi muscoli non sarebbero assolutamente in grado di spostare quel corpo di un solo centimetro.

Gli ci vogliono venti minuti per trascinarlo fino ai piedi del letto dell'unica stanza dotata di cantina. Inizialmente la cucina doveva essere più grande e avere un magazzino sotterraneo, ma durante la fase di edificazione sono state apportate delle modifiche e la cantina è rimasta collegata alla camera numero sette. Fernando non l'ha mai utilizzata.

Tira l'anello sul pavimento per sollevare una botola quadrata, lasciando allo scoperto una scala che sprofonda nelle tenebre. Quello che si accinge a fare è irreversibile. Se spinge il corpo là dentro, non avrà mai più modo di tirarlo fuori. Perciò si concede qualche minuto per riprendere fiato e riflettere.

La cantina non figura nella planimetria dell'albergo. Solo lui, Miguel e Consuelo sanno della sua esistenza. Ha il pavimento in terra battuta, quindi potrebbe seppellire Junqué lì sotto. E magari nel tempo potrebbe portare altra terra da fuori fino a riempire completamente l'ambiente in modo da farlo sparire.

Spinge giù il corpo, che quando cade fa lo stesso rumore di un sacco di patate, poi richiude la botola. Sul pavimento è rimasta una larga striscia di sangue, come se qualcuno avesse dipinto di rosso il percorso che va dalla reception alla camera. Fernando ci mette mezz'ora a rimuoverla con uno straccio, acqua e molto disinfettante.

Torna a sedersi sul divano. Dove fino a poco prima c'erano un cadavere, sangue e vari denti di suo fratello, adesso c'è soltanto una scia umida con un pungente odore di ammoniaca. Gli ci vorrebbe un whisky per calmarsi, ma nelle prossime ore deve rimanere più lucido possibile. Si accontenta di prepararsi un tè nero bello forte.

Beve il liquido caldo e intanto si chiede quanto

tempo ci vorrà perché la polizia bussi alla porta del suo albergo. Ore? Giorni? Mesi? Fernando Cucurell sa che avendo fatto sparire il cadavere ha guadagnato tempo, ma non è così stupido da credere che tre omicidi possano essere tenuti nascosti per sempre. Quei tre hanno delle famiglie, che prima o poi si metteranno a cercarli.

Lascia il tè a metà e va di stanza in stanza a ricomporre i bagagli dei tre Lupi. Il pensiero torna a suo fratello, a Consuelo, e soprattutto al povero Julián. Lo rivedrà mai? Ora che l'adrenalina sta scemando, viene travolto da una sensazione di terrore. Non tanto per aver contribuito alla morte di quei tre mostri – Darwin ne sarebbe orgoglioso –, quanto per le cose tremende che ha detto a suo fratello al solo scopo di ferirlo. Ha messo al primo posto il suo albergo, sminuendo ciò che ha segnato a vita Miguel.

Si alza in piedi e controlla che tutte le imposte siano chiuse. Esce fuori, chiude a chiave sia l'albergo che la casa e si appresta a fare una cosa che non ha mai fatto in tutta la sua vita: chiedere scusa.

CAPITOLO 79
Molti anni prima

Fernando sale sul suo furgoncino e accelera talmente tanto da far slittare le ruote. L'orologio con i numeri verdi sul cruscotto indica le 20.14. Sono passate almeno due ore da quando suo fratello se ne è andato con Consuelo e Julián, sicuramente in direzione di Río Gallegos. Non sarà facile raggiungerli, ma ci proverà comunque.

Rallenta solo per attraversare il ponte sul fiume Fitz Roy. Oggi è la terza volta che lascia El Chaltén e percorre quella strada. La prima volta per accompagnare Miguel fino al ghiacciaio. La seconda per portargli i Lupi.

Rimane al massimo mezz'ora di luce. Sia Miguel con la sua famiglia che lui arriveranno a Río Gallegos con il buio. O magari, se Fernando riuscirà a farsi perdonare, torneranno tutti insieme a El Chaltén.

Dopo una trentina di chilometri imbocca un vecchio sentiero sulla destra, deviando dalla strada principale. A partire da quel momento ogni secondo in più sarà tempo perso che lo allontanerà ulteriormente da suo fratello, ma non può rischiare di proseguire con il carico che sta trasportando.

Procede per altri settecento metri fino alla sponda del lago Viedma. Su quella stessa sponda, anche se diversi chilometri più vicino a El Chaltén, si è imbarcato due volte quella mattina per raggiungere il ghiacciaio.

Trascina a una a una le tre valigie fino a una piccola sporgenza rocciosa sul bordo dell'acqua. Si trova ad appena un metro e mezzo di altezza, ma per quello che deve fare è sufficiente. In genere il Viedma è un lago dalle sponde piatte, che acquisisce profondità gradualmente. Però in quel punto, dove ha trascorso qualche pomeriggio d'estate insieme a Miguel e alla sua famiglia, la piccola sporgenza offre una valida piattaforma per tuffarsi senza rompersi nessun osso. In quel punto l'acqua è profonda almeno tre metri.

Naturalmente lui non è lì per tuffarsi. Apre le valigie e infila tra i vestiti dei Lupi tutte le pietre che riesce. Poi le richiude a una a una e le butta in acqua tutte e tre. Aspetta che la schiuma provocata dall'ultima si dissolva e controlla che non riaffiorino a galla. Si concede tre respiri prima di tornare di corsa al furgoncino. Ha perso in tutto tredici minuti.

Torna sulla strada principale e per un'ora procede lungo quel tragitto monotono. Quando ormai si è fatto buio, scorge all'orizzonte due brillanti luci rosse. È il primo veicolo che vede da quando ha lasciato El Chaltén.

Accelera, ma la speranza dura poco. Sotto le luci rosse compaiono due potenti fari bianchi. Aveva scambiato le luci per i fanali posteriori di un'auto, e invece sono quelle sul tettuccio di un camion che deve trovarsi grosso modo a due chilometri di distanza.

Fernando gli lampeggia, come si usa fare da quelle parti, ma il camion non reagisce. Allora rallenta un po' e ci riprova. Niente. Lampeggiare non è solo un segno di saluto, ma anche un modo per assicurarsi che chi si ha davanti non stia dormendo. I viaggi di migliaia di chilometri giocano spesso brutti scherzi ai guidatori stanchi.

Quando si trovano a duecento metri di distanza l'uno dall'altro, Fernando si accorge con sgomento che il camion sta procedendo nella corsia sbagliata. Gli lampeggia di nuovo e suona il clacson. A quel punto il veicolo cambia bruscamente direzione e in una frazione di secondo Fernando capisce che l'autista si è svegliato e sta cercando di raddrizzare la rotta per evitare di travolgerlo.

Accade tutto in un battito di ciglia. L'impatto fa il rumore di una bomba che esplode. Fernando passa dall'aggrapparsi al volante con tutte le sue forze a volare attraverso il parabrezza per poi schiantarsi di schiena sui ciottoli ghiacciati della strada.

CAPITOLO 80
Molti anni prima

La stanza in cui si risveglia ha le pareti bianche e odora di disinfettante.

«Buongiorno» lo saluta un'infermiera con indosso un'uniforme blu.

«Dove mi trovo?»

«All'ospedale di Río Gallegos. Ha avuto un incidente stradale. Si è scontrato contro un camion a cento chilometri da El Chaltén. Si ricorda?»

«Che ore sono?» chiede mentre tenta di tirarsi su nel letto, ma il suo corpo non risponde.

«Le undici di mattina.»

«Di che giorno?»

«Martedì.»

«Merda.»

«Che succede?»

«Merda!» ripete, e dà un pugno sul materasso.

«Stia tranquillo. Vado a cercare la dottoressa» dice l'infermiera prima di uscire dalla stanza.

Impreca di nuovo. Miguel e la sua famiglia devono essere partiti per Buenos Aires da più di ventiquattr'ore. Considera di mettersi a urlare, strapparsi la flebo e scappare di corsa, ma non ha nemmeno le forze per contrastare il dolce sopore che si impossessa di lui.

Viene svegliato da una mano calda sulla spalla.

«Fernando Cucurell? Sono la dottoressa Muñoz.»

La dottoressa è una donna di mezza età con un sorriso dai denti bianchi e perfetti. L'infermiera che è andata a chiamarla osserva la scena a qualche passo di distanza.

«Ricorda cosa le è successo?»

«Un camion. Mi ha tagliato la strada. Come sta l'autista?»

Dal modo in cui lo guarda, Fernando capisce che quella donna non porta buone notizie.

«È morto.»

Fernando chiude gli occhi e stringe i denti.

«Signor Cucurell, so che è difficile, ma adesso è molto importante che parliamo di lei. Come si sente?»

«Dalla vita in su mi fa male tutto.»

«E sotto?»

Vede che la dottoressa gli appoggia una mano sul polpaccio.

«Questo lo sente?» gli chiede, stringendogli la gamba con le dita.

«No.»

«E questo?» chiede ancora lei, passando all'altra gamba.

«Nemmeno.»

La dottoressa annuisce leggermente.

«Che cosa mi è successo?»

«È stato ritrovato a dieci metri dal suo veicolo, signor Cucurell. Dev'essere volato fuori al momento dell'impatto. La sua colonna vertebrale presenta tre fratture. È probabile che ci sia un danno al midollo.»

«Non camminerò più?»

«È troppo presto per poterlo dire.»

«Ma lei cosa pensa?» domanda lui mentre due lacrime gli scendono lungo le guance.

«Non importa quello che penso, importa quello che so. E so che la forza di volontà e l'impegno giocano un ruolo fondamentale nel percorso di riabilitazione. Quindi cerchi di non arrendersi ancora prima di cominciare.»

Fernando Cucurell scoppia in una risata amara. La dottoressa si volta verso l'infermiera e le dice di lasciarli soli.

«Sulla sua carta d'identità c'è scritto che vive a El Chaltén.»

«Sì. Sono il proprietario di un albergo di lì.»

«Dice anche che è nato a Buenos Aires, ma noto che ha un accento spagnolo.»

«Sono cresciuto in Spagna. Che cosa c'entra questo?»

«Dove di preciso?»

«A Barcellona» risponde lui per semplificare.

«Città meravigliosa. Ho la fortuna di conoscerla. Ho fatto uno scambio a Valencia per un semestre durante i miei studi.»

«Non so nemmeno se riuscirò mai a camminare di nuovo, dottoressa. Non sono in vena di parlare di turismo.»

«Nemmeno io.»

«E quindi?»

«Come certamente sa, signor Cucurell, la Patagonia è un luogo meraviglioso per vivere, ma allo stesso tempo uno dei meno indicati per avere problemi di salute. Ci sono pochi ospedali, pochi specialisti, poche attrezzature. Se vuole avere il massimo delle possibilità di tornare a camminare, El Chaltén non è esattamente il luogo dove deve stare. Posso darle un consiglio?»

«Certo.»

«Torni a Barcellona.»

CAPITOLO 81
Molti anni prima

Fernando Cucurell si è già abituato a muoversi per Barcellona in sedia a rotelle. Dopo decine di analisi ed esercizi di riabilitazione, la diagnosi dei medici è stata unanime: non camminerà più.

Sono passati sei mesi da quando è tornato da El Chaltén. O meglio, da Río Gallegos. Quando è stato dimesso dall'ospedale ha ritenuto che tornare all'albergo non avesse senso. Non potendo camminare non sarebbe nemmeno riuscito a prendere le sue cose da solo. Avrebbe potuto farsi aiutare da Juanmi, ma aveva già gravato le sue spalle di un peso eccessivo.

Si è limitato a chiamarlo dall'aeroporto per avvisarlo che sarebbe stato via per un po'. E l'unica cosa che gli ha chiesto Juanmi è stata in che modo poteva aiutarlo. «Prenditi cura dell'albergo e non far entrare nessuno» ha risposto. Juanmi gli ha spiegato che se ne stava già occupando Danilo, perché sosteneva che glielo avesse chiesto proprio lui.

A quelle parole Fernando ha sorriso. A suo modo Danilo diceva la verità. Due anni prima, in occasione di un viaggio che aveva dovuto fare a El Calafate con Miguel e la sua famiglia, gli aveva chiesto di fare la guardia all'albergo. Al suo rientro gli aveva portato delle caramelle e Danilo era rimasto talmente contento che gli aveva promesso che da quel momento in poi avrebbe fatto da sentinella all'Hotel Montgrí tutte le volte che lui fosse stato via.

Ripensa quasi ogni giorno a quella conversazione con Juanmi, avvenuta ormai sei mesi fa. Non solo ha rappresentato un addio al suo amico, ma ha anche segnato la fine della sua avventura in Patagonia. Un'ora dopo aver chiuso la telefonata è salito su un aereo e si è lasciato tutto alle spalle.

Ora che le visite mediche si stanno diradando sempre di più, deve trovare qualcosa da fare per evitare di impazzire. Ha pensato di aprire un ristorante, cavalcando il fatto che Barcellona si sta preparando per i giochi olimpici. Un vecchio amico d'infanzia gli ha presentato la sua fidanzata, che da tempo ha in mente un'idea simile. Si chiama Lorenza e sembra una persona molto intelligente. Senza contare che lei ha due gambe che funzionano.

È una mattinata piacevole. Un quarto d'ora fa un taxi lo ha lasciato davanti al botteghino dello stadio Camp Nou, dove ha comprato tre biglietti per la partita di domenica prossima. Vuole invitare il suo amico e Lorenza per festeggiare la firma del contratto di affitto del locale nel quartiere di Horta dove avvieranno la loro attività.

Con i biglietti in tasca si addentra nelle stradine del quartiere di Les Corts. Dopo sei mesi può finalmente permettersi passeggiate più lunghe senza che gli vengano i crampi alle spalle.

È fermo sul marciapiede, in attesa che il semaforo diventi verde, quando li vede. Dall'altra parte della strada Consuelo e il piccolo Julián aspettano mano nella mano di poter attraversare in direzione opposta. Fernando si affretta a fare marcia indietro con la sedia a rotelle, ma in quel preciso istante il semaforo cambia colore. L'unica cosa che riesce a fare è calcarsi il cappello in testa il più possibile. Considerato che si è anche fatto crescere la barba, non lo riconosceranno di sicuro.

Potrebbe abbassare lo sguardo, ma la curiosità ha la meglio. Consuelo e Julián, che ha sulle spalle uno zainetto giallo, passano a un metro da lui senza fermarsi né fare alcun commento. Lei non lo degna nemmeno di uno sguardo. Essere in sedia a rotelle è quanto di più simile a trasformarsi nella mitologica Medusa: nessuno vuole stabilire un contatto visivo con te per paura di diventare di pietra.

Invece Julián lo guarda eccome. I loro volti sono alla stessa altezza. Fernando gli sorride e lui ricambia, anche se non sembra riconoscerlo.

Quando ormai si sono oltrepassati, Fernando gira su se stesso e punta la sedia a rotelle nella loro direzione. Spera che suo nipote strattoni la mano della madre, si volti e indichi verso di lui, ma non accade niente del genere. Quel bambino non sa di aver appena incrociato suo zio.

Vorrebbe chiamarli. Abbracciarli. Chiedere loro scusa, come aveva intenzione di fare sei mesi fa. Ma ha anche il terrore che vedendolo in quella situazione provino compassione per lui. E ancora più forte è il terrore che scoprano che l'incidente è avvenuto mentre stava cercando proprio loro.

Li segue a distanza di sicurezza. Dopo qualche isolato sua cognata si china per dare un bacio a Julián e lo guarda entrare a scuola. Quando rimane sola, anziché voltarsi e tornare sui suoi passi, prosegue avanti nella stessa direzione di prima. Fernando tira un sospiro di sollievo: non dovrà incrociarla di nuovo.

Il cortile della scuola confina con un parco. Fernando si ferma accanto a una panchina e rimane in attesa. Un'ora dopo suona la campanella e il cortile si riempie di bambini. Non ci mette molto a individuare suo nipote, perché è uno di quelli che corrono di più.

Julián si è messo a parlare con un altro bambino accanto all'inferriata. Fernando gli si avvicina con timore. Lo riconoscerà questa volta? E lui, vuole davvero che lo riconosca?

Il bambino lo guarda di nuovo, e neanche stavolta lo identifica. Fernando si fruga in tasca e trova delle caramelle. Le lancia tra le sbarre dell'inferriata, i bambini vi si accalcano tutti attorno. Quando torna la calma, vede che Julián ne ha presa una.

Lo saluta con la mano, toglie il freno alla sedia a rotelle e si allontana. Si ripromette di tornare presto, con molte più caramelle.

CAPITOLO 82
Julián

Mio padre aveva di nuovo gli occhi lucidi.
«Fernando ha perso tutto per colpa mia. L'albergo, le gambe, tutto.»
«Ma che dici, papà? Non è stata colpa tua.»
«No? E di chi, allora?»
«Di nessuno. Della vita. Non lo so. Per quanto ci sforziamo, non possiamo controllare tutto ciò che ci accade.»

Mi sentii un ipocrita. Parlavo proprio io, che continuavo a credere di avere una qualche responsabilità per ciò che mi aveva fatto Anna.

«Ora conosci la verità. Il mio incubo peggiore si è avverato.»

«Per me l'unica cosa diversa è che adesso ti capisco un po' meglio. A parte questo non è cambiato niente: ti voglio bene esattamente come ieri. Quello che più mi fa incazzare di te continua a essere che voti a destra e che mi hai trasmesso il gene della calvizie.»

Ridere insieme fu un momento di sollievo. Avrei voluto fermare il tempo nell'istante in cui riuscimmo a mettere in pratica la cosa migliore che si possa fare con la propria sventura: riderne. Ma ben presto tra noi calò un silenzio che annunciava che era giunto il momento di proseguire.

«Hai più parlato con lui dopo quella volta che sei andato al suo ristorante?»
«No.»
«Per quale motivo non vi siete mai riappacificati?»
«In parte per orgoglio, in parte per senso di colpa, in

parte perché si tende a credere che la vita sia molto lunga e che ci sarà sempre tempo per risolvere i problemi più grandi.»

Non sapevo se approfondire la cosa. Avevo molte domande, ma prima volevo fargli quelle meno dolorose. Mentre riflettevo su come procedere, suonò il campanello. Ne fui grato come lo sarebbe stato un pugile esausto.

«Dev'essere tua madre. Le ho detto di venire il prima possibile.»

Aprii la porta e mia madre entrò con un sorriso teso, guardandosi intorno come un militare in perlustrazione. Quando vide le lettere aperte e mio padre a spalle ricurve, le scapparono un paio di parolacce in basco.

«Tesoro...» mi disse, inclinando la testa di lato come quando ero piccolo e mi avvisava che quel giorno non sarebbe potuta venire a prendermi a scuola per questioni di lavoro.

«Sa già tutto, Consuelo. E va bene.»

«Non è così terribile» intervenni, tentando di dissimulare più che potevo il mio disorientamento. «Me lo hai raccontato e lo sto capendo. Vi capisco, davvero.»

«Perdonaci» disse mio padre. «Ho sempre pensato che tenendoti nascosta la verità avresti potuto vivere tranquillo. Con questa storia ho già rovinato la vita a mio fratello, non volevo rovinare anche la tua. Ecco perché abbiamo cercato di distoglierti dalle tue ricerche con quel biglietto e la foto.»

«Siete stati voi a minacciarmi?»

«Sì» ammise mio padre a testa bassa.

«Ma ne ho ricevuto un altro anche a El Chaltén. Era scritto con lo stesso carattere.»

«Siamo stati noi anche in quel caso. O meglio, in realtà è stato Juanmi Alonso, però gliel'ho chiesto io.»

«Quando l'ho ricevuta lui stava riparando un ponte in mezzo al bosco...»

«Non proprio.»

«Come sarebbe? Ho camminato quattro ore con le mie stesse gambe per raggiungerlo.»

«È vero... Ma prima che tu andassi da lui, lui era venuto da te.»

«Non capisco.»

«Il giorno dopo il tuo arrivo a El Chaltén, parlando via radio con l'ufficio dei parchi nazionali, Juanmi è venuto a sapere che l'erede dell'Hotel Montgrí era in paese. Come ben sai, laggiù le notizie corrono veloci.»

Mi venne in mente che quando eravamo alla Laguna de los Tres uno degli operai era stato avvisato via radio che suo figlio doveva essere operato d'urgenza per un'appendicite. Non sapevo che usassero quello strumento anche per spettegolare.

«Appena ha saputo che eri a El Chaltén è tornato in paese e mi ha telefonato. Non ci parlavamo da trent'anni.»

«Cosa ti ha detto?»

«Mi ha chiesto se avessi bisogno di aiuto. Gli ho risposto di sì e così abbiamo preparato insieme quel biglietto.»

«Aspetta un attimo. Juanmi si è offerto di aiutarti così dal nulla?»

«Non denunciando la morte di Arnau Junqué è diventato complice anche lui. Quindi anche lui aveva interesse a evitare che la verità venisse a galla.»

«In realtà però mi ha messo sulla buona strada dicendomi che Fernando era tornato in Spagna nel 1989, nello stesso periodo in cui era morto Josep Codina.»

«Sono stato io a dirgli di farlo. Ho immaginato che la tua amica poliziotta non ci avrebbe messo molto a scoprire quel viaggio. Gli ho anche chiesto di andare nella casa accanto all'albergo per portare via tutte le carte che Fernando teneva sul comodino.»

«Per esempio c'erano i progetti firmati da me su cui tuo zio si era basato per impostare l'Hotel Montgrí» intervenne mia madre. «E forse anche qualche altro documento che avrebbe potuto farti capire che avevamo vissuto a El Chaltén.»

Mi tornarono in mente le impronte trovate dalla Scientifica dentro quella casa.

«Volevamo che vivessi tranquillo portandoci quel calvario nella tomba» aggiunse mio padre.

«Nessuno può vivere tranquillo tra minacce anonime e un passato che non capisce.»

«Non sapevamo come convincerti a lasciar perdere, Julián. All'inizio pensavamo che le minacce sarebbero state sufficienti. Che ti sarebbe bastato annusare un po' di pericolo per decidere di sbarazzarti dell'albergo. In fondo di solito uno vuole ereditare dei soldi, non dei problemi. Ma tu tenevi troppo a scoprire la verità sulla tua famiglia, così ci siamo inventati la storia del mio attacco di panico.»

«Già, ma neanche quello è riuscito a fermarti del tutto» aggiunse mia madre in tono di rimprovero.

«Quindi siete responsabili anche delle ruote bucate a Torroella e del vostro incidente di quello stesso giorno?»

Annuirono entrambi rimanendo in silenzio.

«Aspettate. C'è qualcosa che non quadra. Se voi due avete avuto l'incidente a Barcellona, chi è stato a seguirci fino alla Santa María de los Desamparados per rinchiuderci nello scantinato e bucarci le gomme dell'auto?»

Suonò di nuovo il campanello. Di male in peggio.

CAPITOLO 83

Julián

Era Laura. Non ci vedevamo da quando eravamo tornati nel mio appartamento a farci una doccia dopo il viaggio in treno.

«Sono appena stata da Caplonch. Ho degli aggiornamenti» disse, entrando come un turbine. «So che non vuoi più saperne niente di questa storia, però è importante. Si tratta di tuo padre e del padre di Anna.»

Pronunciò quella frase come un treno in corsa, un attimo prima di rendersi conto che non eravamo soli.

Mio padre riaffondò la testa tra le mani. Mia madre mi guardava con la sua tipica espressione di noncuranza, che trasmette tutto fuorché noncuranza.

«Che c'entra il padre di Anna?» chiesi io.

Laura rimase in silenzio. Improvvisamente nella mia sala da pranzo non volava una mosca.

«Qualunque cosa tu mi voglia dire, puoi farlo davanti ai miei genitori.»

«Che cosa sai, Laura? O meglio, che cosa credi di sapere?» domandò mia madre.

Laura ci disse che Caplonch l'aveva messa al corrente di ciò che i Lupi avevano fatto a mio padre. Lo riferì con estremo tatto, anche se dubito che in una situazione del genere la scelta delle parole abbia una qualche rilevanza. Il suo racconto ci fece capire che aveva ricostruito, a grandi linee ma in maniera sorprendentemente accurata, la storia che mio padre mi aveva appena rivelato.

«Caplonch mi ha detto che quella sera nello scantinato c'era anche il padre di Anna.»

Mio padre annuì.

«È vero. Era lì e lo hanno costretto a guardare. Come un rituale di iniziazione. Gli hanno detto che doveva guadagnarsi l'anello d'argento. Uno dei suoni che ricordo di più sono i suoi singhiozzi. Teneva gli occhi chiusi per evitare di vedere, ma ogni tanto qualcuno degli altri gli si avvicinava dicendogli che se non li avesse aperti avrebbe fatto la mia stessa fine.»

«Hai mai parlato con lui dopo quello che è successo?»

«Una sola volta, qualche settimana dopo. È venuto a chiedermi se volevo sporgere denuncia. Gli ho risposto di no.»

«Perché?»

La bocca di mio padre si contrasse in una smorfia amareggiata.

«A quei tempi... ancora adesso in realtà, ci sono migliaia di vittime di stupro che decidono di rimanere in silenzio. Per vergogna, per paura. Come mai secondo te tante denunce di molestie da parte di sacerdoti saltano fuori a venti, trenta o quarant'anni di distanza? Perché per tante persone parlare è l'ultima spiaggia. Prima provano qualunque altra cosa: seppellire l'accaduto nella memoria, ignorarlo, tentare di capire perché sia toccato proprio a loro, e persino sentirsi in colpa. "Se è successo quello che è successo, dev'essere perché ho fatto qualcosa io." È un lato terribile della mente umana.»

«Il padre di Anna ha rispettato la tua decisione di non sporgere denuncia?» domandai.

«Sì, e l'ho odiato per questo. Nel profondo bramavo disperatamente che qualcuno raccontasse cosa era successo. Non avevo il coraggio di farlo io. Avevo bisogno del suo aiuto, ma lui non se ne è reso conto. Oggi però non gliene faccio una colpa: avevamo soltanto sedici anni.»

Ora capivo la riluttanza dei miei genitori alla prospettiva di conoscere il loro futuro consuocero. E viceversa.

«Non siamo mai riusciti a non vedere quella ragazza

come la figlia di suo padre» aggiunse mia madre. «Abbiamo fatto il possibile per non compromettere il vostro rapporto, ma ci risultava davvero troppo difficile accoglierla a braccia aperte.»

«Be', ora non avrete più questo problema.»

«Aspetta a dirlo. A volte le coppie tornano insieme.»

«Nel nostro caso è impossibile. Ad Anna piacciono le donne. È lesbica.»

«Al limite sarà bisessuale. E comunque affibbiare etichette alle persone è una roba da Medioevo, Julián.»

Quel commento sarebbe stato degno di mia madre, e invece a pronunciarlo fu mio padre.

«Che cosa vuoi che faccia? Che le regali una bandiera arcobaleno?»

«Che separi le cose. Anna ti ha tradito e questa è una cosa grave, ma il fatto che sia accaduto con una donna non la rende peggiore.»

Quella risposta mi spiazzò. Innanzitutto perché in casa nostra i ruoli erano sempre stati madre progressista e padre troglodita. E poi perché mi dava sui nervi che avesse ragione. Non riuscivo proprio a digerire il fatto che il terzo incomodo si chiamasse Rosario e non Carlos, José o Raúl.

Decisi di fare quello che facciamo praticamente tutti quando ci viene fatto notare un errore che abbiamo commesso: cambiare discorso.

«Non hai più parlato con il padre di Anna?»

«Fino a due giorni fa no.»

«Due giorni fa?»

Mio padre prese il telefono di tasca.

«L'auto di tua madre è dotata di un sistema di localizzazione in caso di furto. Appena ho visto sul GPS che stavate tornando a Torroella, ho chiamato Quim Riera.»

«Immagino non sia un caso che quella mattina la mia macchina non si sia messa in moto e che quindi abbia dovuto chiedere alla mamma la sua.»

Oltre ad avere una copia delle chiavi del mio parcheggio e della mia auto, mio padre era molto più ferrato di me in materia di meccanica.

«No, non è un caso» confessò mia madre. «Ma lo abbiamo fatto perché era l'unico modo...»

«Adesso non ha importanza» tagliò corto mio padre. «Ciò che conta è che ho chiamato il padre di Anna. Dopotutto, se la verità fosse venuta a galla, lui ci avrebbe rimesso tanto quanto me, se non di più. Una cosa del genere rischia di distruggere per sempre la vita di un politico.»

«È stato lui a rinchiuderci nello scantinato?»

«No. Vi ha seguiti finché non vi ha visti scavalcare l'inferriata e poi mi ha chiamato per avvisarmi. A quel punto io ho fatto una telefonata a un vecchio amico.»

«Chi è stato a rinchiuderci là dentro?» chiese Laura.

«Manel.»

«Quello che ti ha regalato il coltello?»

«Sì.»

«Aspetta. Spiegami meglio, perché non sto capendo. Che ci faceva lui lì? Come ha fatto a entrare nella scuola?»

«Dalla porta, con il suo mazzo di chiavi personali. È il bibliotecario.»

«Manel è il signor Castañeda?»

«Esatto. Gli ho chiesto di venire a scuola e beccarvi sul fatto, ma quando si è reso conto che eravate nello scantinato ha colto l'occasione per spaventarvi chiudendovi dentro.»

«Ora capisco la sua resistenza quando gli abbiamo chiesto informazioni» disse Laura.

Quel commento mi mise in allerta. Qualcosa non quadrava.

«Aspetta un attimo» dissi. «Se non gli avevi mai raccontato quello che ti avevano fatto, come mai Manel non ha voluto aiutarci la prima volta che siamo andati alla Santa María de los Desamparados?»

«Per via del tuo cognome. Vi ha detto di tornare dopo una settimana per guadagnare tempo e potersi mettere in contatto con me. Mi ha telefonato quella sera stessa. Mi ha raccontato che vi eravate presentati per cercare informazioni su quel periodo. Allora non ho potuto fare altro che raccontargli la verità e chiedergli di aiutarmi a evitare che tu la scoprissi.»

Rimasi per qualche secondo a pensare al significato di quel gesto di mio padre. Aveva confidato il suo peggior segreto a una persona con cui non parlava da anni pur di fare in modo che io non lo scoprissi. Non sapevo se abbracciarlo o strangolarlo.

«Spaventarti e farti credere che ci stavi mettendo in pericolo è stato l'unico modo che abbiamo trovato per tenerti alla larga da questa storia. Avrei fatto quasi qualunque cosa per evitare che venissi a sapere la verità.»

«Be', adesso la so.»

«Adesso la sai, sì. E spero che un giorno mi capirai. Non volevo fare del male anche a te. È stato già devastante porre fine al sogno di mio fratello e rovinare la vita a tua madre per ben due volte.»

«Non dire così, tesoro» lo consolò lei.

«È vero, Consuelo. Hai le mani sporche di sangue per colpa mia. E come ti ho ripagata? Facendoti passare quattro anni tremendi in cui muovevo un dito solo per versarmi altro vino.»

«È stato molti anni dopo. Può capitare a tutti di ricadere in una dipendenza.»

«Una dipendenza che non sarebbe nemmeno esistita se non mi fossi lasciato calpestare da quei pezzi di merda!»

Presi le mani di mio padre tra le mie. Per la prima volta mi sembrò di stringere delle mani vecchie e stanche, e non le sue mani forti e rese callose da un'intera vita consacrata al lavoro.

«Ascoltami bene, papà. Tu non hai nessuna colpa per quello che ti è successo. E nemmeno tu, mamma. Avete capito? Voi siete le vittime. I colpevoli sono morti.»

Sprofondammo tutti e quattro in un silenzio assoluto, ciascuno immerso nei propri pensieri. Ma durò poco. Mia madre in quel senso era l'opposto di Laura, che poteva protrarre il silenzio per tutto il tempo necessario a far sì che chi aveva davanti si decidesse a parlare. Mia madre invece era una di quelle persone che sentono di dover riempire di parole ogni minimo intervallo vuoto.

«Avete fame? Vi preparo una tortilla?»

Se non altro aveva avuto l'accortezza di proporci l'unico piatto che le veniva bene. La immaginai sbucciare le patate con il suo coltellino consumato e poco affilato, l'unico che la sua aicmofobia le consentisse di maneggiare.

Finalmente capivo l'origine di quella sua paura. Tutte le volte che mi era capitato di leggere qualcosa in proposito, gli esperti spiegavano che in genere quella fobia traeva origine da un evento traumatico collegato a un oggetto tagliente.

Mi avvicinai a lei e la abbracciai.

«Grazie, mamma» le sussurrai all'orecchio. «Grazie per avermi salvato la vita.»

CAPITOLO 84
Julián

Quando mi staccai da mia madre asciugandomi le lacrime, notai che Laura mi guadava con inquietudine.

«C'è dell'altro» disse. «Alcántara ha rivelato ai suoi ex colleghi della polizia le identità dei tre cadaveri di El Chaltén.»

«E ora che succederà?» domandai io.

«I diplomatici dei due paesi coinvolti si metteranno d'accordo per rimpatriare le salme. Quando arriveranno in Spagna, faranno una nuova identificazione e avviseranno le famiglie.»

«Vorranno delle risposte» disse mio padre. «Non ci metteranno molto a scoprire che l'albergo si chiamava Hotel Montgrí e che il proprietario era Fernando Cucurell.»

«Che cosa facciamo?» chiese mia madre.

«Che cosa *volete* fare?» chiese a sua volta Laura.

«Non ti seguo» dissi io.

«La polizia spagnola non ha ingerenza per condurre indagini su un omicidio avvenuto in Argentina» spiegò lei. «Perciò dal fronte spagnolo tratteranno la cosa come una questione diplomatica. Concentreranno i propri sforzi sul rimpatriare le salme e dare loro sepoltura, affinché le famiglie abbiano un luogo in cui piangere i propri cari. Riceveranno di sicuro una copia di tutti i fascicoli in possesso della polizia di Santa Cruz, che però contengono informazioni molto scarse. Li ho visti con i miei occhi. Non si dedicano molte risorse a un crimine vecchio di trent'anni. Ci sono casi più urgenti.»

«Prima o poi qualcuno ci farà domande su Fernando» disse Consuelo.

«Può darsi. O magari no. Se dovesse venire fuori che in quel periodo vivevate a El Chaltén, sicuramente sì. Ma non è così scontato che accada.»

«Come sarebbe?» chiese mia madre. «Siamo andati e tornati in aereo con una compagnia che esiste ancora. Avranno degli archivi.»

«Ma non significa che conservino l'elenco dei passeggeri di un volo di trent'anni fa. A quei tempi l'informatica stava ancora muovendo i primi passi. E anche se quegli archivi esistessero davvero, non è detto che qualcuno riesca a mettere insieme tutti i pezzi del puzzle al punto da volerli consultare.»

«Quindi cosa suggerisci?» chiese mia madre.

«Le leggi servono a garantire la giustizia, ma non costituiscono un sistema perfetto. Nel novantanove per cento dei casi funzionano, però esiste quell'un per cento in cui la loro applicazione si rivela un'ingiustizia. Miguel è stato violentato, il che lo ha segnato per tutta la vita, e anni dopo uno dei suoi stupratori ha provocato di nuovo sia lui che la sua famiglia. A quel punto lui si è difeso. Quindi è scappato, ma loro comunque non l'hanno lasciato in pace: lo hanno cercato per ucciderlo e lui ha dovuto difendersi ancora una volta. Vale anche per te, Consuelo.»

«Tutto questo è previsto dalla giustizia» rispose mia madre. «Legittima difesa.»

«Certo, se un avvocato riesce a dimostrare che i Lupi hanno violentato tuo marito. Ma sarà difficile dopo quasi quarantacinque anni.»

«Se rimarremo zitti infangheremo la memoria di mio fratello.»

«La memoria di Fernando è già infangata» rispose Laura. «Tre persone del suo paese di origine sono state ritrovate morte dall'altra parte del mondo. Una delle quali dentro il suo albergo. Tutti gli indizi puntano contro di lui. E per quanto sia una cosa molto triste, tutto ciò va a vostro vantaggio, perché lui è morto.»

Rimanemmo tutti e quattro in silenzio per qualche istante.

«E il tuo libro?» chiese mia madre.

«Ora non ha più importanza.»

«Ora magari no... Però più avanti, quando tutto questo per te sarà solo un lontano ricordo, chi ci garantisce che non lo vorrai pubblicare? Che succederebbe se si presentasse una casa editrice o una società di produzione televisiva e ti offrisse un sacco di soldi?»

«Dubito che nella vita reale accadano cose del genere, mamma.»

«Però potrebbe essere.»

«Ci sono già abbastanza libri in questo mondo» rispose Laura. «Il mio non è imprescindibile. Quello che mi interessava davvero era rispondere ad alcune domande su quanto era accaduto, non pubblicarlo. Per quello che vale, vi do la mia parola che quelle pagine non vedranno mai la luce.»

«E sei riuscita a rispondere a quelle domande?»

«Quasi a tutte. Mi manca solo qualche dettaglio.»

«Per esempio?»

«Come mai Fernando ha lasciato il cadavere di Arnau Junqué nella camera numero sette? Non avrebbe avuto più senso nasconderlo in cantina, per esempio?»

«Questo suppongo che non lo sapremo mai» disse mio padre.

«Suppongo proprio di no» rispose Laura.

CAPITOLO 85
Molti anni prima

Quando apre gli occhi, Arnau Junqué vede esattamente la stessa cosa di quando li teneva chiusi. Oscurità.

A poco a poco gli torna in mente la colluttazione con Miguel Cucurell e sua moglie. Lo hanno davvero pugnalato? A volte gli capita di sognare che gli cada un dente, poi però quando si sveglia si rende conto con grande gioia che nella sua bocca è ancora tutto come prima. Invece questa volta, quando si porta una mano al ventre, si imbatte in una sostanza calda e appiccicosa che gli rimane appiccicata alle dita.

Non sa dove si trovi né da quanto tempo sia lì, ma se vuole sopravvivere deve trovare un medico. Striscia nel buio muovendosi a tastoni. Ogni movimento gli provoca dolore come se un topo lo stesse rosicchiando dentro.

Il suo avambraccio sbatte contro qualcosa di duro. Una scaffalatura di legno? No, è una scala.

Vorrebbe alzarsi in piedi per salire su, ma il dolore lo costringe a riaccasciarsi a terra. Tenta di urlare, ma dalla sua bocca esce soltanto un rantolo soffocato.

Si concede qualche secondo di pausa, poi riprova ad alzarsi. Il dolore è talmente intenso da fargli stringere i denti con tutte le forze. Questa volta, proprio come accade nel suo sogno ricorrente, sente un *crack* nella bocca e si rende conto che gli è saltata una capsula. La sputa via e si aggrappa alla scala.

Gli gira la testa. Cerca di fare un respiro profondo, ma anche quello gli provoca dolore. Riesce a malapena a emettere qualche breve soffio, come una donna in travaglio prima di spingere.

Sale il primo gradino. Teme di svenire per il dolore, ma riesce comunque a salirne un altro. Al terzo la sua testa sbatte contro un soffitto di legno. Si trova in una cantina.

Vorrebbe aprire la botola, ma non appena tenta di alzare le mani oltre il collo sente qualcosa perforargli i polmoni. Allora spinge con la testa e la botola si solleva leggermente da un lato.

La luce che filtra dalla fessura gli trasmette l'energia necessaria per salire un altro gradino. La botola si apre un altro po'. Si trova in una delle camere dell'Hotel Montgrí.

Quando finalmente riesce a uscire, la botola si richiude alle sue spalle con un tonfo sordo. Rimane disteso sul pavimento della stanza, a respirare un'aria che lo brucia come fuoco. Non pensa più né a Miguel Cucurell né alla donna che lo ha pugnalato. L'unica cosa che abita la sua mente adesso è chiedere aiuto. Ma ha bisogno di riprendere fiato.

Striscia come può e si siede sul letto. Solo un secondo, si dice.

Appena chiude gli occhi viene travolto da un'oscurità ben più profonda e infinita di quella della cantina. Un'oscurità dolce, a cui è impossibile non abbandonarsi per sempre.

CAPITOLO 86
Pubblicato dalla stampa spagnola

*UCCISI IN PATAGONIA TRE UOMINI SCOMPARSI
SUI PIRENEI VENTOTTO ANNI FA*

Il 5 aprile 1991 Gerard Martí, Mario Santiago e Arnau Junqué furono avvistati per l'ultima volta presso l'ufficio informazioni del Parco naturale del Cadí-Moixeró (Catalogna). Ventotto anni dopo i loro cadaveri sono stati identificati dall'altra parte del pianeta, a El Chaltén, località turistica della Patagonia argentina. Stando alle autopsie, tutti e tre sono morti assassinati.

Due anni fa un gruppo di turisti ha scoperto quasi per caso un corpo imprigionato nella parete del ghiacciaio Viedma, situato nei pressi di El Chaltén. Il cadavere è stato recuperato grazie al duro lavoro della squadra di sommozzatori della Prefettura Navale Argentina, che nelle vicinanze ne ha trovato un altro, anch'esso imprigionato nel ghiaccio. Le autopsie hanno rivelato che si trattava di due giovani intrappolati nel ghiacciaio da circa trent'anni. Uno di loro aveva una ferita da arma da fuoco al ventre e l'altro un trauma cranico.

La polizia argentina non è riuscita a identificare i corpi né a fare progressi significativi nelle indagini fino allo scorso marzo, quando in un albergo abbandonato di El Chaltén è stato ritrovato un terzo cadavere. Il corpo era in stato di mummificazione a causa della mancanza di umidità dell'ambiente, e si è stimato che si trovasse lì da circa trent'anni. Tale data coincide non solo con il periodo del decesso degli altri due cadaveri, ma anche con il momento in cui l'albergo ha interrotto la sua attività.

Ma i colpi di scena non finiscono qui, visto che l'albergo abbandonato si chiamava Hotel Montgrí e le tre vittime erano originarie di Torroella de Montgrí. La struttura ricettiva apparteneva a Fernando Cucurell, originario dello stesso paese e grosso modo coetaneo delle vittime.

L'identificazione dei cadaveri è stata possibile grazie alla collaborazione disinteressata dell'agente in pensione Gregorio Alcántara, che in seguito a indagini indipendenti è riuscito a stabilire che i tre uomini scomparsi nel 1991 nel Parco naturale del Cadí-Moixeró, a 120 chilometri da Barcellona, corrispondevano ai tre cadaveri ritrovati dall'altra parte del mondo. Non è ancora chiaro come Martí, Santiago e Junqué siano finiti in Patagonia.

Il personale diplomatico di entrambi i Paesi sta già coordinando il rimpatrio delle salme. Per quanto riguarda le indagini sugli omicidi, il ministro degli Esteri spagnolo ha assicurato che si avvarrà di ogni strumento a sua disposizione per fare in modo che l'Argentina riapra le indagini. Dal canto suo la polizia argentina garantisce che il ritrovamento del terzo cadavere dentro l'Hotel Montgrí potrebbe costituire una base solida per chiarire le circostanze dei tre omicidi.

Fonti vicine alle indagini su questo triplice omicidio indicano come principale sospettato Fernando Cucurell, proprietario dell'Hotel Montgrí, morto alla fine dello scorso anno a Barcellona, città dove viveva da almeno venticinque anni.

È ancora da vedere se a distanza di trent'anni, e con il principale sospettato ormai deceduto, la collaborazione congiunta dei due governi riuscirà a chiarire definitivamente gli omicidi di Martí, Santiago e Junqué in modo che le famiglie possano darsi pace.

CAPITOLO 87
Laura

«Dobbiamo scendere qui» le annunciò Julián mentre la porta del vagone della metropolitana si apriva alla fermata di plaza de España.

Dopo aver percorso un labirinto di gallerie calde e umide, riemersero in superficie. Laura accolse volentieri sul viso la brezza della sera. Non avrebbe mai immaginato che l'aria ai margini di una grande rotatoria piena di auto potesse sembrarle fresca.

Julián indicò un edificio cilindrico con una cupola piatta che le parve un incrocio tra una torta di compleanno e un'astronave.

«Un tempo era un'arena per corride, adesso invece è un centro commerciale.»

«È... particolare.»

Dall'altra parte della rotatoria, due imponenti torri di mattoni fiancheggiavano un ampio viale che si concludeva mezzo chilometro più avanti, ai piedi di una collina.

«Quella montagna invece è il Montjuic, un altro simbolo di Barcellona.»

Laura sorrise tra sé. Ancora una volta quella che aveva davanti agli occhi non assomigliava minimamente alle montagne a cui era abituata.

«Non saresti male come guida turistica. Se alla fine decidi di tornare a El Chaltén, hai già un altro modo per guadagnarti da vivere.»

«Proprietario di un albergo e guida turistica... Un po' troppo simile a Fernando, non trovi?»

«Messa così...»

Continuarono a camminare in silenzio fino a superare le torri. Alla fine del viale c'erano delle scale mobili che salivano in mezzo ad alberi squadrati e piazzali in cemento per arrivare a un edificio che le ricordò il Palazzo del Congresso di Buenos Aires. Dalla cupola partivano sette fasci di luce in direzione del cielo.

Benché stessero camminando lungo un viale molto ampio, c'era talmente tanta gente che Laura doveva stare attenta a non sbattere contro nessuno. Era più difficile camminare lì che davanti alla Sagrada Familia.

«So che me lo chiederai da un momento all'altro» le disse Julián. «Perciò ti anticipo la risposta: non ho ancora deciso cosa fare. A volte penso di vendere l'albergo e non tornare mai più a El Chaltén, altre volte invece sento quasi di avere il dovere di ristrutturare quel posto con le mie stesse mani e restituirgli la vita che sognava mio zio.»

«È normale che tu sia confuso. Devi metabolizzare molte cose.»

«E tu? Hai davvero intenzione di non finire il libro?»

«Davvero. Non avrebbe senso. Distruggerei sia i tuoi genitori che le famiglie dei Lupi. Penso che sarebbe terribile per loro scoprire che le stesse persone che hanno pianto per trent'anni erano dei mostri. Hanno già sofferto abbastanza.»

«Allora che farai?»

Erano ventiquattro ore che Laura stava evitando di porsi quella domanda. Ora che i delitti del ghiacciaio erano risolti, non era sicura di voler rimanere a El Chaltén. Non era fatta per strigliare cavalli o portare in giro turisti, ma per risolvere casi di omicidio.

«Troverò un altro osso da rosicchiare.»

«Puoi rimanere nel mio appartamento per tutto il tempo che vuoi. Guarda com'è questa città... Non si merita che tu te ne vada senza prima averla visitata.»

«Un po' di tempo per fare turismo ce l'ho avuto.»

«Fare turismo mordi e fuggi e conoscere un posto sono due cose parecchio diverse.»

Laura lo sapeva bene. Era abituata ad accogliere

turisti che volevano fare tutte le escursioni di El Chaltén in tre giorni perché poi dovevano andare a El Calafate, a Ushuaia o a Bariloche. Sembrava che per molti l'obiettivo principale fosse piantare delle bandierine su una mappa.

«E poi avresti una guida d'eccezione» disse Julián indicando se stesso.

Laura rise e lo prese a braccetto. Camminarono per un po' in silenzio, fino a quando lui non si fermò in mezzo alla calca.

«Ora dobbiamo aspettare che siano le nove e venticinque» le disse guardando l'orologio.

Vicino a lei una famiglia di turisti indiani lasciò libera una panchina, che Julián si affrettò a occupare. Si sedettero a guardare il viale. Alcune vasche piene d'acqua facevano da divisorio tra le auto e le migliaia di persone che procedevano a piedi.

«Che cosa succede alle nove e venticinque?»

«Lo scoprirai fra tre minuti.»

Laura sorrise e si mise a osservare i turisti che le passavano davanti parlando lingue di ogni angolo del mondo.

Tre minuti dopo, l'acqua all'interno delle vasche si riempì di luce. Per un breve istante la folla rimase in silenzio. Molti indicavano in fondo al viale, accanto alla montagna.

Laura notò che l'acqua delle ultime vasche aveva preso vita e stava salendo in un getto più alto di lei. Dopo pochi secondi andò ad aggiungersi alla vasca successiva, poi a quella dopo, in modo da alzarsi via via in colonne come un effetto domino al contrario. Nel giro di un minuto l'intero viale era costeggiato da zampilli verticali. I turisti ripresero a parlare, ma il rumore dell'acqua rendeva le loro voci quasi impercettibili.

Sentì la mano di Julián sulla spalla.

«È la Fontana Magica di Montjuic» le disse, indicando la montagna.

Quando si voltò, Laura si rese conto che ciò che aveva appena visto non era che un preludio. Dove prima c'erano soltanto le scale che portavano al palazzo, adesso si innalzavano centinaia di getti d'acqua illuminati che formavano una sorta di gabbia liquida grande come una chiesa.

Julián la prese a braccetto e si incamminarono verso la fontana. Prima che arrivassero, però, le luci si spensero e i giochi d'acqua finirono di colpo. Rimase solo un vapore fresco con un lieve odore di cloro che fluttuava nell'aria della sera.

«È già finito?»

«Deve ancora cominciare.»

Quindici secondi dopo ricomparve l'acqua, questa volta illuminata da luci colorate. Si muoveva e cambiava forma al ritmo di una melodia classica che risuonava lungo tutto il piazzale. Passava da getti rossi perfettamente cilindrici, che sembravano viaggiare dentro un tubo trasparente, a spruzzi color lilla di goccioline leggere come nebbia.

«Ora capisco perché si chiama Fontana Magica.»

«Si dice che questa fontana riesca ad avverare qualunque desiderio.»

«Che originale.»

«Mi hai beccato: me lo sono inventato adesso. Ma anche questa è una dote degna di una buona guida turistica, no?»

Laura scoppiò a ridere e lo abbracciò di slancio. Sentirsi avvolta dalle sue braccia la fece stare bene. Era tanto tempo che non la abbracciava nessuno.

«Sai...» disse lui. «Se la decisione tra rimanere a Barcellona e tornare a El Chaltén dipendesse da questo momento, sceglierei la seconda opzione.»

Lei gli fece una carezza sulla guancia guardandolo negli occhi. Erano il luogo e il momento perfetti per un bacio, ma nessuno dei due sporse il viso in avanti. Una volta Laura aveva letto da qualche parte che gli abbracci generano calma e i baci scatenano uragani.

In quel momento loro non erano in vena di uragani. Lui doveva superare la storia con Anna e lei doveva decidere cosa fare della sua vita. Erano due marinai appena scampati a una tormenta e avevano bisogno di rimettersi in forze.

E finché fosse durata la calma, in fondo una guida turistica le avrebbe fatto comodo.

CAPITOLO 88
Julián
Un anno dopo

Mi sento sporco. Non sto camminando di sera lungo le Ramblas per cercare le prove di un'infedeltà, né sto rovistando tra le cose di mio padre per portare alla luce un segreto. Adesso è diverso. Mi sento sporco perché *sono* sporco. Il sudore appiccicoso di un'intera giornata di lavoro fa sì che la polvere sottile sollevata dalla carta vetrata mi aderisca alla pelle. Se mi guardassi allo specchio, probabilmente vedrei che la mia faccia somiglia a quella di un pagliaccio truccato male. Ma nella reception dell'Hotel Montgrí non ci sono specchi. L'unico che c'era l'ho tolto per imbiancare.

Mi siedo sulla carta di giornale che riveste il pavimento e appoggio la schiena contro la parete che tinteggerò domani. Di fronte a me, dentro il caminetto, vedo la cenere del fuoco di ieri. Se non fosse venerdì me ne rimarrei seduto qui per un po' e aspetterei che il freddo della Patagonia avesse la meglio sul calore accumulato durante la giornata di lavoro, costringendomi ad accenderlo.

Ma il venerdì arriva lei. Perciò spengo le luci, esco dall'albergo e attraverso il terreno fino a casa mia. In lontananza un gruppo di turisti ride nel cortile della birreria di Mauricio e Roberto, che ormai non chiamo più Barbuto Numero Uno e Barbuto Numero Due. Alzo lo sguardo e vedo la Croce del Sud. Se anche domani sarà sereno, il Fitz Roy continuerà a farsi vedere per il decimo giorno consecutivo. Un bel record.

Sono le otto, e in genere il venerdì lei arriva alle nove. Mi faccio una doccia veloce nella speranza di riuscire ad accoglierla con la cena pronta, e invece entra in casa proprio mentre esco dal bagno.

«Ciao, Julián» mi dice appoggiando le chiavi sul tavolino accanto alla porta.

Mi piace che anche se viviamo insieme da due mesi usi ancora il mio nome per intero. Avvolto nell'asciugamano, mi avvicino e le cingo la vita con le braccia.

«Ciao, ispettrice Badía.»

Le do un lungo bacio, che vale tutti e cinque i giorni di attesa.

Non le chiedo come è andata la giornata, altrimenti non farebbe che parlarmi di morti, ferite e sangue. Adora il suo lavoro. È nata per questo. Da quando ha riavuto il suo posto nella polizia, passa tutta la settimana a condurre indagini sui crimini dell'intera provincia. E ne è felice.

Mi dice che sta morendo di fame e le rispondo che le preparerò un piatto degno di una stella Michelin. Dopo che è entrata in bagno per fare una doccia metto sul fuoco l'acqua per la pasta. Per fortuna nessuno dei due è in lizza per il premio "palato sopraffino".

Apparecchio la tavola e mi siedo sul divano ad attendere che l'acqua bolla. Per abitudine guardo il telefono. Sui social le lamentele e i video di animaletti deliziosi non passano mai di moda. Scorro con il pollice i vari post finché ne trovo uno che cattura la mia attenzione.

È una fotografia che ha pubblicato Anna da appena tre ore. È un po' più bionda dell'ultima volta che l'ho vista, un anno fa. Sorride a occhi chiusi mentre una donna che non conosco le dà un bacio sulla guancia. C'è troppa tenerezza da parte di entrambe perché siano solo amiche. Se non avessero all'incirca la stessa età, potrebbe essere interpretato come un bacio tra madre e figlia.

Nella didascalia della foto c'è un'unica parola. O meglio un hashtag: *#loveislove*.

«L'amore è amore» traduco a bassa voce.

Sorrido. Quell'immagine, che fino a poco tempo fa mi avrebbe indignato, adesso mi rende doppiamente felice. Felice perché Anna sta bene e felice perché riesco a essere contento per lei. Ma nel rileggere l'hashtag quella sensazione si fa leggermente amara. Anna vive in un mondo in cui il suo amore ha ancora bisogno di un'etichetta.

In qualche modo vedere lei significa anche vedere mio padre. E soprattutto significa vedere me mentre tento di catalogarli. Lesbica? Gay? Bisessuale? Poco eterosessuale? Persona capace di innamorarsi di qualcuno a prescindere da quello che ha tra le gambe?

La vita di mio padre è sempre stata regolata da etichette. Quelle che si è affibbiato da solo, ma principalmente quelle che gli hanno affibbiato gli altri. Se anziché aver dato quel bacio a un Manel lo avesse dato a una Manuela, la sua vita sarebbe andata in maniera diversa.

Ho il sospetto che se John Lennon fosse ancora vivo cambierebbe quel verso di *Imagine* in cui parla di un mondo senza religioni per descriverne uno senza etichette. Quella sì che sarebbe una società in cui tutti potremmo vivere in pace, senza sentirci ridotti a un orientamento sessuale, a un colore della pelle, a un accento o a una disabilità.

Ma se Anna ha scelto di apporsi quell'etichetta è perché la considera necessaria per dare visibilità alla propria realtà. Non siamo pronti per la nuova versione di *Imagine*, proprio come cinquant'anni fa non eravamo pronti per un mondo senza religioni.

Premo con il pollice il cuore sotto la foto. Mi piace. Speriamo che un giorno, mi dico, l'unico hashtag ad avere senso sia *#people*.

Perché siamo soltanto questo: persone. Io ci ho messo un anno a capirlo. Ad altri non basterà tutta la vita.

NOTA PER IL LETTORE

Grazie di cuore per avermi letto! Spero che questo romanzo ti sia piaciuto. Se è così, mi prendo l'ardire di chiederti di aiutarmi ad arrivare a più lettori possibile lasciando una recensione sul sito web dove hai comprato l'e-book. A te costa soltanto un minuto, per me ha un effetto positivo enorme.

Se invece vorresti saperne di più sul passato di Laura Badía e su come sia arrivata a El Chaltén, ti consiglio il mio romanzo *Il collezionista di frecce* (che ha vinto il premio letterario Amazon ed è in corso di adattamento per diventare una serie televisiva).

Infine mi piacerebbe invitarti a unirti alla mia cerchia di lettori più intima: la mia mailing list. La uso per inviare racconti inediti, anticipazioni o scene extra che sono rimaste fuori dai miei romanzi, e per avvisare chi mi legge delle nuove pubblicazioni. In genere non mando più di una mail al mese, perciò non preoccuparti: non ti inonderò la casella della posta in arrivo (e niente spam, promesso!). Se vuoi iscriverti, trovi l'apposito pulsante sul mio sito web.

Grazie ancora. Senza di te tutto questo non avrebbe senso.

Cristian Perfumo
www.cristianperfumo.com

RINGRAZIAMENTI

Questo libro ha avuto origine durante un viaggio a El Chaltén che ho fatto nel febbraio del 2020 insieme a Trini, la mia compagna di vita, e a Mariano, il mio fratello d'anima. Vorrei cominciare ringraziando loro per avermi accompagnato in un luogo tanto straordinario.

Grazie a Rossana del vero El Relincho, per avermi raccontato com'era la vita a El Chaltén nei primi anni dopo la sua fondazione. E grazie a Lucho Cortez e Cecilia Clemenz per aver condiviso le loro vastissime conoscenze in materia di escursionismo e alpinismo in quelle zone. In entrambi i casi, qualunque divergenza rispetto alla realtà è una semplice licenza letteraria che mi sono concesso (oppure un mio scivolone) e non deve assolutamente essere interpretata come un loro errore.

A Celeste Cortés e Luis Paz. Senza di loro non ci sarebbero né Laura Badía né il dottor Guerra.

Al grande Jordi Sierra i Fabra, per la sua immensa bontà.

A Hugo Giovannoni, perché ha sempre le cartucce per rispondere alle mie domande sulle armi.

Alla mia carissima Flora Campillo, per avermi svelato i segreti del mondo dei gioielli (e per molte altre cose).

A Chevi de Frutos, per aver ideato per questo libro una copertina magnifica e per la pazienza che ha mostrato nei miei confronti durante tutte le fasi di lavorazione.

A Ricard Llop Altés e Sergio Alejo per l'aiuto con il latino.

A tutti i lettori della prima bozza del romanzo, che mi hanno aiutato a rendere la storia più potente: Trini Segundo Yagüe, Javi Debarnot, Flora Campillo, Carlos

Liévano, Renzo Giovannoni, Ana Barreiro, Andrés Lomeña, Celeste Cortés, Mónica García, Christine Douesnel, Dani Ruiz, Estela Lamas, Analía Vega, Laura Rodríguez, Lucas Rojas, Luis Paz, Israel Medina e José Lagartos.

A tutta la mia famiglia, per il loro costante sostegno. E in particolare a Trini, perché oltretutto mi sopporta.

E infine grazie a tutti miei lettori, sia di questo libro che di qualunque altro dei precedenti. Grazie di esserci e di dare un senso a tutto questo.

SULL'AUTORE

Cristian Perfumo scrive *thriller* ambientati nella Patagonia argentina, dove è cresciuto.

Il collezionista di frecce (2017) ha vinto l'Amazon Literary Prize, per il quale sono state presentate oltre 1800 opere di autori provenienti da 39 Paesi, ed è in fase di adattamento per lo schermo.

*Rescate gris (*2018) è stato finalista del Premio Clarín de Novela 2018, uno dei più importanti premi letterari dell'America Latina.

I suoi libri sono stati tradotti in tedesco, inglese e francese e pubblicati in formato audiobook e Braille.

Dopo aver vissuto per anni in Australia, attualmente Cristian abita a Barcellona.

IL COLLEZIONISTA DI FRECCE

VINCITORE DEL PREMIO LETTERARIO AMAZON STORYTELLERS

La calma di un paesino della Patagonia finisce quando uno dei suoi abitanti viene ritrovato morto e torturato sul proprio divano.

Per la criminalista Laura Badía è il caso della vita: non solo si tratta di un omicidio brutale, ma dall'abitazione della vittima mancano tredici punte di freccia scolpite migliaia di anni fa dal popolo tehuelche. Quella collezione, di cui tutti parlano ma che nessuno ha visto, contiene la risposta a uno dei più importanti misteri archeologici della nostra epoca. Il suo valore scientifico è inestimabile. E anche il suo prezzo sul mercato nero.

Con l'aiuto di un archeologo Laura sarà trascinata in una pericolosa ricerca che la porterà dal celebre ghiacciaio Perito Moreno agli angoli più remoti e meno visitati della Patagonia.

COLPO GROSSO IN PATAGONIA

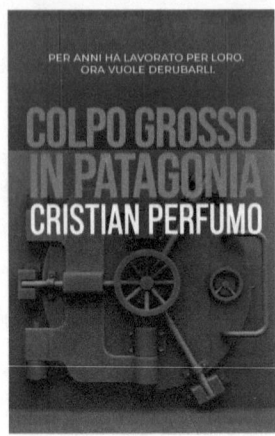

PER ANNI HA LAVORATO PER LORO. ORA VUOLE DERUBARLI.

Entrevientos non cambia mai: è sempre una delle miniere d'oro più remote della Patagonia e del mondo. Ma per Noelia Viader è ormai un luogo completamente diverso. Fino a un anno fa era il suo posto di lavoro, oggi è una croce rossa sulla mappa che usa per ripassare i dettagli della rapina del secolo.

Noelia ha abbandonato il mondo criminale da quattordici anni, ma si è appena rimessa in contatto con un mitico rapinatore di banche che una volta le ha salvato la vita. Insieme riuniscono una banda che intende portar via da Entrevientos cinque tonnellate di oro e argento.

Hanno due ore prima dell'arrivo della polizia. Se avranno successo, i giornali parleranno di un furto magistrale. E lei avrà fatto giustizia.

www.ingramcontent.com/pod-product-compliance
Lightning Source LLC
LaVergne TN
LVHW040036080526
838202LV00045B/3358